BASTEI
LÜBBE

Robert Rankin

DAS BUCH DER ALLERLETZTEN WAHRHEITEN

Roman

Ins Deutsche übertragen
von Karsten Singelmann

BASTEI LÜBBE

BASTEI-LÜBBE-TASCHENBUCH
Band 24201

Erste Auflage:
Juni 1995

Deutsche Lizenzausgabe 1995
Bastei-Verlag
Gustav H. Lübbe GmbH & Co.,
Bergisch Gladbach
Originaltitel:
The Book of Ultimate Truths
Lektorat:
Stefan Bauer
Titelbild: Ian Murray
by arrangement with
Transworld Publishers Ltd.
Umschlaggestaltung:
Quadro Grafik, Bensberg
Satz: Fotosatz Schell, Hagen a.T.W.
Druck und Verarbeitung:
Brodard & Taupin,
La Flèche, Frankreich
Printed in France

ISBN 3-404-24201-7

Der Preis dieses Bandes
versteht sich einschließlich der
gesetzlichen Mehrwertsteuer.

Ich widme dieses Buch einem alten Freund von der Ealing School of Art: Freddy Mercury. Du hast eine Menge Spaß in die Welt gebracht und bist auf tragische Weise gestorben, obwohl Du mir noch immer drei Pfund schuldest, die ich Dir 1972 geliehen habe.
Wir vermissen Dich, Fred!

Einleitung

Er hatte zuvor schon viele Inkarnationen durchlaufen. Und dann noch ein paar weitere.

Er war als Nostradamus über die Erde gewandelt, als Uther Pendragon, als Graf Cagliostro und als Rodrigo Borgia. Allerdings wohl nicht in dieser Reihenfolge.

Er sprach siebzehn Sprachen, spielte Darts mit dem Dalai Lama und teilte seinen Schlafsack mit Rasputin, Albert Einstein, Lawrence von Arabien und George Formby.

Von einem Kargo-Kult in East Acton wurde er als Gott verehrt, und einmal erkletterte er anläßlich einer Wette mit Oscar Wilde den Mount Everest in Smoking-Jackett und Knickerbockers.

Er reiste zur Venus in Begleitung von George Adamski, erfand die Okarina neu und wurde vom Stadtfrauenverband Chiswick als Puppe verbrannt.

Er war ein ausgezeichneter Fechter, ein Feinschmeckerkoch, ein Weltreisender, Dichter, Maler, Stigmatisierter, ein Guru für Gurus, und er haßte Bud Abbott.

Er konnte eine Sardinenbüchse mit den Zähnen öffnen, ein ›Swan Vestas‹-Streichholz an seinem Kinn anzünden, Ochsen einfangen, eine Dampflokomotive fahren und sämtliche Werke von Gilbert und Sullivan nachsummen, ohne durcheinanderzukommen oder in Tränen auszubrechen.

Er machte den höchsten Abschluß in Oxford, brachte drei Vermögen durch, schlief mit tausend Frauen, probierte seltsame Drogen aus, verkaufte seine Seele dem Rock 'n' Roll, hätte Einstein um ein Haar den Nobelpreis weggeschnappt, hatte Hausverbot in sämtlichen chinesischen Nudelrestaurants in West London und starb in seinem neunzigsten Lebensjahr in einer Absteige in Hastings, ohne einen einzigen Penny in der Tasche.

Sein Name war Hugo Artemis Solon Saturnicus Reginald Arthur Rune. Und er kannte keine Langeweile.

Er schrieb über acht Millionen Wörter nieder. Seine Autohagiographie »DER BEDEUTENDSTE MANN ALLER ZEITEN« schildert das Leben eines Individuums, welches das Alltägliche mied, die Gesetze des einfachen Mannes verachtete, den guten Sitten ins Gesicht lachte, die Okarina neu erfand und Bud Abbott haßte.

Er war eine Persönlichkeit in einer Ära großer Persönlichkeiten. Ein übergroßer Schatten, der stets im Rampenlicht seiner Zeit stand. Der Vertraute von Königen und Kriminellen, von Päpsten und Preisboxern, von Reedern und Reizwäschevertretern, von Bonzen und Bauern.

Seltsam nur, daß sich heute kaum jemand an ihn erinnert.

Sein Hauptwerk, »DAS BUCH DER ALLERLETZTEN WAHRHEITEN«, ist schon lange aus den Regalen verschwunden. Die British Library bestreitet, es zu kennen. Bestellungen bei Smith's sind vergebens, und eine kürzlich im Privatdruck erschienene Ausgabe erwies sich als ausgewachsener Schwindel, für den ein gewisser Sir John Rimmer verantwortlich zeichnete, ein falscher Biograph Runes, der zur Zeit im Steuerexil in Kalifornien lebt.

»DAS BUCH DER ALLERLETZTEN WAHRHEITEN« war Runes *Opus Magnum*. Ein Lexikon seiner gesammelten Weisheiten. Darin erklärt der Meister, in einer für jedermann verständlichen Sprache, was es mit dem Leben wirklich auf sich hat:

Warum immer zwei kleine Schrauben übrigbleiben, nachdem man den kaputten Toaster wieder zusammengesetzt hat. Wo die ganzen Schraubenzieher mit gelbem Griff abgeblieben sind. Warum sich Einkaufswagen unter Kanalbrükken versammeln. Woher die Thermosflasche weiß, was sie warm und was sie kühl halten soll. Warum das Aspirin nur Zufallstreffer landet. Wo all die Verkehrshütchen herkommen und wohin sie wieder verschwinden. Der Mythos der »Trocken«-Reinigung. Hundehaufen-Wahrsagerei. Wie Arran-Pullover wachsen, während man schläft. Warum es unmöglich ist, in einer Warteschlange beim Postamt vorne zu stehen, und vieles, vieles mehr.

Sein ganzes bewegtes Leben hindurch versuchten die

Mächte der Finsternis, Rune daran zu hindern, seine *Allerletzten Wahrheiten* zu enthüllen. Satanische Kräfte suchten ihn in menschlicher Gestalt heim: Ehemänner, denen er Hörner aufgesetzt hatte, die ursprünglichen Erfinder der Okarina, der Stadtfrauenverband Chiswick und die Gesellschaft zur Würdigung der Verdienste Bud Abbotts, um nur einige zu nennen.

Dazu kamen Vermieter und Gasthausbesitzer, die Betreiber von chinesischen Nudelrestaurants in West London, Milchmänner, Schneider, Schuhmacher, Hersteller von Zauberzubehör, Reiseveranstalter und Weinhändler. Sie alle waren, wie Rune es nannte, dem »kuriosen Irrtum« verfallen, »daß ein Meister seine Rechnungen bezahlen muß, gerade so wie das gemeine Volk.«

Aber obwohl er ständig von Anschlägen oder Rechtsstreitigkeiten bedroht war, scheute sich Rune niemals, seine Stimme zu erheben, um die Übel beim Namen zu nennen und einen anklagenden Finger darauf zu richten. Sein bescheidenes Ziel war es, das Wissen der Menschheit zu mehren und auf eigene Faust den Weltfrieden zu schaffen.

DAS BUCH DER ALLERLETZTEN WAHRHEITEN
MUSS IN UNSER ALLER INTERESSE
WIEDERVERÖFFENTLICHT WERDEN

FRIEDENSFEIERLICHKEITEN

Da er zu jung war, sich an den Tag des Friedens zu erinnern, bat Cornelius Murphy seinen Onkel Brian, ihm alles darüber zu erzählen.

»Tja, mein Sohn«, sagte der Onkel, indem er es sich auf der Buchsbaum-Polstertruhe bequem machte und Leben in seine Pfeife saugte. »Was möchtest du wissen?«

»Gab es Fahnen?« fragte Cornelius.

»Fahnen?« Der Onkel paffte auf seiner uralten Meerschaumpfeife. »Fahnen gab es wohl, mein Sohn. Fahnen in allen Formen und Farben. Die ganze Sprite Street war wie ein Briefmarkenalbum geschmückt. Union Jacks gab es in Hülle und Fülle, und deine Tante und ich haben Wimpel aus Toilettenpapierrollen gemacht, die wir aus den Fenstern hängen ließen.«

»Gab es auch Kuchen?« fragte Cornelius.

»Kuchen? Das will ich meinen. Die alte Ma Riley machte einen Kuchen, der aussah wie der Buckingham Palace, und die Mädchen von der Dampfreinigung buken Törtchen in der Form von Siegeszeichen und Schlachtschiffen und Löwen und Tigern. Ich erinnere mich sogar an ein ungeschnittenes Schwarzbrot, das Winston Churchills Zigarre nachgebildet war.«

»O Mann.« Cornelius schlang die Arme um seine Knie. »Und Tanz, Onkel Brian. Haben die Leute getanzt?«

»Getanzt?« Der Onkel fuhr mit der Pfeife durch die Luft. »Wohl haben wir getanzt, mein Junge. Die ganze Nacht haben wir getanzt. Zwei Blaskapellen waren von der Zeche gekommen. Kapellen mit Hörnern und Trompeten und großen Baßtrommeln. Wir tanzten, bis unsere Füße wund waren, und dann tanzten wir weiter.«

Er lehnte sich zurück, als würde ihn die bloße Erinnerung erschöpfen.

»Und gab es auch Kröten, Onkel Brian?« Cornelius waren die Fragen ausgegangen – und gleichzeitig auch das Interesse.

»Kröten?« fragte der Onkel. »Das will ich wohl meinen, daß es Kröten gab. Kröten so groß wie Hunde. Sie tanzten und sangen und spielten den Dudelsack.«

Das war das erste Mal, daß Cornelius mit dem Wahnsinn in Berührung kam, und da er noch ein kleines Kind war, war er nicht schlecht beeindruckt davon.

1.
KAPITEL

Der Umkleideraum roch nach muffigen Turnschuhen, verschwitzten Achselhöhlen und ungewaschenen Hintern. Sogar jetzt noch, da aus den Buben – die Ursache dieser Duftorgie – junge Männer geworden waren, die in die weite Welt hinausgezogen waren, um dort ihr Glück zu suchen.

Die Augustsonne schien ohne rechte Begeisterung durch die hohen Scheiben. Ihr Licht fiel auf leere Schränke, ungenutzte Wäscheklammern und abblätternde Farbe. Es machte sich nicht viel aus der eigenartigen Figur, die auf der niedrigen Bank unter dem Fenster hockte. Aber warum sollte es auch? Die Sonne hatte weitaus Besseres zu tun, und sie konnte sich weit schönere Orte als diesen vorstellen.

Dasselbe galt für den, der da auf der Bank saß.

Sein Name war Cornelius Murphy. Und er war aus dem Stoff, aus dem Helden gemacht werden – echtem Heldenstoff!

Cornelius war ein großer Junge, der noch nicht ganz in seinen Körper hineingewachsen war. Seine Gliedmaßen schlenkerten umher und schienen stets unschlüssig, was sie mit sich anfangen sollten. Seine dunklen Haare dagegen hatten sich entschieden. Sie sagten jeglicher Disziplin ab und legten sich in gefährliche Wellen. Diese brachen je nach Laune in alle möglichen Richtungen aus.

Eine vornehme Stirn schickte sich an, Cornelius zu wachsen. Eine feingeschwungene Adlernase, scharfe graue Augen und ein breiter Mund, der zum Lächeln geschaffen war.

Im Moment lächelte er nicht.

Cornelius hob den Arm und sah auf die Uhr. Kurz nach zehn zu morgendlicher Stunde. Die Welt erwartete ihn.

Der hochgewachsene Junge erhob sich unbeholfen, streckte sich und bemühte sich, den ersten Schritt mit dem ›richtigen‹ Fuß zu tun. Er öffnete die Tür, bereit zur Flucht.

Die stämmige Gestalt des Sportlehrers stellte sich ihm in den Weg und rief das Wort »Naturwissenschaftsraum« in sein linkes Ohr.

Die Fenster des Naturwissenschaftsraums befanden sich in bequemer Reichweite des Putzleders. Sie waren sauber. Die Augustsonne schien mit Schwung hinein.

Auf den Arbeitstischen aus Mahagoni, die die Spuren unzähliger Fehlversuche ganzer Schülergenerationen trugen, lag der Glanz von schwerer, dunkler Patina. Die edwardianischen Vitrinen funkelten buchstäblich. Sie enthielten die Apparaturen, mit denen man das Boyle'sche Gesetz zweifelsfrei beweisen konnte. Bunsenbrenner, Petrischalen, Retorten und Reagenzglasgestelle blinkten verführerisch. In einer Schublade lag das Lackmuspapier und überlegte, in welche Richtung es sich verfärben sollte.

An einem Schreibtisch vor dem Fenster saß ein blasser Mann im dunklen Anzug.

Er war ein gestreßter Mann.

Seine Name war Mr. Jarrow, und er war der Jugend-Stellenvermittler.

Auf diesem bleichen und ausgemergelten Mann lastete die enorme Verantwortung, jeden der jungen Schulabgänger in einer Ganztags-Stellung unterzubringen, bevor sein letztes Schuljahr abgelaufen war. Und Mr. Jarrow nahm sich dieser Aufgabe wie ein Besessener an. Denn ebendies war er.

Unter Mr. Jarrows leitender Hand war der Ruf der Schule während fünf langer Jahre makellos geblieben. Er hatte dafür gesorgt, daß jeder einzelne Junge den Weg in eine angemessene Beschäftigung gefunden hatte. Und dies vollbrachte er mit Hilfe einer Methode, die alle Zeichen göttlicher Eingebung trug.

Wie eine blendende Offenbarung war sie über ihn gekommen, als er noch ein kleines Kind war. Er hatte damals oft *Glückliche Familien* gespielt und darüber nachgedacht, wie es wohl kam, daß die auf den Karten abgebildeten Familien immer so glücklich waren, seine aber gar nicht. Und dann ging es ihm plötzlich auf. Peng! Aus heiterem Himmel. Es lag an den Namen und den Berufen. Zwischen ihnen bestand eine magische Verbindung! Mr. Brötchen war Bäkker, und Mr. Schere war Schneider. Das war's. Es war so offensichtlich, daß er sich wunderte, wieso noch niemand vor ihm darauf gekommen war. Wer ein glückliches Leben führen wollte, mußte einen Beruf finden, der mit demselben Buchstaben begann wie sein Nachname.

So einfach war das!

Zuerst wurde er ein bißchen traurig, denn sein sehnlichster Wunsch war es, ein Eisenbahnräuber zu werden. Und dann wurde er ein bißchen ängstlich, als er sich vorstellte, daß er der einzige war, der dieses Wissen besaß. Aber er besaß es nun einmal, und es gab kein Zurück mehr. Seine Zukunft lag vor ihm ausgebreitet: Er würde Mr. Jarrow der Jugend-Stellenvermittler sein und Tausenden zu ihrem Glück verhelfen.

Und in den vergangenen fünf Jahren hatte er genau dies getan.

Natürlich machten viele Eltern einen ehrlich irritierten Eindruck, wenn sie erfuhren, welche Art Beruf er für ihren Nachwuchs auserkoren hatte. Einige wenige reagierten sogar ausgesprochen feindselig. Sie sprachen offen von Stricken mit guten Knoten an hohen Deckenbalken und von Teer und Federn und ähnlichem.

Aber mit viel Geschick hatte er auch die lautstärksten Skeptiker beruhigen können.

Denjenigen, die nicht empfänglich waren für seine herzzerreißenden Monologe über das furchtbare soziale Stigma, das unausweichlich jene Eltern befallen mußte, die ihrem Kind die Aussicht auf eine sinnvolle Erwerbstätigkeit versperrten, um es statt dessen in die Hölle des elenden Anstehens um Arbeitslosenunterstützung zu stürzen, diesen armen Menschen also wurde die Mauer der Schande vor Augen geführt, auf der in großen Lettern unauslöschlich ihr Name stehen würde, weil sie den glorreichen Ruf der Schule zerstört hatten.

Meistens aber zeigten die Eltern eine geradezu mitleiderregende Dankbarkeit dafür, daß ihre erbärmlichen Bengel überhaupt einen Job ergattert hatten.

Mr. Jarrow blätterte in Papieren herum. Die Papiere kamen aus einer großen, dicken Akte. Auf dieser stand der Name CORNELIUS MURPHY in gar großen Buchstaben geschrieben. Großen und roten.

Murphys Abschlußjahr war an sein Ende gelangt, und der verfluchte Junge hatte noch immer keine Stellung. Das schon legendäre Alptraum-Szenario trat erneut in Kraft.

Während die letzten Minuten des Schuljahres verrannen, hatte Mr. Jarrow Herrn Murphy senior angerufen, und es hatten verzweifelte Gespräche stattgefunden. Hastig war eine Übereinkunft erzielt worden, daß Cornelius vorerst und auf unbestimmte Zeit auf der Schule bleiben würde, bis seine Sache zu einem guten Ende geführt war.

Während dieses Gipfelgesprächs in letzter Minute hatte sich Murphy senior als Turm in der Schlacht und als Garant moralischer Rechtschaffenheit erwiesen. Er könne den Gedanken nicht ertragen, so sagte er, daß sein einziger Sohn den guten Namen seiner eigenen alten Alma Mater besudelte. Andererseits würde sein Gewissen ihm nicht erlauben, ein Doppelspiel zu betreiben. Er schlug einen genialen Kompromiß vor.

Cornelius würde an der Schule bleiben, bis man eine richtige Arbeit für ihn gefunden hätte. Aber während dieser Zeit sollte er, damit der Ruf der Schule nicht beeinträchtigt würde, in irgendeiner Form beschäftigt werden und ein Gehalt empfangen, beispielsweise das eines Assistenten des Jugend-Stellenvermittlers. Dem stimmte Mr. Jarrow bereitwillig zu.

Doch seither war ein Monat vergangen. Ein Monat, in dem man zunehmend weniger von Cornelius Murphy gesehen hatte. Heute allerdings war Murphys vierter Zahltag. Mr. Jarrow hatte beschlossen, daß es auch der letzte sein sollte.

Die Tür öffnete sich, und Cornelius Murphy wurde in den Naturwissenschaftsraum getrieben.

»Setz dich.« Mr. Jarrow hob seinen Blick nicht aus den Papieren.

Cornelius suchte sich einen Stuhl in der Nähe der Tür.

»Hierher.« Ein nikotinbefleckter Finger zeigte auf den Stuhl vor dem Schreibtisch. Cornelius trottete hinüber und ließ sich geräuschvoll nieder. Er lächelte Mr. Jarrow an. Mr. Jarrow lächelte nicht zurück. Zwischen ihnen lagen neunzig Zentimeter Schreibtischfläche. Und ungefähr zwölf Millionen Meilen.

Mr. Jarrow setzte ein bedeutsames Gesicht auf und blätterte weiter in dem vor ihm liegenden gesammelten Unfug. Es war dies ein langsamer und bedächtiger Vorgang, in dem keine Spur von Dringlichkeit lag.

Cornelius nahm den Jugend-Stellenvermittler in Augenschein. Er registrierte, daß seine Ohren, die im Sonnenlicht fast durchsichtig schienen, große Ähnlichkeit mit einem Paar menschlicher Embryos hatten. Daß die Schuppenmuster auf seiner linken Schulter dem Sternbild des Großen Bären nachgebildet waren. Daß der kräftige Gelb-Ton auf dem Nikotinfinger dem Effekt entsprach, den der französische Maler Saint-Martin dadurch erzielte, daß er zermahlene Bestandteile des Herzens von Ludwig XIV. verwendete. Daß der Schweißtropfen oberhalb von Mr. Jarrows linker Augenbraue einen Mikrokosmos des sichtbaren Universums enthielt.

Mr. Jarrow fuhr fort, die Seiten umzublättern. In gewissen Abständen blickte er zu Cornelius hoch und schüttelte zweifelnd den Kopf. Cornelius fand dieses Vorgehen etwas ärgerlich, aber da er sich rühmte, ein ganzes Interview mit Mr. Jarrow durchstehen zu können, ohne einen einzigen Ton zu sagen, enthielt er sich jeglichen Kommentars.

Mit äußerster Umständlichkeit lehnte sich Mr. Jarrow in seinen Stuhl zurück, seufzte tief und starrte auf Cornelius Murphy.

»Das ist ein schöner Schlamassel«, sagte er.

Cornelius nickte nachdenklich. Ein schöner Schlamassel, das stand ohne Zweifel fest.

»Weißt du, was ich denke, wenn ich einen Burschen wie dich sehe?«

Cornelius schüttelte den Kopf. Er wußte es nicht. Außerdem interessierte es ihn nicht.

»Ich denke: Wie leicht hätte es, ohne die Hilfe Gottes, auch mich erwischen können.«

Cornelius lächelte freundlich und stand auf, um sich mit Gottes Hilfe davonzumachen.

»Setz dich hin!« Cornelius setzte sich hin. »Ich denke«, fuhr Mr. Jarrow fort, indem er sein linkes Ohrläppchen zwirbelte und einem metaphysischen Fötus Gehirnschäden zufügte, »ich denke: Was kann ich für diesen armen Burschen bloß tun?«

Cornelius gähnte.

»Setz dich gerade hin, Junge.«

Cornelius unternahm einen vergeblichen Versuch, sich folgsam zu zeigen. Seine Haare machten einen unangemeldeten Ausflug zur Backbordseite. Er zwang sie zurück nach Steuerbord.

»Deine Schulunterlagen.« Mr. Jarrow stieß mit dem Finger auf den Stein des Anstoßes. »Eine einzige Geschichte des Jammers: Ständige Abwesenheiten. Keinerlei Engagement für die Schulmannschaften. Schlechte Prüfungsergebnisse. Vertane Chancen. In den Wind geschlagene Ratschläge. Keine erkennbaren Versuche, sich am Riemen zu reißen und sich zu bessern. Hast du das Antragsformular ausgefüllt, das ich dir gegeben habe?«

Cornelius konnte sich an das Formular erinnern. Es war zu einem Papierflugzeug geworden. Irgend etwas von ›Maschinenwartung‹ hatte in dem Formular gestanden. Und die Sterne der Maschinenwartung leuchteten nicht allzu hell am Murphy-Firmament.

»Ich schätze, du hast es verloren.«

Cornelius nickte.

»Ich kann dich nicht hören.«

Cornelius nickte lauter.

»Zu wie vielen Vorstellungsgesprächen habe ich dich geschickt?«

Cornelius zählte sie leise an seinen Fingern ab.

»Genau sieben waren es.«

Cornelius dachte, daß das ungefähr hinkommen konnte. Er wollte nicht kleinlich sein.

Mr. Jarrow las sich die Liste noch einmal durch: Mechaniker, Marinesoldat, Minitaxi-Fahrer, Möbeltischler, Motorrad-Bote, Makler, Männliches Model. Da mußte doch etwas für Murphy dabei sein! Was war los mit dem Jungen? Wollte er keine Hilfe? Mr. Jarrow schüttelte den Kopf. Einen Jungen, der bei *sieben*Bewerbungsgesprächen versagte, hatte er noch nie erlebt.

Aber merkwürdigerweise schien die Schuld nicht unbedingt bei dem großgewachsenen Jungen selbst zu liegen. Mr. Jarrow ging noch einmal die Begründungen für Murphys Ablehnungen durch.

Er war als ›zu redegewandt‹ für einen Minitaxi-Fahrer beurteilt worden. ›Zu sensibel‹ für einen Makler. ›Zu markig‹ für ein Model, aber ›zu zart‹ für einen Mechaniker. Und so weiter und so fort.

»Ich verstehe das nicht.« Mr. Jarrow schüttelte erneut den Kopf. »Ich schicke dich zu sieben Bewerbungsgesprächen. Du zeigst dich offensichtlich von deiner besten Seite, die Personalchefs rufen mich an und rühmen dich als einen ausgezeichneten Burschen. Aber dann entschuldigen sie sich vielmals dafür, daß sie dich aufgrund irgendeiner lächerlichen Kleinigkeit nicht einstellen können. Wie kann man denn ›zu groß‹ sein, um Möbel zu tischlern?«

Cornelius zuckte die Achseln. Hat was mit der Durchschnittsgröße moderner Tische zu tun, vermutete er.

»Ich verstehe es einfach nicht.« Mr. Jarrow ließ nicht lokker. »Deine schulischen Leistungen sind erbärmlich, aber bei den Bewerbungsgesprächen glänzt du. Bei Bewerbungsgesprächen glänzt du, aber trotzdem will dich niemand einstellen. Ein schöner Schlamassel, das steht schon mal fest.«

Im stillen bestätigte Cornelius, daß es wohl so sei.

Mr. Jarrow zog einen langen Karteikasten über den Schreibtisch und machte sich mit angefeuchtetem Finger darüber her. Cornelius registrierte, daß die Holzspule, die an einer Schnur von der Fensterjalousie hing, die Form einer Eichel hatte. Ein Überbleibsel des alten Glaubens, daß die Eiche, der heilige Baum des Donnergottes, vor dem Blitzeinschlag schützen könne.

»Aha!« Mr. Jarrow klaubte eine Karte aus dem Kasten und wedelte damit in der Luft. »Jetzt hab ich dich!« Er lächelte Cornelius zu. Eine unbehagliche Erfahrung, fand Cornelius. »Ich hab's. Genau das Richtige.« Er faßte Murphy scharf ins Auge. »Weißt du, was ich hier habe?«

Cornelius schüttelte den Kopf.

»Bist du sicher?«

Cornelius nickte.

Mr. Jarrow kicherte. »Bist du sicher, daß du dir sicher bist?«

Cornelius nickte noch einmal.

Mr. Jarrow kicherte wieder. »Sicher, daß du dir sicher bist, sicher zu sein?«

Cornelius kratzte sich am Kopf, und seine aufsässigen Haare rebellierten erneut.

»Perfekt, perfekt.« Der Jugend-Stellenvermittler nahm ein Formular aus einem Ordner. Füllte es mit seinem Füllfederhalter aus. Legte Löschpapier darauf. Faltete es in einen Umschlag. Verschloß diesen. Beschriftete ihn in großen schwarzen Buchstaben mit Namen und Adresse. Griff wieder zum Löschpapier und reichte Murphy schließlich das Ganze.

»Da«, sagte er. »Paß bloß auf, daß du es nicht verlierst. Geh unverzüglich zu dieser Adresse und frag nach Monsieur Messidor. Und sei einfach du selbst. Verstehst du? Nicht verkrampfen. Sei einfach du selbst.«

Cornelius wirkte verwirrt.

»Perfekt«, krähte Mr. Jarrow. »Das ist es. Und jetzt ab mit dir. Ich rufe an und sage, daß du unterwegs bist.«

Cornelius erhob sich und warf den Stuhl um. Gewöhnlich wurde dies mit einem kalten Blick quittiert. Aber diesmal war es anders. Mr. Jarrow brüllte vor Lachen und sagte noch einmal: »Perfekt«.

Cornelius zögerte ein wenig und streckte seine rechte Hand aus. Mr. Jarrow wartete einen Moment, bevor er eine Lohntüte hineinlegte. Cornelius nickte dankend. Mr. Jarrow klatschte in die Hände.

Als Cornelius die Tür erreicht hatte, war der Jugend-Stellenvermittler schon dabei, seinen Schreibtisch aufzuräumen.

Und als Cornelius das Gelände verlassen und sich auf den Weg gemacht hatte, waren Mr. Jarrows Beine auf dem Schreibtisch und die Zigaretten gezückt.

Die Sonne schien durch die Fenster des Naturwissenschaftsraums. Draußen auf dem Kokshaufen träumte ein pensionierter Kater von Clara Bow.

Der Aschenbecher war voll und die Kippenschachtel leer. Da klingelte endlich das Telefon. Monsieur Messidor sprach mit schwerem französischem Akzent.

Einen solchen Jungen hätte er noch nie erlebt, schwärmte er. Ein Junge, dessen zukünftiger Ruhm garantiert sei angesichts seiner funkelnden Persönlichkeit, die sich mit einem geradezu beängstigenden Intellekt paare. Er könne Mr. Jarrow gar nicht genug dafür danken, diese Bekanntschaft vermittelt zu haben. Es wäre ihm eine Ehre, diesen talentierten Jungen zu sich zu nehmen und auszubilden, eine Ehre, die nur von der Verleihung des Kreuzes der *Légion d'honneur* übertroffen werden könne.

Mr. Jarrow stieß einen tiefen, von Herzen kommenden Seufzer der Erleichterung aus. »Endlich!«

»Aber leider«, fuhr die Stimme des Monsieur M fort, »ich fürchte, Meister Murphy ist ›zu reich begabt‹, um ein MIME ARTISTE, ein Pantomime, zu werden.«

Mr. Jarrow schlug die Hände vors Gesicht und fing an zu schluchzen.

In einer nahe gelegenen Telefonzelle hängte Cornelius Murphy sanft den Hörer ein. Gerade so, wie er es schon siebenmal zuvor getan hatte. Oder auch achtmal, wenn man das berühmte Gipfelgespräch in letzter Minute hinzuzählte.

»Die Welt wartet«, sagte Mr. Murphy der Menschenimitator.

Und das tat sie auch.

2. KAPITEL

Im Sommer 1967 hielt Hugo Rune eine Reihe von Vorlesungen in der Rondo-Hatton-Gedächtnishalle in Brentford, West London.

Sie wurden allesamt auf Film aufgezeichnet, aber bedauerlicherweise ist nicht bekannt, wo sich dieses historische Bildmaterial gegenwärtig befindet. Abschriften der Vorlesungen sind dagegen überliefert, und sie stellen ein faszinierendes Dokument dar. Denn sie demonstrieren nicht nur Runes unzweifelhaftes Genie, sondern ebenso sein verblüffendes Charisma und sein unfehlbares Vermögen, ein Publikum in den Bann zu schlagen.

AUSZUG AUS DEN VORLESUNGEN VON HUGO RUNE.

SIEBTE VORLESUNG: UNIVERSELLE WAHRHEITEN – WOLLT IHR SIE WISSEN? HIER SIND SIE!

Rune erscheint mit über einer Stunde Verspätung in der überfüllten Halle. Langsam wird er auf einem gepolsterten Palankin, der auf den nackten Schultern von vier lokalen Maiköniginnen ruht, durch den Mittelgang getragen. Der Gefolgsmann Rizla schreitet voran und schwenkt ein entzündetes Weihrauchfaß. Der Beifall ist ohrenbetäubend.

Der Palankin wird vor der Bühne niedergelassen. Rune

wird vorsichtig hochgehoben und auf einen Hügel aufgeworfener Kissen gebettet.

Die Menge stimmt Sprechchöre an: »Hu-go, Hu-go!«

Nach fünfminütigen Standing ovations hebt Rune, der anscheinend die ganze Zeit geschlafen hat, die Hand und bringt die Menge zum Schweigen. Stille legt sich über die Halle. Der Gefolgsmann Rizla räuspert sich, um die Vorlesung vorzutragen.

Rune schnarcht sanft.

Völker der Erde. Dies sind die Worte von Hugo Rune, vorgetragen aus dem Munde meines Amanuensis Rizla. Dies sei der Tag, da ich euch mit meiner Weisheit beschenke. Auf daß ihr werden möget wie ich. So sei es. Laßt euch sagen.

Zuerst will ich das Universum erklären.

Das Universum ist ein sehr ruhiger, sehr stiller, leichter und luftiger Ort. Und um es zu verstehen und seinen Platz darin zu begreifen, muß man sein *wie* das Universum. (Vielfältiges Nicken von Köpfen.)

Allzu lange haben wir uns schon das Gequatsche von wissenschaftlichen Graubärten über »Das expandierende Universum« anhören müssen. Diesen gelehrten Typen zufolge entstand das Universum aus einer gewaltigen Explosion. Einem ›*Big Bang*‹.

Wer oder was genau diesen titanischen Knall ausgelöst hat oder was genau eigentlich eine halbe Stunde vorher los war, das wird uns nicht gesagt. (Gelächter.)

Aber solche Kleinigkeiten beunruhigen unseren Freund Graubart nicht im geringsten. Er hat beschlossen, daß es einen Big Bang gegeben hat, und damit hat sich's. Ferner versichert er uns, daß sich nicht nur das Universum aufgrund dieses Urknalls, der es in alle Richtungen geschleudert hat, ausdehnt, nein, auch der *Raum selbst* soll sich ausdehnen. (Wildes Gelächter, verächtliches Gejohle.)

Und wißt ihr, was ich zu Freund Graubart sage? Ich sage: Papperlapapp und kalter Kaffee! (Beifall. ›Bravo‹-Rufe.)

Dies sage ich: Wenn der Raum expandiert, dann müssen die Atome und Moleküle, die ja Raum enthalten, folglich auch expandieren. Denn wenn sie das nicht täten, dann würde jegliche feste Materie schlichtweg verdampfen. Und wenn sich alles zur gleichen Zeit ausdehnt, dann muß es, *relativ gesehen*, die gleiche Größe behalten. Weil es ja nichts gibt, an dem man den Grad der Ausdehnung messen könnte.

(Beifall.)

Daher muß der Kosmos in einem Zustand immerwährenden Stillstands gesehen werden. Genau so, wie er immer gewesen ist. Für immer und ewig. Das Universum verändert sich nicht. *Es steht still!*

(Donnernder Applaus. Rufe: »Klasse, Hugo«, »Der Mann hat's drauf.«)

Und das Stillstehen führt mich zum Stillsitzen, womit ich mich, die Aufmerksameren unter euch werden es bereits bemerkt haben, in diesem Moment beschäftige.

Denn: *Um eins werden zu können mit dem statischen Kosmos, muß man einen Zustand äußerster Reglosigkeit anstreben.*

Dieser Zustand wird im Englischen *Apathy* genannt.

Das Wort APATHY leitet sich aus dem Atlantischen her. A-PATH-Y. A bedeutet A (Ein). PATH bedeutet path (der Weg). Und Y ist die Abkürzung von WHY (Warum).

Ziemlich wörtlich also: EIN WEG, DER ZUM WARUM FÜHRT.

Aber es ist ein mühsamer Weg. Und es gibt nur wenige, die den Mut haben, ihn zu beschreiten. Der *Apathé*, d. h. ›Sucher nach der Wahrheit‹, muß ein streng geregeltes Leben führen. Er muß sich selbst disziplinieren und rigoros jede Form von Aktivität meiden, sei sie geistiger oder physischer Art. Er muß bereit sein, einfach dazusitzen, notfalls auch jahrelang, bis er sich im Einklang mit dem Universum befindet und die Erleuchtung empfängt. Andere müssen sich selbstlos seiner Bedürfnisse annehmen. (Mißbilligendes Gemurmel von Seiten einiger weiblicher Zuhörer. Männliche »Psst!«-Rufe.)

Der *Apathé* muß Vorkehrungen gegen die Faulheit treffen.

Faulheit ist eine scheußliche und oberflächliche Angelegenheit, von bösen Subjekten betrieben, die sich weigern, den Bedürfnissen des *Apathé* zu dienen.

Zeigt keine Nachsicht mit der Faulheit. Falls sie sich bei Ehefrauen oder Müttern bemerkbar macht, läßt sich dem gemeinhin mit einem kräftigen Stock schnell abhelfen. (»Schande!«-Rufe von Mitgliedern des Stadtfrauenverbands Chiswick. Buhrufe aus der Galerie.)

Und sollte es auch tausend feste Stöcke erfordern, damit *ein* Mann den höchsten Zustand kosmischer Bewußtheit erlangt, den Zustand absoluter Gelassenheit, vollkommenen Friedens und perfekter Harmonie, unbegrenzten Wissens und allumfassenden Verstehens, so scheint mir dies immer noch ein geringer Preis zu sein.

(Schreie: »Knüpft ihn auf!« Ein Frauenschuh kommt geflogen.)

Einem solchen Manne wäre alles möglich. Da er den Zustand des Einsseins mit dem Universum erreicht hat, wäre seine Weisheit äußerst tiefgreifend, sein Wort göttliches Gesetz, seine Autorität unanfechtbar. Was kümmert es also, wenn zu diesem Ende müßige Gattinnen mit kräftigen Stöcken Bekanntschaft machen? (Mitglieder des Stadtfrauenverbands stürmen die Bühne. Handgemenge entsteht. Der Gefolgsmann Rizla wird mit einer Handtasche niedergeschlagen.)

Hier endet die Abschrift

Unsichtbare Linien bilden das Netzwerk unserer Existenz.

An ihnen bewegen wir uns ständig entlang. Zwischen Heim und Schule. Heim und Arbeit. Heim und Plätzen der Geselligkeit. Und hier und dort und wo auch immer. Einige von uns knüpfen kleine, enge Netze. Andere umspannen die Welt. Was das alles zu bedeuten hat, das wissen die Götter.

Cornelius spazierte an einer unsichtbaren Linie entlang, die die Oberschule mit dem Café ›*Die Beine der Gattin*‹ verband. Dies war in letzter Zeit eine recht gut ausgetretene kleine Linie geworden.

Das Café ›*Die Beine der Gattin*‹ bot einen maßvollen Zwischenimbiß zu erschwinglichen Preisen und empfahl sich durch eine augenfällige Attraktion.

Es war zum Stammlokal kerniger Arbeiter mit furchterregend breiten Gesäßen geworden, die eine Vorliebe für kleine Zeitungen mit großen Schlagzeilen, für einen maßvollen Zwischenimbiß zu erschwinglichen Preisen und für wohlgeformte Beine teilten. Tatsächlich war es zu einer derartigen Goldgrube geworden, daß der Besitzer, Mr. Ridout der Restaurantbetreiber, eine kleine Kette ähnlicher Schlemmbuden eröffnet hatte. Dazu gehörten ›*Die Beine der Schwester*‹, ›*Die Beine der Schwägerin*‹ und ›*Die Beine der Mutter*‹ (ein ›Essen-auf-Rädern‹-Service)

Bedauerlicherweise war dieses expandierende Reich zu Fall gekommen, als Mr. Ridout die Grenzen des guten Geschmacks unbesonnen überschritten und der erwartungsvollen Welt ein ›*Die Beine der Geliebten*‹ präsentiert hatte.

Die Scheidung war ihm nicht besonders gut bekommen.

Für Cornelius war das Café ein guter Ort, um Studien zu treiben. Er hatte seinen eigenen Spezialplatz am Fenster, den die Ex-Gattin, der er es ziemlich angetan hatte, für ihn reservierte. Als er jetzt von der Telefonzelle zurückkam, war er denn auch unbesetzt.

Cornelius bestellte noch ein Schinkenspecksandwich und eine Tasse Tee.

»Kommt sofort, mein Schatz«, flötete die fabelhafte Frau. Cornelius registrierte, daß ein Schönheitsfleck auf ihrem rechten Oberschenkel der Insel Lyonesse ähnelte.

Er wischte sich ein Guckloch auf dem beschlagenen Fenster frei und nahm die Welt dahinter in Augenschein. Etwas Bedeutsames würde bald geschehen. Sehr bald. Er wußte es einfach.

Die Cafétür öffnete sich ächzend, und Tuppe kam hereingewatschelt. Er hatte eine braune Papiertüte in der Hand.

Tuppe war eher von der gedrungenen Sorte. Selbst in Gesellschaft kleiner Leute wurde er als mickrig eingestuft. Zwerge starrten Tuppe an und fragten: »Was ist denn das für'n Winzling?«

Tuppe machte eine ziemlich gute Mark, indem er Babys in der Fernsehwerbung darstellte, aber er strebte immerfort nach Höherem. Tuppe wußte, daß er aus echtem Heldenstoff gemacht war. Er war Cornelius Murphys bester Freund. Tuppe orientierte sich an den unter den Tischen übereinandergeschlagenen Beinen und steuerte seine winzigen Schuhe auf Cornelius' Fensterplatz zu.

Die Ex-Gattin, die das zweite Frühstück des großgewachsenen Jungen brachte, stieg über Tuppe hinweg, griff sich einen Hocker und zwängte ihn neben Cornelius an den Tisch. Cornelius half seinem Kameraden hinauf.

»Guten Tag, Tuppe«, sprach er.

»Guten Tag, Cornelius«, entgegnete der andere. »Ist das dort Schinkenspeck?«

Cornelius bot ihm seinen Teller an. »Jawohl. Greif zu.«

Tuppe machte sich die Freigebigkeit seines Freundes zunutze. »Ein Tässlein in Ehren würd' ich jetzt nicht verwehren.«

Cornelius bestellte einen weiteren Tee. »Ich hoffe, du trinkst ihn auch hier im Café.«

»Er ist ein rechter Witzbold.« Tuppe ließ sich sein Frühstück schmecken.

»Ist es erlaubt, sich nach dem Inhalt des wundersamen Beutels zu erkundigen?« Cornelius zeigte auf die braune Papiertüte.

»Ein Fisch im Winterschlaf. Unter Testbedingungen.«

Cornelius steuerte die Unterhaltung in andere Gefilde. Er konnte Fische nicht ausstehen.

»Der verrückte Jarrow hat heute wieder versucht, mir eine Stellung zu verschaffen.«

»Verflucht sei der Jarrow nebst all seinem Tun.« Tuppe zerrte ein Stück Speckschwarte durch die Lücke in seinen Vorderzähnen. »Du hast natürlich dein Gehalt abgeholt?«

»Natürlich.«

»Dann sei Friede mit dir.« Tuppe kaute weiter. Cornelius nippte an seiner Tasse. Tuppes Tee wurde gebracht, und so tat dieser ein Gleiches. »Tolle Beine, die Ex-Gattin«, bemerkte er. »Reichen bis ganz nach oben.«

Cornelius hob eine Augenbraue.

»Bitte um Nachsicht. Aber du weißt, wie es ist.

Cornelius wußte es. Die beiden verstanden sich. Vollkommen.

Nach einer Weile fragte Tuppe: »Was macht der Herr Papa?«

»Widmet sich ganz seiner Laube.«

»Und die Frau Mutter?«

»Muß sich an die Anweisungen des Doktors halten.«

»Und wie steht's mit dir?«

»Gesund und durchaus munter. Aber ich verspüre ein Jucken, das ich nicht wegkratzen kann.«

»Die ›Heldenstoff‹-Geschichte? Ich fühle genauso.«

»Das weiß ich.«

»Mir scheint«, Tuppe zog einen umfunktionierten Hemdzipfel aus seiner Hosentasche und wischte sich den Mund ab, »wir sollten hier unsere Zelte abbrechen und uns Abenteuern an anderem Orte zuwenden.«

Das taten sie denn auch.

Oberhalb und jenseits von Oberschule und Café ragte der Sternenhügel auf. Er bedeckte einen beträchtlichen Teil des Horizonts und nahm volle sechs Quadrate auf der amtlichen topographischen Karte ein.

Der Sternenhügel war Gemeindegrund. Daher waren die Flächen im unteren Teil Erholungszwecken zugedacht. Fußbälle wurden hier getreten, Picknicks und Sporttage abgehalten. Und Abfall verstreut.

Der bewaldete Mittelgrund war den Mountain-Bikern, den nistenden Vögeln und der Unzucht treibenden Jugend vorbehalten. Hier spielten die Männer in den Regenmänteln Verstecken mit den Polizistinnen in Zivil.

Der Gipfel, der dem Nivellierzeichen zufolge ungefähr hundert Meter über dem Meeresspiegel lag, besaß einen gewissen Zauber. Die ortsansässigen Wickaner kamen in warmen Nächten hier herauf, um ein wenig nackt herumzutanzen. Füchse spielten im Dickicht. Seltene Orchideen blühten ungesehen, und der Wind kam immer von Osten.

Ein Betonsockel, den der Stadtrat im Jahre 1935 errichtet hatte, markierte den Ort, an dem die sterblichen Überreste des Pfarrers Matthew Kemp vor genau dreihundert Jahren bestattet worden waren. Der Pfarrer hatte die Erlaubnis des Erzbischofs von Canterbury erlangt, sich hier, am höchsten Punkt des Bezirks, auf dem Kopf stehend begraben zu lassen. Seine Erwägung dabei war, daß er am Tag der Auferstehung, wenn der Fanfarenruf erschallen und die ganze Welt auf den Kopf gestellt würde, als Erster auf seine Füße zu stehen käme.

Der Betonsockel wurde von einer gravierten Kupferkarte des Bezirks gekrönt. Leuchtende Inschriften informierten die Bewunderer der Aussicht über die Entfernung und Ausrichtung solch exotischer Bestimmungsorte wie Nepal, Tasmanien, das Nil-Delta, Portugal und Penge.

Die Kupferkarte war offensichtlich unter Anwendung eines metallurgischen Verfahrens aus den Dreißiger Jahren befestigt worden, das in unseren Tagen unseligerweise vergessen ist, denn sie hatte verbissen auch den aufwendigsten Versuchen getrotzt, sie loszubrechen und in den Schmelztopf zu verfrachten.

Der Betonsockel hatte einen ähnlichen Stoizismus an den Tag gelegt und allen Anschlägen widerstanden, die mehrere Generationen von Oberschülern, ob in schriftlicher oder explosiver Form, gegen ihn vollführten.

Sowohl der Sockel als auch die Karte blieben unversehrt.

Respektlose Witzbolde kicherten in Erwartung der unfrommen Ausdrücke, die dem Pfarrer Kemp entschlüpfen würden, wenn der Fanfarenruf ertönte und er sich ins Freie zu graben versuchte.

Cornelius und Tuppe spazierten den Sternenhügel hinauf. Die unsichtbaren Linien, die die Muster ihrer Existenz nachzeichneten, verschmolzen zu einer. Wurden zu einer geodätischen Spirale, die den Hügel umgab. Endeten am Sockel und wurden nie wieder erwähnt.

Tuppe war das letzte Stück auf den Schultern des großgewachsenen Jungen gereist. Cornelius hob ihn hinunter und setzte ihn auf der Kupferkarte ab. Der polierte Kupfer schimmerte unerschrocken, hatte er doch erst in der vergangenen Nacht einen ausgesprochen heftigen Angriff auf seine Person unbeschadet überstanden. In einem nahe gelegenen Busch erregte ein erloschener Schneidbrenner die Aufmerksamkeit eines vorbeiziehenden Wiesels.

Die jungen Heldenanwärter stellten sich in den Wind. Cornelius sorgte sich um seinen Schopf, Tuppe stieß mit seinen winzigen Stiefelabsätzen gegen den Sockel und strich über seine braune Papiertüte.

Die Welt, die ihnen vertraut war, erstreckte sich vor ihnen in allen Richtungen.

Im Norden bildete der Grand-Union-Kanal die Grenze zum Industriegebiet.

Im Westen trafen die Gemeindefelder auf die Straße, wo die Busse wendeten und die Läden auf Parade gingen.

Im Norden erstreckte sich ein riesiges Sanierungsgebiet, nur unterbrochen von den Überresten einer viktorianischen Häuserreihe, die bloß noch aus sechs Gebäuden bestand. Eins davon gehörte der Familie Murphy.

Im Osten fiel das Gelände, sorgfältig abgezäunt und mit Warnschildern versehen, steil ab zum sechzig Meter tiefer gelegenen Golfplatz. Diese Klippe beansprucht in diesem Moment zwar kein besonderes Interesse, wird aber später noch eine aufregende Rolle spielen.

»Was macht der Fisch?« fragte Cornelius, der sich in der Nähe des Glibbertieres unbehaglich fühlte.

Tuppe linste in die Tüte. »Psst«, sagte er.

»Er ist tot, dieser dein Fisch, nicht wahr, Tuppe?«

Tuppe nickte. »Sein Aussehen scheint mir dafür zu sprechen.«

»Was sollte also dieses Gerede von Winterschlaf und Testbedingungen?«

Tuppe zwinkerte. »Hast du je von Polgar dem Beispiellosen gehört?«

»Der von ›Polgars Schweinezirkus‹?«

»Genau der. Mein Vater ist mit dem Mann zusammen vor Jahren auf Reisen gegangen. Sondervorstellungen und so. Polgar hatte eine Reihe von Starnummern. Das Singende Schaf aus Sudbury, Toby ein Kluges Schwein und die Außerordentliche Ausstellung Fleißiger Flöhe. Letzteres war offenbar eine überaus erstaunliche Sache. Die Nachstellung der Belagerung von Rorke's Drift mit dressierten Insekten – recht wirkungsvoll.«

»Aber am bekanntesten ist sein Schweinezirkus.«

»In der Tat. Damit bereiste er die ländlichen Gemeinden. Die Schweine wurden darauf abgerichtet, auf Leitern zu steigen, auf Seilen zu balancieren und Taschenspielertricks zu vollbringen. Bei jeder Veranstaltung verkaufte er garantiert mindestens eins der Schweine an einen beflissenen Vertreter der Landwirtschaft.«

»Das hört sich nicht sehr praktisch an.«

»Oh, das war es aber. Die Schweine waren gut abgerichtet. Wenn Polgar den Ort verließ, läutete er die Essensglocke, worauf das verkaufte Schwein aus des Bauern Koben kletterte und zu ihm zurückkehrte. Das klappte für eine Weile sehr gut. Schließlich aber mußte er einsitzen, und als Ihre Majestät geruhten, ihn wieder freizulassen, da hatten seine dressierten Schweine ein Gutteil ihres Reizes auf eine zahlende Kundschaft eingebüßt.«

»Aber was ist mit dem Fisch?«

»Polgars Enkel ist Harry Polgar. Das ist der von ›Harrys Haustiere‹ in der Hauptstraße.«

»Das ist mir bekannt.«

»Der junge Polgar ist ein Herr von ungestümem Talent. Die Erfindung von Chimären hat es ihm angetan.«

»Ich bin bei allerlei Gelegenheiten an seinem Grundstück vorbeigekommen«, sprach Cornelius. »Jenen Geschöpfen, die durch das schmutzige Fenster zu erkennen sind, eignet für meinen speziellen Geschmack eine Spur zuviel des Mythischen an.«

»Ganz recht, und dein Hinweis auf das schmutzige Fenster kennzeichnet den ganzen Mann.«

»Er dreht seine Pfennige recht bedachtsam um?«

»Er ist ein knauseriger Schei–«

»Durchaus.«

»Und dieser Fisch in der Tüte ist seine neueste Errungenschaft. Eine gottlose Kreuzung aus Eichhörnchen und Forelle. Was er anstrebt, ist ein Fisch, der anschmiegsam ist, sich von Eicheln ernährt und den Winter durchschläft, wenn ohnehin niemand hinausgehen und in seinen Fischteich schauen möchte.«

»Er ist fürwahr ein schlauer Bursche, dieser Polgar. Dennoch entdecke ich den einen oder anderen kleinen Fehler in seinen Überlegungen.«

»Ach ja?«

»Jawohl. Zum einen haben wir gerade Hochsommer und nicht Winterschlafsaison.«

»Darauf habe ich ihn durchaus hingewiesen. Aber er sagte, er würde mir einen Fünfer zahlen, wenn ich den Fisch ein wenig an die frische Luft führte, in der Hoffnung, daß er dann einschlafen möge. Fische schlafen nicht, verstehst du; wenn es dieser also doch täte, dann wäre die Schlacht – soweit es unsern Freund Polgar betrifft – so gut wie geschlagen.«

»Was mich freilich zu Fehler Nummer zwei führt. Hast du ihm gegenüber zu bedenken gegeben, daß Fische in den seltensten Fällen gedeihen, wenn man sie aus dem Wasser nimmt?«

»Nein, ich zog es vor, den Fünfer entgegenzunehmen.«

»Ich hätte ebenso gehandelt. Wollen wir den Fisch also beerdigen?«

»Was denn, hier? Das wäre nicht fair gegen den Pfarrer Kemp.« Tuppe stülpte die Papiertüte um und ließ die unnatürliche Angelegenheit auf seinen Schoß fallen. Cornelius beobachtete es mit Widerwillen.

»Sind das kleine Füße?« fragte er.

»Sieht so aus. Und es hat wirklich schreckliche Zähne. Willst du mal sehen?«

»Nein, danke.«

»Wie du meinst.« Tuppe hielt den Pelzfisch am Schwanz hoch und schnupperte daran. »Würde ein solcher Fisch ein gutes Mahl abgeben, was glaubst du?«

Cornelius hielt sein Haar fest und schüttelte den Kopf. »Die Eichhörnchenteile jedenfalls nicht. Wirf das Ding weg, Tuppe. Ich schätze die Fische nicht, ob pelzig, gefiedert, gebraten oder gezüchtet.«

»Dann sei es so. Tut mir leid, kleines Fischchen.« Tuppe schleuderte die aquatische Anomalie über seine Schulter, wischte seine Finger an der Papiertüte ab, richtete sich auf und stellte sich auf die Kupferkarte.

Cornelius legte seinen Arm um die Schulter seines Freundes, und gemeinsam starrten die beiden auf die Landschaft im Osten, und einmal mehr fragten sie sich, was das Schicksal ihnen wohl bescheren möge.

Die Sonne warf ihre Schatten auf den Boden hinter ihnen. Und es ereignete sich etwas Merkwürdiges. Denn obgleich die Köpfe der beiden sich ausnahmsweise auf gleicher Höhe befanden, unterschied sich die Größe ihrer Schatten nicht unbeträchtlich.

Der von Cornelius war sein gewöhnliches eckiges Selbst mit einer wirbelnden Fahne obenauf. Aber der Schatten von Tuppe dehnte sich auf fast die doppelte Länge seines Kameraden. Und obwohl der kleine Bursche völlig bewegungslos dastand, wogte und krümmte sich sein Schatten wie ein lebendes Wesen, das sich in unvorstellbaren Qualen windet.

Und alle Vögel, die es sahen, hörten augenblicklich auf zu singen.

Und die kleinen Härchen sträubten sich im Nacken von Cornelius Murphy, und er bekam plötzlich Angst.

Cornelius drehte sich ruckartig um, wobei er beinahe Tuppe von dessen prekärem Standplatz gestoßen hätte. Aber da war nichts zu sehen.

»O weh«, rief Tuppe und versuchte, das Gleichgewicht zu wahren. »Was ist los?«

»Ich weiß nicht.« Cornelius kratzte sich am Kinn. In ein, zwei Monaten würde es eine Rasur vertragen können. »Die

Vögel …« Er legte eine Hand ans Ohr. Jetzt sangen die Vögel wieder.

Cornelius schauderte. »Laß uns hinuntergehen. Es wird kalt.«

»Kalt? Cornelius?« Tuppe turnte den Sockel hinunter.

Der große Junge wandte sich um und begann, den Hügel hinabzueilen.

»Cornelius, warte auf mich.« Humpelnd jagte Tuppe hinterdrein.

In dem hohen Gras, dort wo Tuppes Schatten seine merkwürdigen Verrenkungen vollführt hatte, erwachte der Pelzfisch aus seinem Schlummer, fletschte seine schrecklichen Zähne und kroch davon auf der Suche nach einem vierbeinigen Mittagessen.

3. KAPITEL

Cornelius und Tuppe verließen den Hügel. An der Stelle, an der die Busse wendeten, trennten sie sich. Tuppe ging zurück zu ›Harrys Haustieren‹. Auf dem Weg überarbeitete er die etwas unwahrscheinlich klingende Geschichte von den Tierschutzaktivisten und der gewaltsamen Entführung eines Pelzfisches, so daß sie sich schließlich in eine mehr als plausible Wahrheit verwandelte. Und eine, die nach Kompensation verlangte.

Cornelius machte an der Telefonzelle halt, um Mr. Jarrow zu Hause anzurufen. Er benutzte erneut die Stimme von Murphy senior.

»Mein Sohn ist todunglücklich«, erzählte er dem Jugend-Stellenvermittler. »Er wollte die Stellung als Mime so gerne haben. Er ist furchtbar niedergeschlagen.«

»Es tut mir so leid«, antwortete der Herr Jarrow, und das traf auch mit Sicherheit zu. »Aber eins kann ich Ihnen versprechen: Ich werde nicht eher ruhen, bis ich Ihrem Sohn eine anständige Beschäftigung verschafft habe.«

Cornelius fürchtete, daß auch dies mit hoher Wahrscheinlichkeit der Fall war.

Er hatte langsam die Nase voll von Mr. Jarrow.

»Ich werde den Jungen wegschicken«, fuhr er fort. »Ein, zwei Wochen Erholung, das ist es, was er jetzt braucht. Seien Sie so gut und lassen ihm für zehn Tage Urlaubsgeld zukommen.«

»Ich soll *was* tun?«

»Ich mache Sie persönlich verantwortlich für die Verschlechterung seines Gesundheitszustands. Die ständigen Enttäuschungen. Das wiederholte Steigen und Abstürzen seiner Hoffnungen. Er ist gegenwärtig nicht in der Verfassung, um weitere Bewerbungsgespräche zu führen.«

»Es tut mir leid, Sir, aber ein Urlaubsgeld kann ich nicht bewilligen.«

»Dann werde ich mich direkt an den Direktor wenden. Wir sind in derselben Loge. Seien Sie unbesorgt, er wird die Angelegenheit schon regeln.«

An Mr. Jarrows Ende der Leitung trat eine kurze Stille ein.

»Ich glaube kaum, daß wir den Chef wegen solcher Kleinigkeiten behelligen müssen.« In Mr. Jarrows Stimme schwang ein ›Verlorene Seele‹-Ton mit. »Soll ich einen Barscheck schicken?«

»Das wäre ausgezeichnet. Ich melde mich dann bald wieder.«

»Richten Sie Cornelius meine besten Grüße aus, und sagen Sie ihm, ich hoffe, daß es ihm bald wieder besser geht.«

»Das werde ich tun. Auf Wiedersehen, Mr. Jarrow.«

»Auf Wiedersehen, Mr. Murphy.«

Cornelius legte den Hörer auf. Das war alles viel zu einfach. Es verschaffte ihm keine Befriedigung. Andererseits verschaffte ihm die Sinnlosigkeit des Nichtstuns auch keine Befriedigung. Er platzte fast vor Ambitionen und großen Plänen. Ein paar Pfund aus Mr. Jarrow herauszuschwindeln und sich auf der Straße herumzutreiben – das war es doch letzten Endes nicht!

Natürlich hatte er nicht die Absicht, ein Büromensch zu werden. Schließlich war er aus echtem Heldenstoff gemacht. Er war ein junger Mann mit besonderen Fähigkeiten. Er konnte die Welt verändern.

Aber die Welt schien sich dafür nicht besonders zu interessieren.

Die Männer von der Müllabfuhr waren vor den *Beinen Der Gattin* zugange.

»Morgen, Cornelius!« riefen sie fröhlich.

»Morgen, Müllmänner«, entgegnete der junge Mann.

»Vergiß nicht, heute deine Mülltonne rauszustellen.«

»Nein, werde ich nicht.«

Die Tonnen standen schon draußen, als Cornelius nach Hause kam.

Das Zuhause lag im Moby-Dick-Weg Nummer dreiundzwanzig.

Und Nummer dreiundzwanzig war jetzt das erste Haus in der Straße. Und Nummer dreiunddreißig das letzte. Aber dazu später mehr.

Cornelius hob den Deckel von der Tonne, die vor der Vordertür stand. Die Tonne war, wie immer, leer. Ein allwöchentlicher Beweis der Fähigkeiten der Frau Mutter bei der Erhaltung und dem Recyceln des Murphy-Mülls. Was immer ins Haus hineinkam, das blieb auch da. Wenn es nicht aufgebraucht oder einem nützlichen Zweck zugeführt werden konnte, kam es gar nicht erst durch die Vordertür. Die Mutter war okölogisch voll auf der Höhe.

Ihr System war ziemlich unkompliziert. Sie kaufte ausschließlich unverpackte Produkte, die sie in ihrer uralten Einkaufstasche nach Hause trug. Frisches Fleisch, Obst und Gemüse. Was nicht unverpackt erworben werden konnte, das stellte sie selbst her. Butter und Marmelade und Tee. Was brauchte man sonst schon? Des Vaters tägliche Boulevardzeitung diente zum Feueranzünden und Hinternabwischen. Postwerbung wurde zurückadressiert und ohne Porto abgeschickt. Schale kam auf den Komposthaufen. Aufgebrauchte Kleidung ging an gute Zwecke.

Nichts kam durch dieses Netz hindurch.

Nichts kam in die Mülltonne.

Zu Weihnachten klopften die Müllmänner immer an die Tür, um Mrs. Murphy eine Schachtel Pralinen und einen Blumenstrauß zu überreichen.

Cornelius versäumte nie, sich von der Findigkeit der Mutter unbeeindruckt zu zeigen. Er kalkulierte, daß mindestens die Hälfte der Landesbevölkerung mit der Produktion, dem Marketing und der Entsorgung völlig nutzloser Artikel beschäftigt war. Wenn sich also jeder verhalten würde wie seine Mutter, käme die Gesellschaft zum Stillstand.

Cornelius sah massenhafte Arbeitslosigkeit, Anarchie und Chaos voraus. Pest und Verwüstung würden das Land überziehen; und die vier apokalyptischen Reiter würden am Himmel erscheinen. Und all diese netten Müllmänner würden ihren Job verlieren.

Cornelius wühlte in seinen Taschen. Er fand den Einführungsbrief an Monsieur Messidor und warf ihn in die Mülltonne. Er hatte sein Teil getan, die Welt zu retten.

Cornelius drehte den Schlüssel im Schloß und betrat leise das elterliche Haus. Er war, was seine ›berufliche Situation‹ betraf, nicht ganz ehrlich zu seinen Eltern gewesen und hielt es daher für ratsam, sich ungehört in sein Zimmer zu stehlen, statt Erklärungen für seinen frühen »Feierabend« zu konstruieren.

Als er sich eben anschickte, den Korridor hinab zur Treppe zu schleichen, drangen vom Wohnzimmer her die Geräusche einer erhitzten Debatte an sein Ohr. Cornelius kniete nieder, um sein Ohr an das Schlüsselloch der geschlossenen Tür zu halten.

»Und trotzdem finde ich, daß der Junge es erfahren sollte«, sprach die Stimme des Papas.

»Und ich finde, er sollte nicht«, sprach die Stimme der ökologisch sich auf der Höhe befindenden Mama.

»Aber die seltene Mutation in seiner Erbanlage könnte die Welt erretten.«

»Zukunftsaussichten und einen Rentenplan, das ist alles, was er braucht.«

»Du verkennst das Wesentliche, Frau.«

»Nenn mich nicht Frau. Du bist derjenige, der eine Perücke trägt.«

»Das ist keine Perücke. Das ist ein Haar-Ergänzungsaccessoire. Und das da sind übrigens auch nicht deine eigenen Brüste.«

»Meine Brüste haben mit unserer Diskussion nichts zu tun.«

»Meine kahle Stelle auch nicht.«

»Deine kahle Stelle ist bezeichnend.«

»Wofür?«

»Für deine kahle Lebenseinstellung.«

»Und wer hat sie so kahl gemacht? Du mit den Socken, die du dir vorne reingestopft hast.«

»Sie wirken mütterlich. Sie vermitteln ein Bild von Wärme und Zuwendung. Der Junge braucht das. Und einen Haarschnitt braucht er auch.«

»Er kann sein Haar nicht abschneiden lassen. Es ist eine echte Mähne. Alle berühmten Leute haben eine Mähne.«

»Du nicht.«

»Ich bin nicht berühmt.«

»Ich hätte dich nicht heiraten sollen. Meine Mutter hat ganz recht gehabt.«

»Du hast gar keine Mutter gehabt.«

»Natürlich hatte ich eine Mutter. Sie war eine Stütze des Gemeinwesens.«

»Sie war ein Produkt deiner Phantasie. Du hast nie eine Mutter gehabt. Ich habe nie eine Mutter gehabt. Das weißt du genau.«

»Aber was ist jetzt mit dem Jungen.«

»Man sollte es ihm sagen.«

»Wir können es ihm nicht sagen. Wir haben den Schwur abgelegt. Von uns darf er es nie erfahren. Er wird es selbst herausfinden, wenn die Zeit reif ist.«

»Aus echtem Heldenstoff gemacht«, sagte der Papa.

»Was das betrifft ...« Cornelius stieß, ohne zu klopfen, die Tür auf und spazierte ins Wohnzimmer.

Der Papa schnarchte geräuschvoll unter der bebilderten Tageszeitung. Die Mutter strickte irgend etwas Buntes für Seeleute.

»Was *was* betrifft, mein Schatz?«

»Das ... oh ...«

»Du bist früh dran. Hast du einen netten Abend gehabt?«

»Abend?«

Die Uhr auf dem Kaminsims schlug zehn. Cornelius bemerkte, daß die Lichter eingeschaltet und die Vorhänge zugezogen waren. Er sah auf seine Armbanduhr. Sie stimmte mit der anderen Uhr überein.

Der Papa regte sich unter seiner Zeitung. »Was ist los?«

»Cornelius ist da, Schatz. Also, was wolltest du, mein Schatz?«

»Ich wollte wissen ...« Cornelius konnte sich nicht mehr erinnern, was er hatte wissen wollen.

»Ja, Schatz?«

»Ach nichts, Mutter.«

»Dann also gute Nacht, mein Schatz. Und vergiß nicht, dein Licht auszumachen.«

»Ja. Gute Nacht, Mutter, Vater.«

»Gute Nacht.«

4. KAPITEL

Cornelius Murphy erwachte in kaltem Schweiß gebadet. Es war sehr dunkel, und irgendwo schlug eine Uhr dreimal.

»Wo bin ich?« Cornelius rieb sich die Augen und linste in die Dunkelheit. Die Dunkelheit kam ihm irgendwie fremd vor.

»Was mach ich hier?« Er tastete nach dem Nachttisch und den Streichhölzern. Seine Hand stieß auf etwas Warmes und Weiches.

»Was ist das? Das ist nicht meins.«

»Was ist los?« Die Stimme war auch nicht seine.

»Wer ist das?«

Eine andere Stimme sagte schläfrig: »Geh wieder schlafen.«

»Wer hat das gesagt?«

Die erste Stimme fragte: »Wer ist da?«

Cornelius blieb still. Ich bin nicht allein, dachte er, wo sind meine verdammten Streichhölzer?

»Ich hab' sie nicht«, sagte eine neue Stimme. »Geh doch bitte wieder schlafen.«

Cornelius fühlte, wie Panik in seinem Magen Wurzeln zu schlagen begann. »Hilfe«, rief er. »Laßt mich hier raus!«

»Was ist denn los?« fragte eine Stimme, die Cornelius noch nicht gehört hatte.

Der große Junge versuchte aufzustehen, aber etwas Schweres lag quer über seinen Beinen.

»Was soll das?« fragte eine Stimme zu seinen Füßen.

Cornelius strampelte sich frei. Er stolperte durch das Zimmer, wobei er auf lauter ächzende und sich windende Körper trat.

»Runter da!«

»Wer tritt mich da?« Flüche und Rufe unterbrachen die zeitweilige Stille.

Cornelius lehnte sich schwer gegen die Tür. Er suchte nach der Klinke, fand aber einen Lichtschalter. Heftig drückte er seinen Daumen dagegen.

Er stand im Pyjama in seinem Schlafzimmer, das – abgesehen vom üblichen Mobiliar – völlig leer war.

Cornelius zwinkerte. »Ein Traum. Ein böser Traum.« Er seufzte, schaltete das Licht aus und ging ins Bett zurück.

»Paß auf, wo du hintrittst«, sagte eine Stimme. »Das ist mein Gesicht, auf dem du stehst.«

Cornelius erwachte erneut und stellte fest, daß die Welt schon aufgestanden war und auf ihn wartete.

Die Sonne schien durchs Fenster. Die Musik des Alltags tönte lauter denn je.

Milchflaschen klirrten im hohen E. Damenschuhabsätze klopften den Rhythmus auf das Pflaster. Schwere Lastwagen sorgten für die Power-Akkorde, und der Postbote pfiff eine alte Rolling-Stones-Nummer. Heute mußte Dienstag sein.

Cornelius klaubte sein Haar und seine Gedanken zusammen. Etwas sehr Seltsames ging hier vor. Etwas sehr, sehr Seltsames, in der Tat. Vielleicht ein Etwas von heroischen Ausmaßen? Das wollte er doch hoffen.

Nachdem er sich davon überzeugt hatte, daß er ganz allein war, stieg er aus dem Bett, zog seinen Bademantel an und machte sich auf in die Küche, um das erste Frühstück des Tages einzunehmen.

Die Küche der Murphys war nicht gerade das, was man als wohnlich bezeichnen würde. Ein kompromißlos kleines Kabuff, das sich, genau wie der Rest des Hauses, hartnäckig weigerte, seinen Mangel an Charme irgendwie zu kaschieren.

Es gab ein paar nicht zusammenpassende Schrankteile, eine winzige Spüle, einen uralten Gasherd aus der Emaille-Familie, einen tropfenden Heizkörper und einen schiefen Tisch mit roter Formica-Beschichtung.

Hinter dem Tisch saß ein dreiteiliger Tweedanzug. Und in dem Anzug saß ein großer, fröhlicher, rotgesichtiger Gentleman. Er trug eine aus Stoffetzen gefertigte Perücke, die ihm seine Frau geschenkt hatte. Sein Name war Jack Murphy, und er war der Papa.

Jack hatte kürzlich seinen vorzeitigen Abschied vom Heer der Arbeitslosen genommen, um mehr Zeit mit seiner Familie verbringen zu können. Und um sich eingehender seinem Hobby zu widmen.

Jacks Hobby hieß Modellbau, und er war gerade mit einem großen und anspruchsvollen Projekt beschäftigt. Die Anlage einer Modellstadt.

Am Ende des Gartens, in der von ihm selbst gebauten Laube, stand das Ergebnis seiner Arbeit. Es war eine utopische Vision des Moby-Dick-Wegs samt Umgebung. Liebevoll gebastelt und mit geradezu fanatischer Hinwendung zum kleinsten Detail, stellte das Modell eine liebliche, halb-ländliche Gemeinde dar. Eine harmonische Verbindung architektonischer Stile, mit offenen Räumen, Geschäften und vielfältigen Ausblicken.

Es unterschied sich erheblich von der großen und aufdringlichen Konstruktion, die gerade im Rathaus ausgestellt wurde und unter der ein Schild mit der Aufschrift: ›Städtische Neuentwicklung‹ angebracht war.

Natürlich war das Wort ›Neu‹ inzwischen etwas irreführend. Das Modell im Rathaus zeigte schon unverkennbare Spuren seines fortgeschrittenen Alters. Obwohl die Arbeit an der ›Neuentwicklung‹ vor einigen Jahren mit etlichen zerbrochenen Sektflaschen und zerschnittenen blauen Bändern begonnen hatte, war seitdem nicht mehr viel passiert. Sicher, die Bulldozer hatten die alte Stadt planiert, aber noch war kein einziges neues Fundament oder ein Kanalisationsrohr gelegt worden.

Für viele war dies eine Überraschung. Nicht jedoch für diejenigen, die Jack Murphy kannten. Und der städtische Planungsauschuß hatte Jack Murphy wahrlich gründlich genug kennengelernt.

Alle aufgenommenen Arbeiten kamen aufgrund komplizierter rechtlicher Formfragen zum Erliegen. Diese entzündeten sich an der Entdeckung (durch Jack Murphy) von zahlreichen alten Gründungs- und Übertragungsurkunden, Dokumenten und Papieren, die sich mit Wegerechten befaßten, mit Gemeindegrund, Reitwegen, Brunnen, Wasserstellen und Gott weiß was noch alles.

Das alles bedarf einer gründlichen Klärung. Und während diese vorgenommen wurde, standen die Bagger untätig herum und tranken die Bauarbeiter Kaffee in ›*Die Beine der Gattin*‹. Und die Nummer dreiundzwanzig im Moby-Dick-Weg blieb genau da stehen, wo sie war.

Cornelius betrat die Küche, wobei er mit dem Zeh an ein aufgewelltes Stück Linoleum und mit dem Schienbein gegen die Tür stieß, die an diesem Morgen nur halb aufzugehen geruhte. Der Papa sah lächelnd von seiner Ausgabe von MacKenzies ›*Recht und überliefertes Wissen der Gemeinde, Band 1655–1660*‹ auf.

»Guten Morgen, geschätzter Urheber meiner Existenz«, sprach Cornelius.

Der alte Herr kicherte. »Auch dir einen guten Morgen, respektable Frucht meiner Lenden. Deine Mutter ist weggegangen, aber da ist noch Tee in der Kanne.«

»Hurra!« Cornelius goß sich eine Tasse voll und füllte dem Papa nach.

»Hab Dank. Zwei Briefe für dich.« Eine große Hand wies auf ein paar Umschläge, die auf der unpolierten Tischplatte lagen.

Cornelius setzte sich und betrachtete die Briefumschläge mit Mißtrauen. Der eine sah freilich ungefährlich aus, denn er war unverkennbar mit Mr. Jarrows Klaue bekritzelt. Cornelius steckte ihn ungeöffnet in die Tasche seines Bademantels. Urlaubsgeld für zwei Wochen, vermutete er ganz zu Recht.

Der zweite Umschlag war dagegen von ganz anderem Kaliber. Er war groß und eindrucksvoll und machte einen offiziellen Eindruck. In der linken oberen Ecke standen die Worte ›Streng vertraulich‹ gedruckt. Name und Adresse des großen Jungen waren aufgetippt. Genau in der Mitte. Cornelius konnte die Type nicht erkennen. Sie sah ein bißchen gotisch aus. Er nahm den Umschlag in die Hand und schüttelte ihn vorsichtig. Etwas Hartes rutschte in ihm hin und her.

»Das habe ich auch schon probiert«, sagte der Papa. »Interessant, nicht wahr?«

Cornelius legte den Umschlag wieder hin und nippte an seinem Tee. Er war eiskalt.

»Der Tee ist kalt«, teilte er dem Papa mit.

»Das dachte ich mir schon. Die letzte Tasse war genauso. Willst du den Brief nicht öffnen?«

»Ich denke nicht.«

»Dann laß mich es tun.«

»Auf keinen Fall. Streng vertraulich, steht hier.«

»Nur der Umschlag.« Der Papa trank seinen kalten Tee aus. »Ich ziehe eigentlich heißen Tee vor, weißt du das?« Er wedelte mit der Tasse in Cornelius' Richtung. »Komm schon, mach auf.«

»Ach, na gut.« Cornelius nahm den Umschlag und riß ihn auf. Es fielen ein maschinenbeschriebener Briefbogen und ein kleines hartes Etwas heraus. Cornelius nahm das Etwas in die Hand. Er hatte noch nie eine Kreditkarte zu Gesicht bekommen, und tatsächlich hatte er auch jetzt keine vor sich. Was er da anstarrte, war von etwa gleicher Größe. Cornelius drehte es auf seiner Handfläche herum. Es war aus dunkelgrünem Plastik gefertigt, dünn wie eine Waffel, aber dennoch von beträchtlichem Gewicht. Mehrere Löcher waren hineingestanzt. Cornelius registrierte, daß sie dem Durchmesser einer Stricknadel der Größe dreizehn entsprachen. Er richtete seine Aufmerksamkeit auf das beschriebene Papier. Es war ein Brief. Darin stand:

> Lieber Cornelius Murphy –
> Der **Arthur-Kobold-Verlag** freut sich, eine freie Stelle für einen ehrgeizigen und unternehmungslustigen jungen Menschen ausschreiben zu können.
> Der **A.-K.-V.** ist gegenwärtig mit einem gewaltigen Projekt befaßt und bedarf der Dienste eines selbständig denkenden Schulabgängers, der gewillt und in der Lage ist, ohne Aufsicht und nach eigener Zeiteinteilung zu arbeiten.
> Sehr gute Bezahlung, hervorragende Perspektiven und ein in bar ausbezahlter Startbonus erwarten den erfolgreichen Bewerber, der sich uns heute mittag um zwölf Uhr präsentieren sollte.
> Viel Glück!
> **Arthur Kobold**

Cornelius las den Brief noch einmal und stieß dann einen Pfiff aus. Und dann schielte er auf seine Armbanduhr. Und dann machte er ein sorgenvolles Gesicht.

»Warum machst du ein sorgenvolles Gesicht, o du mein Sohn?« fragte der Papa.

Cornelius reichte ihm den Brief. Der Papa las ihn einmal. Las ihn ein zweites Mal. Schielte dann zur Küchenuhr hoch. Und dann machte auch er ein sorgenvolles Gesicht.

Cornelius registrierte, daß mehrere Strähnen der Stoffetzenperücke quer über der linken Schläfe des Papas in arabisch die Worte: ›Es gibt keinen Gott neben Allah‹ buchstabierten.

»Es ist schon fast zehn Uhr«, sagte der ältere Murphy.

»Und auf dem Brief steht keine Adresse«, fügte sein Sohn hinzu.

»Zeig mir das kleine Etwas.«

Cornelius reichte das Etwas dem Vater, der es mit großem Interesse untersuchte. »Was ist das?« fragte er schließlich. »Es scheint ein unnatürlich hohes Gewicht zu haben.«

Cornelius nahm Brief und Karte wieder an sich und legte sie vor sich auf den Tisch. »Es handelt sich offensichtlich um einen Test. Finden Sie die Büroräume des Arthur-Kobold-Verlags und gewinnen Sie den großen Bargeldpreis.«

»Bravo, mein Sohn. Fahre fort.«

»Nun ja«, Cornelius kratzte sich am Kopf. Der Papa beobachtete, wie das schwere Haar gefährlich wogte. »Die Karte hat eine Reihe von Löchern. Meine Vermutung wäre folgende: Wenn man sie über den Brief legen und sie ein bißchen hin und her schieben würde, könnte sich gut und gerne eine Art Muster ergeben. Angesichts der begrenzten Zeit, die zur Verfügung steht, möchte ich bezweifeln, daß der Code, wenn es sich denn um einen solchen handeln sollte, allzu schwer zu knacken wäre. Schon gar nicht für jemanden, der ehrgeizig, unternehmungslustig, jung und selbständig zu denken gewohnt ist.«

»Jemand wie du, zum Beispiel.«

»Genau. Natürlich könnte das Geheimnis auch nur in der Karte selbst liegen.«

»Nochmals bravo. Wie willst du es also anpacken?«

Cornelius lächelte. »Folgendermaßen: Ich werde den Brief, den Umschlag und die kleine durchlöcherte Karte in die Mülltonne werfen, mich waschen, anziehen und in *›Die Beine der Gattin‹* begeben, um eine *heiße* Tasse Tee zu trinken.«

»Und nochmals bravo«, kicherte der Papa. »Genau das, was ich auch getan hätte. Wirf das Zeug aber in die Nachbartonne, wir wollen doch deine Mutter nicht unnötig aufregen.«

»Selbstverständlich.« Cornelius erhob sich.

»Eins noch, bevor du gehst.« Der Papa reichte ihm einen weiteren Bogen Papier. »Eine Liste mit Modellzubehör«, erklärte er. »Balsaholz, Klebstoff, Messingbeschläge und solche Sachen.«

»Ach ja?« Cornelius hob eine Augenbraue.

»Ja. Ich dachte, du würdest mir vielleicht einen ausgeben wollen.«

»Dachtest du?«

»Von deinem ›Urlaubsgeld‹.« Der Papa zwinkerte.

Cornelius grinste breiter als je zuvor. »Ist mir ein Vergnügen«, sagte er.

Cornelius badete, warf sich in ein ausgebleichtes Hawaiihemd und seinen Lieblingssommeranzug (seinen einzigen). Ließ seine unbesockten Füße in ein Paar Segeltuchschuhe schlüpfen und machte sich daran, eine bestimmte Hypothese zu überprüfen.

Er frühstückte im *›Die Beine Der Gattin‹*. Löste seinen Scheck bei der Bank in der Hauptstraße ein. Reichte die Liste des Papas bei Mr. Moore (von ›Moores Modellbau‹) ein und begab sich anschließend auf einen kleinen Spaziergang.

Er verbrachte einige Zeit mit Nerzmantel, dem Nichtseßhaften. Winkte ein paar Unbekannten in einer Kutsche zu. Streichelte einen Kater unterm Kinn und sah einen Dampfzug unter eine Brücke fahren.

Sein Schlendern folgte keiner bestimmten Route. Im Gegenteil, er wanderte, wohin ihn die Eingebung führte. Als die Rathausuhr zwölf schlug, fand er sich in einer unordentlichen Sackgasse unter den Eisenbahnbogen wieder. Und als der letzte Schlag verhallte, stand er vor einer dunkelgrünen Tür.

Cornelius trat dicht heran und klopfte mit den Fingerknöcheln dagegen.

Die Tür flog auf, und ein kleines Gesicht mit Koteletten linste zu ihm hinauf.

»Mr. Kobold?« fragte Cornelius. »Mr. Arthur Kobold?«

»Cornelius Murphy«, sagte Arthur Kobold. »Ich habe auf Sie gewartet.«

5. KAPITEL

»Nehmen Sie bitte Platz.«

Cornelius befand sich im schlichten Büro des Mr. Arthur Kobold. Es war auf eine Weise möbliert, die dem großen Jungen neu war.

Die Möbel hatten zwar ein antikes Design und zeugten von überlegener Handwerkskunst, wirkten aber dennoch, als kämen sie frisch aus dem Ausstellungsraum. Imitationen also? Cornelius glaubte es nicht. Der Ort vermittelte eher den Eindruck eines Museums. Als wäre das Büro mit seinen getäfelten Wänden und dem üppigen dunklen Mobiliar vor den Stürmen der Zeit bewahrt worden.

So wie Mr. Kobold.

Er trug einen viktorianischen Cut mit hohem Stehkragen und einer Krawatte aus Moiréseide. Eine diamantene Krawattennadel glitzerte an seinem Hals. Er war klein und rund, sein Gesicht breit und platt, sein Haar eine hohe dunkle Krause. Seine Koteletten waren prachtvoll.

Cornelius setzte sich auf einen exquisiten Stuhl vor einem Mahagonischreibtisch. Mr. Kobold nahm dahinter Platz. Er zog an der Uhrkette seiner Weste und brachte einen Bund von winzigen Messingschlüsseln zum Vorschein. Mit einem davon schloß er einen reich verzierten Flaschenständer auf.

»Mir scheint, ein kleiner Port wäre dem Anlaß angemessen«, sagte er fröhlich, während er sattrote Flüssigkeit in ein Paar winziger Gläser goß.

»Bitte sehr.« Mr. Kobold reichte Cornelius ein Glas, der es zuprostend hob.

»Auf den Erfolg«, sagte Arthur Kobold.

»Auf den Erfolg.« Cornelius brachte sein Glas etwas näher an die Lippen, trank aber nicht daraus. »Wie steht es mit der Prämie?« fragte er.

»Alles zu seiner Zeit.« Arthur Kobold vertiefte sich in eine Schublade und holte einen mächtigen Kuchen hervor. »Möchten Sie ein Stück hiervon?«

»Der Kuchen sieht großartig aus, aber ich habe gerade gegessen.«

»Wie Sie meinen.« Arthur Kobold schnitt sich selbst eine großzügig bemessene Scheibe ab und stopfte sich den größten Teil davon in den Mund. »Irgendwelche Probleme, hierherzufinden?« erkundigte er sich kauend.

»Offenbar nicht.« Cornelius hatte festgestellt, daß berühmte Männer und Frauen immer behaupteten, durch reinen Zufall in ihre glorreichen Karrieren hineingerutscht zu sein. Sie seien eben zufällig zur rechten Zeit am rechten Ort gewesen. Ob es sich hier einfach um falsche Bescheidenheit ihrerseits handelte oder doch um eine Angelegenheit eher kosmischer Natur, das herauszufinden war Cornelius schon immer begierig gewesen.

Und hier war er also.

»Tja, hier bin ich also«, sagte Cornelius.

»In der Tat. Und Sie sind genau der richtige Mann für mich. Möchten Sie Näheres über Ihre Aufgabe erfahren?«

»Ich würde es vorziehen, zunächst die Geldprämie zu empfangen.«

»Haben Sie jemals von Hugo Rune gehört?« Mr. Kobold bürstete einige Kuchenfragmente aus seinen Koteletten.

Cornelius hielt sein Haar fest und nickte. »Kam aus dieser Gegend, soweit ich gehört habe. Wurde er nicht als Puppe von den Chiswicker Frauen verbrannt?«

»Ja, das ist er.«

»Mein Vater hat eins seiner Bücher.«

»Welches denn?« Mr. Kobold grub sich erneut in den Kuchen ein.

»›DAS BUCH DER ALLERLETZTEN WAHRHEITEN‹. Ich habe es noch nicht gelesen.«

»Dann sollten Sie es tun. Tragen Sie es von nun an immer bei sich.«

»Nun, ich lese mich durch sämtliche Bücher des Papas hindurch. Aber dieses ist noch viele Regale weit weg. Es steht, wenn ich mich recht entsinne, zwischen dem neunundachtzigsten und neunzigsten Band der ›Geschichte der Gemeindeverordnungen‹. Der Papa hat ein großes Interesse an diesen Dingen.«

»Nun, wie dem auch sei. Mein Verlag beabsichtigt, Runes Werke neu herauszugeben. Aber in ihrer vollständigen Fassung. Rune war ein Mann von äußerster Gelehrsamkeit. Ein Genie und ein Visionär. ›*DAS BUCH DER ALLERLETZTEN WAHRHEITEN*‹ war sein Meisterwerk. Aber als es, Jahre nach seinem Tod, veröffentlicht wurde, war es unvollständig. Ganze Abschnitte waren entfernt worden.«

»Und Sie möchten das verlorengegangene Material wiederfinden?«

»Genau. Noch Port?«

»Ich bin mit diesem hier noch nicht fertig.«

»Das sehe ich. Trinken Sie aus.«

Cornelius bewegte das Glas auf seine Lippen zu. »Und wo vermuten Sie das vermißte Material? Haben Sie Kontakt mit den ursprünglichen Herausgebern aufgenommen?«

»Guter Junge.« Mr. Kobold leckte sich die Finger ab. »Schon lange in Konkurs gegangen. Keine Spur hinterlassen. Aber hier vielleicht.« Er schaufelte einen Stapel Papier aus einer anderen Schublade und schob ihn Cornelius über den Tisch.

»Morgen findet eine Versteigerung statt. Unter den angebotenen Posten befindet sich das bewegliche Eigentum des kürzlich verstorbenen Victor Zenobia.«

»Zenobia?« fragte Cornelius. »War das nicht die Königin von Palmyra aus dem dritten Jahrhundert, die vom Römischen Kaiser Aurelian gefangengenommen wurde?«

»Ja, das stimmt. Aber dieser Victor Zenobia war einer von Runes ehemaligen Gefolgsleuten. Er war Runes Sekretär. Und in seinem Nachlaß befinden sich daher eine Menge Papiere. Vielleicht sind es die, die ich suche, vielleicht auch nicht. In jedem Fall könnten sie einige Hinweise enthalten. Außerdem habe ich eine Namensliste. Leute, die ich gerne aufgespürt hätte. Irgend jemand hat die fehlenden Papiere. Dessen bin ich mir sicher.«

Cornelius war im Moment dabei, sich durch die anrüchige Abteilung der Bibliothek des Papas hindurchzuarbeiten. Gegenwärtig vergnügte er sich mit ›*Körper auf dem Hinterhof*‹. Ein von Lazlo-Woodbine-Thriller.

»Was Sie brauchen, ist ein Privatdetektiv.«

»So kann man es auch sagen.« Arthur Kobold lächelte.

»Sie haben Kuchen zwischen den Zähnen«, sagte Cornelius. »Dürfte ich Ihre Liste sehen?«

Kobold wühlte sie aus den Papieren und gab sie Cornelius. So viel Papier, das an einem einzigen Tag hin- und hergereicht wird, dachte der große Junge. Er studierte die Liste. Da waren fünf Namen. Der von Victor Zenobia stand ganz oben. Er war abgehakt.

»Und der Aufenthaltsort der anderen vier ist unbekannt?«

»Unbekannt. Ich habe Victors Namen bei den Todesanzeigen entdeckt. Ich habe bei der Zeitung angerufen und von der Versteigerung erfahren. Reiner Zufall.«

Reiner Zufall, dachte Cornelius. »Und wo wird die Versteigerung abgehalten?«

»Edinburgh. Morgen um dreizehn Uhr.«

»Edinburgh?« Das klang gut.

»All Ihre Auslagen werden von uns übernommen. Reise und Unterkunft erster Klasse.«

Das klang auch ziemlich gut.

»Noch Port?« fragte Arthur Kobold.

»Nein danke.« Cornelius stellte das immer noch volle Glas ab. »Ich würde die Stellung mit Vergnügen annehmen. Ich werde allerdings einen Vorschuß benötigen. Ich bin gegenwärtig mittellos.«

»Der vorgesehene Bonus beläuft sich auf fünfhundert Pfund.« Arthur Kobold rammte das letzte Stück Kuchen in seinen Mund. »Sie sollten wirklich mal davon kosten.«

»Mir scheint, Sie haben ihn aufgegessen.«

»Oh, tatsächlich. Na ja. Fahren Sie nach Edinburgh. Erwerben Sie die Effekten des verstorbenen Victor Zenobia. Berichten Sie mir, was Sie herausgefunden haben. Folgen Sie allen Hinweisen, die Sie sammeln können. Eröffnen Sie ein eigenes Bankkonto. Telefonieren Sie mir Ihre Unkosten durch. Sie werden ohne Rückfrage erstattet.«

»Ohne Rückfrage?«

»Selbstverständlich. Ich stelle Sie ein, weil ich glaube, daß Sie erstklassige Arbeit abliefern werden. Wenn ich Sie mit zweitklassigen Mitteln abspeisen würde, täten Sie ganz recht daran, mich zu betrügen. Wenn ich Ihnen aber eine erstklassige Ausstattung anbiete, welchen Grund hätten Sie dann, mich zu hintergehen?«

»Nicht den geringsten – von grundsätzlicher Unehrlichkeit einmal abgesehen.«

»Und würden Sie sich als grundsätzlich unehrlich bezeichnen?«

»Nein, würde ich nicht, ehrlich gesagt.«

»Ich auch nicht. Also abgemacht. Nur eins sollten Sie noch wissen. Die Zeit ist von größter Bedeutung. Ich bin nicht der einzige, der nach diesen Papieren sucht. Es gibt noch einen rivalisierenden Verleger. Der Einsatz, wie man sagt, ist hoch. Sollten Sie Erfolg haben, wird es in Zukunft noch viel Arbeit für Sie geben.«

»Keine Angst. Wenn die Papiere existieren, dann werde ich sie finden.«

»Dessen bin ich mir ganz sicher. Also, hier sind fünfhundert Pfund für den Anfang. Wollen wir sagen, Sie bekommen ein wöchentliches Gehalt von ebenfalls fünfhundert Pfund?«

»Das scheint mir überaus angemessen.« Cornelius Murphy grinste über das ganze Gesicht.

6.
KAPITEL

Auf dem Weg nach Hause machte Cornelius einen Abstecher zu ›Moores Modellbau‹.

Der Papa hatte – zweifellos infolge eines Versehens – zu erwähnen verabsäumt, daß er seit langem eine Rechnung bei Mr. Moore offenstehen hatte, die zu begleichen der große Junge nun gezwungen war, anderenfalls der Ladeninhaber sich nicht von seiner Ware trennen wollte.

»Stellen Sie alle künftigen Rechnungen direkt mir zu«, sagte Cornelius lächelnd. Dem Moore wurde ganz schwindelig bei dieser Anweisung, so daß es ihn nach etwas Ruhe verlangte und er sich setzen mußte.

Im Moby-Dick-Weg Nummer dreiundzwanzig angekommen, erklärte Cornelius seinen Eltern die neueste Entwicklung. Lieh sich ›DAS BUCH DER ALLERLETZTEN WAHRHEITEN‹ aus. Ließ sich seine Taschen packen und verabschiedete sich.

Im ›*Die Beine der Gattin*‹ sagte er Tuppe Lebewohl. Cornelius' Bitten um einen Assistenten, sogar einen von ihm selbst bezahlten, waren bei Mr. Kobold auf taube Ohren gestoßen. Mr. Kobold war unnachgiebig. Cornelius mußte es allein ausfechten.

»Und so heißt es denn Abschied nehmen, fürchte ich.«

»Dann schick mir eine Ansichtskarte.« Tuppe hob seine Teetasse mit beiden Händen. »Und wenn du es möglich machen könntest, mir eine von diesen schottischen Trommlerinnen-Puppen in den durchsichtigen Plastikkartons zu kaufen.« Cornelius hielt den Daumen hoch. »Dann könntest du es wahrscheinlich auch möglich machen, mir statt dessen eine Flasche Scotch zu besorgen.«

»Ich werde dir eine ganze Kiste kaufen.«

»Hab Dank. Wie ich sehe, bist du reisefertig.« Tuppe deutete auf den Koffer und den Rucksack unter dem Tisch.

»Ich muß gleich los. Nehme den Nachtzug.«

»Was ist denn in dem Rucksack?«

»Winterwollsachen, eine Thermoskanne mit Kaffee und die alten Feldrationen aus der Armeezeit des Papas. Die Eltern wollten mich ohne diese nicht weglassen.«

»Sehr klug. Und du solltest noch mal zur Toilette gehen, bevor du aufbrichst. Du willst doch nicht unterwegs in Verlegenheit kommen.« Tuppe grinste dümmlich.

»Nur zu wahr.« Als Cornelius vom Klo zurückkam, war Tuppe verschwunden.

Um Punkt sechs Uhr abends ließ die mächtige Leviathan-Lokomotive unter heftigem Dampfausstoß und dramatischem Ächzen die King's Cross Station hinter sich und machte sich auf den Weg nach Schottland.

Im Erster-Klasse-Speisewagen löffelte Cornelius Murphy Brown-Windsor-Kuchen in seinen Mund und blätterte in dem ›BUCH DER ALLERLETZTEN WAHRHEITEN‹. Er schlug aufs Geratewohl eine Seite auf und las die Kapitelüberschrift.

WUNDER DES TIERREICHES

Und dann das, was darunter stand.

Zu allen Zeiten haben ›gelehrte‹ Männer das Tierreich studiert und ungezählte Bände guten Papiers mit ihren Beobachtungen verschandelt.

Plinius der Ältere war ganz groß darin. In seiner ›*Naturgeschichte*‹, die zuerst im Jahre 77 n. Chr. erschien, hat er ein ganzes Kapitel dem bescheidenen Goldfisch gewidmet.

Hier folgen seine ›Sieben Wundersamen Wahrheiten‹ zu diesem Thema.

1. Der Goldfisch ist das einzige Lebewesen, das nicht sein eigenes Gewicht im Wasser verdrängt.
2. Um zu überleben, muß der Goldfisch pro Stunde mindestens das Vierfache seines Körpergewichts fressen.
3. Bei Neumond zeigt der Goldfisch mit dem Kopf immer genau nach Norden.
   (Von Marco Polo weiß man, daß er eine Reihe von Goldfischen mit sich geführt hat, für den Fall, daß sein Magnetit einmal ausfallen sollte. H.R.)
4. Im Oberen Sumatra dient der Goldfisch als Zahlungsmittel.
5. In Ägypten dienen Goldfischhäute als Kondome.
6. Pulverisierter Goldfisch ist ein beliebtes Aphrodisiakum.
7. Der Goldfisch ist das selten gebrauchte dreizehnte Tierkreiszeichen.

Nun, seit den Tagen des Plinius ist natürlich eine Menge geschehen. Heute werden auf der ganzen Welt die Goldfischhäute als Kondome verwendet.

Aber wissen wir heute wirklich mehr über das Tierreich, als Plinius seinerzeit zu wissen glaubte? Ich bin mir da nicht so sicher.

Man nehme zum Beispiel das Phänomen der ›Fischfälle‹. Regenschauer von winzigen Fischen ergießen sich auf den Planeten. Von vielen beobachtet, von den meisten geleugnet, von niemandem verstanden. Und wie steht es mit den Igelfällen? Jede Menge handfeste Beweise, aber nicht die geringsten Forschungen auf diesem Gebiet.

Man fahre einmal während der Igelsaison über Land und schaue sich die Überreste von Tausenden dieser Tiere an, die zermatscht auf den Straßen liegen. Und man beachte, wie völlig platt sie sind. Sie müssen aus überaus großer Höhe heruntergefallen sein, um so zu enden!

Die gängige ›Erklärung‹ für diese traurige Erscheinung ist die, daß die Igel angeblich von Kraftfahrzeugen überfahren werden. Ach du meine Güte! Es ist doch, wie mir scheint, ganz offensichtlich, daß der Igel ein Bewohner des oberen Teils der Erdatmosphäre ist. Er ernährt sich von fliegenden Insekten und den winzigen Fischen, die die *Aquasphäre* bevölkern.

Die Aquasphäre, das weiß jeder, der meine Monographie ›*Noahs Flut – wo all das Wasser wirklich herkam*‹ gelesen hat, ist die fast zwei Kilometer dicke äußere Wasserschicht, die die Atmosphäre davor bewahrt, in den Weltraum abzutreiben. Die Igel, die in diesen Regionen fischen, schweben dort oben fröhlich hin und her, wobei sie ihren Auftrieb durch Säcke erhalten, die ihren Körper umgeben und mit natürlichem Methan aufgepumpt sind. Bei ihrem Tod, der häufig aufgrund von Einstichen während der Brunftzeit eintritt, entweicht das Gas, so daß sie auf die Erde hinabstürzen und beim Aufprall auf dem Asphalt explodieren. Die Tatsache, daß man niemals einem platten Igel auf weichem, grasbewachsenem Untergrund begegnet, bestätigt dies und muß, wie ich wohl meine, als schlüssiger Beweis für meine These gelten.

Ein weiterer Fall von populären Erklärungen, die weit am Ziel vorbeischießen, betrifft das sogenannte »ausgestorbene« Wollmammut.

Während meiner Reisen durch die sibirische Steppe vor einigen Jahren traf ich zufällig auf ein Team von russischen Paläontologen, die sich deutlich erkennbar in einem Zustand höchsten Überschwangs befanden.

Offenbar war durch eine für die Jahreszeit ungewöhnliche Flut ein Teil des Flußufers weggespült und dadurch der vollständig erhaltene Kadaver eines Wollmammuts freigelegt worden. Das Tier war in Laufhaltung eingefroren und wirkte so frisch wie der sprichwörtliche Tau.

Die russischen Graubärte waren ganz außer sich vor Freude und glaubten, den Fund des Jahrhunderts gemacht zu haben. Irgendwie hatten sie es sich in den Kopf gesetzt, daß dieses Exemplar mindestens fünfzehntausend Jahre alt sei.

Ich stellte mich vor, und als sie erkannten, wer ich war, baten sie mich natürlich, ihren Schatz zu untersuchen und eine maßgebliche Einschätzung abzugeben.

Ich war gerne bereit dazu, da ich noch keine weiteren Pläne für den Vormittag gemacht hatte. Ich sah mir das Tier an und verkündete, daß es sich in der Tat um ein Wollmammut handele, und zwar aus der Gattung *Mammuthus primigenius*. Und daß es seit mindestens einer halben Stunde tot sei!

Das Wollmammut, erklärte ich ihnen, ist ein Wühltier, das ausschließlich unter der Erde lebt und in diesen Breiten sehr häufig anzutreffen ist. Es gräbt seine Tunnel mit den gewaltigen Stoßzähnen und stirbt augenblicklich, wenn es dem Sonnenlicht ausgesetzt ist.

»Ihr habt hier ein schön frisches Exemplar«, sagte ich ihnen, »und es wäre ein Jammer, es verkommen zu lassen.«

Ohne weitere Umstände ließ ich meine Diener den Kadaver in das Dorf schleppen, in dem ich logierte, und ein Feuer entfachen.

Die Graubärte veranstalteten einen ziemlich überflüssigen Wirbel wegen dieser Sache, so daß ich gezwungen war, von meinem kräftigen Stock Gebrauch zu machen. Wie es für schlechte Verlierer typisch ist, nahmen sie dann nicht an unserem Barbecue teil.

»Wäre der Herr dann bereit, den Hauptgang zu bestellen?« Cornelius blickte von seiner Lektüre auf und dem piekfein gekleideten Kellner ins Gesicht.

»Ja«, sagte er.

»Wir haben Goldfischfilet in Weißwein gegart; Chateaubriand à la Igel, mit winzigen Fischen garniert; oder Entrecôte vom Wollmam –«

»Ich bekomme einen Salat, bitte.«

Um sieben Uhr dreißig am nächsten Morgen keuchte der mächtige Leviathan ohne jegliche Fanfare in den Hauptbahnhof von Edinburgh.

Cornelius streckte den Kopf aus dem Fenster des Erster-Klasse-Schlafabteils und atmete Schottland ein. Sein Haar nahm die Form von krauser Shetlandwolle an. Draußen sah es nach einem weiteren schönen Tag aus.

Der große Junge wusch sich, putzte sich die Zähne und zog sich dann ein ausgeblichenes Hawaiihemd und seinen Sommeranzug an. Er erwog, den Rucksack im Zug zurückzulassen, aber da dieser einige seiner liebsten Fair-Isle-Pullover enthielt und er ja schließlich hier in ›bonny Scotland‹, war, besann er sich eines Besseren. Zuletzt griff er sich seinen Koffer und schwankte auf den Bahnsteig. Ein Fremder in einem fremden Land. Und allem Anschein nach ganz auf sich gestellt.

Sein erster Gedanke war, Mr. Arthur Kobold telefonisch über seine Auslagen zu informieren. Sein zweiter, zu frühstücken.

Die erste Enttäuschung bestand darin, daß kein Kofferträger zu sehen war. Die zweite wartete beim Fahrkartenschalter auf ihn, wo niemand war, dem er sein Erster-Klasse-Ticket zeigen konnte.

Cornelius schleppte seinen Koffer durch die menschenleere Halle des großen viktorianischen Bahnhofs. Ein schottengemusterter Kiosk, im Stil einer Jahrmarktsbude, verströmte nicht weit vor ihm den verführerischen Duft von gebratenem Schinkenspeck und frisch gekochtem Kaffee. Cornelius spürte, wie seine Beine Federn bekamen.

Hinter dem Tresen stand eine abgezehrt aussehende Frau, die die Hände auf den Kopf gelegt hatte.

»Guten Morgen, Madam.« Cornelius stellte den Koffer ab, nahm den Rucksack vom Rücken und bestieg einen vor dem Tresen stehenden Hocker.

Die abgezehrt aussehende Frau erwiderte das fröhliche Lächeln nicht, mit dem er sie begrüßte.

»Wir haben geschlossen«, verkündete sie in frostigem

Tonfall. Cornelius registrierte, daß die kleine blaue Vene, die sich auf ihrem Nasenrücken hinabschlängelte, den Verlauf des Euphrats wiedergab.

»Nein, haben Sie nicht«, sagte der unverzagte Junge. »Sie haben offen. Ich nehme Kaffee und das volle Frühstück, bitte.«

»Der Kaffee ist alle.«

»Nein, ist er nicht. Da blubbert er in der Maschine vor sich hin.«

»Er ist alle.«

»Könnte ich wohl mal kosten?«

»Der Kaffee ist alle. Ziehen Sie Leine!«

»Sie haben Ihre Lippen gar nicht bewegt, als Sie das gesagt haben.« Cornelius fragte sich, ob er möglicherweise in die Probe für irgendeine Rahmenaufführung des legendären Edinburgh-Festival gestolpert war. »Wie haben Sie das gemacht?« fragte er.

»*Ich* war das!« Ein Kopf tauchte hinter dem Tresen auf. Es war ein vollkommen runder Kopf, der eine runde Schottenmütze mit Schottenmuster trug. Außerdem trug er ein jugendliches Gesicht, dessen größter Teil hinter den kieseldicken Brillengläsern eines ernsthaft Kurzsichtigen lauerte. Unter einer überaus zierlichen Stubsnase schob ein Mund, der dem eines Goldfisches nicht unähnlich war, seine Unterlippe in bedrohlicher Manier nach vorn. Cornelius sorgte sich am meisten um die Nase. Wie konnte sie bloß das Gewicht der Brille bewältigen?

»Campbell«, sagte Cornelius.

»Ich kenne dich nicht, oder?« Der junge Mann sah Cornelius an und blickte dann hektisch in alle Richtungen.

»Das Muster. Auf deiner Mütze. Das ist das Clan-Zeichen von Callum dem Großen. Reicht bis ins vierzehnte Jahrhundert zurück.«

»Verzieh dich«, sagte der Campbell.

»Ich will mein Frühstück.« Cornelius rieb sich die Hände.

»Hör zu, mein Freund«, der Campbell zog eine Pistole hervor und richtete sie auf den großen Jungen, »siehst du, was ich hier habe?«

Cornelius nickte. »Das ist eine Neun-Millimeter Ozi-Maschinenpistole. Vollautomatisch, fünfundzwanzig-Schuß-Ladestreifen, abnehmbarer Schaft.«

»Und sie ist, nebenbei bemerkt, geladen.«

»Möglicherweise mit Plastilin. Das ist ein Modell aus dem Selbstbausortiment von Airfix. Ich habe auch so ein Ding zu Hause. Das Visier auf dem Lauf ist zu lang. Ich habe deswegen an Airfix geschrieben, aber die haben meinen Brief nie beantwortet.«

Ein Ausdruck des Schreckens erschien auf dem Mondgesicht des Campbell. Er hielt sich das Gewehr dicht vor die Brille und untersuchte besorgt den Abzug. Der löste sich und fiel klappernd auf den Tresen.

Cornelius hob ihn auf. »Das habe ich auch erwähnt. Paß auf«, fügte er hinzu. Aber er war nicht schnell genug.

Die abgezehrte Frau verpaßte dem Campbell einen Kopfstoß, worauf er hinter dem Tresen verschwand. Sein Heulen schallte durch den leeren Bahnhof, als sie ihn zu treten begann.

»Dann warte ich also, bis Sie fertig sind.« Cornelius machte es sich auf dem Hocker bequem und schnüffelte in Richtung Kaffeekanne.

»Und komm ja nicht wieder!« Die abgezehrte Frau hob eine Tresenklappe, riß die darunter befindliche Tür auf und schleuderte den Campbell durch die Halle. Er überschlug sich mehrere Male, bevor er sich, verwirrt und beschämt, erhob, sich die Brille ans Gesicht drückte und Reißaus nahm. Die abgezehrte Frau schleuderte die Plastikpistole hinter ihm her.

»Verflucht seien alle verdammten Campbells«, rief sie und drückte damit die Empfindung so manch eines Kunstliebhabers in einer Andy-Warhol-Ausstellung aus. »So, und was ist jetzt mit Ihnen?«

»Ich bekomme Frühstück. Eier, wenn Sie haben.«

Die abgezehrte Frau wandte sich ab.

»Und Schinkenspeck.«

Die abgezehrte Frau warf einen zornigen Blick zurück. »Und sonst noch was?«

»Und sonst noch alles, was Sie dahaben.«

»Alles, was ich dahabe.« Nicht ohne sich noch so mancherlei in den Bart zu murmeln, fing sie an, dem großen Jungen sein Frühstück zu bereiten.

Daheim im Moby-Dick-Weg begann das einzige Telefon in der Straße zu läuten. Der Papa kam mit einer Teetasse aus der Küche geschaukelt und nahm den Hörer ab.

Nach ein paar Augenblicken sagte eine Stimme: »Hallo, ist jemand dran?« Es war die Stimme des Jugend-Stellenvermittlers.

»Was gibt's denn, Jarrow?« Der Papa hob die Teetasse an die Lippen. »Schon wieder kalt.« Er schüttelte den Kopf.

»Mr. Murphy, ich möchte mit Ihrem Sohn sprechen. Es ist sehr dringend.«

»Mein Sohn hält sich zur Zeit in Schottland auf.«

»Ihr Sohn ist ein sehr böser Junge, Mr. Murphy. Er hat ein falsches Spiel mit mir getrieben. Dieser Brief ...«

»Brief?« Der Papa trank seinen Tee aus.

»Von Ihrem Sohn. Er fordert Geld.«

»Das kann nicht sein. So etwas würde mein Sohn nie tun.«

»Er würde es tun, und er hat es getan. Er behauptet, eine Anstellung gefunden zu haben.«

»Das klingt nicht sehr fordernd.«

»Er behauptet, daß ich ihn als Assistenten angestellt hätte, um einen richtigen Job für ihn zu finden.«

»Das haben Sie wohl auch.«

»Aber nun behauptet er, daß ich ihn nicht weiter in dieser Funktion beschäftigen könne, da er unabhängig davon Arbeit gefunden habe.«

»Das können Sie wohl auch nicht.«

»Und daher behauptet er also, daß ich ihn, da ich keine Arbeit mehr für ihn hätte, entlassen müsse.«

»Das müssen Sie wohl auch, schätze ich.«

»Aber er will eine Abfindung! Ein Monatsgehalt!«

»Scheint mir ein ganz vernünftiges Anliegen zu sein.« Der Papa hielt den Hörer auf Armlänge von sich, um seinem Ohr den unvermeidlichen Ausbruch zu ersparen.

»Vernünftig?« schrie Mr. Jarrow. »Es ist unerhört!«

»Nun, genau genommen«, Jack Murphy hatte den Hörer wieder am Ohr, »sind Sie nicht mehr in der Lage, ihm eine Beschäftigung zu verschaffen. Und Sie hatten natürlich keine schriftliche Abmachung. Ich kann Ihnen da einige rechtliche Präzedenzfälle nennen. Arbeitsrecht ist so eine Art Spezialität von mir. Da gab es zum Beispiel den Fall John Vincent O'Mally gegen Arthur Doveston, dem Hoflieferanten für Dampfvelozipede.«

»Arthur wer?«

»Doveston. Inzwischen natürlich bankrott. Es war kein besonders großer Fall, aber er hat eine Menge Aufmerksamkeit in der Lokalpresse erregt. Sie wissen ja, wie gerne sich diese manchmal auf die Seite des Schwächeren schlägt.«

»Ich will nichts davon hören, Mr. Murphy. Bankrott, Fall, Presse, der Schwächere?« fuhr er mit leiserer Stimme fort.

»Kämpfen Sie für Ihre Auffassung«, schlug der Papa vor. »Gehen Sie vor Gericht.«

»Vor Gericht?«

»Ich muß jetzt Schluß machen«, sagte der Papa. »Ich glaube, die Katze will raus.« Er legte den Hörer auf und gab sich einem heftigen Lachanfall hin.

Seine Frau, die in einen vielfarbigen Morgenmantel gehüllt war, erschien am oberen Treppenabsatz. »Wer war das?« fragte sie.

Ihr Mann tat sein Bestes, um sich zu beruhigen. »Mr. Jarrow«, erwiderte er keuchend. »Offenbar hat Cornelius ihm geschrieben und eine finanzielle Abfindung verlangt.«

»Unsinn«, sagte die Mutter. »So was würde mein Sohn niemals tun.«

»Genau das habe ich auch Mr. Jarrow gesagt. Mein Sohn würde so was nie tun.« Der Papa ging in die Küche zurück und goß sich noch eine Tasse Tee ein. »Darum hab' *ich* es auch getan.« Er kicherte.

Nicht ahnend, daß ihn eine Abfindung von einem Monatsgehalt erwartete, beendete Cornelius sein Frühstück. Er reichte eine schöne neue Fünf-Pfund-Note über den Tresen.

»Erstklassig«, sagte er. »Dürfte ich Sie bemühen, mir eine Quittung auszustellen?«

Die abgezehrte Frau antwortete nicht.

Da immer noch kein Kofferträger – oder, nebenbei bemerkt, sonst irgend jemand – zu sehen war, schulterte Cornelius seinen Rucksack, nahm seinen Koffer auf und marschierte los. Er begab sich auf die Suche nach einem Taxi.

Er fand allerdings keins. Immerhin fand er den Taxistand. Und als er sich auf den Boden setzte und seinen Rücken gegen das Schild lehnte, das den Reisenden sagte, auf welcher Seite sie anstehen sollten, fand er auch den Campbell.

Der ehemalige Bandit trug eine blutige Nase zur Schau, die er mit einem überdimensionalen, karogemusterten Taschentuch betupfte. Er starrte durch das unzerbrochene Glas seiner Brille zu Cornelius herüber.

Cornelius fragte sich, ob wohl in diesem Jahr im Rahmen des Festivals eine Aufführung von ›*Der Herr der Fliegen*‹ vorgesehen war.

»Vielen Dank«, sagte der Campbell.

Cornelius zuckte mit den Schultern. »Du hast angefangen. Ich hoffe, du hast nicht allzu viel für diese Spielzeugpistole bezahlt. Die abgezehrte Frau hat sie kaputt gemacht.«

»Diese Wichser haben mir gesagt, daß sie echt ist. Jetzt lassen sie mich bestimmt nicht mehr in ihre Gang rein.«

»Wichser?« Cornelius hatte von Wichsern erzählen hören. Und daß man, wenn man welche kennenlernte, aufpassen mußte, daß sie einen nicht zu Tode nervten. Er konnte sich aber nicht entsinnen, bislang tatsächlich einen getroffen zu haben. Jede Menge Idioten, sicherlich, aber keine richtigen Wichser.

»Von welchen Wichsern sprichst du?« fragte er den Campbell.

»Den Wilden Kriegern von West Lothian. Sie kriegen immer die besten Mädchen. Und erleben tolle Abenteuer und so. Ich wollte Mitglied in ihrer Gang werden.«

»Und dafür mußtest du den Kiosk ausrauben, stimmt's?«

»Den Kiosk ausrauben und ihn dann in die Luft jagen.«

»In die Luft jagen? Womit denn?«

»Sie haben mir eine Handgranate gegeben.«

»Bist du sicher, daß es eine richtige Handgranate ist? Und kein Feuerzeug?«

Der Campbell zerrte eine Eierhandgranate aus einer Geheimtasche und warf sie Cornelius zu.

Der große Junge fing sie auf. Es war ein Feuerzeug. Er gab es dem gescheiterten Neumitglied ohne Kommentar zurück. Ein Taxi fuhr vor.

»Du bist wahrscheinlich doch nicht für ein Leben unter Räubern und Terroristen gemacht«, sagte Cornelius freundlich. »Kann ich dich mitnehmen und bei dir zu Hause absetzen?«

»Du würdest nicht eventuell als Geisel mitkommen?« fragte der Campbell hoffnungsvoll. »Damit wären sie vielleicht zufrieden.«

»Dafür habe ich wirklich keine Zeit, fürchte ich. Ich habe einen Termin um eins. Vielleicht später, falls ich hier wieder vorbeikomme.«

»Es würde nicht lange dauern. Vielleicht eine Stunde. Hör zu, das wär wirklich toll von dir. Die würden dich natürlich nicht festhalten wollen. Aber es würde ihnen beweisen, daß ich ehrgeizig, unternehmungslustig, jung und selbständig bin.«

»Das würde ich auch annehmen. Und du bist sicher, daß du dich wirklich dieser Gang anschließen willst?«

»Entweder das, oder ich nehme den Job an, den mir der Jugend-Stellenvermittler besorgt hat.«

»Und was für ein Job ist das?«

»Coiffeur.«

Das Taxi fuhr den Campbell und seine Geisel durch die historischen Straßen von Edinburgh. Cornelius genoß jeden Augenblick. Er achtete vor allem auf grimmig dreinschauende Highlander mit roten Bärten, Kilts und Zweihänderschwertern. Er sah aber keine.

»Wo sind all die beschlagenen Felltaschen und die Dolche in den Strümpfen?« fragte er den Campbell.

»Und wo ist deine Melone?« entgegnete der Campbell. Und die beiden saßen eine Weile schweigend da.

»Hier an der Ecke, richtig, Jimmy?« fragte der Taxifahrer.

»Jimmy?« Cornelius wandte sich seinem Entführer zu. »Der Taxifahrer kennt deinen Namen?«

»Alle Schotten werden Jimmy genannt.« Der Campbell rückte seine Mütze zurecht. »Das weiß doch jeder. Es ist Tradition oder ein altes Gesetz oder so was.«

»Ich dachte, die Schotten würden alle Jock genannt.«

»Blödsinn, das sind die Iren.«

»Die Iren werden Mick und die Londoner werden John genannt.«

»Jack«, sagte der Taxifahrer. »Die Londoner werden Jack genannt. Jedenfalls war das bei Jack London so – irgendwas mit Ruf und Wildnis und so ... ach ja: ›*Call of the Wild*‹.«

»Wilde wurde Oscar genannt«, sagte der Campbell.

»Jack Nicholson hat den Oscar gewonnen«, sagte der Taxifahrer. »Und er wird Jack genannt. Aber ich glaube, er ist Amerikaner. Ich möchte mal wissen, wie da der Rest von denen genannt wird.«

»Wichser«, sagte der Campbell.

»Ach, man lernt doch nie aus. Das macht dann bitte zwei Pfund, Cornelius.«

Cornelius fischte das Geld aus seiner Tasche hervor. »Kann ich bitte eine Quittung haben?« fragte er. »Außerdem habe ich Ihnen *meinen* Namen gar nicht verraten.«

Der Taxifahrer kritzelte etwas Unentzifferbares auf die Rückseite einer Schachtel Woodbines und überreichte sie Cornelius.

»Ich zieh' Sie nur auf. Hab' Ihr Bild in der Zeitung gesehen.«

»Mein was?«

Der Taxifahrer hielt ein Exemplar des aktuellen ›Edinburgh Mercury‹ hoch. Die Schlagzeile lautete ›HELDENHAFTER REISENDER DURCHKREUZT RAUBÜBERFALL AUF BAHNHOFSKIOSK‹.

Darunter befand sich ein Foto des frühstückenden Helden.

Cornelius riß die Zeitung an sich und glotzte sie ungläubig an.

»Komm schon«, sagte Jim Campbell. »Ich dachte, du hättest es eilig.«

7. KAPITEL

»Das erste Haus hier drüben.« Der Campbell zeigte auf die Überreste einer Häuserreihe, die aus der Einöde eines Sanierungsgebiets emporragte.

»Nummer dreiundzwanzig. Dieser Rucksack ist wirklich schwer«, fügte er hinzu. »Und der Griff von deinem Koffer geht bald ab. Ist das eigentlich echtes Krokodilleder?«

Cornelius stolperte hinterdrein und staunte noch immer den ›Edinburgh Mercury‹ an. Er schüttelte verwundert den Kopf, und seine Haare machten jede Bewegung mit.

Die Zeitung sprach von versteckten Sicherheitskameras, gefaxten Fotografien, Computernetzwerken zur Personenidentifizierung, unmittelbarem Zugriff der Presse auf nachrichtenrelevantes Material und davon, daß der ›Edinburgh Mercury‹ immer am schnellsten die aktuellen Nachrichten parat habe.

Cornelius blätterte durch die übrigen Seiten. Diese waren in einzigartiger Weise nachrichtenfrei. Dafür quollen sie über mit Anzeigen für Erster-Klasse-Fremdenzimmer, Restaurationsbetriebe, Herrenbekleidungssalons, Mietwagenfirmen, Bordelle, Camping-Ausrüstung.

Mit anderen Worten alles, was ein heroischer Reisender – vernünftigerweise oder auch nicht – gebrauchen konnte.

»Jim?« Cornelius holte den Campbell ein. »Bleib mal stehen.«

»Hast du Probleme, oder was?« Jim stellte den Koffer ab und nahm den Rucksack von der Schulter.

»Du hast doch den Kiosk überfallen, als ich gerade aus dem Zug stieg, oder?«

»Und ich war ziemlich gut.«

»Ist sonst noch jemand ausgestiegen?«

Der Campbell schüttelte den Kopf. Dann kroch er auf dem Boden herum, um nach seiner Brille zu tasten. Cornelius bückte sich und gab sie ihm zurück.

»Danke.«

»Niemand ist aus dem Zug ausgestiegen außer mir?«

»Natürlich nicht. Der Taxifahrer wäre doch gar nicht aufgekreuzt, wenn er nicht von dir in der Zeitung gelesen hätte. Wenn ich nicht gewesen wäre, hättest du laufen müssen. Du darfst den Jungs übrigens die Zeitung nicht zeigen.«

Cornelius faltete den ›Mercury‹ zusammen und steckte ihn in die Tasche.

»Und ich glaube, du solltest deine Taschen von hier ab selber tragen. Es wäre nicht so gut, wenn sie sehen würden, daß ich sie trage.«

Cornelius zuckte die Achseln und nahm sein Gepäck auf. »Also hier lang, sagtest du?«

»Nummer dreiundzwanzig. Aye.«

Alles war genau so wie zu Hause. Es stand sogar eine Mülltonne vor der Tür. Cornelius beschloß, nicht hineinzuschauen. Der potentielle Wilde Krieger klopfte an die Tür.

Ein Auge erschien hinter einem Guckloch – wie es sich gehört.

»Weisen Sie sich aus.«

»Laß uns rein, Sawney. Ich bin's, Jimmy, und meine Brille ist im Arsch.«

»Ihr müßt euch ausweisen und das Losungswort aufsagen.«

»Ihr habt uns nichts von einem Losungswort gesagt.«

»Das ist eine neue Regel. Wenn du das Losungswort nicht kennst, kommst du nicht rein.«

»Aber ich wohne hier. Laß uns rein. Ich hab eine Geisel bei mir, und er kann nicht lange bleiben. Er hat einen Termin.«

»Kennt er das Losungswort?«

Der Campbell wandte sich an seinen Gefangenen. »Kennst du das Losungswort?«

»Sag einfach das erste, was dir durch den Kopf geht.«

»Büstenhalter«, sagte der Campbell.

»Tritt ein, Kamerad.« Die Tür öffnete sich, und Cornelius wurde hineingeführt.

»Oh«, sagte er. Hinter der Tür lagen nur Trümmer und Geröll. Das Haus bestand aus nichts weiter als einer Vorderwand. Ein kleines Lagerfeuer ließ Rauchschwaden aufsteigen, und drumherum kauerten ...

»Ja«, sagte Cornelius Murphy. »*So* muß es sein.«

Um das Lagerfeuer herum kauerten drei rotbärtige Highlander, die in beachtliche Mengen von Schottenstoff gewandet und bis an die gelben Zähne bewaffnet waren. Große Adlerfedern flatterten in ihren Kriegermützen.

»Du hast doch nach den Dolchen gefragt«, sagte Jim.

»Und wer ist das?« Eine furchterregende Erscheinung von einem Krieger schleuderte einen Hornbecher beiseite und erhob sich, wobei seine Hand zum Schwertgürtel ging.

»Eine Geisel«, sagte der Campbell stolz. »Cornelius Murphy, dies hier ist Angus, er ist der Anführer. Dort drüben beim Feuer, das ist Hamish, und Sawney hat uns ja reingelassen.«

»Hallohallo«, sagte Sawney.

»Hallo.« Cornelius winkte Sawney zu.

»Geisel?« Angus – oder der Schwarze Angus, wie er genannt zu werden vorzog – musterte Cornelius verächtlich. »Wir haben dich losgeschickt, um ein paar Sandwiches zu kaufen, und du kommst mit einer Geisel zurück?«

»Sandwiches kaufen?« Cornelius wandte sich dem Campbell zu. »Aber du sagtest doch ...«

»Und wo ist mein verdammtes Feuerzeug?« brüllte Hamish. »Du weißt doch, daß ich es nicht ausstehen kann, meine Woodbines am Lagerfeuer anzünden zu müssen.«

»Tut mir leid.« Der Campbell klaubte die falsche Granate aus seiner Tasche und gab sie dem rechtmäßigen Besitzer zurück.

»Mir scheint, du bist nicht ganz aufrichtig mir gegenüber gewesen.« Cornelius zeigte dem Campbell eine strenge Miene.

Der Campbell nahm seine Brille ab und stopfte sie in seine Tasche. »Halt den Mund«, knurrte er, »wenn du weißt, was gut für dich ist. Und du setzt dich hin, Angus!«

Angus schlich zurück zum Lagerfeuer. Cornelius betrachtete den Campbell. Keine Spur mehr von einer kurzsichtigen Niete. Die hellblauen Augen funkelten bedrohlich. Sein Gesicht trug einen unleugbar bösartigen Ausdruck. Der Campbell grinste ihn anzüglich an. »Vielleicht ein etwas überkompliziertes Täuschungsmanöver. Ich neige zu einem gewissen Manierismus auf diesem Gebiet. Du bist jetzt meine Geisel.«

»Ich bin zu dünn für eine Geisel«, sagte Cornelius. »Worum geht es hier eigentlich?«

»Händige uns dein ganzes Geld aus, bitte.«

»Das werde ich gewiß nicht tun.«

»Das macht es für dich nur noch schlimmer.« Der Campbell schnippte mit den Fingern. Die drei Krieger standen auf und zogen mörderisch scharf aussehende Schwerter.

»Ich nehm' sein Jackett«, sagte Sawney.

»Und ich nehm' seine geblümte Bluse, die wird meinem Mädchen gut stehen.« Angus strich seinen Daumen über ein mit Krokodilzähnen verziertes Messer.

»Welche Größe haben deine Stiefel?« fragte Hamish.

»Achteinhalb.«

»Dann sind sie richtig für mich.«

»Ich würde vorziehen, sie zu behalten, wenn es dir nichts ausmacht.«

Cornelius schlug eine Rechte und landete einen schmerzhaften Treffer auf Hamishs Felltasche. Der Highlander krümmte sich und verdrehte die tränenden Augen. Seine Kameraden stürzten sich auf Cornelius. Der große und in die Enge getriebene Junge schwang seinen Koffer. Zwar glückte ihm ein halbwegs anständiger Hieb gegen Angus' rechtes Ohr, aber der finstere Campbell packte ihn nun von hinten und schlang ihm den Arm um den Hals. Cornelius stieß seinen Ellbogen überall hin, wo er treffen konnte, aber dem tarnungswütigen Bösewicht war damit offenbar nicht beizukommen. Sawney hob sein Kampfschwert mit beiden Händen über den Kopf und schickte sich an, das Heft niedersausen zu lassen.

»Sofort aufhören!« Der Ruf kam nicht von Cornelius, obwohl es dieselben Worte waren, die er selbst zu benutzen im Sinn gehabt hatte. Sie kamen aus einem Polizeilautsprecher. »Legt Eure Waffen nieder und laßt die Geisel los.«

»Aye, was?« Der Campbell starrte wütend um sich. Ohne allerdings den Griff um Cornelius zu lockern.

»Ihr seid umzingelt«, fuhr die Polizeistimme fort. »Laßt eure Schwerter fallen. Und du läßt den Jungen los, Campbell.«

»Äh?« sagte der Campbell.

»Du tust am besten, was er sagt«, sagte der große Junge.

»Nein. Ich kann nirgendwo einen Polizisten sehen. Hört zu!« rief er. »Wir haben die Geisel, und wir halten sie fest.«

»Unsere Scharfschützen haben euch im Visier. Sie zielen genau auf den großen Pickel auf deiner Stirn.«

»Pickel?« Der Campbell ließ Cornelius los und befingerte seine Stirn. »Das ist, nebenbei bemerkt, ein Muttermal.«

»Es ist eine scheißgroße Beule«, fluchte Hamish und preßte seine Hände auf eine bestimmte Stelle seines Kilts. »Ein ideales Ziel, das bist du.«

»Wo seid ihr?« rief der Campbell und wirbelte in kleinen Kreisen herum.

»Überall. Ihr steht unter Überwachung, seit ihr euer Lager hier aufgeschlagen habt. Also, jetzt laßt den Jungen gehen, oder wir eröffnen das Feuer.«

Angus und Sawney schleuderten ihre Waffen von sich. Hamish saß auf der Erde und betastete seine Lendengegend. Der Campbell ballte und entballte krampfhaft die Fäuste.

»Also, dann geh ich jetzt.« Cornelius zog sich in Richtung Tür zurück.

»Vergiß dein Gepäck nicht, du Blödmann«, rief die Polizeistimme.

Cornelius schnappte sich hastig seine Sachen. »Ja, natürlich. Danke sehr.«

»Und komm alleine raus.«

»Aber klar.«

»Die anderen bleiben hinter dem Lagerfeuer.«

Die Wilden Krieger von West Lothian begaben sich auf einen mürrischen Rückzug.

Cornelius Murphy verließ das Gebäude.

Er verschwand aus Nummer dreiundzwanzig und schlug die Tür hinter sich zu. Und dann drehte er sich um, um sich bei seinen Rettern zu bedanken.

Die Straße war menschenleer.

»Nun steh hier nicht rum. Renn um dein Leben!« Die Stimme kam ganz aus der Nähe seines Ohrs. Cornelius lief um sein Leben.

Er sprintete, soweit ihn seine langen Beine tragen wollten. Als sie ihn schließlich keinen Schritt mehr weiter tragen wollten, tauchte er in einen Hauseingang und ließ sich schweratmend zu Boden sinken.

»Und jetzt öffne deinen Rucksack.« Es war wieder diese Stimme.

»Ist das Gott, der da spricht?« Cornelius suchte den Himmel nach goldenen Strahlen ab.

»Nein, ich bin's.« Das war Tuppes Stimme.

Cornelius riß den Rucksack auf.

»Tuppe! Das ist keine schlechte Überraschung.«

Der kleine Kerl kletterte aus dem Rucksack und streckte,

was es an ihm zu strecken gab. »Ich wette, du bist ganz froh, daß ich mich als Blinder Passagier versucht habe.«

Cornelius umarmte den kleinen Kerl. »Tuppe!« war alles, was er herausbrachte.

»Das reicht mir als Umarmung, danke sehr.«

»Entschuldigung. Aber es ist so schön, dich zu sehen. Wie ...?«

»Wie gesagt: Blinder Passagier. Ich konnte dich doch nicht ganz allein auf Heldenfahrt gehen lassen. Man kann ja nicht wissen, in was für Schwierigkeiten du dabei geraten könntest. Also bin ich in den Rucksack gestiegen, als du gerade beim Pinkeln warst, im ›*Die Beine der Gattin*‹. Seitdem habe ich von den Feldrationen des Papas gelebt. Den Kaffee der Mutter kann ich dagegen kaum empfehlen. Und ich müßte wirklich langsam mal ein Klo aufsuchen.«

»Also«, sagte Cornelius. »Das muß man sich mal vorstellen. Da trampt er die ganze Zeit in meinem Rucksack mit, ohne daß ich es weiß, und dann diese perfekte Nachahmung eines Polizeilautsprechers!«

Tuppe hielt sich die Nase zu und bellte in die leere Thermosflasche hinein. »Werft eure Waffen weg und kommt mit erhobenen Händen heraus. Ihr seid umzingelt.«

Mehrere der umliegenden Fenster wurden aufgerissen, und allerlei Pistolen flogen auf die Straße. »Nicht schießen, FBI-Mann«, rief jemand.

»Unglaublich! Wenn wenn ich es nicht mit eigenen Ohren gehört hätte ...«, sagte Cornelius. »Nochmals vielen Dank.«

»Nicht der Rede wert. Du hättest für mich das gleiche getan.«

»Selbstverständlich. Und ich hätte diese Penner letzten Endes auch ohne Hilfe noch erledigt.«

»Daran zweifele ich nicht im geringsten. Ich wollte nur den Kampf beenden, solange du noch nicht angefangen hattest, mit dem Rucksack um dich zu schlagen.«

»Ganz recht. Nun denn, da ich wieder zu Atem gekommen bin und mich in Gesellschaft meines besten Freundes sehe, bin ich entschieden der Ansicht, daß wir die Heldenfahrt zusammen fortsetzen und gemeinsam allen Abenteuern trotzen sollten, die noch vor uns liegen.«

»Wohl gesprochen. Und wohin zieht es uns zuvörderst?«

»In den Auktionssaal von Sheila na gigh.«

»Und wie werden wir deiner Ansicht nach dort hinkommen?«

Auf der anderen Straßenseite fuhr ein Bus an einer Haltestelle vor. Es war ein großer hellgrüner Bus, und auf dem Richtungsschild stand: SHEILA NA GIGH.

»Wir nehmen den Bus«, sagte Cornelius Murphy mit fröhlichem Lächeln.

8. KAPITEL

Er hieß Felix Henderson McMurdo. Aber man nannte ihn allgemein den un-heimlichen Schotten.

Die alten verschrumpelten Omas verfluchten ihn, wenn er an ihnen vorbeiging. Schoßhündchen fletschten ihre Zähnchen, und Babys machten sich die Windeln voll. Kleine Jungen spuckten aus sicherer Fensterhöhe auf ihn hinunter, und ihre Mütter kniffen die Hintern zusammen und wandten ihre glühenden Wangen ab.

Alle, die McMurdo kannten, waren sich einig, daß er seine Tage dereinst am Seil eines Henkers beschließen würde.

Felix, der sich für einen flotten und allseits beliebten Burschen hielt, nahm es ihnen nicht übel.

»Die Leute in dieser Gegend haben einen komischen Humor«, erzählte er Besuchern, die in erwähnter Gegend fremd waren. Und die Fremden erwiderten sein Lächeln und schüttelten die Köpfe.

Aber sobald er außer Sichtweite war, entspannten dieselben Fremden ihre Hinterteile und erklärten: »Wenn es je einen Galgenvogel gegeben hat, dann den hier. Er wird am Strick baumeln.«

Also, an der Ecke zur Agamemnon Straße gab es ein Tabakwarengeschäft, das einem Schotten namens Patel gehörte. Und vor dem Geschäft befand sich der letzte im Freien hängende Zigarettenautomat von ganz Schottland.

Und just diesem Automaten näherte sich – seine letzte Pfundmünze fest umklammernd – Felix Henderson McMurdo.

Und genau gegenüber, auf der anderen Straßenseite, war ein Auktionshaus.

Es war eine von diesen Gedenkhallen oder methodistischen Gemeindehäusern oder wesleyanischen Kapellen oder was auch immer. Sie sehen alle gleich aus, und man entdeckt sie überall. Sie wurden Mitte des letzten Jahrhunderts aus festen Grundstoffen und grauem Schiefer errichtet und mit prächtigen Fliesenfußböden und gewölbten Decken versehen. Außerdem stellen sie ein Musterbeispiel für die schlaue Voraussicht der Viktorianer dar.

Weil ihre Innenausstattung nämlich vollkommen zu dem edlen Kiefermobiliar paßt, das heutzutage dort zum Verkauf angeboten wird.

Vor der hier in Rede stehenden Halle waren Gerüste aufgestellt, und ein paar kantige, männliche Gestalten waren dabei, ein großes Schild vor dem Eingang zu befestigen. Das Schild verkündete, daß die Einbauküchen-Im-Viktorianischen-Stil-Gesellschaft hier in Kürze ihr Geschäft eröffnen würde.

Aber heute war Auktionstag, und die Innenräume der Halle schmückten sich mit dem aufgestapelten Nippes vergangener Zeiten.

Cornelius und Tuppe betraten das Gebäude.

»Hübsche Decke«, sagte Cornelius.

»Hübscher Fliesenfußboden«, sagte Tuppe.

»Wollen wir einen Blick auf Mr. Kobolds Kaufobjekt werfen?«

»Ja, laß uns selbiges tun.«

Es gab ganze Reihen von Tischgestellen. Und auf ihnen stapelten sich Gegenstände, die sicherlich einst aller Ehren wert gewesen waren: ein ziemlicher Haufen schäbiger alter Möbel, ein paar ramschige Ölgemälde und die unvermeidlichen ›Zu-schön-um-wahr-zu-sein‹-Ladenvitrinen von Cadbury's. Dann waren da noch die Armsessel und Sofas, die durch das ganze Land ziehen, von einer Versteigerung zur nächsten – und dann wieder weiter zur nächsten. Warum sie es tun und wie lange sie schon unterwegs sind, das wissen allein die Götter.

Tuppe inspizierte eine Ansammlung von Spucknäpfen und eine Elefantenfuß-Kommode. Ein Stück höher ließ Cornelius seine Augen über einen Karton mit altertümlichen Teppichausklopfern aus Bambusrohr schweifen. Er konsultierte den Katalog, den Mr. Kobold ihm mitgegeben hatte. »Posten Nummer Zweiundvierzig. Eine Sammlung früher französischer Tennisschläger.« Das versprach nichts allzu Gutes.

»Sag mir noch mal, wonach ich suche, ich hab's vergessen«, sagte Tuppe. »Allmächtiger!« fügte er hinzu, indem er hastig den Deckel der Kommode zuschlug.

Cornelius las erneut aus dem Katalog vor. »Posten Nummer Einhundert. Großer Reisekoffer aus grünem Segeltuch, der die persönliche Habe des verstorbenen Victor Zenobia enthält. Ein Frisier-Set im Kalblederetui. Verschiedene Papiere und Unterlagen. Dufflecoat (ohne Knebel), am Ellbogen abgewetzt. Kein Mindestgebot.«

»Und Kobold will nichts anderes als die Papiere haben?«

»Das hat er gesagt.«

Tuppe rieb sich die winzigen Hände. »Sehr schön. Dann nehme ich den Reisekoffer. Er wird mir eine geräumige Unterkunft auf der Heimreise bieten und dir die Kosten für meine Rückfahrkarte ersparen.«

»Welch wohlerwogene Wahl. Dann entscheide ich mich für das Frisier-Set im Kalblederetui.«

»Das ist das mindeste, was dir zusteht. Bliebe nur noch die Frage des Dufflecoat zu klären.«

»Ohne Knebel.« Cornelius verzog das Gesicht.

»Und am Ellbogen abgewetzt.« Tuppe tat ein Gleiches.

»Wir sollten uns die Entscheidung noch vorbehalten.«

»Hervorragend. Da diesem Posten, wie ich sehe, kein Vorbehalt in Form eines Mindestgebots beigegeben ist, paßt dann alles zusammen.«

Zufrieden mit der so erzielten himmlischen Harmonie, zogen Cornelius und Tuppe nun ernsthaft los, den Posten Nummer Einhundert aufzufinden.

»Posten Einhundert?« fragte Cornelius eine großwüchsige Hilfskraft im braunen Overall.

»Posten Einhundert?« fragte Tuppe dessen kleineres Gegenstück.

»Dort drüben«, zeigte die großwüchsige Hilfskraft.

»Dort drüben«, tat es ihm die kleinere gleich.

Tuppe und Cornelius folgten den ausgestreckten Zeigefingern und marschierten in verschiedene Richtungen ab.

Felix Henderson McMurdo steckte seine letzte Pfundmünze in den Zigarettenautomaten und schwelgte schon vorab in den Freuden, die die Wild Woodbine ihm sogleich bescheren würde. Felix pfiff »Ssigareddn und Wüskie und heiße Weiber« vor sich hin und fragte sich, warum die letzteren nie seine Bekanntschaft machten.

Und dann fragte er sich, wie es kam, daß er das ersehnte Klicken nicht gehört hatte, das die Münze normalerweise verursachte, wenn sie in die Maschine fiel.

Ein paar Straßenecken weiter standen zwei kleine Jungen und kicherten in ihre ungewaschenen Hände, und der eine der beiden steckte sich schnell eine Tube Superkleber in die Hintertasche seiner zerrissenen Beinkleider.

»Nun komm schon.« Felix klopfte spielerisch gegen den Automaten. »Zier dich nicht.«

Der Automat antwortete nicht.

Die Halle füllte sich allmählich. Die Versteigerung war für ein Uhr angesetzt, und so spät war es schon beinahe, als Cornelius schließlich wieder mit Tuppe zusammentraf.

»Erfolg gehabt?« Der kleine Bursche zog am Hosenbein des großen Jungen.

»Kein Stück. Ich habe es nicht gefunden.«

»Dann setz mich doch mal auf deine Schultern. Vielleicht ist es irgendwo im obersten Regal versteckt.«

Cornelius schulterte seinen Gefährten.

»Auweia! Laß mich runter und komm mit nach unten.«

»Was ist denn?«

»Frag nicht lange. Mach schnell.«

Cornelius stellte Tuppe auf den Fußboden und kniete sich neben ihn. »Was ist los?«

»Der Campbell und seine Kumpane. Sie stehen ganz vorne.«

»Ich habe sie nicht reinkommen sehen.«

»Dann wollen wir hoffen, daß sie dich auch nicht gesehen haben. Wieso sind sie überhaupt hier?«

»Zufall?« schlug Cornelius vor.

Felix Henderson klopfte nun etwas weniger spielerisch gegen den Automaten. »Rück meine Woodies raus«, gab er ihm zu verstehen. »Aber dalli!«

Mr. Patel schoß aus seinem Laden. »Weg von meinem Automaten, Verwünschter!« sagte er zu McMurdo.

»Meine Münze steckt fest.« Der un-heimliche Schotte schlug erneut gegen den Automaten.

»Ich hole gleich meinen kräftigen Stock«, warnte der Tabakwarenhändler.

Ein sehr weltmännisch wirkender Herr mit gediegenem Schnurrbart, Tweedmütze und Schaffell-Dreivierteljacke erklomm die Stufen zur gotischen Kanzel und redete zur Gemeinde der Schnäppchenjäger.

»Ladies and gentlemen ...« Rückkoppelungsgeräusche echoten kreischend von der gewölbten Decke auf die Gemeinde nieder, die erschrocken zusammenfuhr und sich die Ohren zuhielt.

»Tschuldigung«, ertönte ein Stimmchen hinter der Kanzel. »Versuchen Sie's noch mal.«

» «, sagte der Auktionator.

»Noch einmal.«

»Ladies and gentlemen.«

»So ist richtig.«

»Ladies and gentlemen. Ich heiße Sie zur allwöchentlichen Versteigerung hier in den Räumen der Anabaptistischen Reformkirche willkommen. Ich sehe in viele vertraute Gesichter, aber da auch ein paar unbekannte dabei sind, werde ich noch einmal das Verfahren erläutern. Wir haben heute nachmittag eine hübsche Menge Posten durchzugehen, deshalb werde ich es kurz und schmerzlos machen.«

»Gut«, sagte ein vertrautes Gesicht.

»Wir akzeptieren alle gebräuchlichen Kreditkarten. Schecks werden bei Vorlage einer gültigen Scheckkarte ebenfalls angenommen. Keine Schecks über fünfzig Pfund, bitte. Posten, für die Sicherheiten hinterlegt werden, müssen innerhalb von vierundzwanzig Stunden ausgelöst werden. Alle Posten für unter fünfundzwanzig Pfund müssen bar bezahlt werden, es werden in diesem Fall keine Sicherheiten akzeptiert. Tja, wenn soweit alles klar ist, dann wollen wir gleich mit dem Posten Nummer Eins anfangen.«

Eine Dame mit Strohhut hob die Hand.

»Da sind Sie etwas zu schnell aus den Startlöchern gekommen, Madam«, lächelte der Auktionator. »Warten Sie bitte, bis ich die Gebote freigebe.«

»Ich wollte eine Frage stellen«, sagte die Dame.

»Die Toiletten befinden sich neben der Tür, Madam.« Der Auktionator zog sein Lächeln in die Breite.

»Die Toilette interessiert mich nicht, ich möchte eine Frage stellen.«

»Bitte sehr.«

»Können Posten für über fünfundzwanzig Pfund bar bezahlt werden?«

»Selbstverständlich. Nun also zum Posten Nummer Eins.«

»Aber Posten unter fünfundzwanzig nicht mit Scheck?«

»Nein, Madam.«

»Wenn ich nun aber zwei Posten für zusammen weniger als fünfzig Pfund erstehe, kann ich die dann mit einem Scheck bezahlen, vorausgesetzt natürlich, daß ich eine gültige Scheckkarte vorweisen kann?«

»Ja, Madam. Wenn die Gesamtsumme das fünfundzwanzig-Pfund-Minimum überschreitet. Können wir dann bitte fortfahren?«

»Also, wenn ich mich entschließen würde, einen der Posten in die Versteigerung der nächsten Woche zurückgehen zu lassen, könnte ich die Bezahlung dafür dann verschieben, bis er wieder verkauft ist?«

»Nein. Bestimmt nicht.« Der Auktionator lächelte immer noch. Ganz leicht.

»Ich müßte also für beide Posten bezahlen, wenn ich sie erstehe, selbst wenn ich den einen sofort in die nächste Versteigerung zurückgehen lasse?«

»Ja.«

»Tja, und was ist, wenn der Posten, den ich zum Verkauf gestellt habe, nicht das von mir festgelegte Mindestgebot erzielt?«

»Dann müssen Sie ihn einfach mit nach Hause nehmen, nehme ich an, Madam.« Das Lächeln des Auktionators existierte nur noch in der Erinnerung.

»So etwas will ich doch nicht im Haus haben«, sagte die Dame. »Wofür halten Sie mich denn?«

Draußen auf der anderen Straßenseite versammelte sich eine kleine Menschenmenge.

»Alles, was ich will, sind meine Woodbine«, sagte McMurdo. »Hau mich noch einmal mit deinem Stock da, und du bist ein toter Schotte, Patel.«

»Am Ende von einem Strick, da wird er enden«, meinte eine uralte Oma.

»Ich glaube, ich erkenne Sie wieder, Madam«, sagte der nichtlächelnde Auktionator. »Waren Sie nicht schon letzte Woche hier?«

Die Dame mit dem Strohhut nickte. »Ich erwarb zwei Posten. Den einen habe ich für diese Woche in den Verkauf zurückgehen lassen. Ich werde selber mitbieten.«

»Warum?«

»Nun ja, ich habe beim ersten Mal viel zu viel dafür bezahlt, deshalb habe ich diesmal ein wirklich niedriges Mindestgebot festgesetzt. Wenn ich ihn diese Woche wieder ersteigere, wird es ein echtes Geschäft.«

»Aber hatten Sie nicht gesagt, daß Sie so etwas nicht bei sich zu Hause stehen haben wollten?«

»Das stimmt, aber ein wirklich gutes Geschäft darf man nicht ausschlagen, oder? Und wenn ich ihn wirklich echt billig kriege, dann tue ich ihn vielleicht wieder in die Versteigerung für nächste Woche zurück.«

»Oh, das hoffe ich wirklich sehr«, sagte der Auktionator. »Also, Posten Nummer Eins.«

»Das ist mein Posten«, sagte die Dame. »Also niemand mitbieten, ja?«

»Was ist denn hier los?« Ein flotter junger Polizeibeamter bahnte sich einen Weg durch die Menge. »Hören Sie auf, diesen Mann zu schlagen, Patel. Oh, Sie sind es, McMurdo. Was für eine Schurkerei haben Sie denn diesmal im Sinn?«

»Ich kann nichts dafür«, heulte Felix, als Patel ihm einen Schlag gegen das Schienbein verpaßte. »Mein Geld steckt in dem Automaten fest, das ist alles.«

»Ich hab's genau gesehen«, sagte eine junge Mutter mit zusamengekniffenem Hintern. »McMurdo hat angefangen. Dieser Teufel!«

»Hab ich nicht. Ich will nur meine Zigaretten.«

Mr. Patel setzte zu einem weiteren Hieb gegen den unheimlichen Schotten an und traf den jungen Polizeibeamten.

»Das kann noch ein langer Nachmittag werden«, sagte Tuppe. »Wollen wir uns nicht mal eben für eine Stunde oder so zu einem zweiten Frühstück verziehen?«

Cornelius schüttelte den Kopf und verschwand unter seinen Haaren. »Lieber nicht. Ich hab' so was schon erlebt. Wir gehen für fünf Minuten nach draußen, und wenn wir wiederkommen, ist der Posten verkauft.«

»Du bist weiser, als dein Alter vermuten läßt.«

»Kaum der Rede wert.«

»Verkauft an die Dame mit dem Strohhut«, sagte der Auktionator. »Posten Nummer Siebenundneunzig.«

»Was hab ich gesagt«, meinte Cornelius. »Man muß höllisch aufpassen bei diesem Spiel.«

»Treten Sie zurück, alle miteinander.« Der junge Polizeibeamte fischte ein Schweizer Polizeimesser mit zweiundzwanzig Funktionen aus der Tasche und wählte eine geeignete Klinge aus. »Das haben wir gleich.«

Er schob die Klinge in den Schlitz und fuhr damit hin und her.

»Machen Sie bloß den Automaten nicht kaputt«, sagte Mr. Patel.

»Mein Herr, ich weiß schon, was ich tue. Wir sind dafür ausgebildet, mit solchen Situationen fertigzuwerden.« Er drehte das Messer gewaltsam herum.

Die Klinge brach ab.

Mit offenem Mund starrte der Polizeibeamte sein Schweizer Polizeimesser an. Dessen Leistungsfähigkeit war soeben um den Faktor eins reduziert worden.

»Mein bestes Messer!« Der Polizeibeamte brach in heftige Tränen aus.

»Sehen Sie, was Sie angerichtet haben, McMurdo.« Der Tabakwarenhändler hob seinen kräftigen Stock. Die Menge feuerte ihn an.

»Posten Nummer Siebenundneunzig. Leonardo Da Vincis verschollenes Arbeitsheft. Es enthält seine Entwürfe für den Perpetuum-mobile-Hubschrauber. Mathematische Grundsätze, die den fünfseitigen Würfel betreffen, und die Formel für die Umwandlung von unedlem Metall in Gold. Wer bietet mir einen Fünfer?«

»Vier«, sagte ein Bursche in einem grünen Cagoule.

»Hier sind fünf«, sagte ein großer fetter Mann mit einer schamlosen Perücke.

»Ich habe fünf.« Der Auktionator wedelte mit seinem Hammer. »Höre ich sechs? Ich würde gerne sechs hören.«

»Sechs«, sagte jemand.

»Ich habe sechs«, sagte der Auktionator.

»Nein, haben tun Sie die Sechs nicht«, sagte der Jemand. »Sie wollten die Sechs *hören*. Und jetzt haben Sie sie gehört.«

»Das sind wieder Sie, Madam, nicht wahr?«

»Hab' nur Spaß gemacht«, sagte die Dame mit dem Strohhut.

»Dies ist eine recht eigenartige Versteigerung«, meinte Tuppe.

»Mein Taschenmesser«, heulte der Hüter des Gesetzes.

Mehrere junge und durchaus heiße Weiber traten vor, um ihn zu trösten. Ein Mann in Uniform war in dieser Gegend eine gute Partie.

Ein Bus hielt an der Ampel, und der Fahrer – ein leicht erregbarer Puertoricaner – stieg aus, um zu sehen, was der ganze Trubel zu bedeuten hatte.

Oben auf dem Gerüst standen die beiden kantigen, männlichen Gestalten und pfiffen dem Weibsvolk hinterher.

Die Ampel schaltete auf Grün, und der Verkehr begann sich zu stauen.

»Sechs«, sagte der große fette Mann mit der schamlosen Perücke.

»Aber Sie hatten doch fünf gesagt.«

»Ich kann meine Entscheidung ändern, wenn ich möchte.«

»Nein, das habe ich nicht gemeint.«

»Ich biete sieben«, sagte der Cagoule. »Kann ich, nebenbei gefragt, mit einer der üblichen Kreditkarten sieben bieten? Ich bin nicht sicher, ob die Dame das gefragt hat.«

»Hier sind acht«, rief Tuppe, nur so aus Jux.

»Acht da hinten irgendwo«, sagte der Auktionator.

»Wer hat acht gesagt?« fragte der fette Gentleman. »Ich geh auf neun.«

»Wer hat neun gesagt?« fragte Tuppe.

»Der Typ mit der Perücke«, informierte Cornelius hilfsbereit seinen Kumpel. »Soll ich zehn bieten?«

»Fahren Sie Ihren Bus aus dem Weg!« rief der Handelsreisende mit den dringenden Terminen.

»Du kannst mich mal!« schrie der Puertoricaner und lüftete einen seiner Finger.

»Du sollst mich kennenlernen, Jimmy!« Der Handelsreisende stieg aus seinem Auto und krempelte sich die Ärmel hoch.

»Es war ein Geburtstagsgeschenk von meiner alten, weißhaarigen Mutter«, stammelte der Hüter des Gesetzes.

»Wollen Sie nicht mit zu mir kommen, und wir machen ein bißchen oralen Sex?« fragte eine junge Frau.

»Ich habe zehn.« Der Auktionator fuchtelte mit seinem Hammer.

»Wer hat zehn gesagt?« fragte Tuppe.

»Der Typ im Cagoule.«

»Was ist denn ein Cagoule?«

»Elf? Höre ich elf? Sie, großer fetter Mann mit der schamlosen Perücke? Nein? Das letzte Gebot ist bei dem Typen im leichten, knielangen Anorak französischer Herkunft, welcher äußerst beliebt ist bei unseren bärtigen Trotteln, die Gesundheitsschuhe tragen, auf alte englische Folklore abfahren und Freundinnen haben, die Ros heißen und Selbsterfahrungsgruppen leiten, in denen man sein wahres Selbst finden und mit dem Kosmos eins sein kann. Immer noch mit elf dabei, Sir.«

»*Also wirklich!*«, sagte der Typ im Cagoule. »Ich weiß nicht, ob ich es jetzt noch möchte.«

»Ach, komm schon«, sagte Ros, seine Freundin.

»Zwölf«, sagte eine neue Stimme.

»Zwölf.« Der Auktionator lächelte jetzt wieder übers ganze Gesicht. »Zwölf habe ich.«

»Wer hat zwölf gesagt?« fragte Tuppe.

»Ist doch egal«, entgegnete Cornelius.

»Zwölf habe ich. Bleibt es dann bei zwölf? Zwölf Millionen zum ersten ... zwölf Millionen zum zweiten ...«

»Zwölf *Millionen*?« fragte Tuppe.

»Ihr Laden wird gerade von kleinen Jungs ausgeraubt«, teilte eine Oma Mr. Patel mit. »Wenn Sie mir Ihren kräftigen Stock ausleihen könnten, würde ich mich um McMurdo kümmern, während Sie nach dem Rechten sehen.«

»Danke, Madam.«

Der Tabakwarenhändler trennte sich von seinem Stock und kämpfte sich durch die lärmende Menge, die nunmehr schon die Straße überflutete.

»Alles was ich will, ist meine verdammte Woodbine.«

»Ich kenn' dich, McMurdo, du alter Kinderfresser.« Die Oma schwang den kräftigen Stock.

Tut tut tut tröt tröt und hup machte der Verkehr.

»Wen nennst du Latinowichser, *Homes*?« Der Busfahrer trat den Handelsreisenden dahin, wo Cornelius Hamish getroffen hatte.

Eine Horde Halbstarker mit glattrasierten Schädeln, tätowierten Gesichtern und nationalistischen Neigungen beobachtete das Ganze vom Oberdeck aus und kam nun aus dem Bus geschwärmt.

Die kantigen, männlichen Gestalten auf dem Gerüst bewarfen sie mit Schrauben und Muttern.

Die trostbereite junge Frau führte den schluchzenden Polizeibeamten die Treppe hinauf zu ihrem Schlafzimmer.

»Und verkauft an den Sultan von Brunei, für zwölf Millionen Pfund. Danke sehr, Euer Majestät.«

»Nehmen Sie auch Schuldscheine?« fragte der Sultan.

»Wieviel Geld hast du bei dir?« fragte Tuppe Cornelius.

»Etwas über vierhundert Pfund. In bar.«

»Posten Nummer achtundneunzig. Ein knalliger Druck mit dem Titel ›Das weinende Kind‹, mit Artex-Rahmen und einem verknoteten Band an der Hinterseite zum Zwecke der Aufhängung. Kleine Brandflecken an einer Stelle. Was höre ich für dieses hübsche kleine Stück? Irgend jemand mit einem Pfund dabei?«

»Ein Pfund hier«, sagte die Dame mit dem Strohhut. »Könnte man wohl ein Fenster schließen lassen, was meinen Sie? Da ist so ein fürchterlicher Krach draußen.«

»Klirr« machte ein Ziegelstein, als er durch das Fenster eines nahe gelegenen Fernsehgeschäfts flog, und nun nahmen die Dinge eine nicht ganz unerwartete Wendung zum Schlechteren.

Ein kreisender Verkehrshubschrauber der Polizei alarmierte per Funk die Zentrale.

»Für ein Pfund gehört er damit Ihnen«, sagte der Auktionator.

»Ich möchte ihn in die Versteigerung der kommenden Woche zurückgehen lassen«, sagte die Dame. »Er hat den Mindestpreis nicht erzielt.«

»Posten Nummer Neunundneunzig. Drei Mulatten-Sklaven. Der erste hört auf den Namen Henry. Guter Hausdiener. Städtische sowie Innungszeugnisse in Geschäftsführung, Maschinenbau und Makramee. Seine Hobbys sind Windsurfen, Fitnesstraining und das Abziehen einer heißen Show auf der Tanzfläche. Also, wer bietet?«

»Fünfundzwanzig Pfund«, sagte die Dame mit dem Strohhut.

»Sechsundzwanzig«, sagte der Sultan von Brunei.

»Dreißig«, sagte Ros.

»Reicht mir diese CD-Player raus«, sagte der Busfahrer. »Ladet sie in meine Fahrerkabine.«

»Onkel Wolf!« schrie Mr. Patel in sein Telefon. »Hier gibt's schwere Rassenunruhen. Trommel die Jungs zusammen. Bring viele Gewehre mit. Bring Clicki Ba mit!«

»Der Posten geht an die junge Frau, die die Selbsterfahrungsgruppe leitet.«

»Öh«, sagte der Typ im Cagoule und machte ein beleidigtes Gesicht.

»Posten Nummer Einhundert«, sagte der Auktionator.

»Wir sind dran«, sagte Tuppe.

»Posten Nummer Einhundert. Großer Reisekoffer aus grünem Segeltuch, der die persönliche Habe des verstorbenen Victor Zenobia enthält. Ein Frisier-Set im Kalblederetui. Verschiedene Papiere und Unterlagen. Dufflecoat (ohne Knebel), am Ellbogen abgewetzt. Kein Mindestgebot.«

»Kannst du ihn sehen?«

Cornelius reckte den Hals. »Er liegt auf einem Tisch neben der Kanzel. Der Campbell lehnt dagegen.«

»Also, meine Damen und Herren. Wer fängt an zu bieten? Sehr schickes Frisier-Set. Wie wär's mit einem Zehner?«

»Zehn«, sagte der Campbell und blickte mit finsterem Gesicht in die Runde.

Cornelius streckte seine Hand hoch, erregte die Aufmerksamkeit des Auktionators und duckte sich wieder.

»Ich bekomme elf von dort hinten.«

»Wer hat elf gesagt?« fauchte der Campbell.
»Höre ich zwölf?«
»Zwölf.« Der Campbell kräuselte die Lippen.
Cornelius streckte erneut die Hand nach oben.
»Dreizehn am Ende des Saals.«
»Vierzehn!« Der Campbell hob die Stimme.
Cornelius hob die Hand.
Das Geräusch einer Explosion drang von der Straße herein. Und dann das entfernte Heulen der Polizeisirenen.
»Fünfundzwanzig Pfund!« tobte der Campbell. »Und der Teufel soll denjenigen holen, der mehr bietet.«
»Dreißig!« Cornelius mußte schreien. Das Rat-at-tat von Maschinengewehrfeuer ertönte, und mehrere Fenster gingen zu Bruch. Der Auktionator tauchte ab und ging in Dekkung. Das Mikrophon nahm er mit.
»Höre ich vierzig?« rief er. »Und Sie müssen ein bißchen lauter reden.«
»Vierzig.« Der Campbell zog eine Pistole, die nicht den geringsten Hinweis auf die Firma Airfix trug.
»Fünfzig!« rief Cornelius.
»Oh-oh!« Tuppe erspähte durch den Wald der Beine die unteren Körperabteilungen von Angus und Sawney, die sich ihnen näherten. »Sie haben's auf uns abgesehen.«
Cornelius griff sich seinen Kumpel und kletterte auf den nächstgelegenen Tisch, wobei er einige antike französische Tennisschläger durcheinanderwarf.
»Einhundert Pfund«, rief er.
»Einhundert.« Der Auktionator wedelte seinen Hammer über der Kanzel. »Höre ich hundertfünfzig?«
Der Campbell wühlte in seinem Kampfanzug. »Ich weiß nicht, ob ich soviel bei mir habe«, sagte er. »Können Sie das Bieten mal eben unterbrechen, während meine Jungs mit der Gegenpartei alles klarmachen?«
»Einhundert zum ersten«, rief der Auktionator und nahm die Fötalhaltung ein.
»Paß auf!« Tuppe klammerte sich am Nacken des großen Jungen fest. Cornelius tat einen leichtfüßigen Sprung, während Krokodilszähne die Luft unter ihnen durchschnitten.

Draußen in den kriegszerrütteten Straßen stellten die Fahrzeuge der Sondereinsatzkommandos sich zu einer kompromißlosen Linie auf. An ihren Rückseiten öffneten sich Stahltüren, aus denen schwerbewaffnete Männer sprangen.

»Da hast du's, du Nichtsnutz!« Angus setzte zu einem weiteren Schlag an. Cornelius setzte zu einem weiteren Sprung an.

»Gasmasken anlegen«, befahl der Kommandant der Sondereinsatztruppen. »Feuer auf mein Kommando.«

Der Mob, inzwischen auf einige hundert angewachsen und ziemlich außer Rand und Band geraten, nahm eine kurze Auszeit, um die Militärkräfte mit Hohn und Buhrufen zu überschütten. Einige gingen dazu über, Steine zu schleudern. Kahlgeschorene Nationalisten kippten ein Auto auf die Seite und verschanzten sich dahinter.

»Zum zweiten«, sagte der Auktionator. »Einhundert Pfund zum zweiten.«

»Einhundertundfünf«, rief die Dame mit dem Strohhut. »Ach, was soll's? Ist doch nur Geld.«

»Feuer!« Tränengasgranaten explodierten inmitten des Mobs. Die Nationalisten antworteten mit Molotow-Cocktails und mit nicht zum Druck geeigneten Ausdrücken. Benzin lief aus dem umgestürzten Auto, flutete über die Straße und leitete das Feuer unter den Bus, der in hellen Flammen aufging.

»Das ist deine Schuld, du Schwein!« Der Busfahrer zog seinen Revolver-für-alle-Fälle und schoß auf den Handlungsreisenden.

Über die Kriegsrufe und das Schreien und den »Feuer frei«-Befehl legte sich der Donner herangaloppierender Pferdehufe.

Die Agamemnon Straße hinunter kam – über Automobile und flüchtende Aufständische hinwegsetzend – eine Horde afghanischer Reiter gestürmt. Und an ihrer Spitze, hoch aufgerichtet auf einem reinrassigen arabischen Hengst, ritt der Wolf von Kabul.

Mr. Patel winkte aus seiner Ladentür heraus. »Hallo, Onkel!« rief er.

»Zweihundert Pfund.« Cornelius sprang von Tisch zu Tisch, Tuppe immer auf dem Rücken. »Alles in bar.«

»Zweihundert Pfund höre ich.« Der Auktionator streckte seinen Kopf über den Rand der Kanzel und wurde sogleich vom Campbell beschossen.

»Alle Mann auf den Boden!« Der Campbell schoß in die Luft und holte einen großen Splitter aus dem prachtvollen Fächergewölbe. »Auf die Knie und die Köpfe auf den Boden, sonst seid ihr tot!«

»Kontrollierte Salven. Sucht euch eure Ziele.« Der Kommandant der Sondereinsatztruppen hob die Hand. Der Wolf von Kabul hielt voll auf ihn zu. Die inzwischen legendär gewordene Clicki Ba wirbelte über seinem beturbanten Kopf.

»Vernichtet die Ungläubigen!« schrie der Wolf von Kabul.

»Verdammte Scheiße!« schrie der Kommandant der Sondereinsatztruppen. »Geht in Deckung!«

Wild in alle Richtungen schießend, ließen sich seine Männer das nicht zweimal sagen.

Einer der zahlreichen Querschläger zerdepperte zufällig die Vorderseite des Zigarettenautomaten. Und Felix Henderson McMurdo, der sich darunter zusammengekauert hatte, wurde von herabregnenden Woodbines eingedeckt.

»Dies ist wohl mein Glückstag«, sagte der un-heimliche Schotte.

Einige Männer der Eingreiftruppe stürmten durch die Vordertür der Anabaptistischen Reformkirche und starrten schreckerfüllt auf das unheilige Tableau, das vor ihnen ausgebreitet lag. Sie waren in eine Szene gestolpert, die offensichtlich nichts Geringeres als ein heidnisches Opfer darstellte.

Die gottlose Gemeinde kniete mit zu Boden gebeugten Köpfen. Über ihnen, auf der Kanzel, hielt ein Teufelspriester mit einer Tweedmütze seine Hände in einer blasphemischen Segenssprechung erhoben.

Und vor ihm auf einem Altartisch stand, von Schwertträgern umgeben, eine wilde Blicke um sich werfende, große Gestalt. Ohne Zweifel trug sie die Mähne eines Löwen auf dem Kopf, und in den hocherhobenen Klauen hielt sie den leblosen Körper eines kleinen Kindes gepackt!

»Beim heiligen Kreuzweg des Herrn!« Ein Mann der Eingreiftruppe schlug mit der gewehrfreien Hand das Zeichen des Kreuzes über seiner Brust. »Teufelsanbeter.«

Sein Waffengefährte aber erblickte den Campbell, der mit Hamish zusammen den grünen Segeltuchkoffer zu bewegen versuchte. »Diese Scheißer kenn ich, Herr Feldwebel«, sagte er. »Das sind die Wilden Krieger von West Lothian. Alles Kannibalen, so wahr ich Jack heiße.«

»Jack?« fragte der Feldwebel. »So wie Jack London?«

9. KAPITEL

ÜBERLEGUNGEN ZU EINER ALLERLETZTEN WAHRHEIT VON NICHT UNERHEBLICHER TRAGWEITE

Die Leute fragen mich oft: »Hugo, wie kommt es, daß du immer, wenn du mit königlichen Herrschaften dinierst, deinen Hut aufbehältst?«

Ich erkläre ihnen, daß dies auf einen alten Freibrief aus der

Zeit von Sir Hugo de Courcy Rune, dem dritten Graf von Penge, zurückgeht. Und dann erzähle ich ihnen folgende Geschichte:

Offenbar lagen König Johann und Philippe II von Frankreich im Streite um das Herzogtum der Normandie und kamen schließlich überein, die Sache durch einen Kampf Mann gegen Mann aus der Welt zu schaffen. Sir Hugo de Courcy Rune war der Verfechter von König Johanns Anspruch, und er war wahrlich groß darin. Und kaum hatte er, so will es die Legende, seinem Roß die Sporen gegeben und seinen kräftigen Stock erhoben, als der französische Fechter auch schon das Feld der Ehre floh. König Johann, der danach natürlich echt gut drauf war, fragte Sir Hugo, welche Art Belohnung ihm denn zusagen würde.

Der dritte Graf erwiderte: »Sire, ich habe Titel, Ländereien und Reichtümer genug. Aber einen Segen würde ich für mich und meine Nachfahren erbitten. Nämlich den Kopfbereich bedeckt halten zu dürfen in der Gegenwart Eurer Hoheit und aller künftigen Herrscher über diese königliche Insel.«

König Johann, der über Sir Hugos ›fixe Ideen wegen seiner kahlen Stelle‹ gut Bescheid wußte und dies als einen ziemlich günstigen Tausch erachtete, reckte angesichts dieses Ersuchens den königlichen Daumen in die Höhe.

Und daher trage ich jedesmal, wenn ich zum Dinner in den Palast geladen werde, einen alten steifen Strohhut oder eine Bommelstrickmütze, um mein vererbtes Privileg wahrzunehmen.

Ich bin von adligem Geblüt und scheue mich nicht, es zuzugeben. Wenn es um heldenhafte Taten für die Sache des Königs und des Vaterlandes geht, dann steht der Name der Runes mit den besten in einer Reihe. Aber mindestens.

Das führt mich zu der Geschichte meines heldenhaften Vetters, Lord Victor Rune, Träger des Viktoriakreuzes, und zu den überaus ungewöhnlichen Umständen seines tragischen und verfrühten Ablebens. Es fing alles folgendermaßen an:

Nach mehreren Jahren voller Heldentaten, stetigen Anstiegs im Rang und des Erwerbs von Auszeichnungen sah das Jahr 1945 meinen Vetter Vic als Anführer eines in Berlin einmarschierenden bewaffneten Bataillons.

Er betrachtete dies als ideale Gelegenheit, noch ein paar letzte Orden für die Familiensammlung (die nunmehr in einem Gewölbe unterhalb von Windsor Castle untergebracht ist) einzuheimsen, und so war es Vetter Vics Plan, alle Nazi-Kriegsverbrecher hochzunehmen und ins Gefängnis marschieren zu lassen.

Man stelle sich daher seine Überraschung vor, als er entdeckte, daß kein einziger Deutscher jemals der Nazi-Partei angehört, geschweige denn irgend etwas von einem Konzentrationslager gehört hatte.

Vetter Vic war ehrlich verblüfft.

»Wo sind all die Nazis geblieben?« fragte er einen Berliner, der den Union Jack schwenkte.

»Was ist denn ein Nazi?« fragte der andere.

Und wohin er sich auch wandte in dieser Stadt, es war überall das gleiche. Alle waren Zivilisten gewesen. Keiner von ihnen hatte jemals Herrn Hitler unterstützt, und die meisten waren schockiert, als sie erfuhren, daß so etwas passiert sein sollte.

»Und wer soll all die Schäden bezahlen?« fragte der Bürgermeister von Berlin meinen Vetter.

Vic kehrte ohne weitere Auszeichnungen nach England zurück. Das Geheimnis aber ließ ihm keine Ruhe: Wo waren all die Nazis geblieben?

Eben war da offenbar noch eine ganze Nation auf Rassenreinheit und Weltherrschaft aus, und im nächsten Moment ...

Im Laufe der Jahre begegnete mein Vetter diesem Phänomen immer wieder.

Da waren zum Beispiel die Friedenskundgebungen in den sechziger Jahren, auf denen steinewerfende Anarchisten Amok liefen. Aber wenn sie am nächsten Tag vor Gericht standen, dann behaupteten genau dieselben steinewerfenden Anarchisten klagend, völlig unschuldige Passanten zu sein, die von der Polizei mißhandelt und in Peterwagen gestoßen worden seien.

Und wenn andererseits die Polizisten beschuldigt wurden, friedlich protestierende Frauen und Kinder niedergeknüppelt zu haben, dann bestritten sie, bei solchen Vorgängen beteiligt gewesen zu sein. Wir nicht, schworen sie unter Eid.

Es war schon seltsam.

Und dann gab es noch die eintrittsfreien Popkonzerte, die bis zu einer Viertelmillion Hippies anzogen. Die Hippies waren da, und dann waren sie verschwunden. Wo sind sie geblieben? Wann sonst hätte man auch nur vier Hippies irgendwo beisammen gesehen?

Und die alljährlichen Country-and-Western-Festivals in Wembley. Tausende und Abertausende von Fans, alle mit sämtlichen Western-Insignien ausgestattet. Vetter Vic konnte sich nicht erinnern, jemals auf der Straße über einen Cowboy gestolpert zu sein.

Und diese Fußballfans, die die Ränge überfluteten. Sobald die Fußballsaison beendet war, waren diese Kriegstruppen buchstäblich verschwunden. Zu keiner anderen Jahreszeit konnte man sie dabei beobachten, wie sie ihre Schals schwenkten, ihre Gesänge anstimmten und andere Leute mit ihren Doc-Martens-Stiefeln traten.

Woher kamen sie alle, und wohin verschwanden sie? Das war die Frage.

Es war am Tag des ersten Londoner Marathonlaufs, als Vetter Vic an meine Tür klopfte. Er hatte einen batteriebetriebenen Fernsehapparat bei sich und zitterte am ganzen Körper.

»Schau sie dir an, Hugo.« Er zeigte auf den winzigen Bildschirm. »Wo sind sie alle hergekommen? Wenn sie sich jeden Tag so benehmen würden, dann würde die Stadt völlig zum Erliegen kommen. Und ich möchte wetten, daß du, wenn du morgen da raus gehst, keine Spur mehr von ihnen finden wirst. Was hat das alles zu bedeuten?«

Er ließ sich in den Kaminsessel sinken, und ich schenkte ihm eine medizinische Dosis Absinth ein, um seine Nerven zu beruhigen.

»Ich kenne die Lösung«, sagte ich. »Aber ich weiß nicht, ob ich es wagen kann, sie mitzuteilen. Wenn die Wahrheit ans

Licht kommt, dann wird die Welt in ihren Grundfesten erschüttert werden. Es ist wohl besser, wenn ich diese Last alleine trage. Wahrlich, ich muß wohl das Geheimnis für mich behalten bis zu meinem Tode. Tut mir leid, Victor.«

»Hugo«, sagte Vetter Vic, »ich gebe dir mein Wort als Offizier und Gentleman, daß nichts aus diesem Zimmer dringen wird, was immer du mir auch erzählen wirst.«

»Hand aufs Herz, und du willst tot umfallen?«

»In einem Verlies voller sexbesessener schwuler Lastwagenfahrer.« Er legte feierlich die Hand aufs Herz.

»Also sei es.« Ich füllte sein Glas auf und erzählte ihm die furchtbare Wahrheit.

»Ich beobachte diese Erscheinung seit vielen Jahren und habe viel darüber nachgedacht. Ich habe ihr einen Namen gegeben: *Spontan Erzeugtes Massen-Phänomen*.

Hast du dich je gefragt, warum es in der Sahara immer heiß und trocken, in Wales aber immer kalt und regnerisch ist?«

Er schüttelte den Kopf.

»Die Alchemisten glaubten an das Prinzip: ›wie oben, so unten‹, daß also alles miteinander verbunden sei. Die Sahara ist heiß, trocken und goldfarben. Deshalb zieht sie die Sonne an. Wales ist grau, langweilig und sonntags geschlossen. Daher bekommt es auch wettermäßig genau das, was es verdient.

S.E.M.P. ist so etwas Ähnliches. An einem bestimmten Ort, zu einer bestimmten Zeit, unter bestimmten Bedingungen passieren bestimmte Dinge.

Die Massen, von denen du sprichst, sind in Wirklichkeit gar keine. Sie bestehen nämlich nicht aus echten Menschen. Diese ›Massen‹ sind riesige lebende Organismen, die aus tausenden einzelnen, menschenähnlichen Zellen zusammengesetzt sind. Sie gedeihen, sobald die entsprechenden Bedingungen dafür gegeben sind. Ihnen ist nur eine kurze Eintagsfliegen-Existenz vergönnt. Sobald der äußere Anlaß, die Veranstaltung, was immer es auch sei, beendet ist, verfällt die Zellstruktur, die Zellen teilen sich, verkümmern und sterben ab.

Sicherlich gibt es auch ein paar fehlgeleitete Menschen, die Fußballspiele und Country-and-Western-Festivals besuchen. Aber schon ein flüchtiger Blick in die durchweg ausdruckslosen Gesichter der ›Masse‹ verrät dir alles, was du wissen mußt. Die Masse ist nicht menschlich.

Ich behaupte, daß diese Massen spontan entstehen aus mikroskopisch kleinen Sporen, die ständig in unserer Atmosphäre umherschweben und nur auf jene Idealbedingungen warten, die sie kurzzeitig aufblühen lassen. Nimm zum Beispiel deine verschwundenen Nazis. Das Klima, das ihr Entstehen begünstigte, das sogenannte ›soziale Klima‹, hörte auf zu existieren, als der Krieg zu Ende war. Folglich sind deine Nazis schlicht und einfach verkümmert.

Ich behaupte ferner, daß diese Sporen existieren, seit es die Menschheit gibt. Ihre Zahl ist stetig gewachsen. Und ich fürchte, daß sie sich weiterentwickeln, ein Empfindungsvermögen erlangen.

Victor, alles spricht dafür, daß sie inzwischen tatsächlich imstande sind, sich die Bedingungen für weltweite Neuentstehungen selbst zu schaffen. Wenn man sie nicht rechtzeitig aufhält, wird die Menschheit dem Untergang geweiht sein.

Der gesamte Planet wird am Ende aus einer riesigen, singenden, unmenschlichen Masse bestehen.«

»Um aller Götter willen«, rief Vetter Vic, »jetzt ist mir alles klar. Das erklärt auch die Mentalität der Masse. Warum sie falschen Propheten nachläuft. Warum charismatische Führer zur Macht gelangen. Dieser ganze Kram. Hugo, die ganze Menschheitsgeschichte muß umgeschrieben werden! Du mußt diese Tatsachen unverzüglich veröffentlichen. Du mußt die Welt warnen.«

»Und wem soll ich berichten?« fragte ich. »Einem Haufen Politiker vielleicht? Der Vollversammlung der Vereinten Nationen? Soll ich vorher alle Nicht-Menschen bitten, den Saal zu verlassen?

Victor, wir sind überall von in der Luft schwebenden Sporen umgeben. Ich stelle sie mir als Neuronen vor, als Teil eines riesigen Massen-Geistes. Sie tauschen Informationen aus und planen die Ersetzung des Menschen. Glaubst du, sie würden mir erlauben, diese allerletzte Wahrheit publik zu machen?«

»Wenn *du* nicht willst, dann muß *ich* es tun!« rief mein edler Vetter, warf seinen Fernsehapparat zu Boden und stürzte zur Tür.

»Nein, Victor«, rief ich ihm hinterher. »Du wirst keinen Erfolg haben. Kannst du gar nicht. *Sie* werden es nicht zulassen.« Aber meine Worte waren vergeblich.

Ich hörte seine Schritte, wie er die Treppe hinablief. Das Geräusch der zuschlagenden Vordertür. Dann das Quietschen von Bremsen und einen mörderischen Aufprall.

Noch bevor ich das Fenster erreichte, wußte ich genau, welch furchtbarer Anblick mich erwartete.

Victor lag tot auf der Straße.

Um ihn herum versammelte sich bereits eine Masse von Leuten!

DAS BUCH DER ALLERLETZTEN WAHRHEITEN
Hugo Rune

Es gab eine Menge Verhaftungen an jenem Tag. Aber es würde keine erfolgreichen Anklagen geben. Die Ordnung wurde um etwa vier Uhr nachmittags wiederhergestellt, als die Panzer, die die Stadt umzingelten, die Abdeckungen von ihren Geschützen entfernten und Mr. Patel über sein Funksprechgerät mithörte, daß der britische Premierminister einem flächendeckenden Bombardement zugestimmt hatte.

Glücklicherweise hatte es keine Todesfälle gegeben. Der einzige Fall einer Krankenhauseinweisung betraf einen Handelsreisenden, der einen Fußschuß erlitten hatte.

Viele der aufrührerischen Bürger von Sheila na gigh sahen sich nun allerdings in die Polizeizellen der Edinburgher Wache gepfercht. Lautstark beteuerten sie ihre Unschuld und erwarteten die Ankunft ihrer Anwälte, die Anzeigen wegen polizeilicher Brutalität und widerrechtlicher Festnahme vorbereiten würden.

Insbesondere ein Ehepaar versprach sich gute Aussichten

auf Erfolg. Sie waren auf dem Höhepunkt der Unruhen nach Hause gekommen und hatten einen jungen Polizeibeamten dabei erwischt, wie er ihre minderjährige Tochter schändete. Als Beweisstück A wurde ein Schweizer Polizeimesser mit einundzwanzig Funktionen angekündigt.

Dann waren da noch die fünfundfünfzig Teilnehmer einer Versteigerung, die eine Massenklage gegen einen Feldwebel der Sondereinsatztruppen erhoben hatten wegen Verleumdung und Rufmord.

Die Busgesellschaft von Sheila na gigh klagte wegen des Verlustes ihres einzigen Busses und Mr. Patel wegen der Zerstörung seines Woodbine-Automaten.

Mehr als hundert elegant gekleidete amerikanische Anwälte hatten bereits ein Flugzeug gechartert und befanden sich in diesem Augenblick auf dem Weg über den Atlantik.

Polizeichef Sam McAggott war schwer geschlagen. Er saß an seinem Schreibtisch und wühlte sich durch den Berg von Zeugenaussagen.

»Haben wir irgend jemanden in der Zelle bei uns, der nicht behauptet, ein unbeteiligter Passant zu sein?« fragte er seinen Wachtmeister.

Der Wachtmeister schob seine Mütze zurück und kratzte sich am Kopf, wie es manche halt so tun. »McMurdo«, sagte er.

»McMurdo? Der Name sagt mir was. Ein alter Bekannter?«

»Äh, nein, Sir. Er ist eigentlich gar nicht vorbestraft. Aber ein Übeltäter ist er trotzdem. Wir haben ihn in eine Hochsicherheitszelle gesperrt. Ich habe ihn in eine Zwangsjacke stecken lassen und in eine von diesen Ledermasken mit den kleinen Stangen vor dem Mundloch. Der wird niemandem das Gesicht abbeißen, solange er in unserem Gewahrsam ist. Machen Sie sich deswegen keine Sorgen, Chef.«

»Freut mich zu hören. Und weswegen haben wir ihn festgenommen?«

Der Wachtmeister wedelte mit McMurdos schriftlicher Aussage. »Er hat alles ausgespuckt, Sir. Reinen Tisch gemacht.«

Sam las die Aussage durch. »Er hat gestanden, im widerrechtlichen Besitz zweier Schachteln Woodbine gewesen zu sein? Ist es das?«

»Ja, Sir.« Der Wachtmeister zwinkerte. »Aber ich kann ja noch ein paar andere Vergehen mit reinschreiben. Ein paar ungeklärte Verbrechen erledigen, was Sir?«

»Nein, nein, nein!« McAggott zerriß McMurdos Zeugenaussage und warf die Schnipsel in die Luft.

»Aber Sir. Ich bin sicher, daß wir ihm ein paar Totschläge und einen Goldraub anhängen können. Sie müssen uns nur etwas Zeit geben. Ich werde die Wahrheit aus diesem Wahnsinnigen schon herausprügeln.«

»Nein«, sagte McAggott. Er drehte weitere Papierbögen um. »Was ist mit diesen beiden Touristen? Murphy und Tuppe? Was ist das eigentlich für ein Name, Tuppe?

»Ich glaube, er ist walisisch, Sir. Oder dänisch.«

»Also, was ist mit ihnen?«

»Sie sind Zeugen, Sir. Gegen den Campbell.«

»Warum sind sie dann in einer Zelle eingesperrt?«

»Zu ihrem eigenen Schutz, Sir.«

»Vor wem?«

»Vor dem Campbell, Sir.«

»Und wo ist der?«

»Eingesperrt in der Zelle daneben, Sir.«

McAggott seufzte. »Lassen Sie sie frei, Wachtmeister. Nehmen Sie ihre Zeugenaussagen auf, und dann sollen sie ihrer Wege gehen.«

»Ja, Sir.«

»Wachtmeister, ich habe hier überhaupt keine kahlgeschorenen schottischen Nationalisten gefunden.«

»Wir haben auch keine verhaftet, Sir.«

»Und was ist mit diesem Wolf-von-Kabul-Burschen?«

»Eine fiktive Figur, Sir. Aus ›Der Heißsporn‹.«

»Aus ›Der Heißsporn‹. Verstehe.« Müde erhob sich Mc-

Aggott von seinem Stuhl und verpaßte dem Wachtmeister einen Hieb gegen den Schädel. »Setzen Sie Wasser auf, Wachtmeister.«

Am frühen Abend, um kurz nach sechs, waren Cornelius und Tuppe wieder in Sheila na gigh – ein Sheila na gigh, das aussah wie Beirut an einem schlechten Tag. Ihr Taxi fuhr bei der Anabaptistischen Reformkirche vor, wo Felix Anderson McMurdo ausstieg.

»Vielen Dank für's Mitnehmen«, sprach er. »Und möge Gott mit euch sein auf eurer heroischen Reise.«

»War uns ein Vergnügen«, sagte Cornelius. »Und viel Glück.«

Tuppe winkte. »Alles Gute«, rief er.

»Wiedersehen.«

»Netter Bursche«, sagte Cornelius zu Tuppe.

»Einer der besten«, sagte Tuppe zu Cornelius.

»Er wird noch mal an einem Strick enden«, sagte der Taxifahrer und entspannte seinen Hintern. »Wollen Sie übrigens, daß ich auf Sie warte?«

»O ja.« Cornelius stieg aus dem Taxi und stand inmitten der Trümmer. »Wir müssen nur ein paar Habseligkeiten einsammeln, und dann können Sie uns weiterfahren.«

»Wohin?«

»Nach Süden. Eine weite Strecke nach Süden.«

»Kein Problem. Für alle Fahrten unter fünfundzwanzig Pfund muß natürlich bar bezahlt werden. Aber ich akzeptiere Schecks bis zu fünfzig Pfund bei Vorlage einer gültigen Scheckkarte. Und alle gebräuchlichen Kreditkarten …«

Cornelius hinterließ zweihundert Pfund in bar in einem Umschlag, den er an der Kanzel befestigte. Er hinterließ außerdem seine Adresse mit der Bitte, daß man ihm eine Quittung schicken möge.

»Erster Klasse«, sagte Cornelius, als der Reisekoffer aus

grünem Segeltuch und sein eigenes Gepäck glücklich im Taxi verstaut waren.

»Nach Süden?« fragte der Taxifahrer.

»Nach Süden«, sagte Cornelius Murphy und grinste auf Deubel komm raus.

10.
KAPITEL

Es war ein wunderschöner Abend.

Sogar dort draußen, am Arsch der Welt, war es ein wunderschöner Abend.

Das Taxi rumpelte an den Straßenrand, aus der Motorhaube entwich Dampf. Der Fahrer stieg aus dem Wagen. Hob die Motorhaube hoch. Ließ die Motorhaube fallen. Pustete gegen seine verbrannten Finger. Verfluchte die Motorhaube. Hob die Motorhaube diesmal mit seinen Ellbogen hoch. Starrte auf den Motor. Verfluchte den Motorbereich. Trat gegen den Grill und schrie, als die Motorhaube herunterfiel und seine Finger einklemmte.

Er war immer noch am Fluchen, als ihn Cornelius verband.

»Tut mir leid, daß die Motorhaube kaputt ist«, sagte der große Junge. »Aber die Hauptsache ist doch, daß wir Ihre Finger freibekommen haben. Ich glaube übrigens, daß noch alles heil ist.«

»Abgesehen von der Motorhaube, natürlich«, sagte Tuppe. »Und dem Keilriemen. Sie haben wohl nicht zufällig Ersatz dabei?«

Des Fahrers Blick durchbohrte ihn.

»Nein, das dachte ich mir.«

Cornelius sah über die Schulter zurück und streckte dann den Kopf aus dem Fenster, um in die Ferne zu spähen. Die

Straße vor ihnen sah ungefähr so aus wie die Straße hinter ihnen. Sie war lang und gerade und von trostlos wirkendem Moor umgeben.

»Sie sollten sich lieber auf den Weg machen, bevor es dunkel wird«, sagte er zu dem Fahrer.

»Ich sollte was tun?«

»Hilfe holen. Wir warten hier auf Sie.«

»Und falls Sie ein Café finden, könnten Sie dann bitte zwei Sandwiches mit Schinkenspeck mitbringen?« fragte Tuppe.

»Nein, nein, nein«, sagte der Taxifahrer. »Einer von Ihnen kann losgehen.«

Cornelius schüttelte den Kopf. »Ich bin zu schwächlich für eine Moorwanderung. Und Sie werden kaum von mir erwarten, daß ich meinen dreijährigen Bruder hier in der Obhut eines Unbekannten zurücklasse.«

»Drei Jahre alt?« Der Fahrer musterte Tuppe mißtrauisch.

»Waaaaah«, machte Tuppe. »Der böse Mann soll mich nicht anfassen.«

»Schon gut, ich gehe. Aber Sie müssen jetzt gleich bezahlen. Sonst komm' ich nachher zurück, und Sie haben sich verzogen. Ich bin nicht bescheuert, wissen Sie.«

»Nein, das sind Sie sicher nicht.« Cornelius zahlte. »Ich brauche dafür eine Quittung, wenn es Ihnen nichts ausmacht.«

Der Fahrer zeigte ihm seine verbundenen Finger. »Tut mir leid«, sagte er in einem Ton, der nahelegte, daß es »von wegen« heißen sollte.

»Nehmen Sie lieber einen Mantel mit«, sagte Tuppe hilfsbereit. »Man weiß nie.«

Der Fahrer machte eine Geste mit seinen bandagierten Fingern. Blickte hinauf in den klaren Abendhimmel und schlurfte ohne Mantel davon.

Er war nur noch ein kleiner Punkt am Horizont, als der Himmel sich bewölkte und der Sturm losbrach.

»Er ist nicht bescheuert, dieser Fahrer, weißt du«, sagte Tuppe.

»Das habe ich auch gehört.« Cornelius machte einen langen Arm und löste das Funkmikrophon des Fahrers vom Armaturenbrett. »Mayday, Mayday«, rief er hinein.

»Daran habe ich auch schon gedacht«, sagte Tuppe. »Aber da der Fahrer so grantig war, habe ich ihm lieber nichts davon gesagt.«

Cornelius sprach mit vielen interessanten Leuten über Funk.

Er sprach mit einem Motorradboten, der früher Roadie bei King Crimson gewesen war. Mit einem Trucker namens Keith, der Kohle nach Newcastle lieferte. Mit Tony dem Funkamateur und mit dem Fahrer eines Krankenwagens, der gerade einen Mann mit bandagierten Fingern und schwerer Unterkühlung aufgelesen hatte. Cornelius hätte sich gern noch weiter mit dem Krankenfahrer unterhalten, aber das Signal wurde immer schwächer.

»Mir scheint, die Batterie hat gerade den Geist aufgegeben«, sagte Tuppe.

Cornelius steckte das Mikro an seinen Platz zurück. »Ich schätze, damit sind wir nun wahrhaft abgeschnitten von der Außenwelt«, sagte er. »Ich habe mit drei verschiedenen Minitaxi-Unternehmen gesprochen, aber keins von ihnen wollte hier heraus kommen und uns abholen. Ich frage mich, warum.«

»Ich meine, das Bellen eines ungeheuren Hundes zu vernehmen«, sagte Tuppe.

Das Unwetter verschlimmerte sich. Die umherzuckenden Blitze waren zu nahe, um so etwas wie Gemütlichkeit aufkommen zu lassen. Der brausende Wind fegte die zerbrochene Motorhaube hinweg, so daß der Regen unter dem Armaturenbrett ins Innere des Wagens zu dringen begann.

»Meine Füße werden naß«, sagte Cornelius.

»Meine nicht«, sagte Tuppe. »Aber ich weiß, was du meinst.«

Es ging auf zehn zu an diesem sturmgepeitschten, grimmigen Abend, als die Scheinwerfer auftauchten. Sie bewegten sich langsam und stetig auf das gestrandete Taxi zu und hielten schließlich an.

»Sieh da«, sagte Cornelius. »Doch noch gerettet.«

»Doch noch gerettet!« Tuppe saß bedrückt auf dem Rucksack des großen Jungen. Sein Rücken lehnte an dem Reisekoffer. Cornelius hatte seinen Koffer auf dem Schoß. Er saß gegen den Sarg gelehnt.

»Ein Leichenwagen«, flüsterte Tuppe. »Wir sitzen hinten in einem Leichenwagen. Einem Leichenwagen, der schon besetzt ist. Wir hätten im Taxi ausharren sollen.«

Ein Stück weiter hinten auf der Straße fuhr ein gezüngelter Blitz auf das Taxi nieder. Es gab eine ziemlich dramatische Explosion, aber der Regen konnte das Feuer schließlich löschen.

Cornelius rief nach vorne zum Fahrer: »Wenn Sie uns einfach beim ersten Fünf-Sterne-Hotel, an dem wir vorbeikommen, rauslassen könnten!«

Der Fahrer sagte nichts, und der Leichenwagen – eins von diesen echt schicken neunzehnhundertfünfziger Exemplaren mit den geschnörkelten Eisenbeschlägen rund ums Dach und den mattgeschliffenen Glasfenstern – fuhr weiter geräuschlos durch die sturmzerzauste Nacht. Und dann hielt er plötzlich.

»Meinst du, es ist der Keilriemen?« fragte Tuppe. »Wir sind doch erst eine halbe Meile unterwegs.«

Der Fahrer drehte sich zu ihnen um. Ein langes, blasses Gesicht unter einem langen, dunklen Hut. »Das Dorf Milcom Moloch,« verkündete er mit Grabesstimme. »Es gibt ein Gasthaus hier. Wir fahren nicht weiter.«

Er verließ den Fahrersitz, ging zur Wagenrückseite und öffnete die Tür. Cornelius linste durch den Regen nach draußen.

Auf der anderen Straßenseite schien warmes Licht durch

dicke Fensterscheiben. Ein Gasthausschild schaukelte im Wind. Leise drangen die Geräusche fröhlichen Beisammenseins in die Nacht.

Cornelius und Tuppe zerrten ihr Gepäck aus dem Leichenwagen und bedankten sich beim Fahrer.

Tuppe winkte. »Viel Glück«, rief er.

»Komm schon«, sagte Cornelius. »Raus aus diesem Regen.«

Ein »Hü-hott!« ertönte. Ein Peitschenschlag. Und ein Pferdewiehern. Das Heldenduo drehte sich um und vermeinte, eine hochrädrige viktorianische Pferdekutsche im Sturm verschwinden zu sehen.

»Optische Täuschung«, sagte Tuppe.

»Zweifellos«, stimmte Cornelius zu.

Ein Blitzstrahl erleuchtete das Gasthausschild. Die Wörter ›Die Arme des Henkers‹ waren gerade lange genug zu sehen, daß man sie lesen konnte.

»Also los.« Cornelius zerrte den Reisekoffer der Eingangstür entgegen. Tuppe mühte sich wacker mit Rucksack und Koffer ab.

Sobald Cornelius den groben Eisenriegel angehoben hatte, verfing der Sturm sich in der Tür und blies sie nach vorn.

Alle Geräusche fröhlichen Beisammenseins verstummten. Cornelius kämpfte mit seinen Haaren.

»Guten Abend«, rief er und lächelte unsichtbar, so gut er konnte.

»Also dann, Wiedersehen.« Der Polizeiwachtmeister winkte Mr. Patel zu. Mr. Patel winkte nicht zurück. Der Wachtmeister zuckte die Achseln, schob den Riegel vor die Vordertür und kehrte zum Büro des Polizeichefs Sam McAggott zurück. »Das ist dann so ziemlich der letzte, Sir«, sagte er.

Sam stützte seinen Kopf auf die Hände. »Ruin«, das war alles, was er zu sagen hatte.

»Ach, kommen Sie, Sir. Es ist niemals so schlimm, wie

man denkt.« Hinter seinem Rücken wand der Wachtmeister die Ausgabe des ›Edinburgh Mercury‹ vom nächsten Morgen in den Händen. Die Hauptschlagzeile auf Seite eins lautete: ENTEHRTER POLIZEICHEF ANGEKLAGT.

»Ich weiß, wir mußten sie alle freilassen. Aber wir haben immer noch den Campbell.«

»Ah«, sagte Sam. »Den Campbell.«

»Den Wilden Krieger von West Lothian, Sir. Wir haben ihn bombensicher am Arsch wegen der Kioskgeschichte, und die Eingreiftruppe hat ihn auf frischer Tat ertappt, wie er einen Auktionssaal überfiel und versuchte, sich mit einem Reisekoffer aus grünem Segeltuch davonzumachen.«

»Ein Schuldiger? Und tatsächlich in unserem Gewahrsam? Kann das wirklich sein?«

»Sicher hinter Schloß und Riegel, Sir. Morgen früh müssen wir ihn natürlich gehen lassen.«

»Und warum dieses?«

»Na ja, Sir. Offenbar hat jemand – ganz aus Versehen – die Bahnhofüberwachungsvideos gelöscht, und die abgezehrte Frau, die den Kiosk führt, will nicht aussagen. Der Reisekoffer ist nicht aufzufinden. Murphy hat die Stadt verlassen. Die anderen Auktionsteilnehmer liegen alle im Rechtsstreit mit der Sondereinsatztruppe. Und der Anwalt der Sondereinsatztruppe hat dieser geraten, keine Aussage zu machen.«

»Also haben wir den Campbell kein Stück am Arsch.«

»Aber das weiß er nicht, Sir. Wir könnten ohne weiteres ein Geständnis aus ihm herauskriegen. Ihm vielleicht sogar noch ein paar Totschläge und einen Goldraub anhängen.«

Sam zuckte die Achseln. »Ihre Einstellung gefällt mir, Wachtmeister. Wenn Sie diese Sache durchziehen, dann müßte für Sie eine Beförderung drin sein.«

»Danke, Sir.« Der Wachtmeister stopfte den zusammengerollten ›Edinburgh Mercury‹ in seine Hintertasche und fischte den Schlüsselbund für die Zellen vom Haken neben der Tür. »Soll ich meinen großen Gummiknüppel mitnehmen?« fragte er Sam.

Die Zellen waren, wie man so sagt, in den nackten Fels gehauen. Wasser leckte von der Decke und plätscherte in stinkende Pfützen. Ratten flitzten umher. Seltsame Schreie hallten von den kahlen Wänden wider.

»Da sind wir, Sir.« Der Wachtmeister steckte einen Schlüssel in eine Zellentür.

Die Tür machte **QUIIIIEEEETSCH,** als er sie aufstieß.

»Der Campbell«, sagte der Wachtmeister.

»Steh auf, Campbell«, sagte Sam McAggott.

Der Campbell tat einen tiefen Atemzug. Dann kam er auf die Füße und funkelte Sam McAggott an. »Ich mach' mich dann auf den Weg.«

»Noch nicht, mein Junge«, sagte Sam.

»O doch.« Der Campbell hob einen Fuß in die Luft. Dann hob er den anderen. Ohne Rücksicht auf das Gesetz der Schwerkraft, blieb er einen Moment lang in der Luft stehen, und dann verließ er die Zelle. In unvorstellbarer Geschwindigkeit.

Er fegte an McAggott vorbei und holte ihn von den Füßen. Schnellte über den geduckten Kopf des Wachtmeisters hinweg. Flog den Flur entlang. Brach durch eine Polizeitür nach der anderen – und war in der dunklen Nacht verschwunden.

McAggott stieg über den Wachtmeister, der sich wie ein Fötus zusammengerollt hatte, und schwankte zurück in sein Büro. Er griff zum Telefon und wählte. Irgendwo begann das Telefon zu klingeln.

»Hallo«, sagte eine Stimme. »Wer ist da?«

»McAggott,« keuchte McAggott.

»Ah. Was gibt's Neues? Alles nach Plan gelaufen?«

»Ja, Sir. Äh, nein, Sir. Das, was Sie suchen ...«

»Haben Sie es gefangen?«

»Es ist geflohen, Sir. Wir wußten nicht, daß es ein ... *Es* war. Wir konnten es nicht aufhalten. Es war so schnell.«

»Sie Narr. Hat es sich verwandelt? Haben Sie gesehen, wie es sich verwandelt hat?«

»Nein, Sir. Es hat mich angefunkelt, es hat in der Luft

geschwebt, und es ist geflogen wie der Teufel. Aber es hat sich nicht verwandelt.«

»Was ist mit Murphy? Ist alles in Ordnung mit Murphy?«

»Dem geht's gut, Sir. Wir haben ihn seiner Wege ziehen lassen.«

»Das will ich Ihnen auch geraten haben. Und jetzt schikken Sie Ihre Männer hinter dem Es her. Sagen Sie ihnen, sie sollen sofort schießen, wenn sie es sehen. Wenn man es überhaupt treffen kann. Wer verfolgt Murphy?«

»Niemand, Sir. Ich dachte, Sie ...«

»Blödmann. Sie sind ein Blödmann, McAggott.«

»Tut mir leid, Sir. Auf Wiedersehen, Sir.«

»Auf Wiedersehen.« Arthur Kobold legte den Hörer auf. »Und viel Glück, Murphy. Du wirst es brauchen.«

»Hallo«, rief Cornelius Murphy. »Einen guten Abend wünsche ich.«

Es war eine gemütliche kleine Gaststube. Geschwärzte Balken zogen sich wie Rippen in alle Richtungen. Ein hübsches Feuer aus Holzscheiten knisterte in der Herdecke. Der Steinfußboden schimmerte warm und goldfarben. Tische und Bänke waren aus poliertem Sumpfeichenholz. Es gab Kupferkessel und Wärmpfannen und Pferdegeschirr. Wirklich sehr gemütlich.

»Aiiiieeee!« machten die Gäste dieser gemütlichen kleinen Gaststube und duckten sich auf ihren Plätzen. »Der Herr bewahre uns.«

Cornelius sah Tuppe an.

Tuppe sah Cornelius an.

»Glaubst du, das ist die Stammkneipe der Sondereinsatztruppe?« fragte Tuppe.

»Fort mit dir, Ausgeburt der Unterwelt!« schrie der Wirt, schwenkte eine Schnur mit Knoblauch und bekreuzigte sich. »Zurück in die Tiefen der Hölle!«

»Ist es möglich, ein Zimmer für die Nacht zu bekommen?« rief Tuppe.

»Der Genosse des Teufels!« Der Wirt zeigte auf den kleinen Burschen. »Zurück, gottlose Kreatur!« Die geduckten Gäste zogen silberne Kruzifixe aus ihren Taschen und hielten sie mit zitternden Händen. »Hinaus, ihr Dämonen, hinaus …«, riefen sie in Sprechchören.

»Das kannst du vergessen«, sagte Cornelius zu Tuppe. »Versuchen wir's woanders.«

»Hinaus, ihr Dämonen!« kreischte der Wirt.

»Schon gut. Wir gehen.« Der große Junge wandte sich dem Sturm zu.

»Ach, kommt doch rein und macht die verdammte Tür zu«, sagte der Wirt, worauf die ganze Gaststube in stürmisches Gelächter ausbrach.

»Ah«, sagte Cornelius, während er sein Haar niederdrückte, den Reisekoffer in den Schankraum hievte und die Tür zuwuchtete. »Dies war wohl ein Beispiel für den berühmten nordländischen Humor, von dem ich so viel gelesen habe.«

»Kann ich nichts mit anfangen, fürchte ich«, murmelte Tuppe.

Er und Cornelius gingen auf den Wirt zu, der sich den fetten Bauch hielt und sich sprichwörtlich vor Lachen ausschütten wollte.

»Beachtet sie gar nicht, Jungs. Das machen sie mit jedem.« Ein extrem attraktives junges Barmädchen betrat die Szenerie. Sie war blaß und gertenschlank, hatte einen großen Mund und die erstaunlichsten Veilchenaugen, die die Welt je gesehen hatte. Cornelius registrierte, daß einige Sommersprossen auf ihrer linken Wange das Tuamotu Archipel im südwestlichen Polynesien nachbildeten. Sie schenkte Cornelius ein Lächeln, und Cornelius erwiderte es nach besten Kräften.

»Ich heiße Cornelius Murphy«, sagte er zu ihr. »Und es wäre mir eine Ehre, wenn Ihr meine Kinder austragen wolltet.«

Der Wirt schlug auf den Tresen und überließ sich weiterer Heiterkeit.

»Ach geh.« Das Barmädchen ließ exotische Wimpern auf den großen Jungen einklimpern. »Was darf's sein?«

»Ich nehme einen Kurzen«, sagte Tuppe.

»Der Kleine nimmt einen Kurzen.« Der Wirt sank unter den Tresen, lag auf dem Rücken und stieß die Beine in die Luft.

»Sternhagelvoll, wie üblich.« Das schöne Barmädchen schüttelte seinen schönen Kopf. »Soll es Scotch sein, mein Lieber?«

»Zwei«, sagte Cornelius. »Ohne Eis.«

»Das hab' ich nicht mitgekriegt«, krächzte der Wirt. »Was hat er gesagt?«

»Er sagte: ›ohne Eis‹.« Der Wirt zappelte hilflos. Das Barmädchen maß zwei Kurze ab und reichte sie über den Tresen. Cornelius half Tuppe auf einen Hocker und suchte sich selbst einen. »Möchtet Ihr uns auf einen Drink Gesellschaft leisten?«

»Ich nehme das Geld, wenn es Euch nichts ausmacht. Einer muß hier nüchtern bleiben.«

»Wie Ihr wünscht.« Cornelius überreichte ihr einen Fünf-Pfund-Schein. Das Barmädchen gab die Drinks in die Kasse ein und behielt dann das ganze Wechselgeld für sich.

»Könnte ich eine Quittung dafür haben?« fragte Cornelius.

»Was haben Sie denn da in der großen Kiste, Mister?« Ein großer rotgesichtiger Bauerntyp stieß mit der Stahlkappe seines klobigen Arbeitsstiefels gegen den Reisekoffer. »'ne Leiche, wie?«

Seine Trinkkumpane grölten und jubelten.

Cornelius machte ein bestürztes Gesicht und kaute auf seinen Fingerknöcheln. »Das ist mein furchtbar verunstalteter Bruder«, sagte er in heiserem Flüsterton. »Wir bringen ihn zurück in die Anstalt. Weckt ihn nicht auf. Wenn er wieder freikommt ...« Der große Junge schlug die Hände vors Gesicht. »Das Blut, das ganze Blut ... die zermalmten Körperteile ...«

Die Gäste verfielen in erneutes Gelächter.

»Gibt es noch Zimmer für die Nacht?« fragte Cornelius das Barmädchen.

»Es gibt nur das eine. Ihr müßt es Euch mit Eurem Freund teilen.«

Die Kneipentür schwang auf.

»Aiiiieeee!« machten die Gäste. »Der Herr sei unserer Seele gnädig.«

»Hört auf mit dem Scheiß.« Ein Einheimischer in einem Wachsanorak trat ein und schüttelte den Regen von seinem Hut. Er schloß die Tür, drehte sich um und stolperte just über den Reisekoffer. Die Gäste erklommen neue Höhen der Belustigung. Gelächter ließ das Pferdegeschirr erklirren und hallte in den Wärmpfannen wider.

Der rotgesichtige Bursche befingerte sein Scherzkruzifix. »Gebe Gott, daß du den verrückten Bruder nicht aufgeweckt hast«, sagte er, indem er dem gestürzten Anoraktrager auf die Füße half.

»Vergnügen sie sich immer auf diese Weise?« fragte Cornelius.

Das Barmädchen nickte. Cornelius atmete den Duft von *L'Air du Temps* ein. »Sie waren nicht immer so. Früher haben sie nur dagesessen und in ihr Bier gestarrt. Dann hat die Mühle zugemacht. Und es gab eine Mißernte. Und die Ziegelei hat das Geschäft aufgegeben. Und die Verarbeitungsfabrik ist nach Solihull verlegt worden. Und jetzt leben sie alle von der Stütze, ohne Aussicht, jemals wieder Arbeit zu bekommen.«

»Verstehe«, sagte Cornelius.

»Ich nicht«, sagte Tuppe.

»Dann«, fuhr das Barmädchen fort, während Cornelius weiter dankbar schnupperte, »schlug dieser Meteor in das Feld vom alten Jack Spar ein, jedenfalls glaubten sie, daß es ein Meteor wäre. Aber es war keiner. Es war eine Art Metallzylinder. Die Männer gruben ihn aus der Erde heraus und schleppten ihn ins Dorf. Die Alten sagten, es wäre ein Geschenk von den alten Göttern, und so stellten sie auf dem Dorfplatz einen besonderen Schrein dafür auf.«

Cornelius sah Tuppe an.

Tuppe sah Cornelius an.

Sie leerten ihre Gläser.

»Können wir jetzt unser Zimmer sehen?« fragte Cornelius.

»Sicher. Ich zeige Euch den Weg.«

Tuppe und Cornelius sammelten eilig ihr Gepäck zusammen. Das Barmädchen führte sie aus der Gaststube hinaus auf eine wacklige Treppe. Die Gäste begleiteten ihren Abgang mit Beifall und erhobenen Gläsern.

»Es gab da diesen schweren Sturm, wißt Ihr. So wie heute abend. Und ein Blitzstrahl fuhr in den Schrein, und der Zylinder brach entzwei, und heraus kam dieses Ding.«

Cornelius polterte, dem Barmädchen folgend, mit dem Reisekoffer die Stufen hoch. »Weiße Strümpfe«, seufzte er.

»Hier müßt Ihr Euren Kopf einziehen, mein Lieber.«

›Boing‹ machte der Kopf des Cornelius Murphy. »Autsch«, sagte der große Junge. »Heraus kam was für ein Ding?« fragte er.

Das Barmädchen stieß eine Tür auf und schaltete das Licht ein. Es war ein gemütliches kleines Schlafzimmer. Ein Bett mit Eichenholzrahmen. Schmucke Bettdecke. Dicke Gänsefeder-Kopfkissen. Ein heimeliges kleines Feuer brannte im Kamin.

»Fiel heraus.« Das Barmädchen schlug die schmucke Bettdecke auf. »Eine Maschine war drin. Eine Art Kasten mit Knöpfen dran und einem kleinen Fernsehbildschirm. Und ein Mikrophon.«

»Wahrscheinlich ein Interositor«, sagte Tuppe, der den Film *This Island Earth* dreimal gesehen hatte.

»Nein, ein Interositor war es nicht, die haben dreieckige Bildschirme und positronische Wellenkreuzungsbereich-Modulatoren, die nach dem Prinzip arbeiten, daß der Kern eines Alphateilchens von ionisierten Betaphotonen beschossen wird. Genau wie bei einem Linearbeschleuniger.«

»Diese Sorte also nicht?«

»Nein.« Das Barmädchen warf den Kopf zurück. Weiche braune Haare wirbelten. »Es war eine Karaoke-Maschine.«

Cornelius seufzte erneut. Aber diesmal hatte es nichts mit weißen Strümpfen zu tun. »Ist das alles?« fragte er. »Oder geht's noch weiter?«

»Es geht weiter. Laßt Euch mit dem Koffer helfen, mein kleines Männchen.«

»Danke«, sagte Tuppe.

Das Barmädchen wuchtete den Koffer auf das Bett. »Ist das echtes Krokodilleder?« fragte sie.

»Nein.« Cornelius schüttelte den Kopf. Das Barmädchen kicherte. »Eben, als Ihr den Kopf geschüttelt habt, hat sich Euer Haar gar nicht bewegt.«

»Das macht es manchmal. Also weiter. Eine Karaoke-Maschine?«

»Tja, wißt Ihr. Sie brachten die Maschine in die Gaststube. Sie war ein bißchen verkohlt vom Blitzschlag, aber als sie sie anschlossen, kam Musik heraus, und der Text zur Musik erschien auf dem kleinen Fernsehbildschirm.«

»So funktionieren sie eben.« Tuppe stellte den Rucksack ab und stieß ihn unters Bett. »Hab' ich jedenfalls gehört.«

»Nun, das mag sein. Aber diese Maschine spielte Musik, die noch nie jemand gehört hatte. Es waren aber eingängige Sachen, und sie haben alle mitgesungen. Das hat sie wirklich unheimlich aufgeheitert.«

»Also deswegen sind sie alle so fröhlich?«

»Nein, überhaupt nicht. Hört mir nur zu. Etwa einen Monat später hörte jemand eins der Lieder, das sie gesungen hatten, im Radio.«

»So ist das mit diesen Maschinen«, erläuterte Tuppe. »Sie spielen die Lieder, die gerade populär sind.«

»Nein«, sagte das Barmädchen. »Ich hab' mich nicht richtig ausgedrückt. Die Karaoke-Maschine hatte das Lied gespielt, einen Monat bevor es im Radio auftauchte. Sie spielte Musik aus der Zukunft. Die Top Ten des nächsten Monats, genauer gesagt.«

»Die Top Ten des nächsten Monats?« Cornelius setzte sich auf den Reisekoffer. »Ihr erlaubt Euch doch wohl einen Scherz mit uns.«

»Aber nein. Die Maschine spielte die Musik der Zukunft.«

»Verstehe«, sagte Cornelius, der es allmählich tat. »Also hat die Dorfbevölkerung aus diesem Göttergeschenk, das ihnen in ihrer schwärzesten Stunde zuteil geworden war, Kapital geschlagen. Laßt mich raten, sie haben Wetten bei den Buchmachern abgeschlossen darüber, wer zu Weihnachten an der Spitze der Hitparade stehen würde. Sie haben die Urheberrechte an Texten erworben, die noch gar nicht geschrieben waren. Kurz gesagt, sie sind inzwischen alle unglaublich reich. Deswegen lachen sie die ganze Zeit.«

Das Barmädchen schüttelte den Kopf. Noch mehr brauner Haarwirbel. Noch mehr *L'Air du Temps*. »Nein, ganz und gar nicht. Obwohl der andere Bursche genau die gleichen Sachen sagte wie Ihr eben.«

»Der andere Bursche. Welcher andere Bursche?«

»Er kam aus London. Er hieß Jack, glaube ich. Da war wieder dieser Sturm, nicht wahr, so wie heute. Und er war Taxifahrer und hatte sich verirrt, und wie er in die Gaststube kommt, hört er, wie die Dorfjugend zur Maschine singt, und er macht einfach mit und kommt mit allen Leuten ins Gespräch. Ein echt freundlicher Bursche war er, das muß man sagen. Hat allen einen ausgegeben.«

Cornelius besaß zwar keine Maschine, die die Zukunft voraussagen konnte, aber er glaubte genau zu wissen, wie diese Geschichte zu Ende gehen würde. »Er hat die Maschine mitgenommen, nicht wahr?«

»Wie habt Ihr das erraten? Genau das hat er getan. Er sagte, daß er Beziehungen zur Musikindustrie hätte und daß immer berühmte Musiker und Produzenten hinten in seiner Taxe sitzen würden. Und daß er das ganze Dorf reich machen könnte.«

»Und die Dörfler haben also jemanden, den sie überhaupt nicht kannten, mit einer Maschine wegfahren lassen, die Musik aus der Zukunft spielen konnte ...«

»Natürlich nicht. Glaubt Ihr, daß wir alle bekloppt sind? Nein, sie haben einen großen starken Bauernjungen mit diesem Jack nach London geschickt, um sicherzugehen, daß da keine krummen Geschäfte laufen.«

»Mir muß hier irgend etwas entgangen sein. Wie lange ist das jetzt her?«

»Oh, das war vor meiner Zeit. Ungefähr vor dreißig Jahren. Und wißt Ihr was?«

»Was?«

»Sie haben nie wieder was von ihnen gehört, von beiden nicht. Und da ...«

»Und da?«

»Da muß man doch lachen, oder?« Das Barmädchen klatschte sich auf die Schenkel und tat es. Cornelius ließ einen weiteren Seufzer entweichen.

»Dieser kräftige Bauernjunge«, sagte Tuppe, »ich bin ein bißchen herumgekommen. Ihr würdet Euch wohl nicht zufällig an seinen Namen erinnern, oder?«

»Brian«. Das Barmädchen wischte sich die Augen. »Brian Sowieso.«

»Epstein?« erkundigte sich Tuppe.

»Ja, genau. Brian Epstein. Ihr kennt ihn also?«

Tuppe schüttelte den Kopf. »Reiner Zufallstreffer«, sagte er.

»Brian Epstein!« Das Barmädchen war gegangen, Cornelius packte seinen Koffer aus. »Brian Epstein, sage und schreibe. Der Manager der Beatles!«

Tuppe ließ seine Füße am Feuer rösten. »Ich komme eben herum, wie ich schon sagte, und diese Geschichte habe ich schon mal gehört.«

»Also gar nicht wahr?« Cornelius faltete seinen Pyjama auseinander. Tuppe erblickte ihn. Cornelius stopfte ihn hastig zurück in den Koffer.

»Ich will nicht sagen, daß sie nicht wahr ist. Nur, daß ich sie schon mal gehört habe. Vielleicht wird eine Sache, wenn sie einem nur oft genug erzählt wird, ja allein dadurch wahr. Was für ein übler Pyjama, nebenbei gesagt.«

»Ja, ziemlich scheußlich, nicht wahr?« Cornelius machte den Koffer zu. »Ich schlage vor, daß wir einen Blick in den Reisekoffer werfen. Deswegen sind wir schließlich hier.«

»Was für eine gute Idee!«

Sie zerrten den Reisekoffer in die Mitte des Zimmers. Cornelius brach die Schlösser auf und hob den Deckel. Ein muffiger, abgestandener Geruch stieg aus dem Inneren.

»Das ist mir mal ein schmutziger alter Dufflecoat, meiner Treu!« Tuppe lehnte sich in den Reisekoffer, fischte den Dufflecoat heraus und warf ihn in die hinterste Ecke des Raumes. »Aber schau mal, dein Frisier-Set.«

Cornelius nahm es in die Hand. »Das ist nie und nimmer Kalbsleder. Das ist Plastik.«

»Vielleicht möchtest du es in die Versteigerung der kommenden Woche zurückgehen lassen.«

»Ich glaube kaum. Nun denn, was für Papiere haben wir hier?«

Sie hatten nicht allzu viele. Und was sie hatten, das waren meistens Rechnungen der unbezahlten Art. Diese betrafen eine große Bandbreite an Waren: Teure Zigarren. Brandy und andere Spirituosen. Seltene Bücher. Exklusive Kleidung. Die Rechnungen waren sämtlich auf Hugo Rune ausgestellt. Die meisten waren mit Zahlungsaufforderungen und Gerichtsvorladungen zusammengeheftet.

»Der wußte weiß Gott zu leben, dieser Rune.« Tuppe blätterte die Rechnungen durch. »Gewehre für die Großwildjagd. Maßgeschneiderte Hemden. Importierte Toilettenartikel.«

»Was ist das?« Cornelius hob eine alte Fotografie ans Licht, gewellt an den Ecken und fleckig vom Alter.

Es war ein Gruppenfoto von vier Männern. Drei waren jung und lächelten. Der vierte, der sie um Haupteslänge überragte, war älter. Er lächelte nicht. Er trug einen karierten Knickerbocker-Anzug auf einem überaus üppigen Körper. Sein Kopf war ein großes glattrasiertes Gewölbe. Seine Augen dunkel und durchdringend. Jemand hatte mit blauer Tinte quer über das Foto gekritzelt: WIR MIT DEM MEISTER. SEIN GEBURTSTAG, JULI 1936. Darunter ein nach unten zeigender Pfeil und die Worte: FÜR MOLLY.

»Ich habe eine Molly auf meiner Liste.« Cornelius gab Tuppe das Foto. »Schade, daß sie nicht mit auf dem Bild ist.«

»Wer ist denn der Fettsack?« fragte Tuppe.

»Der Knabe selbst, wie man so sagt.« Cornelius nahm das Bild wieder an sich und steckte es in seine obere Tasche. »Sonst noch was?«

Tuppe kletterte in den Reisekoffer und wühlte darin herum. »Einige Briefe. Allerdings kein verschollenes Manuskript.«

»Überprüf mal, ob es einen doppelten Boden gibt.«

Tuppe steckte den Kopf aus dem Koffer. »Was meinst du, was ich gerade tue?«

Cornelius untersuchte die Briefe. Sie waren alle von Rune an Victor Zenobia adressiert und ersuchten um Geldmittel für dieses oder jenes Projekt. Landkarten. Erwerb eines Londoner Taxis. Seile und Kletterausrüstung. Schießpulver.

»Ich denke, wir können Mr. Rune jetzt ganz gut einschätzen.« Cornelius stopfte die Briefe in seine Tasche. »Total verrückt und immer auf dem letzten Loch pfeifend.«

»Es war ihm anscheinend ganz egal, was er ausgab, solange er nur nicht dafür bezahlen mußte. Ich frage mich, was dein Mr. Kobold in ihm sieht.«

»Oder die Verlegerrivalen. Sicherlich wird der Campbell von denen bezahlt.«

»Meinst du?«

»Welche andere Erklärung kann es geben? Er hat auf mich gewartet, als ich in Edinburgh ankam. Er wußte, daß ich komme. Er hatte die Absicht, mich aus dem Weg zu schaffen, damit er den Reisekoffer ersteigern konnte. Und sich die Papiere schnappen.«

»Das kommt mir alles ein bißchen zu dramatisch vor. Aber Heldenstoff ist es allemal. Oh, und was ist das? Ach, nichts, nur eine alte Papiertüte.« Tuppe knüllte sie zusammen und schleuderte sie auf den Teppich.

»Ah, gut«, sagte Cornelius. »Ein entscheidender Anhaltspunkt.«

»Ein entscheidender was?«

»Anhaltspunkt. Immer wenn ein Stück Papier zusammengeknüllt und weggeworfen wird wie eben, ist es nachher ein entscheidender Anhaltspunkt.«

»Ach ja, das stimmt. Schnell, gucken wir es uns noch mal an.«

Cornelius nahm die alte Papiertüte und strich sie sorgfältig glatt. »Mollys Vollwertladen.« Cornelius las laut vor. »Marduk Parade, High Street 1, Milcom Moloch.«

»Tja, was sagt man dazu?«

»Ja, was wohl?«

Sie ließen sich eine Flasche des besten Portweins bringen. Und sie machten es sich noch ein bißchen gemütlich und planten die nächsten Schritte. Bald war der Portwein alle, und das Feuer war ausgegangen, und Tuppe hatte sich in den Reisekoffer zum Schlafen gelegt. Also kroch Cornelius ins Badezimmer, nahm sorgfältigste Waschungen vor, legte seinen Pyjama an und kehrte ins Schlafzimmer zurück.

Er breitete die schmucke Bettdecke über seinen schlafenden Freund und schaltete das Licht aus. In der unvertrauten Dunkelheit wunderte er sich noch ein wenig über die seltsamen Vorgänge des vergangenen Tages. Aber da er nichts Rechtes daraus machen konnte, sank er endlich in Schlaf.

Am anderen Ende des Zimmers rührte sich der Dufflecoat. Eine schwarze Ratte kroch aus dem linken Ärmel und begab sich hurtig auf die Suche nach Käse.

11. KAPITEL

DIE MYSTERIEN DER ZEIT

Die meisten von uns feiern gerne ihren Geburtstag.

Meiner, zum Beispiel, ist ein Nationalfeiertag in Tibet, ein ›Tag der Freude und des Jubels‹ im oberen Sumatra und zweifellos an vielen anderen Orten der Erde.

Aber wer hat sich je die Zeit genommen, folgendes Rätsel näher zu bedenken?

Wenn du an einem Montag geboren wirst, dann wird im Jahr darauf dein Geburtstag auf einen Dienstag fallen. Der folgende auf einen Mittwoch und so weiter und so fort. Daher mußt du also, wenn du sieben bist, deinen Geburtstag in Wirklichkeit eine ganze Woche später im Jahr feiern, obwohl dein Geburts*datum* das gleiche geblieben ist.

Wenn du die Dreißig erreicht hast, einen ganzen Monat später. Daher muß ein Mann, der im Frühling geboren wurde, seinen neunzigsten Geburtstag zweifellos mitten im Sommer feiern.

Dergleichen nennen wir ein Kosmisches Rätsel. Und ich werde später darauf zurückkommen.

Es steckt sehr viel mehr hinter der Zeit, als man auf den ersten Blick meint oder von diesem prinzipienlosen Gauner, Herrn A. Einstein, je ›erklärt‹ worden ist.

Wer von uns hat nicht zum Beispiel schon bei der einen oder anderen Gelegenheit folgendes gesagt:
Vergeht nicht die Zeit wie im Fluge, wenn man sich vergnügt?
Die Zeit will gar nicht vergehen bei dieser Arbeit.

O nein, nicht schon wieder dieses verdammte Weihnachten!

Meine Frau sagt, ich sei ein schlechter Liebhaber. Aber welche Frau will das schon in dreißig Sekunden beurteilen?*

Kommt dieser Fensterputzer nicht viel häufiger als letztes Jahr?

Nun, ich bin der letzte, der immer gleich VERSCHWÖRUNG schreit. Aber in diesem Falle meine ich, deutlich ihren faulen Atem ausmachen zu können.

Laßt es mich erklären.

Die Zeit, dem wird man zustimmen, ist das wertvollste Gut, das wir besitzen. Und jedes wirklich wertvolle Gut fällt, wie wir nur zu gut wissen, früher oder später in die Hände eines skrupellosen Individuums, das es dann zu seinem eigenen Vorteil

* Humor

ausbeutet. Meine Behauptung lautet nun, daß ›die Zeit‹ unter der Kontrolle eines solchen Individuums steht, welches sie zu dem Zwecke manipuliert, den arbeitenden Menschen zu unterdrücken.

Laßt es mich näher erklären.

Der durchschnittlich arbeitende Mensch verbringt ungefähr die Hälfte seines Lebens arbeitend. Darin ist viel Auf-die-Uhr-Gucken enthalten. Der Arbeitsanteil des Lebens eines arbeitenden Menschen scheint »unendlich lange« zu dauern. Wenn er dies überlebt und endlich in Rente geht, dann tritt eine von zwei Möglichkeiten ein: Entweder findet er, daß sich ›die Zeit furchtbar dahinschleppt‹, und er geht wieder zur Arbeit. Oder er widersteht diesem Drang, fährt an die See, wacht eines Morgens auf, sagt: ›Zwanzig Jahre Rentner, es kommt mir vor wie fünf Minuten‹, und fällt tot um.

Es gibt keinen Ausweg für den arbeitenden Menschen!

Seine ›Zeit‹ wird kontrolliert!

Laßt mich das Beispiel Shakespeare anführen. Wie konnte er so viele Stücke schreiben und dazu noch das Bier entwikkeln, das seinen Namen trägt, und jede Menge Teehäuser und Pubs aufmachen – in Paris sogar einen Buchladen? Man muß ja bedenken, daß es zu jener Zeit weder Schreibmaschinen noch Fotokopierer gab.

Wenn Shakespeare ein Stück mit einer Besetzung von fünfundzwanzig Leuten verfaßte, dann mußte er eine Extra-Kopie für jeden beteiligten Schauspieler schreiben. Ich würde daher schätzen, daß er nicht weniger als fünftausend Wörter pro Minute niedergeschrieben haben muß, zehn Stunden am Tag, zwanzig Jahre lang. Keine schlechte Leistung!

Es gibt hier zwei Möglichkeiten. Entweder war die Zeit in jenen Tagen wesentlich anders beschaffen, und eine Minute von damals war zum Beispiel genauso lange wie anderthalb Stunden heute; oder Shakespeare hatte irgendwie ›die Zeit auf seiner Seite‹. Nämlich unter seiner Kontrolle. Ach ja? Ich behaupte, daß Shakespeares Arbeitgeber dahintersteckte. *Er* hatte die Kontrolle über Shakespeares ›Zeit‹ und war entschlossen, sie bis zum letzten Tropfen Profit auszupressen.

Dann erzähl uns doch, so höre ich euch schreien, wie es gemacht wird, Hugo. Und erzähl uns auch, wer es macht.

Das werde ich tun.

DER PAPST KONTROLLIERT ›DIE ZEIT‹ AUF DIESEM PLANETEN!

Aber, aber, so höre ich euch schreien, da spricht doch bloß der Neid, Hugo. Weil deine Bewerbung für das Amt des Papstes wieder abgelehnt worden ist. Keineswegs, meine Freunde, keineswegs.

Ich werde jetzt alles erklären.

EINE KURZE GESCHICHTE DER ZEIT
von HUGO RUNE

Niemand weiß genau, wer die Existenz der Zeit ursprünglich entdeckt hat. Aber es waren sicherlich die Römer, die den Einfall hatten, sie in Maßeinheiten aufzuteilen.

Der Römische Senat führte die Sekunden ein und beschloß, daß sechzig davon einer Minute entsprächen. Da die sechzig Senatoren große Freude daran hatten, Dinge zu benennen – vor allem nach sich selbst – konnten sie sich auf diese spezielle Zahl einigen, ohne daß es einer erhitzten Debatte bedurft hätte. Und jeder von ihnen konnte eine Sekunde nach sich selbst benennen.

Allerdings einigten sie sich nicht auf eine einheitliche Länge der Sekunden. Und da einige Senatoren längere Namen hatten als andere, kam es schnell zu Eifersüchteleien. Unversehens gaben sich die Senatoren immer längere neue Namen, nur damit ihre Sekunden länger seien als die der anderen.

Dem einundsechzigsten Senator haben wir die Länge unserer heutigen Sekunde zu verdanken. Als er aus dem Urlaub zurückkehrte und feststellen mußte, daß seine ehrenwerten Kollegen ihm keine Sekunde abgegeben hatten, nahm er ihnen das Krumm (das liegt irgendwo in der Krim)*.

* Humor

Und da er ein hinterhältiger, nur auf seinen Vorteil bedachter Kriecher war, verkündete er, daß die einzelnen Sekunden genau dem Zeitraum entsprechen sollten, den man brauchte, um ›Heil Caesar!‹ zu sagen. Und daß sie überhaupt keine Namen tragen, sondern einfach von eins bis sechzig durchnumeriert werden sollten.

Diese Initiative kam bei den übrigen Senatoren nicht besonders gut an, fand aber das große Wohlwollen Caesars, der dem einundsechzigsten Senator erlaubte, Krumm zu behalten.

Der Caesar, von dem hier die Rede ist, war der fast vergessene Flavius der Nasenlose. Er war es, der zuerst verfügte, daß alle römischen Skulpturen ohne Nasen herzustellen seien. Eine Tatsache, die den Graubärten aus der Welt der Kunst entgangen zu sein scheint. Denselben Graubärten übrigens, die es nicht lassen können, Henry Moore als ›abstrakten‹ Bildhauer zu bezeichnen. Ich habe Moore über lange Jahre gekannt, und ich kann bezeugen, daß er ein Meister der lebensechten Darstellung war. Er hat sich halt mit ein paar sehr komisch aussehenden Frauen herumgetrieben. Aber ich schweife ab.

Also, der Senat, der die Zeit so schön aufgeteilt, sie benannt und gebannt hatte, war unzufrieden. Er hatte bereits die Klassengesellschaft erfunden (wir haben den Römern doch für allerlei zu danken). Und er sagte sich jetzt: »Warum soll die Zeit eigentlich für alle gleich sein? *Wir*, als die herrschenden Kulturträger, hätten doch wohl eine vornehmere Zeit verdient als die Sklaven und Plebejer!«

Dies wurde ernsthaft und in aller Ausführlichkeit erörtert.

Viele Vorschläge wurden gemacht. Daß die Plebejer weniger Sekunden in ihren Minuten haben sollten. Daß sie zwar die gleiche Anzahl von Sekunden haben, aber eine Steuer für ihre Benutzung zahlen sollten. Daß ihre Sekunden irgendwie länger gemacht werden sollten, damit sie mehr Arbeit am Tag schaffen könnten.

Es ist diese letztere Idee und die Art und Weise, wie sie in die Tat umgesetzt wurde, die den arbeitenden Menschen bis zum heutigen Tag versklavt.

Es gab da einen griechischen Burschen namens Archimedes, der sich einen beträchtlichen Ruf geschaffen hatte. Er hatte ein Wort namens HEUREKA! erfunden, das es ihm, wenn er es unter bestimmten Bedingungen im Badezimmer ausrief, ermöglichte, jede Art von stumpfsinnigen Rätseln zu lösen.

Flavius der Nasenlose hatte zwei Wochen Ferien in Griechenland gebucht, und wo er schon mal da war, schaute er auch gleich bei Archimedes vorbei und fragte ihn, ob ihm irgendwas zum Zeitproblem einfiele.

Archimedes strich sich über den Bart und zog sich zum Nachdenken zurück.

Schließlich kehrte er wieder aus dem Bad zurück – zwar etwas verschrumpelt um die Zehen herum, aber einmal mehr mit dem H-Wort auf den Lippen.

»Die Antwort liegt in der Seife«, erzählte er dem Caesar.

»Ech verstehe necht«, sagte der Nasenlose.

»Paß auf. So wie ich die Sache sehe, willst du eine eigene Zeit für höhere Ansprüche als die des Plebs. Nun kann man aber, um das ganz klar zu sagen, an der Zeit nicht wirklich herumfummeln. Aber man kann an der Wahrnehmung der Zeit herumfummeln. Was du also brauchst, ist eine besondere Droge, die, wenn man sie den Plebejern verabreicht, die Art und Weise verändert, in der sie die Zeit wahrnehmen. Sie wird dafür sorgen, daß für sie die Zeit langsamer zu vergehen scheint. Daher werden sie, solange sie in diesem Zustand sind, viel mehr Arbeit schaffen, als sie normalerweise täten. Verstehst du etwas von Chemie?«

Caesar nickte weise.

Hab' ich auch nicht erwartet, dachte Archimedes. »Nun, zufällig kenne ich eine derartige Droge. Die chemische Formel ist äußerst kompliziert ($C_{11}H_{17}NO_3$). Und nur ich allein kann sie herstellen. Du hast nichts weiter zu tun, als sie der Seife für den Plebs beizumischen. Sie waschen sich mit der Seife und nehmen die Droge in sich auf. Und dann geht's los.«

»Wes est met denen, dee sech nech weschen?«

»Tu ihnen das Zeug in den Tee. Zugegeben, die arbeitenden

Massen mögen sich nicht so oft baden, wie es wünschenswert wäre, aber Tee trinken sie alle. Hör zu, ich bereite dir eine kleine Probe zu. Nimm sie mit nach Rom. Wenn du mit dem Ergebnis zufrieden bist, reichst du eine reguläre Bestellung ein, und wir kommen ins Geschäft.«

Handflächen wurden bespuckt und gegeneinandergeschlagen. Und der Rest, wie man so sagt, ist Geschichte.

Caesar kehrte nach Rom zurück. Testete die Droge. Fand, daß sie phantastisch wirkte. Rom blühte auf. Caesar, der ein schlauer, wenn auch kein besonders netter Geschäftsmann war, sackte Griechenland ein, ließ Archimedes verhaften und folterte die Formel aus ihm heraus.

Die Caesaren bekehrten sich am Ende zum Christentum und wurden zu Päpsten. Und der Vatikan hat das Geheimnis der Formel bis heute bewahrt.

Nun mal langsam, höre ich euch schreien, alte Zweifler, die ihr seid. Das klingt nicht nach der Wahrheit. Wir alle benutzen doch Seife und trinken Tee. Wir können doch nicht alle ständig unter Drogen stehen.

Nein, sage ich. Nicht *alle*.

Denn nicht jeder Tee und nicht jede Seife ist verseucht. Und außerdem würde die Verschwörung sicherlich nicht funktionieren, wenn nur der Vatikan daran beteiligt wäre. Die Hersteller von Tee und Seife sind eingeweiht. Das höhere Management ist eingeweiht. Alle diejenigen, die exotische Teesorten bevorzugen und anders riechen als wir, sind wahrscheinlich eingeweiht.

Es ist eine internationale Verschwörung. Sie ist gewaltig und heimtückisch, und hinter allem steckt der Papst.

Ich sehe, es bleiben immer noch Zweifel bestehen. Ihr haltet es für unmöglich, daß ihr, ausgerechnet ihr, Opfer einer solch furchtbaren Verschwörung seid.

Aber bedenkt folgendes: »Die Zeit vergeht wie im Fluge, wenn man sich vergnügt.« Das kommt daher, daß der Alkohol die Wirkung der Droge aufhebt. Ist euch beim Baden oder beim Teetrinken schon mal die Zeit wie im Fluge vergangen? Aha!

Und laßt mich auch dies erwähnen: Die Droge macht abhängig. Schon mal »unbedingt 'ne Tasse Tee« gebraucht? Aha!

Schon mal überlegt, warum die Katholische Kirche so scharf darauf war, die Eingeborenen in Südamerika zu bekehren? Ihr kennt doch Südamerika. Wo der ganze *Kaffee* herkommt. Aha!

Schon mal überlegt, warum das Rezept für Coca-Cola ein so wohlgehütetes Geheimnis ist? Aha!

Ich könnte auf diese Weise endlos fortfahren. Aber das schenke ich mir. Angefangen habe ich meine Ausführungen mit der Feststellung, daß unser Geburtstag jedes Jahr auf einen anderen Tag fällt. Und daß dies im Grunde logisch unmöglich sei.

Schon mal die Redewendung gehört: »Er ist so weggetreten, daß er nicht mehr weiß, welcher Tag heute ist«?

Aha!

Zum Schluß möchte ich noch sagen, daß es mir eine außerordentliche Ehre war, heute hier in die Wilhelm-von-Oranien-Gedenkhalle zu Belfast zu kommen und als Gast der Preisverleihung für den *Unabhängigen Einzelhändler des Jahres* zu Ihnen sprechen zu dürfen.

Mich in der Gesellschaft so vieler angesehener, kritischer und aufgeschlossener unabhängiger Einzelhändler wiederzufinden, das bereitet mir ein Vergnügen, für das ich schier keine Worte finde.

Ich hoffe, daß meine Enthüllungen Ihnen Freude gemacht haben. Ich weiß, daß sie beträchtliches Interesse beim zahlenden Publikum erregen werden, wenn sie am nächsten Sonntag auf der ersten Seite gewisser Zeitungen erscheinen. Beträchtliches Interesse.

Sie werden bemerken, daß ich hier vor mir eine Auswahl von RUNE MARKENPRODUKTEN stehen habe. Zum Beispiel EARL RUNE. Dieser ganz besondere Tee ist garantiert und hundert Prozent $C_{11}H_{17}NO_3$-frei. Organisch gewachsen, versiegelt in der ozonfreundlichen, biologisch abbaubaren Verpackung, und zu einem Preis, der sowohl den Einzelhändler als auch den Kunden erfreut. Das gleiche gilt für RUNE KAFFEE GOLDENE MISCHUNG, HUGO-COLA und RUNE MILDE SEIFE. Also, ich muß diese Sachen kistenweise losschlagen. Wer zuerst kommt, mahlt zuerst. Das sind Sie, Sir? Der große, vornehme Gentleman. Zwölf Kisten EARL RUNE? Selbstverständlich. Rizla, hol zwölf Stück aus dem Lieferwagen ...

Vorgelegt als Beweisstück A für die Anklage in der Verhandlung von *Fast jeder gegen Hugo Rune.*

Der Duft von gebratenem Schinkenspeck weckte Cornelius Murphy aus einem erotischen Traum, der von einem Barmädchen mit Veilchenaugen handelte. Er kletterte aus dem Bett und schlurfte zum Frisierkommodenspiegel. Nicht das geringste Anzeichen für einen Dreitagebart. Dafür hatten sich seine Haare in eine interessante ameisenhügelartige Form gelegt.

Cornelius zog den Vorhang zurück und blickte hinaus in den Tag. Das Dorf unter ihm machte einen recht charmanten Eindruck. Wenn man dergleichen schätzte. Cornelius fragte sich, ob er das tat.

»Ach nein, doch nicht«, beschloß er.

Tuppe erwachte mit einem Schrei und sprang aus dem Reisekoffer.

»Irgendwas nicht in Ordnung, Tuppe?«

Tuppe schüttelte den Kopf. »Schlecht geträumt, das ist alles. Passiert hin und wieder. Ich träum' dann von so 'ner großen schwarzen Tasche voller furchtbaren Krabbelzeugs, und sie ist an meinen Füßen festgebunden. Ich kann nicht weglaufen. Entsetzlich.«

»Hört sich ganz so an.«

»Nein, entsetzlich. Echt entsetzlich.«

»Entsetzlich, ja.«

»Dein Pyjama«, sagte Tuppe. »Echt entsetzlich.«

In der Küche von Milcom Molochs ›*Arme des Henkers*‹ beugte sich der Traum eines jungen Mannes über die Bratpfanne.

»Hallo«, sagte sie zu Cornelius und machte ihm schöne Augen. »Ich dachte, Ihr würdet letzte Nacht vielleicht mal an meine Tür klopfen. Ich war ziemlich einsam.«

Cornelius stöhnte und biß sich auf die Lippe.

»Man kann nicht nur Glück haben«, flüsterte Tuppe.

»Ihr habt die ganze Aufregung verpaßt.«

»Offensichtlich.« Cornelius ließ den Kopf hängen. Sein Kopf ließ die Haare hängen.

»Nein. Unten in der Gaststube. Es gab eine menschliche Selbstentzündung.«

»Puuh«, sagte Tuppe. »So was wollte ich immer schon mal sehen.«

»Schon die dritte in dieser Woche.« Das Barmädchen schlug Eier in die Pfanne.

»Habt Ihr auch Pilze?« fragte Tuppe.

»Aber sicher, mein kleines Männchen. Ich rühr' sie mit hinein. Völlig verbrutzelt war er. Mußte ihn von den Fliesen kratzen mit diesem Spachtel hier.« Sie hob das betreffende Utensil aus der Bratpfanne.

»Ich nehm' Toast und Marmalade, glaub' ich«, sagte Cornelius. »Bin kein großer Esser.«

Ein uralter schwarzer Volkswagen, mit tückischen Dornen bedeckt und mit durchgehend schwarzen Fenstern ausgestattet, glitt aus einer Nebenstraßengarage in Sheila na gigh. Am Steuer saß Hamish. Auf den Rücksitzen Angus und Sawney. Auf dem Beifahrersitz der Campbell.

Das schwarze Fenster des Campbell zischte herab, und der üble Jim streckte seinen Kopf heraus. Er schnüffelte in die Luft.

»Nach Süden«, sagte er.

Cornelius kaute auf einem kalten, trockenen Toast herum und beobachtete voller Widerwillen, wie Tuppe ein Pfannengericht von angemessen heroischen Ausmaßen niedermachte.

»Habt Ihr Müsli?« fragte Cornelius das Barmädchen.

»Wie könnt Ihr es wagen?« Das Barmädchen holte mit dem gefürchteten Spachtel aus.

»Das ist ein Frühstücksgericht aus Getreideflocken«, erklärte der große und sich wegduckende Junge. »Es enthält Nüsse und Kleie und Rosinen und lauter so gesunde Sachen.«

»Also, nein.« Das Barmädchen wandte sich wieder der Kochstelle zu. »Kein Bedarf für solches Zeugs hier bei uns.«

»Es muß doch einen Laden geben, wo ich so etwas kaufen kann. Als Geschenk für meine Mama.«

»Tja, bei Molly vielleicht. Sie verkauft gesundes Zeug und so.«

»Ein alteingesessenes Familienunternehmen?« Cornelius kaute an seinem Toast.

»Nein. Sie ist aus dem Süden. Niemand kauft in ihrem Laden. All diese ausgefallenen Sachen! Das ist doch was für die feinen Leute. Die Touristen.«

»Gibt es davon viele hier?«

»Nein. Gar keine.« Das Barmädchen hob den Spachtel und ließ ihn auf eine Schmeißfliege niedersausen. Tuppe zuckte zusammen, langte aber weiterhin unverdrossen zu.

»Ist Mollys Laden weit von hier?« Cornelius beobachtete, wie das Barmädchen die Schmeißfliege mit dem Spachtel aufschaufelte, sie in die Luft schnellte und dann aus dem Fenster schlug.

»Vorne raus. Nach links, und dann die erste links. Noch mehr Schinkenspeck, mein kleines Männchen?«

»Ja, bitte«, sagte Tuppe.

»Vorne raus. Nach links, und dann die erste links.« Cornelius starrte durch das Schaufenster in Mollys Vollwertladen hinein.

Tuppe blickte staunend an der bröckeligen Fassade hinauf. »Sieht ein bißchen verkommen aus.«

»Sie muß irgend etwas wissen. Wollen wir nachforschen?«

»Gehen Sie voran, Mr. Murphy.«

Cornelius stieß die Tür auf. Die Tür machte quietsch und stöhn, und eine kleine gesprungene Glocke machte klinkelink.

»Hier riecht es«, bemerkte Tuppe.

Cornelius musterte sorgfältig die Räumlichkeiten. Spinnweben hingen in jeder Ecke. Staub ließ die Waren in den Regalen verschwimmen. Was sich an Licht noch durch das ungeputzte Fenster kämpfte, gab sogleich seinen Geist auf in der Zimmerluft, die von einem fast mit Händen zu greifenden Grau war.

Cornelius klaubte einen Apfel aus einem Korb, der auf dem niedrigen Ladentisch stand. Mit dem Daumen wischte er den Staub weg. Der Apfel zerbröckelte in seiner Hand zu Staub.

»Hallo«, rief Cornelius. »Ist da jemand?«

Am hinteren Ende des Ladens raschelte es. Ein Geräusch, als würden trockene Blätter zusammengedrückt. Eine dünne, piepsige kleine Stimme fragte: »Wer ist da?«

»Kundschaft«, antwortete Cornelius. »Guten Morgen.«

»Ich will keine Kunden haben. Haut ab.«

Cornelius spähte in die Düsternis. Da war ein dunkler Flecken in der hinteren Ecke, der irgendwie dunkler schien als die weniger dunkle Dunkelheit, die ihn umgab. Sozusagen.

»Sind Sie Molly Hartog?«

»Wer kennt meinen Namen?« Der kleine dunkle Fleck von etwas dunklerer Dunkelheit schrumpfte zurück, um recht überzeugend mit der weniger dunklen Dunkelheit zu verschmelzen und eine eher rundum dunkle Zone zu bilden. Alles an einer Stelle. Sozusagen.

»Ich heiße Murphy.«

»Audie Murphy? Amerikas meistdekorierter Held aus

dem Zweiten Weltkrieg? Der Star aus *Die Höllenkanonen von Glory Beach*?« Der kleine dunkle Fleck sank tiefer in die ihn umgebende Dunkelheit. Optisch gesehen, war die Veränderung viel zu subtil, um große Aufmerksamkeit zu erregen. Oder überhaupt welche.

»Sein Name ist Cornelius Murphy. Und er ist aus echtem Heldenstoff gemacht.«

Der kleine, jetzt nicht mehr auszumachende Fleck zuckte zusammen und bewegte sich langsam vorwärts ins undeutliche Licht. Hier wurde aus ihm ein undeutlich erhellter kleiner dunkler Fleck. Ein sehr kleiner undeutlich erhellter kleiner dunkler Fleck. Er streckte eine winzige, in schwarze Seide gehüllte Hand aus. Tuppe ergriff und küßte sie.

»Mein kleines Männchen«, sagte Molly Hartog. »Was ist Tiphareth für Kether?«

»Er ist der Sohn und nicht der Diener.«

»Und woher kommt der Wind?«

»Aus dem Osten, und wir mit ihm.«

»Gut, gut. Es sei dir gestattet, an meiner Seite zu schreiten.« Die winzige Frau nahm Tuppe bei der Hand und führte ihn in die Dunkelheit im hinteren Ende des Ladens. Cornelius sah es mit Erstaunen.

»Nun komm schon«, rief Tuppe. »Und paß lieber auf.«

Boing machte der Kopf des Cornelius Murphy.

Cornelius saß, ungemütlich zusammengekrümmt, in einem Wohnzimmer von kargen Ausmaßen. Die Decke befand sich keine anderthalb Meter über dem Fußboden, welcher wiederum fast zur Gänze von Cornelius' Beinen besetzt war.

Die kleine Frau braute Tee an einem Spielzeugherd, der am Fenster stand. Sie sah aus wie eine auf sonderbare Weise zum Leben erweckte viktorianische Puppe. Und ihr verhärmtes Gesicht wie geformtes Wachs.

»Was soll das alles mit dem Wind aus dem Osten und so?« flüsterte Cornelius.

»Verwandtschaft.« Tuppe bedeutete ihm zu schweigen.

»Laß mich mit ihr sprechen. Gib mir das Foto.« Cornelius gab Tuppe das Foto.

»Vom reisenden Volk, deine Leute?« Die viktorianische Puppe füllte die Teekanne und bedeckte sie mit einem Eierwärmer.

Tuppe nickte. »Bevor die Zeiten schlechter wurden. Mein Großvater war eine Zeitlang bei Toomey – und bei Wombwell und Tom Norman.«

»Dem Silberkönig? Ich kannte sie. Hab' sie alle gekannt. Und dich werde ich auch kennen. Laß mich einen Blick auf dich werfen.« Sie drückte einen Kneifer mit Elfenbeinrahmen auf ihren Spatzenschnabel von einer Nase und spähte hindurch.

»Ha, ha«, krähte sie. »Du bist ein Tuppe.«

»Das bin ich. Aber den Hartog-Klan kenne ich gar nicht.«

»Dafür hab' ich deinen Papa ganz gut gekannt. Ihn und seine Mastschweine. Er hat sich abgesetzt, als sie den alten Polgar eingelocht haben, eh?«

»Das war er, ganz recht. Und das war's dann auch für ihn mit dem Umherziehen.«

»Leben alle nicht mehr.« Molly wandte sich ab, um Tee einzuschenken. Sie trat auf den linken Knöchel des großen Jungen. Cornelius biß sich auf die Lippen. »Was willst du von mir, Tuppe?«

»Hugo Rune«, sagte Tuppe. »Du hast ihn gekannt.«

»Der arme liebe Hugo. Ich kannte ihn gut. Er hat die Okarina neu erfunden, weißt du. Und du meine Güte, wie er Bud Abbott gehaßt hat.«

»Er hat einige Papiere hinterlassen, glaube ich.«

»Papiere? Aber stapelweise. Er war ein Genie, ein Meister. Seiner Zeit um Jahre voraus. Jahrzehnte. Diese Welt war nicht groß genug für Hugo Rune.«

»Und diese Papiere? Waren sie Teil eines Manuskripts?« Tuppe nahm eine Teetasse von der Größe eines geschrumpften Fingerhuts entgegen. »Danke«, sagte er.

»Teil eines Buches.« Molly reichte Cornelius eine Tasse, die er auf seiner Handfläche abstellte und ehrfurchtsvoll betrachtete. »*Des* Buches. *DAS BUCH DER ALLERLETZTEN WAHRHEITEN*. Welch ein Wissen der Meister doch hatte! Welch Weisheit! Welch ein Genie! Welch einen Appetit! Hausverbot in sämtlichen chinesischen Nudelrestaurants von West London, das hatte er.«

»Warum das denn?«

»Wegen seiner Allergie.« Die Miniaturfrau machte es sich auf Murphys linkem Fuß bequem. Cornelius staunte von neuem. Sie war offenbar gewichtslos.

»Er war gegen Nudeln allergisch?« Tuppe nippte an seinem Tee.

»Nein, gegen Geld. Konnte es nicht in seiner Nähe vertragen. Brach beim bloßen Anblick in Schweiß aus. Oder bei bloßer Erwähnung. Deshalb gab es jedesmal Ärger, wenn ihm jemand eine Rechnung präsentierte. Er bot der Welt seine große Weisheit. Alles, was er dafür verlangte, war, daß die Welt für seine Kosten aufkam. Karg, wie sie waren.«

Tuppe hob eine Augenbraue in Richtung Cornelius, der bereits eine seiner eigenen erhoben hatte.

»Aber die Welt war nicht besonders scharf darauf?«

»Verschwörungen. Überall. Unbedeutende Leute, die ihn in den Schmutz ziehen wollten. Sein Wissen stehlen und es für ihre eigenen gemeinen Zwecke benutzen.«

»Was die Papiere angeht. Hast du sie?« Tuppe trank seinen Tee aus.

»Nein.« Molly schüttelte den Kopf. Goldene Stäubchen stiegen von ihm auf und hingen in der Luft. »Ich nicht. Victor vielleicht.«

»Victor Zenobia?«

»Armer lieber Victor.«

»Victor ist tot, fürchte ich.«

»Oh.« Molly ließ den Kopf sinken. »Dann sind kaum noch Diener unserer Sache übrig.«

»Diese Männer?« Tuppe reichte Molly das Foto.

Die kleine Frau schaute es durch ihren Kneifer hindurch genau an. »Das ist so lange her. Victor ist dabei. Und der Meister natürlich. Der blöde Wichser, der das Foto geschossen hat, hat mich nicht mit draufbekommen. Er hat sich furchtbar angestellt wegen seinem Honorar, wenn ich mich recht entsinne.«

»Die anderen auf dem Bild. Wer sind sie?«

Molly zeigte mit dem Finger. »Das da ist Rizla. Und der andere ist Joseph.«

»Könnte einer von ihnen die Papiere haben?«

»Einer von ihnen muß sie haben. Victor war der Buchhalter des Meisters. Joseph sein Chauffeur. Und Rizla sein magischer Sohn.«

»Weißt du, wo Rizla oder Joseph jetzt sein könnten?«

»Warum willst du die Papiere des Meisters haben, junger Tuppe?«

»Um sie in vollständiger Form zu veröffentlichen.«

»Sie veröffentlichen?« Molly purzelte vom Fuß des großen Jungen herunter und fiel auf den Boden. Tuppe beeilte sich, ihr aufzuhelfen.

»Sie veröffentlichen?« Molly kicherte in sich hinein. »Du kannst sie nicht veröffentlichen. Kein Verleger würde es wagen, sie zu veröffentlichen. Und selbst wenn ... nein, nein. Das ginge nicht.«

»Warum nicht?«

»Wenn du die Papiere gelesen hättest, wüßtest du, warum.«

»Sag es mir, Molly. Joseph und Rizla. Wo sind sie jetzt?«

»Wird dir nichts nützen. Selbst wenn sie die Papiere haben, werden sie sie dir nicht zeigen.«

»Ich könnte sie immerhin fragen.«

»Wie du willst. Na gut. Vielleicht ja, eventuell. Du bist gekommen, um zu fragen, und so muß ich's dir sagen. Rizla hat die Weihen empfangen. Du findest ihn im Kloster von Sankt Sacco Benedetto.«

»Und Joseph?«

»Joseph.« Die kleine Frau spuckte aus. »Er ist in London. Nennt sich Jack Sowieso. Ein großes Tier in der Plattenindustrie, was immer das sein mag.«

Cornelius stopfte Sachen in seinen Koffer. Er und Tuppe waren wieder in ihrem Zimmer im *Die Arme des Henkers*.

»Nun«, sagte Tuppe. »Was hältst du von Molly?«

»Ich schätze, ich werde auf ihre Müsli verzichten.«

»Also«, Tuppe saß müßig auf dem Reisekoffer, »was schlägst du vor, was wir als nächstes machen?«

»Wir besuchen Bruder Rizla im Kloster. Aber vorher muß ich noch Mr. Kobold anrufen, ihm erzählen, was ich herausgefunden habe, und mir noch ein bißchen Geld schicken lassen.«

»Dann mach dich fort. Ich packe zu Ende.«

»Danke, Tuppe. Pack die ganzen Papiere in den Rucksack. Wir lassen den Reisekoffer hier. Ich geh' nach unten zum Telefonieren. Die haben doch bestimmt ein Telefon in der Gaststube.«

Hatten sie nicht. Tatsächlich gab es kein einziges Telefon im Dorf.

»Haben noch nie eins gebraucht«, erklärte das schöne Barmädchen, als Cornelius für Unterkunft und Verpflegung bezahlte. Tuppe kämpfte sich mit dem Gepäck die Treppe hinunter.

»Aber paßt mal auf«, fuhr das Barmädchen fort. »Ich habe über das nachgedacht, was Ihr gesagt habt. Und ich würde ganz gern Eure Kinder austragen.«

Cornelius sah Tuppe an.

Tuppe sah Cornelius an.

»Ich will mal sehen, ob ich eine Beförderungsmöglichkeit auftun kann«, sagte Tuppe. »Das könnt' 'ne Weile dauern.«

Milcom Moloch hatte zwar keinen Taxi-Dienst zu bieten. Aber ein netter Bestattungsunternehmer mit einem sehr schicken 1950er Leichenwagen erklärte sich bereit, sie in die nächste Stadt mitzunehmen.

Cornelius winkte durch das Rückfenster. Das schöne Barmädchen winkte aus einem Fenster im ersten Stock herunter. Der Leichenwagen fuhr ab.

»Hast du eine Quittung bekommen?« fragte Tuppe.

»Ja, danke.« Cornelius grinste auf eine Weise, die ziemlich schwer zu beschreiben war.

Etwas über eine Stunde später hielt der Leichenwagen in einer Stadt namens Cromcruach. Das liegt etwas abseits der Hauptumgehungsstraße von Hebon under Pertunda, zwanzig Meilen nördlich von Triglaf.

»Recht vielen Dank.« Cornelius winkte dem wegfahrenden Leichenwagen hinterher.

»Viel Glück.« Tuppe winkte ebenfalls.

Der Leichenwagen fuhr ein Stück weit auf derselben Straße zurück, erhob sich dann in die Lüfte und verschwand in den Wolken.

»Es ist etwas äußerst Verdächtiges an diesem Leichenwagen«, sagte Cornelius.

»Das kann man wohl sagen«, stimmte Tuppe zu. »Er ist mit deinem Koffer verschwunden.«

Cromcruach war als Stadt nicht weiter der Rede wert. Ihr fehlte einfach die Umgehungsstraße von Hebon under Pertunda, und was die südliche Lage anging, so war Triglaf mit Sicherheit im Vorteil.

Aber immerhin hatte sie eine Kfz-Werkstatt, und sie hatte eine Telefonzelle. Und beides sollte sich als nützlich erweisen.

Cornelius machte sich auf zur Telefonzelle.

Tuppe hing ein bißchen bei der Werkstatt herum.

Cornelius kehrte bald zurück.

»Hat's geklappt?« fragte Tuppe.

»Ich habe mit Mr. Kobold gesprochen. Er schien ziemlich aufgeregt. Hat andauernd gesagt, ich solle vorsichtig sein.«

»Und was hast du ihm erzählt?«

»Was ich weiß. Von den Papieren im Reisekoffer und von Molly. Und daß ich als nächstes zum Kloster fahre.«

»Was ist mit Karaoke-Jack?«

»*Den* habe ich nicht erwähnt. Mr. Kobold hat jedenfalls vorgeschlagen, ich solle zusehen, daß ich heute noch nach Manchester komme.«

»Manchester? Wo ist das, deiner Ansicht nach?«

»Wir können auf der Karte nachschauen. Es ist ein bißchen außerhalb von Manchester, wo wir hinwollen. Das Holiday Inn in North Ameshet. Unterbringung erster Klasse, hab' ich gehört. Ein Zimmer wartet auf uns, und in der Post wird Geld sein, gleich morgen früh.«

»Hut ab vor Arthur Kobold«, sagte Tuppe und rieb sich die Hände. »Apropopo, Cornelius. Kannst du Auto fahren?«

»Natürlich. Der Papa hat's mir beigebracht.«

»Aber dein Papa besitzt gar kein Auto.«

»Nein. Nicht direkt. Aber er ist ein großer Liebhaber des Automobils, der Papa. Jedesmal, wenn ein neues Modell auf den Markt kommt, ruft er den Hersteller an und erzählt ihm von dem kleinen Totogewinn, den er grade gemacht hat.«

»Aber dein Papa spielt gar nicht Toto.«

Cornelius zog die Augenbrauen hoch.

»Ganz recht«, sagte Tuppe. »So bekommst du denn auch Gelegenheit, ein paar dieser schönen neuen Autos auszuprobieren.«

»Genau. Und schließlich bin ich auf den Dreh gekommen.«

»Und hast du einen Führerschein?«

»Na klar. Der Papa hat mir seinen alten gegeben.« Cornelius griff tief in eine Tasche und zog den Wisch heraus. »Er sagte, der könne sich eines Tages noch als nützlich erweisen.«

»In der Tat.« Tuppe lächelte zu Cornelius hoch. »Ich möchte dir meinen neuen Freund Mike vorstellen. Er ist Kfz-Mechaniker.«

DA DA DA DA ... GIT YA MOTER RUNNIN ...

Der 1958er Cadillac Eldorado rauschte aus der Werkstatt

heraus und setzte sich auf die Straße, um Cromcruach hinter sich zu lassen.

GIT OWT ONNA HIGHWAAAE ...

»Weißt du, wonach ich suche?« fragte Cornelius.

»*Adventure*«, schlug Tuppe vor.

»Und was noch?«

»*Whatever comes your way,* würde ich schätzen.«

»Und wofür bin ich geboren?«

»*To be wild,* Cornelius. Das ist es, wofür du geboren bist.«

»Korrekt, lieber Freund. Völlig korrekt. Tuppe, dies ist ein großartiges Auto. Ich kann es nicht fassen, daß Mike der Mechaniker uns einfach damit wegfahren läßt.«

»Ich glaube, was echt den Ausschlag gegeben hat, war dein Hinweis darauf, daß du Testfahrer für all diese vornehmen Autos warst.«

»Und wir werden sage und schreibe sogar dafür bezahlt, daß wir es bei seinem reichen Kunden in London abliefern.« Cornelius schob seinen Ellbogen aus dem Fenster. »Das muß man sich mal vorstellen!«

»Zur rechten Zeit am rechten Ort. Mal ehrlich, für eine heroische Reise braucht man auch ein heroisches Auto.«

»Ganz bestimmt. Und dies *ist* ein heroisches Auto. Stahlblaue Lackierung. Stahlblaue Bezüge.«

»Elektrische Fenster«, sagte Tuppe. »Elektrisches Sonnendach ...«

»Elektrische Lichter«, gab Cornelius zu bedenken.

»Elektrisches Radio.« Tuppe schaltete es ein.

»Du bist eine rosa Zahnbürste. Ich bin eine blaue Zahnbürste«, sang Max Bygraves.

»Elektrische Zahnbürste?« fragte Tuppe.

Der dornenbesetzte schwarze Volkswagen kam knurrend vor den *Armen des Henkers* zum Stehen. Der Campbell stieg aus und beschnupperte die Luft.

»Sie waren hier«, sagte er.

Hamish stieg aus und spießte eine Landkarte auf ein paar Kühlerhaubendornen. »Und wo ist eigentlich *hier*?«

Der Campbell studierte die Karte. »Genau hier. Milcom Moloch.«

»Milcom Moloch?« Hamish sah sich staunend um. »Hat hier jemand 'ne Atombombe abgeworfen, oder was?«

Wenig war von Milcom Moloch übriggeblieben. *Die Arme des Henkers* waren bloß noch eine dachlose Ruine. Die Überreste von Läden und Häusern erhoben sich aus dürftig mit Büschen besetztem Grasland. Die Straße bestand nur noch aus Schlaglöchern. Nichts als Trostlosigkeit und Verfall.

»Da war mal ein schwerer Sturm«, sagte der Campbell. »So wie letzte Nacht. Vor dreißig Jahren. Das Dorf war durch ein Hochwasser abgeschnitten. Dann fuhr irgendein Londoner hierher. Und sie waren weg. Das Dorf war wie ausgestorben. Keine Spuren zu sehen. Essen noch auf den Tischen. Vom Angesicht der Erde verschwunden. Plopp!« Der Campbell schnippste mit den Fingern.

Hamish nahm seine Kriegsmütze ab und kratzte sich den Kopf. »Diese Geschichte hab' ich noch nie gehört. Ein ganzes Dorf verschwindet?«

»Plopp«, sagte der Campbell. »Weg. Macht jetzt mal ein bißchen Tempo und durchsucht die Gegend. Seht zu, was ihr findet. Ihr beiden auch! Aber schnell.«

Angus und Sawney krochen aus dem Auto.

In den Ruinen der *Arme des Henkers* sollten sie einen Reisekoffer aus grünem Segeltuch finden, ein Frisier-Set im Plastiketui und einen Dufflecoat (ohne Knebel), am Ellbogen abgewetzt.

Hamish sollte großen Gefallen an dem Dufflecoat finden.

Keine halbe Meile entlang der Straße, die zu den Überresten von Milcom Moloch führte, sollten sie die Überreste eines ausgebrannten Taxis finden. Und einen Mann mit bandagierten Fingern und bläulicher Gesichtsfarbe, der das verkohlte Wrack schluchzend betrauerte. Hamish sollte Mitleid mit dieser erbarmungswürdigen Gestalt empfinden und ihr seinen Dufflecoat schenken, auf daß sie sich wärmen möge.

Später am Tag würde der Taxifahrer erneut ins nahe gelegene Krankenhaus eingeliefert werden, diesmal im Zustand des Schocks und mit dem Verdacht auf Tollwut. Er würde bis zum Ende seiner Tage beharrlich behaupten, von einem Polarwolf angefallen worden zu sein. Auch würde er das Taxifahren aufgeben und ins Kloster gehen.

»Ich könnte mir nicht vorstellen, ins Kloster zu gehen.« Tuppe verschränkte die Hände hinter dem Kopf und lächelte zum vorbeiziehenden Himmel hinauf. »Als Mönch wird man so schnell kahl.«

Cornelius lächelte und trommelte mit den Fingern aufs Steuerrad. »Sie rasieren ihre Köpfe. Man nennt es Tonsur. Vom lateinischen *tonsura*: die Rasur.«

»Warum?« Tuppe ließ das elektrische Fenster hoch- und niedersummen. »Warum machen sie das?«

»Um ihre Absage an die Welt und all ihre Eitelkeiten kundzutun. Könntest du mal das Fenster in Frieden lassen, Tuppe.«

Tuppe ließ das Fenster in Frieden. Seine Hand wanderte zum Zigarettenanzünder. »Erzähl mir mehr von den Tonsuren«, sagte er.

»Gern. Es gibt drei Arten. Erstens die ›Tonsur des Heiligen Paulus‹. Das ist der ganze Kopf. Praktiziert hauptsächlich von der östlichen Kirche ... Dann gibt es die ›Tonsur des Heiligen Petrus‹. Das ist die gebräuchlichste. Ein runder kahler Fleck auf der Schädelplatte. Und schließlich gibt es noch die ›Tonsur des Heiligen Johannes‹. Der Vorderkopf wird rasiert bis zu einer von Ohr zu Ohr verlaufenden Linie. Das war die alte keltische Methode. Deswegen wird sie manchmal auch die schottische oder irische Tonsur genannt. Könntest du mal den Zigarettenanzünder in Frieden lassen, Tuppe.«

Tuppe ließ den Zigarettenanzünder in Frieden. »Ich frage

mich, welche Methode sie im Sankt Sacco Benedetto bevorzugen?« fragte er sich.

»Augenbrauen und alles, schätze ich. Ich habe gehört, daß es der strengste Orden im ganzen Land sein soll. Richtig mittelalterlich.«

Tuppe drehte am Radioknopf. »Es is' alles nich mehr so wie früüüher«, sang Max Bygraves.

Das stahlblaue Automobil mit den hochgezogenen Heckflossen und dem offenen Dach segelte einen Hügelkamm hinauf und auf der anderen Seite wieder hinunter. Die Haare des Fahrers folgten dicht dahinter. Die Sonne strahlte hell hinab auf die heroischen Reisenden. Tuppe fand eine wahrlich famose Sonnenbrille im Handschuhfach, die sich Cornelius aufsetzte.

Haargenau um zwölf Uhr riß der Keilriemen.

Haargenau um fünf nach zwölf setzten sie ihren Weg fort.

»Sei gepriesen, teurer Freund«, sagte Cornelius zu Tuppe. »Mike den Mechaniker drei Ersatzkeilriemen einpacken zu lassen, das nenne ich weise Voraussicht!«

»Gebranntes Kind und dergleichen mehr«, lächelte Tuppe.

Cornelius legte einen der Ersatzkeilriemen als Stirnband um seinen Kopf. »So werde ich viel besser sehen können, wohin ich eigentlich fahre«, sagte er. »Bisher war es doch mitunter ein rechtes Ratespiel.«

»Was?«

Kurz nach ein Uhr des sonnigen Nachmittags hielten sie an einem gewaltigen Autobahn-Raststättendingsbums. Hier fütterte Cornelius das Automobil mit dem besten Benzin, das für Geld zu kriegen war, und begab sich anschließend ins Restaurant, wo Tuppe schon wartete.

Das Restaurant war eine große lange mensaartige Einrichtung. Eine Fensterfront gewährte Aussicht auf die Autobahn. Die Reihen der formicabeschichteten Tische wurden von Stahlstühlen belagert, die nicht eben zu längerem Verweilen einluden. Tuppe saß niedergeschlagen an einem Tisch in Türnähe. Kein Essen lag vor ihm ausgebreitet.

»Wo ist der Lunch geblieben?« fragte Cornelius.

»Selbstbedienung. Ich komm' nicht ran.«

»Wie gedankenlos von mir. Bitte um Vergebung.« Cornelius schaffte doppelte Portionen herbei. Und viel Eiskrem.

Tuppe machte sich ans Essen. »Weißt du«, sagte er zwischen größeren Kauphasen, »ich bin noch nie an so einem Ort gewesen. Aber ich kenn' das aus Filmen. Meistens sitzt da eine Heavy-Metal-Band in der einen Ecke, ihr Transporter ist liegengeblieben, verstehst du, und sie sind auf dem Weg zu einem wichtigen Gig. Und dann ist da noch dieses Paar, das ganz schwer verliebt ist, also sie jedenfalls, er wird zu seiner Frau zurückkehren ...«

»Der Schurke.«

»Ganz recht. Und einen Spion gibt es noch. Er wird häufig auf der Toilette erschossen.«

»Was, er wird öfter als einmal erschossen?«

Tuppe schaufelte Bohnen in seinen Mund.

»'tschuldigung«, sagte Cornelius. »Sonst noch jemand?«

»Na, wir natürlich. Zwei junge Helden auf heroischer Fahrt.«

»Sonst noch jemand?«

Tuppe sah sich um. Von den beiden jungen Helden abgesehen, war die Besetzung von *Gewaltige Autobahn-Raststätte: Der Film* noch nicht eingetroffen. Tuppe entdeckte immerhin eine einsame Gestalt an einem entfernten Tisch.

»Da ist er«, sagte Tuppe, indem er am Ellbogen des großen Jungen vorbei deutete. Cornelius drehte sich um und guckte. Die Sonne strahlte und warf ihr Licht auf einen großen, breitschultrigen, kahlrasierten Mann. Er trug einen karierten Knickerbockeranzug und eine Seidenkrawatte.

Während sein Gefährte ihm den Rücken zukehrte, stibitzte Tuppe eine Wurst von seinem Teller und warf sie sich in den Mund.

Cornelius wandte sich wieder um. »Er kommt mir bekannt vor. Vielleicht ist er der Spion. Wo ist meine Wurst?«

Plötzlich spuckte Tuppe Cornelius mit gestohlener Wurst voll.

»Nur die Ruhe!« Cornelius klopfte sich ab. »Das ist echt nicht nötig. War doch nur 'ne Wurst. Kannst sie ruhig behalten.«

»Nein, nein.« Tuppe hustete wie ein Wahnsinniger. »Er ist es. Da ist er.«

»Wer er?«

»Auf dem Foto. Hol das Foto raus.«

Cornelius zog den Schnappschuß des verstorbenen Victor Zenobia aus seiner oberen Tasche. »Was?« Er schickte sich an, noch einen Blick auf den entfernt sitzenden Gast zu werfen. »Kann nicht sein.«

»Nicht hingucken! Laß mich das Foto sehen.«

Cornelius gab es Tuppe. Tuppe betrachtete es und blickte dann verstohlen am Ellbogen des großen Jungen vorbei. »Er ist es«, flüsterte er. »Cornelius, das ist Hugo Rune.«

»Der Typ, den Sie meinen«, sagte Mike der Mechaniker. »So'n großer Typ? Jede Menge Haare?«

Er sprach mit einem kahlköpfigen Mann. Einem kahlköpfigen Mann, der einer getarnten Kampfjacke den Vorzug gegenüber einem Knickerbockeranzug gab.

»Was wollen Sie denn von ihm?«

»Eine Privatangelegenheit.«

»Dann hab' ich nichts damit zu tun.« Mike wandte sich ab und wischte sich die Hände an einem verschmierten Lappen, wie es nur ein echter Mechaniker hinkriegt.

»Ich könnte dafür sorgen, daß Sie was damit zu tun bekommen.« Die Hand des Campbell fiel auf Mikes linke Schulter. Es war eine schwere Hand mit einem ordentlich festen Griff.

»Ach ja?« Mike drehte sich um und musterte den Campbell von oben bis unten. Es gefiel ihm nicht besonders, was er da sah. Das galt auch für die drei Highlander, die sich in dem dornigen Volkswagen fläzten. Er stieß die Hand weg, die sich immer noch an seine Schulter klammerte.

»Ich muß wissen, wo er hinwill. Es ist sehr wichtig.«

»Er hat es mir nicht gesagt.« Mike zuckte leichthin die Achseln, aber seine rechte Hand schob sich zur Hintertasche seines Overalls, wo er seinen großen Stilson-Schraubenschlüssel stecken hatte. »Tut mir leid, daß ich Ihnen nicht helfen kann.«

»Ich muß darauf bestehen.« Der Campbell nahm seine kaputte Brille ab und steckte sie in die Tasche.

»He, verpißt euch jetzt, ja?« Der Schraubenschlüssel kam heraus.

Der Campbell sah ihn sich lächelnd an. Dann lächelte er zu Mike hoch und starrte ihm tief in die Augen. Dann lehnte er sich nach vorn und flüsterte ihm etwas ins linke Ohr.

Die Farbe wich aus dem Gesicht des Kfz-Mechanikers. Sein Körper begann zu zittern. Der große Schraubenschlüssel fiel ihm aus der Hand.

»Wohin?« fragte der Campbell.

»London«, antwortete Mike mit totengleicher Stimme.

»Und auf dem Weg dorthin machen sie irgendwo noch Station, denke ich.«

»Er hat eine Landkarte bei mir gekauft ...«

»Ja?«

»Ein Kloster. Sankt Sack oben an der Tür.«

»Sankt Sacco Benedetto. Na, das war doch ganz leicht, nicht wahr? In der Regel finde ich mehr Vergnügen an einer subtileren Vorgehensweise. Aber dafür hatte ich jetzt wirklich keine Zeit. Haben Sie recht vielen Dank für Ihre Kooperation. Sie waren uns eine echte Hilfe.« Der Campbell lehnte sich noch einmal nach vorn und küßte Mike herzlich auf den Mund.

Der Mechaniker machte sich in die Hosen.

Cornelius erschauderte.

»Alles in Ordnung?« fragte Tuppe. »Du warst eben ganz woanders. Du bist kreidebleich.«

»Etwas ist gerade passiert. Nicht hier. Woanders. Etwas Schlimmes.«

»Das ist sehr häufig der Fall. Aber was ist mit *ihm*?« Tuppe wies verstohlen mit dem Finger. »Er *ist* es. Kein Unterschied zum Foto.«

»Das kann nicht sein.« Cornelius schluckte hastig seinen Kaffee. »Das Foto wurde vor über einem halben Jahrhundert aufgenommen.«

»Derselbe Anzug«, sagte Tuppe. »Derselbe Mann, ich sag' es dir. Guck doch. Na los.«

»Du läßt aber meine letzte Wurst in Frieden.«

»Ich schwöre.« Tuppe legte die Hand aufs Herz.

Cornelius drehte sich um und sah sich die Sache gründlich an. Der glatzköpfige Mann fing seinen Blick auf und wedelte freundlich mit den Fingern. Cornelius lächelte und wandte sich wieder Tuppe zu.

Tuppe hielt das Foto hoch. Er sagte nichts. Sein Mund war mit geklautem Ei vollgestopft.

Der Kopf des großen Jungen sank tief auf seine Brust. »Tuppe«, flüsterte er mit zusammengebissenen Zähnen. »Es ist Hugo Rune. Was sollen wir tun?«

»Wir?« Tuppe schluckte die gestohlenen Naturalien hinunter. »Du gehst am besten rüber und vertreibst dir ein bißchen die Zeit. Frag ihn, wo er die Papiere gelassen hat. Ich kümmere mich inzwischen um deinen Lunch.«

»O nein. Wir gehen zusammen. Du steckst mit in diesem Roman.«

»Okay.« Tuppe glitt von seinem Stuhl hinab.

Cornelius erhob sich von seinem. »Also los.«

Der kahlköpfige Mann sah ruhig zu, wie sie auf ihn zugingen.

Und als sie näher kamen, wurde Cornelius sich schmerzhaft eines seltsamen Summens in seinen Ohren bewußt. Und ebenso der Tatsache, daß Hugo Rune ein kleines bißchen undeutlich an den Rändern wirkte. Seine großen beringten Finger schienen mal über, mal *in* der Tischplatte zu hängen. Es war etwas ganz und gar Widernatürliches an dem Neuerfinder der Okarina.

Plötzlich gab es jede Menge Lärm, Menschenauftrieb und Tumult. Und eine Reihe von langhaarigen jungen Männern in Lederjacken, engen Hosen und Schlangenlederstiefeln platzten ins Restaurant. Einer von ihnen trug einen Gitarrenkoffer.

Ihnen folgten eine schluchzende Frau und ein sie tröstender Mann. Und dann kam noch ein heimlichtuerischer Bursche mit einem Aktenkoffer.

Und plötzlich steckten Tuppe und Cornelius mitten im Gewühl. Und als sie das nicht mehr taten, war Hugo Rune verschwunden.

12. KAPITEL

Sie sprachen nicht sehr viel während der nachmittäglichen Fahrt. Und sie hielten auch nicht an, um irgendwelche Tramper mitzunehmen. So kam es, daß all die aufregenden jungen Frauen, Serienkiller und Untergangspropheten mit irrem Blick, die dem nahenden Cadillac hoffnungsfroh ihre Daumen entgegenreckten, zu Fuß gehen mußten.

Und sie schalteten nicht einmal das Radio ab, als Max Bygraves vom Bedarf nach helfenden Händen sang. Cornelius und Tuppe waren bedrückt.

Sie wurden allerdings ein bißchen munterer, als sie endlich den Parkplatz vor dem Holiday Inn in North Ameshet erreichten.

»Mein lieber Mann!« Tuppe verrenkte sich fast den Hals, als er zu dem mächtigen Hotel hochsah. »Wenn das nicht hoch ist.«

»Sogar von da, wo ich sitze.« Cornelius registrierte, daß von den siebenundzwanzig Fenstern im ersten Stock acht offen waren und die Jalousien hochgezogen hatten; acht waren geschlossen und hatten die Jalousien unten, neun waren geschlossen und hatten die Jalousien oben, eins war offen und hatte die Jalousie unten, und eins war offen, hatte die Jalousie halb zugezogen, und das Licht war an. Zwei Achter, ein Neuner und zwei Einser. Oder ein Paar Achten, eine Neun und ein Paar Asse. Das letzte Pokerblatt, das Wild Bill Hickock in der Hand hatte, kurz bevor er in den Rücken geschossen wurde von Jack McCall in Deadwood City, South Dakota.

»Also, an einem solchen Ort«, hob Tuppe an, »gibt es zwangsläufig eine Heavy-Metal-Band, die ihr Zimmer verwüstet. Ein Liebespaar, das sich unter dem Namen Smith eingetragen hat, ein Spion mit einer Rolle Mikrofilm in –«

»Laß uns einchecken«, sagte Cornelius.

»Können wir falsche Namen benutzen? Das wollte ich schon immer mal.«

»Du kannst es ruhig tun. Ich muß meinen richtigen nehmen. Das Geld von Mr. Kobold morgen früh, weißt du noch?«

»Richtig.« Cornelius parkte das Auto – und erlaubte Tuppe, das Dach ein paarmal auf und nieder und wieder aufgehen zu lassen.

»Danke«, sagte Tuppe. »Das hat wirklich Spaß gemacht.«

Es liegt etwas seltsam Tröstliches in einem Holiday Inn. In welchem Teil der Erde man auch immer herumreist, wenn man ein Holiday Inn betrittt, kann man sich auf zwei Dinge verlassen: Erstens, daß es haargenauso ist wie alle anderen. Und zweitens, daß Status Quo schon mal da waren.

Zufällig kamen Status Quo gerade in dem Moment aus dem Holiday Inn in North Ameshet heraus, als Tuppe und Cornelius eintraten.

»Hallo, Tuppe«, rief der Schlagzeuger. »Wie läuft's denn so?«

»Gut. Jubiläumstournee?«

»Wie immer.« Status Quo verließen das Gebäude.

»Du kennst tatsächlich die Quos?« Cornelius war beeindruckt.

»Natürlich. Ich bin herumgekommen. Hab' ich doch erzählt.«

»Wie heißt denn der Schlagzeuger?«

»Frag mich nicht«, sagte Tuppe.

Cornelius stellte sich bei einer Empfangskraft vor, die ein Schild trug, auf dem stand: »Hallo, ich heiße Danny«. Danny bestätigte, daß ein Zimmer bereits gebucht sei, und wenig später beförderte ein Page, auf dessen Schild »Hallo, ich heiße Peter« stand, den Rucksack der Herren Cornelius Murphy und Howard Hughes hinauf auf ihr Zimmer.

Cornelius gab dem Pagen ein Trinkgeld. »Könnte ich bitte eine Quittung dafür haben, Peter?« fragte er.

Peter gab keine Antwort.

Also, ein Holiday-Inn-Zimmer ist ein Holiday-Inn-Zimmer. Es ist immer sehr sauber. Es hat ein Doppelbett. Einen kleinen Schreibtisch mit Stuhl. Einen Fernseher – mit allen möglichen Kanälen – und eine Bibel, die ein gewisser Gideon verfaßt hat. Mit dem Zimmer verbunden ist ein Bad, das alle möglichen Dinge in verschweißten Hüllen zur Verfügung stellt, damit man sie nach Hause mitnehmen und den Kindern schenken kann. Und es hat natürlich ein Telefon, mit dem man sich sehr unbeliebt machen kann, vor allem wenn man die Rechnung nicht bezahlt.

»Kann ich den Zimmerservice anrufen?« fragte Tuppe. »Irgend etwas hochschicken lassen?«

»Nur zu. Ich werde mich dem Auspacken meines Rucksacks widmen. Zumal ich keinen Koffer mehr besitze.«

Tuppe kletterte auf das Bett beim Fenster. »Das nehme ich!« Er nahm den Hörer ab. »He, Zimmerservice«, sprach er.

Cornelius zog den Reißverschluß seines Rucksacks auf.

»Würden Sie bitte eine Flasche Jim Beam heraufschicken, zwei Gläser, eine Platte mit Steak-Sandwiches ...«

Cornelius schüttete den Rucksack aus.

»Eine Tüte mit Chips ... zwanzig kleine Zigarren ...«

»Wo ist mein Pyjama abgeblieben? Ich weiß, daß ich ihn hier reingepackt hab'.«

»Und einen Pyjama, Größe XXL, schlichtes Muster. Danke sehr.«

»Noch einen Schluck Jim?« Tuppe fläzte sich auf seinem Bett. Eine kleine Zigarre im Mund. Die Flasche neben seinem Ellbogen.

Cornelius blickte bitter von seinem Steak-Sandwich auf. »Du hättest wenigstens den Anstand besitzen können, einen Drink zu bestellen, der nicht *Jim* heißt.«

»Jim? Oh, verstehe. Tut mir leid, lieber Freund.«

»Schon gut. Reich die Flasche rüber.«

Tuppe reichte die Flasche rüber. »Also, was machen wir heute abend, Cornelius? Die Szenelokale abklappern? Voll den Bären steppen lassen? Etwas in der Art? Reich mal die Chips rüber.«

Cornelius reichte die Chips rüber. »Ich werde hier sitzen bleiben, auf meinem Bett, gekleidet in diesen sehr großen Pyjama, und das Rune-Buch vom Papa studieren. Werde die Briefe und Rechnungen und was weiß ich nicht alles durchgucken und sehen, ob sich irgendein Sinn daraus ergibt.«

»Klingt ziemlich öde.«

»Tuppe, schnapp dir bitte soviel Bargeld, wie du brauchst. Geh los und laß den Bären steppen. Aber ...« Cornelius hielt den Hab-acht-Finger hoch. »Komm nicht um drei Uhr morgens mit einer Horde neuer Freunde wieder, die scharf auf eine ›Party‹ sind.«

»Was ist, wenn es nur zwei neue Freunde sind, beide jung und weiblich?«

»Dann ruf von der Rezeption aus an, damit ich mir noch die Haare kämmen und meinen Pyjama verstecken kann.«

Cornelius entließ seinen Gefährten. Hängte das BITTE-NICHT-STÖREN-Schild vor die Tür. Machte einen vergeblichen Versuch, das Zimmer aufzuräumen, das bereits wie ein Heavy-Metal-Schlachtfeld aussah, und begab sich unter die Dusche.

Später legte er den riesigen Pyjama an, schaltete den Fernseher als Hintergrundkulisse ein und machte es sich mit einer halben Flasche Jim Beam und dem *BUCH DER ALLERLETZTEN WAHRHEITEN* auf dem Bett bequem.

Ich habe viele grundlegende Gedanken zum Thema ›unbelebte Objekte‹ niedergeschrieben. Ein erklecklicher Anteil davon wurde mit Hilfe eines Kulis produziert.

Im Laufe eines Jahres benutze ich mindestens eintausend Kulis, und dennoch habe ich noch keinen wirklich aufgebraucht. Wie kann das sein?

Meine Untersuchungen führen mich zu dem Schluß, daß der Kuli, wie viele andere Arten »unbelebter Objekte« auch, seine Rolle in dieser Welt verabscheut.

Der Kuli ist von Natur aus ein enthaltsames Wesen, dem es nicht gefällt, die Essenz seiner Zeugungskraft auf Papier zu vergießen. Ich ziehe diese Schlußfolgerung nicht etwa leichthin, sondern auf der Grundlage jahrelanger gewissenhafter Forschung mit nicht unbeträchtlichen Kosten für meine Gesundheit.

Meine Erkenntnisse lassen sich wie folgt zusammenfassen:

1. Der Kuli dient dem Menschen nicht freiwillig.
2. Der Kuli ist ein raffiniertes Biest, das schon bei der geringsten sich bietenden Gelegenheit die Flucht ergreift.

ZWEI EINFACHE EXPERIMENTE MIT KULIS

1. Kaufen Sie fünfzehn Kulis. Halten Sie sie auf dem Nachhauseweg gut fest, damit sie nicht entwischen. Legen Sie fünf davon in den Bleistiftbehälter in der Küche. Fünf in den dekorativen Krug neben dem Telefon im Flur. Fünf in die Ablage auf Ihrem Schreibtisch. Ignorieren Sie die Kulis ostentativ, und lassen Sie eine Woche verstreichen. Versuchen Sie dann, einen Kuli zu finden.
2. Knien Sie nieder, um sich die Schuhe zuzubinden. Versuchen Sie dann, einen Kuli zu finden.

SELBSTMORDNEIGUNG BEI GEFESSELTEN KULIS

Es hat viele Versuche gegeben, den Kuli zu zähmen oder wenigstens zu unterwerfen. Sie waren sämtlich zum Scheitern verurteilt. Einer der einfallsreicheren Ansätze bestand in der Erfindung eines Kulis, der in ein Plastikgeschirr gespannt und an einem Lederband befestigt um den Hals getragen wurde.

Diese unnatürliche Praxis ist heute kaum noch anzutreffen. Sie führte bei den gefangenen Kulis zu gravierenden seelischen Verletzungen, die sie veranlaßten, sich von ihren Ketten loszureißen und in Toilettenschüsseln zu stürzen, sich in selbstmörderischer Weise an Schaltknüppeln zu verheddern oder sich um Lenkstangen zu wickeln.

Auch ist erwiesen, daß diese Kulis imstande waren, auf telepathischem Wege Hilferufe an Freunde ihrer Peiniger zu übermitteln, mit dem Ergebnis, daß diese – ohne logische Veranlassung – zu bemerken pflegten: »Du siehst völlig bescheuert aus mit diesem Ding um den Hals. Wirf es bloß weg.«

PARKER? ISS AUS, M'LADY!

Einer bestimmten Denkschule zufolge, wird ein teurer Kuli aus Gold oder Silber und mit eingraviertem Namen des potentiellen Eigentümers immer ein in Ehren gehaltener Besitz sein. Das hier bemühte Prinzip besagt, daß ein vom Besitzer geliebter Kuli dieses Gefühl erwidern und ein loyaler Gefährte sein wird. Das ist leider ein Irrtum. In Wirklichkeit liegen diese Gegenstände – gerade *wegen* der Qualität ihrer Bestandteile und Fertigung – weit über dem Durchschnitt, was Abwesenheiten betrifft.

Diese Kulis werden mit Vorliebe zu Weihnachten verschenkt. Aber preisen wollen wir denjenigen, dem es gelingt, mit einem solchen Erzeugnis am zweiten Feiertag ein Dankschreiben aufzusetzen. Die meisten potentiellen Besitzer werden den Vormittag damit verbringen, Papierkörbe umzudrehen und Geschenkpapier glattzustreichen, in der vergeblichen Hoffnung, den in Ehren zu haltenden Besitz aufzustöbern.

Ich behaupte, daß diese Kulis eine höhere Form der Tarnung einsetzen. Ferner, daß sie zur Dematerialisation fähig sind. Zu beachten ist, daß viele dieser Kulis in hermetisch versiegelten Geschenkpackungen daherkommen, die man ums Verrecken kaum aufkriegt.

Diese Packungen sorgen dafür, daß die Kulis sicher eingesperrt sind, solange sie sich in den Geschäften aufhalten. Aber – *Auschluß der Gewährleistung* – sobald man zu Hause ist, ist man auf sich allein gestellt.

Die Iren beteuern, daß irgendwo auf diesem Planeten eine Schatztruhe von krösusmäßigen Ausmaßen existiert, in der diese Gold- und Silbertypen mit zahllosen einzelnen Ohrringen und einer Million Edelsteinen aus Verlobungsringen ein geselliges Beisammensein pflegen.

Sie liegt am Ende eines Regenbogens. Das jedenfalls hat man mir zu verstehen gegeben.

KILLERKULIS

Der Mensch hat nie viel Zeit verloren, wenn es darum ging, die Welt nach seinen Launen umzumodeln. Dabei hat er allerdings viele gefährliche Narrheiten erfunden: Atomenergie, FCCF (Fußball-Club-Chelsea-Fans)*, giftige Chemikalien und Bud Abbott. Aber keine potentiell verheerendere als den Verrückten-Trend-Kuli, oder V.T.K. genannt.

Dabei handelt es sich im Grunde um einen ganz normalen Kuli, an dessen oberem Ende aber irgendwelche zur Zeit gerade prominenten ›Figuren‹ angebracht sind: z. B. Snoopy, Garfield, Bart Simpson, Barry der Rosenkohl und was nicht noch alles.

Man beachte, daß diese ›Figuren‹ in der Regel aus Amerika stammen, der *Heimat des Serienkillers*.

Das zukünftige Opfer erwirbt den V.T.K. oder bekommt ihn geschenkt und steckt ihn nichtsahnend in seine oder ihre obere Jackentasche, wobei der lustige Kopf hervorschaut. Irgendwann im Laufe des Tages muß er oder sie dann den Kopf scharf nach links wenden oder versucht, das Jackett abzulegen.

In beiden Fällen ist das Ergebnis unvermeidlich das gleiche. Eine durchtrennte Jugularvene! Und besteht die Regierung nun darauf, daß die V.T.K.s mit Hinweisen auf mögliche Gesundheitsschäden versehen werden? Den Teufel tut sie! Dieses unnötige Gemetzel dauert jetzt schon über ein Jahrhundert an. Aber die Verschwörung des Stillschweigens und Vertuschens hält bis zum heutigen Tag.

Beachten Sie auch die bedeutsame Tatsache, daß alle Opfer der sogenannten *Jack-The-Ripper-Morde* in der Nähe der Patentierte-Füllfederhalter-Werke-Ostlondon starben. Diese Fabrik hatte sich auf die Herstellung von Füllern spezialisiert, deren Kappen aus Silberfaksimiles des gekrönten Hauptes der Königin Viktoria bestanden.

Es gibt nur noch einen von diesen Füllern. Er wird in Scotland Yards Schwarzem Museum unter Verschluß gehalten.

* Humor

Er wurde neben dem Bett von Mary Kelly, dem letzten von *Jacks* Opfern, gefunden!

Bevor wir diesen Abschnitt beschließen, halten wir es für nötig, die Aufmerksamkeit des Lesers auf den sogenannten Selbstmord durch Harakiri des japanischen Schriftstellers Yukio Mishima zu lenken.

Er schrieb mit einem Kuli.

Wer das Schwert erhebet, der wird durch das Schwert fallen.

Die Feder ist mächtiger als das Schwert. Muß ich mehr sagen?

DER GEHEIMNISVOLLE KULI

Ich muß, bevor ich diese gelehrte Monographie beschließe, bei einer kuriosen Anomalie verweilen. Dem schwarzen Schaf des Kulitums. DEM GEHEIMNISVOLLEN KULI. Dieser sucht, im Gegensatz zur übrigen Spezies, die Gesellschaft des Menschen.

Er taucht plötzlich in der Tasche eines Jacketts auf, das man nicht getragen hat, seit es aus der Reinigung kam. Im Handschuhfach oder Kofferraum des Wagens. Am Boden einer Handtasche oder eines Einkaufskorbes. In der Küchenschublade oder im Werkzeugkasten.

Und wenn er Sie einmal gefunden hat, dann ist es für's Leben.

Er ist in jedem Falle von der schäbigen Plastiksorte, die es irgendwo gratis dazugibt, mit einer Federvorrichtung im Inneren, die angeblich dazu dienen soll, die Schreibmine herunterzudrücken.

Man kann ihn sofort an seinem hellen Gefieder erkennen. An kühnen Grundfarben und aufgeprägten Schriftzügen wie: GEKLAUT VON DER ERZHERZOG-FERDINAND-SAUERBROT-GMBH, oder WELTKONFERENZ DER WANDERBISCHÖFE 79.

Natürlich funktioniert er eigentlich nicht. Aber er ist immer da, wenn man ihn braucht. Und man versuche einmal, ihn loszuwerden! Man kann ihn lassen, wo man will. Wildfremde Leute werden einen schreiend verfolgen: »Sie haben Ihren Kuli vergessen.« DER GEHEIMNISVOLLE KULI ist ein Dauergast.

Was seine Ursprünge betrifft, so sind auch diese in geheimnisvolles Dunkel gehüllt. Häufig ist eine Telefonnummer auf dem Kuli abgedruckt. Den Anruf aber kann man sich sparen. Entweder gibt es keinen Anschluß unter dieser Nummer, oder die verzeichnete Firma existiert nicht, bzw. hat nie existiert.

Die Hinzuziehung eines kräftigen Stocks sei an dieser Stelle empfohlen. Und die anschließende Verbrennung der Bruchstücke.

NOCH EIN RÄTSEL GELÖST

Ich werde oft gefragt, wie es kommt, daß manche Schriftsteller, ungeachtet der hohen Verlustquote bei Kulis, im Verlaufe eines Lebens so enorm viel zu Papier bringen.

Shakespeare, zum Beispiel.

Shakespeare schrieb 100.000.000 Wörter in zwanzig Jahren. Keine Kleinigkeit! Ich schätze mich glücklich, an dieser Stelle eine wenig bekannte Tatsache über den ›Unsterblichen Barden‹ enthüllen zu können.

Shakespeare war in Wirklichkeit ein Pirat im Ruhestand, der, nachdem er seine rechte Hand bei einer Kettenschußsalve in der Karibik verloren hatte, das Brigantenleben auf hoher See aufgab, um sich die Zeit mit dem Schreiben zu vertreiben.

Enge Vertraute nannten ihn Stummel-Willi und äußerten sich anerkennnend über die handwerkliche Qualität und die Lebensechtheit seiner aus Ulmenholz geschnitzten Prothese.

Deren Zeigefinger lief in einer goldenen Federspitze aus!

Es heißt, daß der unglaublich produktive Meister des Horrors, Stephen King, einen operativ eingebauten Kuli an der rechten Hand hat.

DAS BUCH DER ALLERLETZTEN WAHRHEITEN
Hugo Rune

Cornelius schlug das Buch ohne Kommentar zu. Der Fernseher machte Zischlaute, und der große Junge sah auf die Uhr. Fast drei Uhr morgens. Das kam doch etwas plötzlich. Er nahm die Fernbedienung und startete das allseits beliebte ›Kanal-Zappen‹.

»Mach den Typen nicht an«, sagte ein Komparse. »Der kann Karate.«

»Kein Problem«, sagte Mr. Elvis Presley.

»Kenn' ich«, sagte Cornelius. »Dreiundzwanzigmal gesehen.«

Zap

»... Pelz, aber mit dem Kopf eines Fisches«, sagte ein Mann im Anorak. »Und es hat meinen Hund Prinz gefressen.«

Zap

»Um Ihre Frage zu beantworten«, sagte der große amerikanische Autor zum Gastgeber der Late-Night-Talkshow, »der Kuli ist operativ in den Zeigefinger meiner rechten Hand eingebaut.«

Zap

»Die Sasquianna-Hut-Gesellschaft«, sagte Lou Costello in Schwarzweiß.

»Moment mal«, sagte Cornelius Murphy.

Zap zurück

Der phantasievolle Talkshow-Master fragte den großen amerikanischen Autor gerade, wo er seine Ideen hernehme. Der Autor schien einigermaßen verlegen um eine Antwort auf eine solch ungewöhnliche Frage und starrte in die Kamera, als erhoffe er von dort eine Eingebung zu erhalten. Und dann erschien ein breites Grinsen auf seinem Gesicht.

Während Cornelius weiter auf den Bildschirm schaute, schienen die Gesichtszüge des Autors zu verschwimmen. Die Haare verschwanden. Schwere Hängebacken bildeten sich, und blaue, durchdringende Augen blitzten unter großen buschigen Brauen. Die Augen starrten aus dem Bildschirm heraus. »Sonst noch Fragen?« fragte Hugo Rune.

Es herrschte Stille. Innerhalb und außerhalb des Bildes. Cornelius hielt den Atem an.

»Wie steht's mit Ihnen, Mr. Murphy?« fragte Hugo Rune. »Möchten Sie nichts fragen?«

Cornelius griff sich ans Haar. »Was?« meinte er.

»Gute Frage.« Rune nickte mit seinem rasierten Gewölbe von einem Schädel. »Wer über das *Was* Bescheid weiß, wird auch das *Warum* erkennen. Und wer das *Warum* kennt, wird bald das *Wer* entdecken.«

Das Telefon neben dem Bett klingelte. Cornelius griff danach. »Wer ...?«

»Tuppe«, antwortete Tuppe. »Ich hab' zwei neue Freunde hier bei mir. Weiblichen Geschlechts. Deine sieht allerdings nicht übermäßig aus.«

Cornelius knallte den Hörer auf die Gabel. »Mr. Rune? Mr. Hugo Rune?«

Das große Gesicht füllte den Bildschirm aus. »Finde die Papiere. Finde die Karte. Finde mich.«

»Wer hat die Papiere? Wissen Sie es?«

Das Telefon klingelte erneut. Cornelius riß den Hörer hoch.

»Nicht jetzt!« rief er.

»War nur'n Scherz, das mit deiner. Sie ist'n echter Feger.«

»Tuppe, nicht jetzt.«

Störungen knisterten über den Bildschirm. Runes Gesicht verschwand langsam.

»Nein, halt!« Cornelius kämpfte mit der Fernbedienung, aber das Bild fiel auseinander. Atmosphärische Störungen zischten und knackten. Für einen flüchtigen Moment tauchte der Meister wieder auf. Er spielte auf einer Okarina.

Und dann war er verschwunden.

»He, Abbott«, sagte Lou Costello in Schwarzweiß. »Wer steht am ersten Mal?«

13.
KAPITEL

Er hieß immer noch Felix Henderson McMurdo. Aber im Moment war er ein Schotte (un-heimlich) und fern der Heimat.

Er hatte nie besondere Sehnsucht nach dem Wanderleben gehabt. Eigentlich war das stets immer das Letzte gewesen, das er sich gewünscht hätte. Wo er doch so viele gute Freunde und alles hatte. Aber die Umstände hatten ihm zuletzt doch schwer zu schaffen gemacht.

Es war, hatte er überlegt, die bloße Laune eines glücklichen Zufalls gewesen, daß sein Haus als einziges in der Straße jener verheerenden Feuersbrunst während der Ereignisse entgangen war, die die Presse jetzt als BLUTBAD VON SHEILA NA GIGH bezeichnete. Und gerade war er dabei, diesen nämlichen Zufall mit einem Gläschen hausgemachten Holunderbeerweins zu feiern, als er den Gesang bemerkte. Und – indem er den Netzvorhang vor dem Fenster seines kleinen Wohnzimmers zur Seite schlug – das erblickte, was er für einen Fackelumzug hielt.

McMurdo war tief bewegt. Daß die Bevölkerung von Sheila na gigh imstande war, sich aus der Asche ihrer Heime zu erheben und sich zu einer Feier zusammenzufinden, eine Gemeinschaft im Angesicht solch großer Widrigkeiten zu bilden, das machte ihn stolz, ein Kelte zu sein.

Und so schlüpfte er in seinen Anorak und eilte nach draußen, sich den Feierlichkeiten – mit der Flasche in der Hand – anzuschließen.

Erst als er auf die Straße trat, wurde ihm bewußt, was die guten Leute da eigentlich sangen. Sie skandierten doch tatsächlich *seinen* Namen.

Mit Tränen der Rührung in den Augen trat Felix den Fackelträgern entgegen, die offensichtlich ihn zum Helden des Tages erkoren hatten.

Vieles von dem, was dann passierte, war ihm immer noch

nicht ganz klar. Er erinnerte sich an Rufe wie: »Da ist der Scheißkerl ja«, und: »Er hat einen Molotow-Cocktail in der Hand«. Dann gab es etliches Handgemenge und Zupacken und viel Gerede darüber, an welcher Straßenlaterne der Strick hängen sollte.

Und dann war da der strenge Geruch von heißem Teer gewesen. Er konnte es immer noch riechen. Und all diese Federn! Und dann das Heruntergeworfenwerden von der Eisenbahnbrücke und das Landen auf dem fahrenden Wagen. Und dann, ein paar Stunden später, der Sturz vom Wagen herunter auf eine Kuhweide.

Dann wurde für eine ganze Weile alles schwarz. Das nächste, an das er sich erinnern konnte, war sein Erwachen im Krankenhaus und der Anblick jenes Mannes mit den bandagierten Fingern im Nebenbett, der immerzu von irgendeinem Dufflecoat schwafelte und davon, daß er von einem Wolf gebissen worden sei.

Sie waren im Krankenhaus soweit ganz freundlich zu Felix gewesen. Na ja, so freundlich, wie es ihre Zeit eben erlaubte. Ärzte und Krankenschwestern waren wirklich vielbeschäftigte Leute, vermutete er. Und Krankenbetten waren kostbar. Er wurde aus seinem herausgezogen, sobald er das Bewußtsein wiedererlangt hatte. Der Arzt meinte, er hätte einen Cousin in Sheila na gigh. Felix versprach, die besten Grüße auszurichten.

Es kam ihm ein bißchen drastisch vor, wie sie ihn durch die Unfallstation schleppten und auf die Straße warfen. Aber es war wirklich nett von dem Burschen im Nebenbett, ihm seinen Dufflecoat zu schenken.

Von da an war es ein richtig ulkiger Tag geworden. Er hatte sich von einem 50er-Jahre-Leichenwagen mitnehmen lassen. Der hatte ihn bei einer Kfz-Werkstatt in Cromcruach abgesetzt und war auf geheimnisvolle Weise verschwunden, bevor Felix sich auch nur bedanken konnte. In Cromcruach hatte er einen Kfz-Mechaniker namens Mike kennengelernt, der einen furchtbar mitgenommenen Eindruck machte. Er murmelte ununterbrochen davon, daß er ›dem Teufel höchstpersönlich‹ begegnet sei, und zitterte am ganzen Körper. Felix wickelte ihn in den Dufflecoat ein.

Und dann rannte Mike davon, wobei er irgendwas von Schlangen schrie. Den Dufflecoat hatte er noch an.

Felix sah sich zu dem Schluß gezwungen, daß die Engländer schon recht exzentrische Menschen seien. Nett waren sie allerdings auch. Die Heavy-Metal-Band, die ihn mitnahm, war sehr nett. Sie waren auf dem Weg zu einem echt wichtigen Gig. Und der Fahrer wollte sich ganz besonders nett um einige aufregende junge Frauen kümmern, die vorher zugestiegen waren. Also erbot sich Felix, das Steuer für eine Weile zu übernehmen.

Und es war auch eigentlich nicht seine Schuld gewesen. All diese aufeinanderfahrenden Autos. Er hatte sich den Rückspiegel richtig eingestellt und die Augen nur für einen kurzen Moment von der Straße genommen. Zum Glück ereignete sich der Zusammenstoß von siebenundzwanzig Autos in der Nähe von einer dieser riesigen Autobahn-Raststättendingsbumse.

Danach hatte er ein ziemliches Stück zu Fuß gehen müssen, und es war schon recht spät geworden, als ihm plötzlich aufging, daß die Dorfbewohner sich wahrscheinlich nur einen Scherz mit ihm erlaubt hatten und inzwischen zweifellos schon anfangen würden, sich Sorgen um ihn zu machen. Und gerade war er dabei, die Schnellstraße zu überqueren, um die nach Norden führende Spur zu erreichen, als ihn der Status-Quo-Tourbus über den Haufen fuhr.

Er hatte nur kleinere Verletzungen erlitten, und der Drummer hatte ihn soweit versorgt und ihm noch zwei Freikarten für das Jubiläumskonzert in Tierra del Fuego geschenkt.

Danach verschwammen in seiner Erinnerung die Vorgänge wieder ein bißchen. Seiner Ansicht nach war er auf dem Grasstreifen ohnmächtig geworden. Und das nächste, woran er sich erinnerte, war der Minibus, der anhielt, und die Mönche, die ihm hineinhalfen. Dann wurde alles wieder ganz dunkel.

Sie saßen beim Frühstück. Sie lächelten nicht.

»Es war Rune.« Cornelius goß Milch über seine Cornflakes.

»Echte Feger«, murmelte Tuppe. »Abgesehen von deiner natürlich. Uns einfach so aus dem Zimmer auszuschließen. Schwaches Bild, Cornelius. Ich mußte es ihnen beiden im Lift besorgen. Das war das mindeste, was ich tun konnte.«

»Tuppe, ich habe ihn auf unserem Bildschirm gesehen. Er hat mit mir gesprochen. Er lebt. Er braucht unsere Hilfe.«

»Du warst betrunken. Du hast die ganze Flasche J ... Mr. Beam ausgetrunken.«

»Die hab' ich erst danach getrunken. Und dann bin ich rausgekommen und hab' nach dir gesucht.«

»Ich hab' im Besenschrank gepennt. Ich finde, die sollten dir echt keine Vollpension für mich berechnen.«

»Das Geld von Mr. Kobold ist gekommen.« Cornelius tätschelte einen prallgefüllten Umschlag. »Noch mal fünfhundert Pfund.«

»Dann kannst du alles wiedergutmachen, indem du mir ein paar neue Sachen zum Anziehen kaufst.«

Tuppe winkte einer vorbeikommenden Kellnerin. »Wir würden jetzt gerne zum vollen Erster-Klasse-Frühstück übergehen, Miss.«

Die Kellnerin lächelte, zwinkerte ihnen zu und entfernte sich wiegenden Schrittes.

»Gutaussehende Frau«, sagte Cornelius bewundernd.

Tuppe zuckte mit den Achseln. »Das war deine«, sagte er.

Eine warme Sommersonne schien auf den Cadillac Eldorado, der durch die Vororte von Manchester glitt.

Sie fuhren in alle möglichen Richtungen, und die schienen gar kein Ende zu nehmen.

Max Bygraves sang: »Mach nie die Rechnung ohne den Teufel.«

Tuppe trug ein sehr schickes kariertes Hemd und eine Latzhose von Osh Kosh. Mehrere Einkaufstüten mit dem *Mutterstolz*-Logo lagen auf dem Rücksitz.

»Also«, sagte Tuppe. »Wie gedenkst du, diese Kloster-Geschichte anzugehen?«

»Ich habe über diese Angelegenheit gründlich nachgedacht. Es ist nicht gerade die einfachste Sache der Welt, einen geschlossenen Orden zu betreten und ein Schwätzchen mit einem Mönch zu halten, der höchstwahrscheinlich ein Schweigegelübde abgelegt hat.«

»Also?«

»Also schlage ich vor, absolute Ehrlichkeit walten zu lassen. Und wenn wir damit scheitern, andere Mittel zu ergreifen.«

»Als da wären?«

»Gemeine, niedrige Hinterlist«

»Oh, klasse! Niedrige Hinterlist fand ich schon immer toll. Eigentlich alles, was niedrig ist.«

»Schalt bitte mal Max Bygraves aus. Der Mann tötet mir den Nerv.«

Im Hof des Klosters Sankt Sacco Benedetto liefen allerlei geschäftige Mönchsdinge ab. Aber Felix Henderson McMurdo lag oben in der Gastzelle und verschlief alles.

»Wie weit noch?« fragte Cornelius. Es war später Vormittag, und Manchester lag weit hinter ihnen.

Tuppe konsultierte die Karte. »Es ist irgendwo in Nordwales. Oder beinahe. Noch ein Stückchen zu fahren, schätze ich.«

»Dann sing uns ein Lied. Zum Zeitvertreib.«

»Ich singe keine Lieder.« Tuppe sang keine Lieder. »Ein Gedicht kannst du haben, wenn du willst.«

»O ja, bitte.«

»Welches willst du hören?«

Cornelius hätte sich fast am Kopf gekratzt. Aber da er heute die Vorsichtsmaßnahme ergriffen hatte, seine Haarpracht in einer *Mutterstolz*-Tüte zu bändigen, kratzte er sich statt dessen an der Nase.

»Sag ›Billy O'Rourke‹ auf. Das mag ich am liebsten.«

»Also gut, ›Billy O'Rourke‹.« Tuppe machte kleine Hüstel- und Räuspergeräusche. Wie man es halt so macht. Und begann seinen Vortrag:

›Es gab einst Zigeuner‹, sprach Billy O'Rourke,
›Mit großen, stinkenden Pferden
Mein Vater kannt welche, die machten aus Kork
Die schönsten Spielsachen auf Erden.‹

Doch gab auf seine Geschichten niemand acht
Und so saß er am Tisch ganz allein
Bis ein Reisender kam in einer kalten Nacht
Ins Gesicht geschrieben die Pein.

Billy sprach zu dem Armen:
›Will mich Eurer erbarmen
Und erzählen von alten Tagen
Die vergangen und vorbei
Aber das ist einerlei
Die Erinn'rung will ich weitertragen.‹

Der Reisende griente
Und Billy, er diente
Mit Fabeln so wundersam
Von Feuern und Beben
Und tollem Erleben
Und Fräuleins, die versanken in Scham.

Und er sprach wohl drei Stunden
Von gar seltsamen Funden
Und Kriegern, die lagen im Staub
Der Reisende unterdessen
Hatt' einfach nur dagesessen
Er war stumm und dazu noch stocktaub.

Danke sehr.«

»Bravo.« Cornelius machte Beifallsgeräusche und trommelte mit den Händen aufs Steuerrad.

»Noch eins gefällig?« fragte Tuppe.

»Ich denke nicht. *Ein* Gedicht bringt uns voran. Sogar auf einer heroischen Romanreise. *Zwei* dagegen wären geradezu Verschwendung.«

»Ganz recht. Wollen wir Max wieder anstellen?«

»Warum nicht.«

Sie fuhren nach der Karte. Diese führte sie bald von der Hauptstraße herunter auf Nebenstrecken und Landstraßen. Hecken erhoben sich zu beiden Seiten, und die Seitenspiegel des Cadillacs streiften dagegen. Über ihren Köpfen reichten die Bäume sich die Hände. Und schließlich mußte Cornelius die Scheinwerfer einschalten. Das Radio knisterte und knackte, und Max Bygraves wurde immer schwächer.

Tuppe drehte an den Knöpfen. »Weißes Rauschen«, rief er aus. »Das dürfte eigentlich nicht sein.«

»Rundherum Hügel, vielleicht?« Cornelius schaltete die Scheibenwischer ein. Die Scheiben fingen an zu beschlagen.

»Hügel verursachen so was nicht.« Tuppe zitterte. »Können wir das Dach wieder zumachen? Es wird ein bißchen kühl.«

Cornelius drückte den Schalter. Aber es tat sich nichts. »Also, das ist ja komisch. In Manchester hat es doch noch tadellos funktioniert, als du es an der Ampel rauf- und runtergelassen hast, um diesen Schulmädchen zu imponieren.« Er schob den Schalter noch ein paarmal hin und her. »Nichts. Bist du sicher, daß wir auf dem richtigen Weg sind?«

»An der nächsten Kreuzung sollten wir uns lieber vergewissern. Nach Schildern gucken oder so.«

»Oder so.« Cornelius fuhr langsam weiter. Zweige klatschten gegen das Auto. »Das ist auch nicht eben gut für die Lackierung. Oh, verdammt!«

Ein Ast peitschte über die Windschutzscheibe und riß einen Scheibenwischer ab.

»Oje«, seufzte Tuppe. »Meinst du, wir sollten vielleicht lieber zurücksetzen?«

»Zurücksetzen oder laufen.«

»Wir können den Wagen nicht stehen lassen und den ganzen Weg blockieren, oder?«

»Nein.« Cornelius schaltete in den Rückwärtsgang. Das Getriebe gab furchtbare Beschwerdeschreie von sich. Cornelius versuchte es noch einmal, aber vergeblich.

»Die Rückwärtsgänge sind uns zur Zeit anscheinend ausgegangen«, sagte er mit eher düsterer Stimme.

»Sollen wir dann weiterfahren?« Tuppe sah zu Cornelius hoch.

»Fahren wir weiter.«

Sie fuhren weiter. Und weiter.

Tuppe zog sich zwei hübsche neue Pullover an, aber ihm war immer noch kalt.

Cornelius stellte die Heizung an. Die Heizung funktionierte nicht.

»Cornelius«, Tuppe faßte sich um die Ellbogen. »Cornelius, ich kriege langsam Angst.«

»Fürchte dich nicht, kleiner Freund.« Der große Junge tätschelte seinem kleinen Kumpel die Schulter. »Bald sind wir hier draußen.«

Waren sie aber nicht. Die Scheinwerfer schnitten in die zunehmende Finsternis. Das Auto holperte durch ein Schlagloch nach dem anderen. Und plötzlich hielt Cornelius an. Tuppe taumelte von seinem Sitz nach vorn. »Was ist los?« fragte er.

»Da vorne. Auf dem Weg.«

»Was? Was?«

»Wir sind an keiner Abzweigung vorbeigekommen, oder?«

»Keiner einzigen. Was siehst du denn?«

»Warte hier.« Cornelius kletterte über die Windschutzscheibe und die Motorhaube. Und sprang vom Wagen herunter. Ging ein paar Meter weiter, bückte sich und hob etwas auf.

»Was hast du da?« rief Tuppe.

»Oje. Ojemine!« sagte Cornelius.

»Was ist denn?«

Cornelius hielt einen Gegenstand hoch. Er glitzerte im Scheinwerferlicht.

»Unser Scheibenwischer«, sagte Cornelius Murphy.

»Mir ist so furchtbar kalt im dunklen, dunklen Wald.« Tuppe klapperten die Zähne.

»Wir sind defintiv an keiner Abzweigung vorbeigekommen, oder?«

Der sich schüttelnde Tuppe schüttelte den Kopf.

»Und ich glaube auch nicht, daß wir einfach im Kreis gefahren sind. Ich hab' das Steuer kaum bewegt. Also, was heißt das?«

»Das heißt, daß ich langsam ziemlich nervös werde. Laß uns zurückgehen. Wenn wir noch nicht weiter sind als vor einer halben Stunde, dann ist auch der Rückweg nicht länger.«

»Deine Worte entbehren nicht der Weisheit. Aber ich finde nicht, daß wir das Auto hier zurücklassen sollten. Obwohl«, er klopfte aufs Armaturenbrett, »wir vermutlich bald kein Benzin mehr haben werden.«

»Wie wär's, wenn wir zurück*rennen*?« schlug Tuppe vor.

»Nein. Das ist es nicht, was wir tun werden. Leg deinen Sicherheitsgurt an, Tuppe.«

Tuppe schnallte sich an. »Das wird mir nicht gefallen, was jetzt kommt, oder?«

Cornelius ließ den Motor aufheulen. »Wahrscheinlich nicht. Vielleicht solltest du die Augen schließen.«

»Warum das denn?«

»Weil ich meine auch schließen werde.« Cornelius stieg voll aufs Gaspedal und haute den Gang rein.

Er ließ die Kupplung kommen.

Die Räder rotierten. Der Motor kreischte, und der Wagen schoß vorwärts.

Cornelius umklammerte das Steuerrad mit beiden Händen und hielt den Kopf unten. Äste klatschten und krachten gegen den Wagen. Die Windschutzscheibe zersplitterte. Ebenso die Scheinwerfer. Cornelius preßte seinen Fuß weiterhin nach unten.

»Oooooooooooooh!« kreischte Tuppe.

»Halt dich fest!« Cornelius wirbelte das Steuer abrupt nach rechts. Der Cadillac schleuderte. Rauschte in die Hecke. Brach hindurch.

Ein großer Feuerball aus Licht erschien. Der Wagen schien für einen Moment in der Luft zu hängen. Und dann stürzte er hinab und immer weiter hinab.

Cornelius hielt den Atem an.

Tuppe hielt den Atem an.

Krach, Bumm und Rumms machte der Cadillac und dann ...

Tuppe hielt die Augen fest geschlossen. »Cornelius«, flüsterte er, »Cornelius, bist du da?«

»Irgendwo bin ich.« Der große Junge streckte die Hände über den Kopf. »Was siehst du?«

»Nichts. Ich guck' gar nicht hin.«

Mmmmmmmmmmmmmmmm. Klick.

»Was war das?«

»Ich glaube, das Dach hat sich geschlossen. Riechst du was, Tuppe?«

Tuppe schnüffelte. »Ich rieche Blumen. O Cornelius, ich rieche Blumen.«

»Ich rieche auch Blumen.«

»Cornelius, ich glaube, wir sind tot.«

»Dann sind wir ins Paradies gekommen. Blumen müssen das Paradies bedeuten.«

»... Tulpen aus Amsterdam«, sang Max Bygraves plötzlich.

»Oder auch nicht«, stöhnte Cornelius Murphy.

»Autsch!« Cornelius Murphys Hosen schienen zu brennen. »Wir sind doch in der Hölle.«

»Glaub' ich nicht.« Tuppe tastete blind herum und schaltete die Heizung aus. Cornelius fächelte seinen Hosenenden Luft zu und begab sich langsam wieder in die Vertikale. »Menschenskind«, sagte er. »Guck dir das bloß mal an.«

Tuppe richtete sich neben ihm auf und riskierte einen Blick. »Oha«, machte Tuppe.

Der Cadillac stand inmitten eines Feldes, das mit Gras bewachsen war – keine zwanzig Meter von dem offenen Tor entfernt, durch das er offensichtlich gerade gefahren war. Auf der Straße dahinter fuhren die Autos vorbei.

Die Vögel zwitscherten. Die Blumen blühten. Die Sonne schien.

Cornelius stand auf, strich sein Haar zurück und suchte den Horizont ab. Keine Hecken. Keine überhängenden Bäume. Er stieg aus dem Auto und untersuchte dessen Äußeres mit großem Interesse. Die Windschutzscheibe war intakt. Beide Scheibenwischer waren am Platz. Die Scheinwerfer leuchteten. Die Lackierung war makellos.

Auch Tuppe kletterte aus dem Auto. »Nicht ein einziger Kratzer. Gar nichts. Was ist passiert? Haben wir geträumt?«

»Geträumt nicht. Komm und hilf mir, das Auto zu durchsuchen.«

»Wonach?«

»Das weiß ich, wenn wir es finden.«

Sie durchsuchten das Auto. Sie waren sehr gründlich.

Tuppe fand ein Paar Schlüpfer unter dem Rücksitz.

Cornelius stöberte sich durch den Inhalt des Kofferraums und fand alles reichlich ölverschmiert.

Plötzlich sagte Tuppe: »Was ist das?«

»Was hast du da?« Cornelius knallte die Kofferraumklappe zu.

»Ein kleines schwarzes Päckchen, mit Wachs versiegelt. Es lag unter dem Fahrersitz. Es fühlt sich ganz kalt an.«

Cornelius kam um den Wagen herum und nahm es ihm aus der Hand. Er wog das Ding auf seiner Handfläche und drehte es mit dem Daumen herum. »Möchtest du einen Tip hinsichtlich des Inhalts riskieren?«

»Ich glaube nicht, daß es ein Schokoriegel ist. Es wird doch wohl keine Bombe sein?« Tuppe verkroch sich zurück in den Wagen.

»Keine Bombe. Ich habe den Verdacht, daß es ein Modellauto ist. Wahrscheinlich ein Cadillac Eldorado mit schwarz angemalter Windschutzscheibe.«

Cornelius riß das Päckchen auf. Es *war* ein Modellauto. Es *war* ein Cadillac Eldorado. Ein Streifen schwarzes Isolierband war über die Frontscheibe geklebt worden.

Tuppe sah Cornelius an.

Cornelius sah Tuppe an.

»Zufallstreffer?« fragte Tuppe.

Der Cadillac stand jetzt auf einem Parkplatz. Tuppe saß auf dem Beifahrersitz und brrrrmte das Spielzeugauto auf dem Armaturenbrett hin und her.

Cornelius stand in einer Telefonzelle. Tuppe konnte nicht hören, was er sagte. Aber er verstand die Körpersprache seines Freundes. Irgend etwas war nicht in Ordnung.

Cornelius knallte den Hörer auf und stakste zum Auto zurück. Er ließ sich mit Schwung auf den Fahrersitz fallen. Tuppe hielt es für das beste, nicht nachzufragen.

»Ich bin gefeuert.« Cornelius warf die Hände in die Luft und ließ sie mitten auf einen Schwall von Haaren fallen. »Gefeuert!«

»Warum?« fragte Tuppe.

»Zu meiner eigenen Sicherheit. Mr. Kobold meint, ich sei in großer Gefahr. Er meint, das Kloster solle ich vergessen und sofort nach Hause kommen.«

»Was hast du dazu gesagt?«

»Nein, hab' ich gesagt.« Cornelius' Finger versuchten, sich von seinen Haaren zu befreien.

»Schön für dich. Nein, was sag' ich denn da? Das hier ist

eine Nummer zu groß für uns.« Tuppe hielt dem großen Jungen das Spielzeugauto unter die Nase. »Das ist Hexerei, Voodoozauber oder so was. Damit läßt sich nicht spaßen.«

»Ich geb' jetzt nicht auf.« Cornelius verschränkte die Arme. »Auf keinen Fall.«

»Wenn ich recht verstehe, bist du gefeuert.«

»Tuppe, was es auch ist, in das wir hier hineingeraten sind, es ist etwas wirklich Großes. Das heroische Etwas. Wir können jetzt nicht einfach nach Hause gehen. Jedenfalls nicht, solange wir nicht wenigstens wissen, wo genau wir hineingeraten *sind*.«

»Können wir *danach* nach Hause gehen?« Tuppe setzte eine hoffnungsvolle Miene auf.

»Wenn du willst, kannst du jetzt nach Hause gehen. Ich fahre weiter zum Kloster. Und ich werde die Papiere finden. Was sagst du dazu?«

Tuppe strich sich über sein spitzes Kinn. »Das scheinen ja wirklich wertvolle Papiere zu sein. Und da du jetzt ohne Anstellung bist, ist nicht einzusehen, warum du sie nicht in freischaffender Tätigkeit suchen solltest. Und sie dann vielleicht an den Meistbietenden verkaufen.«

»Auf diesen Gedanken bin ich auch schon gekommen. Also, willst du mitmachen, oder soll ich dich beim nächsten Bahnhof absetzen?«

Tuppe machte sich erneut an seinem Kinn zu schaffen. »Wie du vielleicht bemerkt hast, Cornelius, bin ich nur eine sehr kleine Person. Und ich habe große Angst vor Zauberei. Vor allem vor solcher, die funktioniert. Und ich fürchte, ich wäre dir eher ein Hindernis als eine Hilfe.«

Cornelius nickte bedachtsam. »Ich verstehe. Ich setze dich am ersten Bahnhof ab, an dem wir vorbeikommen.«

»Du machst wohl Witze. Um keinen Preis der Welt würde ich mir dies hier entgehen lassen.«

»Dann bleibst du also?«

»Natürlich bleibe ich.« Tuppe fummelte am Radio.

»*Born to be wild*«, sangen Steppenwolf.

»Das hört sich schon besser an«, rief Tuppe. »Laß uns rokken!«

»Ja, laß uns selbiges tun«, stimmte Cornelius zu. Und das breite Grinsen war wieder voll da.

14. KAPITEL

DAS PHÄNOMEN DER KLEINEN SCHRAUBEN

Haben Sie jemals einen defekten Elektrotoaster demontiert, um eine Reparatur vorzunehmen?

Haben Sie daraufhin das Problem lokalisiert – in aller Regel etwas furchtbar Banales, ein gelöster Draht oder dergleichen –, den Fehler beseitigt, den Toaster wieder zusammengesetzt, ihn ausprobiert und festgestellt, daß alles wieder aufs beste funktioniert?

Und dann entdeckt, daß *zwei kleine Schrauben übrig* sind?

Dann beachten Sie Runes Worte.

Öffnen Sie das nächste Fenster.

Nehmen Sie die Schrauben in die rechte Hand.

(Oder die linke, falls Ihr Kuli-Implantat dies erforderlich macht.)

Defenestrieren Sie die Schrauben.

Mit anderen Worten: WERFEN SIE SIE AUS DEM FENSTER!

Denn wenn Sie dies nicht tun, erwartet Sie nichts anderes als Wahnsinn, Elend und der Verfall Ihrer Gesundheit.

Falls Sie den Toaster erneut demontieren und nach den passenden Stellen für die Schrauben suchen, werden Ihnen in kürzester Zeit zwei Dinge aufgehen:

1. Nachdem der Toaster wieder zusammengesetzt ist, funktioniert er nicht mehr.

2. Sie sind nunmehr der stolze Besitzer von *drei* kleinen Schrauben!

Daß das geheimnisvolle Phänomen der kleinen Schrauben (PkS) die wissenschaftlichen Graubärte unseres Zeitalters verblüfft hat, kann uns nicht überraschen. Die Graubärte neigen von Natur aus zum Verblüfftsein.

Aber nun werde ich, Rune, der ich alle Dinge dieser Welt verstehe, euch die Wahrheit enthüllen:

KLEINE SCHRAUBEN VERMEHREN SICH IM INNEREN ELEKTRISCHER GERÄTE.

Die kleine Schraube, das läßt sich mit Hilfe eines starken Vergrößerungsglases leicht feststellen, ähnelt der gewundenen DNS. Sie ist ein lebender Organismus.

Daß Toaster – wie auch alle übrigen Elektrogeräte – selbstheilende Schraubenlöcher besitzen, ist eine längst anerkannte Tatsache. Alle Schraubenlöcher haben die Tendenz zu schrumpfen, sobald die Schraube aus ihnen entfernt ist. Das ist ganz natürlich. Niemand hat Freude daran, ein fremdes Objekt gewaltsam eingeführt zu bekommen. Mit der bemerkenswerten Ausnahme gewisser Mitglieder des Stadtfrauenverbands Chiswick. Diese Feststellung hat allerdings keinen unmittelbaren Bezug auf das Thema des PkS.

Die kleine Schraube ist der Dämon der modernen Technik. Sie hat viele gute Männer vorzeitig unter die Erde gebracht, sie kostet die Industrie Tag für Tag unzählige Milliarden Pfund, sie behindert den Fortschritt, und sie trägt Schuld am Untergang des Britischen Empire.

Ich habe mich kürzlich mit einigen »durchgesickerten« Dokumenten des Verteidigungsministeriums vertraut machen können.

Diese beziehen sich außerordentlich detailliert auf PkS in Verbindung mit Bau und Instandhaltung der sogenannten ›Atom-U-Boote‹*

Diese Tauchboote platzen buchstäblich aus allen Nähten vor elektronischem Hokuspokus, der, da er an den neuesten

* Vgl. Hugo, Rune: *Atomenergie. Ein Mythos zerplatzt.*

Standards technologischer Perfektion ausgerichtet ist, ständiger Reparaturen bedarf.

Im Zuge einer solchen Generalüberholung erwies sich kürzlich die Vielzahl der kleinen Schrauben als so ausgeprägt und die Vorfälle von Wahnsinn innerhalb der Service-Mannschaft als so offensichtlich, daß das Verteidigungsministerium sich gezwungen sah, einen öffentlichkeitsverträglichen Vorwand zu finden. Man entschied sich für das *Entweichen radioaktiver Strahlung!*

Das SEK (Schrauben-Einsatzkommando) wurde hinzugezogen, um die U-Boote zu entschrauben, und entfernte nahezu drei Tonnen kleiner Schrauben, die alle irgendwo herausgekommen sein mußten, aber niemand wußte, wo.

Die kleinen Schrauben wurden in Container gepackt, als GIFTIGE ABFALLSTOFFE gekennzeichnet (um keinen Verdacht zu erregen), an die Südküste Englands transportiert und ins Meer verklappt.

Mein persönliches Interesse am Thema PkS datiert aus den späten 40er Jahren. Ich hielt mich damals in Indien auf, wo ich als spiritueller Berater Gandhis tätig war. Zu dem hier in Rede stehenden Zeitpunkt verließen wir gerade Bombay auf einem Postdampfer. Wir hatten uns entschlossen, einmal für zwei Wochen alles stehen- und liegenzulassen und uns in Kalkutta ›ins Nachtleben zu stürzen‹. Wir reisten wie immer inkognito, diesmal in unserer Lieblingsverkleidung als ›Mann und Frau‹.

Gandhi war als Frauendarsteller ein Naturtalent. Wenn er beschlossen hätte, die Sache professionell zu betreiben, hätte er damit leicht sein Glück machen können. Seine Verkörperung der Witwe Twanky war einfach umwerfend. Und wie gut erinnere ich mich an seine Interpretation von *›Ich bin doch nur ein Mädchen, das nicht Nein sagen kann‹*, in blonder Perücke und Abendkleid vor dem Taj Mahal (im Mondlicht) dargeboten, zum großen Entzücken der Britischen Handelsdelegation.

Obwohl wir den Kapitän angefleht hatten, dafür zu sorgen, daß wir ungestört blieben, sprach sich bald herum, daß sich einer der bedeutendsten geistigen Führer der Welt an Bord befinde.

Alsbald schlugen die Mitreisenden ebenso wie die Mitglieder der Besatzung an unsere Kabinentür und beschworen *mich*, ihre Kinder zu segnen, ihre Kahlheit zu heilen, ihre Jugend zurückzurufen und die Länge ihres »alten Kameraden« zu verdoppeln. Ich fügte mich ihren Bitten, in der schlichten Hoffnung, für den Rest der Reise ein wenig Frieden genießen zu können.

Sobald alle zufriedengestellt waren, schickte ich mich an, mich für die Nacht zurückzuziehen. Da bemerkte ich die übriggebliebene Gestalt eines einzelnen Mannes, der in der Kabinenecke kauerte.

In dem Gefühl, an diesem Tag meinen Beitrag zum Wohle der Menschheit schon reichlich geleistet zu haben, bedeutete ich ihm, zu verschwinden – aber plötzlich, anderenfalls er mich mal kennenlernen könne. Er aber warf sich vor mir auf den Boden und küßte den Saum meines Gewandes.

Er war eine der erbärmlichsten Gestalten, die ich je gesehen hatte. Und ich habe einige gesehen. Von der Sonne des Subkontinents war er kastanienbraun getönt, hatte weiße Haare und wirre Augen.

Erst als er zu sprechen begann, erkannte ich, daß er einst ein Engländer gewesen war. Und ein Gentleman obendrein.

Er sagte mir, er habe ein furchtbares Geständnis abzulegen und er wisse außer mir keinen Menschen auf der ganzen Welt, vor dem er es ablegen könne. Er hieß Lord N –. (Den Namen muß ich Ihnen vorenthalten, da seine Familie prominenter Bestandteil der herrschenden Klasse ist. Seine Enthüllung würde Schande über ein angesehenes Haus bringen und vermutlich die derzeitige Regierung stürzen.)

Die nun folgende Geschichte ist mit seinen eigenen Worten erzählt:

Anfang der 30er Jahre vertrieb ich mir meine Zeit für eine Weile als Nachrichtensprecher im Dienste der BBC. In jenen Tagen waren ausschließlich Mitglieder der englischen Aristokratie bei der BBC beschäftigt. Das verschaffte der Sache sehr stark den Anstrich eines exklusiven Herrenklubs.

Geliefert wurden die zu sprechenden Nachrichten von einer Mannschaft von Hinterzimmer-Johnnys, die die Aufgabe hatten, sich Meldungen auszudenken, die aufmunternd und patriotisch genug waren, um gesendet werden zu können. Dies wurde in der Regel dadurch bewerkstelligt, daß man diejenigen Meldungen wiederaufbereitete, die sich im Jahr zuvor als die populärsten erwiesen hatten, oder indem man einzelne Passagen aus dem *Old-Moore's-Almanach* übernahm. Während der Wirtschaftskrise sendete der Nördliche Dienst der BBC die ›Live-Übertragung‹ der Krönungszeremonie für König Edward alle drei oder vier Wochen, was der allgemeinen Stimmung sehr zuträglich war. Und man wird sich zweifellos daran erinnern, daß die Sommer vor dem Krieg immer viel besser waren. Das war auf den Grundsatz der BBC zurückzuführen, beim Wetterbericht den wirklichen Temperaturen ein paar Grade hinzuzufügen. Ein kleiner Trick, den man den Russen abgeschaut hatte, die ihn einsetzten, um eine große Beteiligung bei den Maiparaden sicherzustellen.

Wie auch immer. Jeden Morgen, wenn ich im Sendegebäude ankam, gab ich Hut und Stock beim Portier ab und sammelte den Tagesvorrat an Nachrichten in meinem persönlichen Fach auf. Er lag immer in einem großen, neuen, gelbbraunen Umschlag da.

Manchmal, wenn mir gerade danach war, überflog ich die Sachen im voraus, um zu sehen, was die Johnnys diesmal zum Ruhme des Empires ersonnen hatten. Meistens tat ich das aber nicht, weil ich es für unsportlich erachtete, wenn der Sprecher die Nachricht vor dem Hörer kannte.

An diesem speziellen Morgen bemerkte ich allerdings, daß der Umschlag einen arg schäbigen Eindruck machte. Ein Fingerabdruck war deutlich zu erkennen und etwas, das wie der Ring von der feuchten Unterseite einer Kaffeetasse aussah. Sie können sich meine Überraschung vorstellen, zumal die BBC immer strikt darauf bedacht war, Untertassen zur Verfügung zu stellen.

Ich beschwerte mich unverzüglich beim Generaldirektor,

einem Onkel von mir aus Eton, und er pflichtete mir bei, daß der Übeltäter einen gehörigen Anpfiff zu empfangen habe und daß ich derjenige sein solle, der ihn verabreicht.

Nun war es so, daß ich meine Nachrichten immer in einem gemütlichen Salon im zweiten Stock verlas und mich noch nie in das Labyrinth der Kellerräume unter dem Funkhaus vorgewagt hatte. Ich brauchte fast eine Stunde, um das Zimmer der Hinterzimmer-Johnnys ausfindig zu machen. Auf dem Schild an der Tür stand: HINTERZIMMER. BETRETEN VERBOTEN.

Ich klopfte heftig. Da ich aber keine Antwort erhielt, drehte ich den Türknopf und trat ein. Was ich zu sehen bekam, empörte mich nicht wenig. Ich hatte eine Ansammlung gelehrter Bücherwürmer erwartet, die mit großem Ernst und Verantwortungsbewußtsein an riesigen Schreibtischen saßen und mächtige, in Leder gebundene Wälzer studierten. Aber nein. Das Zimmer beherbergte einen einzigen Burschen, der einen Overall trug und sich stirnrunzelnd mit einer kompliziert aussehenden elektrischen Vorrichtung von der Größe eines Reisekoffers beschäftigte. Diese war vollständig bedeckt mit Skalen und Röhren und kleinen Lampen und stand auf einer stabilen Werkbank.

»Sie da, mein Herr«, rief ich den Burschen an und wedelte den schmuddeligen Umschlag in seine Richtung. »Ich verlange zu erfahren, was dies hier zu bedeuten hat.«

»Ah, Sie haben es also gelesen, ja?« antwortete er. »Tja, tut mir leid, Meister, aber Sie müssen sich gedulden.«

Weder gefiel mir sein Ton, noch verstand ich die Bedeutung seiner Rede. Daher öffnete ich den Umschlag und machte mich mit dem Inhalt vertraut. Auf einem Bogen Papier, der aus einem billigen Notizblock herausgerissen worden war, standen die gekritzelten Worte: NORMALBETRIEB WIRD SOBALD WIE MÖGLICH WIEDERAUFGENOMMEN.

»Ich verlange ebenfalls zu wissen, was dies hier zu bedeuten hat« sagte ich und nahm eine herrische Haltung ein.

»Es bedeutet, was da steht«, sagte der Bursche im Overall mit dem (das wurde mir jetzt erst klar) breiten Akzent der

Arbeiterklasse. »Solange ich das hier nich' repariert hab', gibt's keine Nachrichten nich'. Also geh'n Sie man lieber nach oben und entschuldigen sich bei den Hörern.«

Ich schüttelte den Kopf. »Das ist nicht die Art, wie die Dinge bei der BBC laufen«, sagte ich ihm.

»Nun, heute tun sie's«, kam die freche Antwort. »Bis ich dieses Gerät hier nich' wieder zum Piepen gebracht hab', gibt's heute keine Nachrichten.«

»Und was genau soll Ihr Gerät denn eigentlich sein, wenn ich fragen darf?« erkundigte ich mich.

»Ein Radioempfänger.«

»Sie meinen einen Rundfunkapparat«, korrigierte ich.

»Ich meinte einen Radioempfänger. Er empfängt Nachrichten aus der ganzen Welt.«

»Was? Ausländische Nachrichten?« Ich war platt. »Die Hörer wollen keine Nachrichten über einen Haufen verdammter Ausländer. Sie wollen englische Nachrichten. Von Engländern für Engländer erfunden.«

»Fortschritt«, sagte er.

»Fortschritt?« Nun, ich war schockiert, das kann ich Ihnen sagen. ›Fortschritt‹ gehört nicht zu den Wörtern, die ein Gentleman in den Mund nehmen würde. Andererseits war dieser Bursche offensichtlich kein Gentleman.

»Ich möchte mit Ihrem Vorgesetzten sprechen«, sagte ich.

»Verzieh'n Sie sich«, sprach der Flegel. Und dann: »Ich will verdammt sein, noch einer von diesen kleinen Teufeln.« Und mit diesen Worten schleuderte er mir eine winzige Schraube entgegen.

Ich hatte inzwischen mehr als genug von seinem Betragen und trat vor, um dem Bengel eine ordentliche Tracht Prügel zu verpassen. Aber ich verlor den Halt auf zahlreichen ähnlichen Schrauben, die den ganzen Fußboden bedeckten, und stürzte schwer. Dabei schlug mein Bowling-Arm gegen den Tisch und meine Stirn gegen diese teuflische Maschine.

»Passen Sie doch auf«, schrie er, ohne sich um etwaige Schäden an meiner Person zu bekümmern. »Ich hab das Gerät schon fast wieder hingekriegt.«

»Sir«, sagte ich und erhob mich mühsam und klopfte meine Tweedsachen ab. »Sir, wo sind die Hinterzimmer-Johnnys, die sich die Nachrichten ausdenken?«

»Weg«, sagte er. »Alle letzten Freitag vor die Tür gesetzt worden. Neue Richtlinien, weil doch jetzt der Krieg kommt und so.«

»Krieg? Welcher Krieg?« Ich war höchst erstaunt.

»Es soll eigentlich noch keiner wissen. Aber ich schätze, es kann nicht schaden, wenn ich's Ihnen erzähle ...«

Und dann erzählte er mir, daß man einen Zweiten Weltkrieg organisiert hatte. Das Ganze stand im Zusammenhang mit der Lösung des Arbeitslosenproblems und der vollen Ausschöpfung finanzieller Zuwendungen. Außerdem sollte es eine große ›Kriegsanstrengung‹ geben und so etwas wie einen ›Blitz-Krieg‹ und jede Menge Songs von Vera Lynn. Und dieser Radioempfänger sollte eine entscheidende Rolle bei der ganzen Veranstaltung spielen. Und es war alles noch streng geheim und top-secret sowieso.

»Und deshalb«, fuhr er fort, »tu ich hier Arbeit von nationaler Bedeutung. Und wenn Sie was für König und Heimat übrig haben, dann packen Sie mit an und machen sich nützlich.«

Das tat ich dann. Armer Narr, der ich war. Und so kam es, daß aus mir das wurde, was Sie jetzt vor sich sehen.«

Er sank auf die Knie und schluchzte bitterlich. Gandhi kam hereingetänzelt, in voller Aufmachung, einen Matrosen an jedem Arm.

Ich setzte ihn vor die Tür und forderte Lord N– auf, seine Geschichte zu Ende zu erzählen.

»Die kleinen Schrauben waren es«, jammerte er. »Je öfter wir den Radioempfänger zu reparieren versuchten, desto mehr kleine Schrauben behielten wir übrig. Wir arbeiteten Tag und Nacht daran. Die Hinterzimmer-Johnnys mußten zwischenzeitlich wieder herbeigerufen werden, während wir arbeiteten und arbeiteten.«

»Aber am Ende müssen Sie das Gerät glücklich repariert haben«, warf ich ein, »denn der Zweite Weltkrieg ging doch pünktlich los.«

»Nein. Er sollte 1936 beginnen. 1939 meinte Hitler dann, er könne nicht länger auf die BBC warten und würde ohne sie anfangen. Die ganze Sache war ein völliger Reinfall, und es war alles allein meine Schuld.«

»Na ja, nicht *allein* Ihre Schuld. Der Bursche im Overall hatte doch eigentlich die Hauptverantwortung.«

»Nein«, schluchzte N –, »er war ein Genie. Er fegte schließlich alle kleinen Schrauben beiseite. Besorgte sich ein Schaltdiagramm. Nahm den Empfänger vollkommen auseinander und baute ihn von oben bis unten neu zusammen. Er funktionierte einwandfrei.«

»Aber ich dachte, Sie hätten gesagt –«

»Habe ich auch. Er war so aufgeregt, daß er sofort nach oben gerannt ist, um es dem Generaldirektor zu berichten. Und während er weg war, drehte ich an den Sendeknöpfen und hörte mir die Nachrichten an, die aus allen Teilen der Welt hereinkamen. Es war wunderbar, das will ich Ihnen sagen. Aber dann bemerkte ich, daß einer der Knöpfe etwas locker saß. Ich nahm ihn also ab, um ihn mir näher anzuschauen, und da fiel eine kleine Schraube heraus. Ich entfernte die Frontverkleidung, um zu sehen, wo sie hergekommen war. Und Sie würden nie darauf kommen, was dann passierte ...«

Aber weiter ließ ich Lord N– nicht kommen. Ich holte meinen kräftigen Stock hervor, den ich immer bei mir trage, wenn ich in den Osten reise, und verpaßte ihm einen heftigen Hieb auf den Kopf. Rief den Kapitän herbei und ließ Lord N– alsbald in ein offenes Boot schaffen und aussetzen.

Nachdem ich ihm zum Abschied zugewunken hatte, kehrte ich in meine Kabine zurück und bemerkte zufällig mehrere kleine Schrauben, die auf dem Boden lagen, dort, wo er gelegen hatte. Aus lauter Übermut legte ich zwei davon neben Gandhis Fön.

Ich würde am nächsten Tag seine Aufmerksamkeit darauf lenken.

DAS BUCH DER ALLERLETZTEN WAHRHEITEN
Hugo Rune

Das Kloster von Sankt Sacco Benedetto bot keinen hübschen Anblick.

Auf der ganzen Welt gibt es wunderschöne Klöster. Sie liegen zwischen Hügeln eingebettet oder erheben sich hoch oben auf zerklüfteten Gipfeln. Sie scheinen direkt aus der Landschaft zu wachsen. Sie sind eins mit ihr. Fügen sich friedlich und harmonisch ein. Und das ist es ja auch schließlich, worum es bei Klöstern im Grunde genommen geht.

Aber nicht bei diesem hier. Dieses hier war ein ungewöhnlicher Schandfleck.

Und das war es schon immer gewesen. Seit die Grundmauern gelegt worden waren, blickten die Leute zum Kloster auf und machten: »Uäääähhh«.

Was es genau war, das mit ihm nicht stimmte, war schwer zu sagen. Na ja, eigentlich doch nicht. Alles stimmte nicht mit ihm. Der ganze Entwurf. Die Farbe der Steine. Die Dachwinkel. Die Form der Fenster. Und so weiter und so fort.

Schuld hatte der einstige Architekt. Norris die Niete. Na ja, eigentlich doch nicht. Es war eher sein Vater, Mergus der Mächtige, und eine kleine Sache, die man als Nepotismus bezeichnet.

Mergus war einer von diesen Keltischer-Kriegsherr-aus-dem-finstersten-Mittelalter-Typen, die sich mit König Artus herumtrieben und hauptberuflich Leute abschlachteten.

Man sprach von ihnen als Vollbringer großer Taten, sogar unter denjenigen, die ihren Lebensunterhalt mit der Vollbringung großer Taten bestritten. Und davon gab es damals eine ganze Menge.

Alles an Mergus war mächtig. Sein Helm war heroisch. Seine Halsberge herkulisch. Seine Armschienen waren atemberaubend und seine Beinschienen bombastisch. Vier kräftige Männer waren nötig, um seinen Harnisch anzulegen. Und man erzählte sich, daß er einst seinen Hosenbeutel im Regen habe liegenlassen, und da sei eine Kuh hineingefallen und ertrunken.

Natürlich war auch sein Pferd ziemlich groß. Und was sein Schwert betrifft!

Also!

Der heilige Beda schreibt darüber folgendes:

Und das Schwert des Mergus war ein mächtiges Schwert. Geschmiedet in den Feuern von Warghswargh dem Waffenschmied aus den Klingen von einem Hundert Kriegern, die Mergus vor dem Frühstück abgeschlachtet hatte.

Und so mächtig war dieses Schwert des Mergus, dass niemand außer ihm es zu schwingen vermochte. Und selbst er manchmal nur unter Schwierigkeiten. Aber schwingen tat er es wohl. Und oft. Und kein Mann war da, der vor diesem mächtigen Schwert bestehen konnte, wenn er es also schwang. Und sobald er sein mächtig' Schwingen beendet hatte, so taten diejenigen, als da noch trugen ihre Köpfe auf den Schultern, ihren Dank bekunden und verlauten, dass wahrlich hier ein Mann sei, den von der falschen Seite anzusprechen keine gute Idee sei. Und dergleichen Dinge.

Alles in allem also eher ein Vertreter der Art von Mensch, der Bemerkungen über seines Sohnes Unfähigkeit als Architekt nicht allzu günstig aufnehmen würde.

Hoch oben auf einem nicht sehr fernen Hügel nahm der blaue Himmelstreifen eine etwas andere Blaufärbung an, als ein Cadillac Eldorado schnurrend zum Stillstand kam.

Tuppe kletterte auf seinen Sitz und starrte aufs Kloster hinab.

»Uääähhh«, sagte Tuppe. »Was für ein entsetzliches Gebäude.«

»Ihm fehlt in der Tat das gewisse Etwas«, stimmte Cornelius zu.

Tuppe wandte sich an seinen Freund. »Also«, sagte er ernsthaft, »ich habe mir die Sache reiflich überlegt, und ich bin wirklich der Meinung, daß ich derjenige sein sollte, der da hinuntergeht und die Papiere an sich bringt.«

»Auf keinen Fall. Davon will ich nichts hören.«

»Es wäre aber besser. Laß mich gehen, bitte.«

»Meine Sache.« Cornelius zeigte mit dem Daumen auf

seine Brust. »Ich gehe. Wenn du irgendwas Verdächtiges siehst, drück auf die Hupe.«

»Auf die Hupe drücken? Cornelius, du machst einen Fehler. Ich komme da bestimmt rein. Laß mich doch.«

»Nein.« Cornelius stieg aus dem Auto und knallte die Tür zu. Eine leichte Brise erfaßte sein Haar und warf es auf romantische Weise zurück. Cornelius gab sich eine männlich entschlossene Haltung und starrte aufs Kloster hinab.

»Bleib hier und lies das!« Er zog das mit Eselsohren verzierte Papa-Exemplar des Rune-Buches hervor und reichte es dem kleinen Kerl mit dem sehr schütteren Kopf. »Könnte hilfreich sein.«

»Das bezweifele ich entschieden. Cornelius, bitte.«

»Nein, Tuppe. Ich habe die Situation völlig im Griff. Lebwohl.« Cornelius wandte sich zum Gehen und ließ dabei größere Teile seines rechten Hosenbeins zurück, das in der Wagentür festgeklemmt war.

Einen Hosenwechsel später und nach längerer Wanderung den Hügel hinab stand Cornelius endlich vor dem Kloster von Sankt Sacco Benedetto. Über die Mauerkante waren bedrohlich pendelnde Eisendornen gehängt.Die große Tür war mit beschlagenen Haspen befestigt. Eine beeindrukkende Konstruktion. Hunderte von Nietenköpfen bezeugten ihre Stabilität. Diese Tür hatte einem etwas zu sagen. Und das war: »Draußenbleiben!«

Cornelius begradigte seine Frisur, die sich auf der Wanderung zu einer passablen Nachbildung des schiefen Turms von Pisa geformt hatte, strich sich das Revers glatt, drückte die Schultern zurück und stellte sich der Herausforderung.

Er griff nach dem Klingelzug.

Es gab keinen Klingelzug.

Unverzagt streckte er die Hand nach dem Türklopfer aus.

Auch dieser glänzte einzig durch seine Abwesenheit.

Ebenso wie die Briefklappe.

Cornelius gab leise Pfeiftöne von sich, wendete die Angelegenheit ein, zweimal im Kopfe hin und her und schickte sich dann an, eine gewisse Hypothese zu überprüfen.

Er steckte die Hände in die Hosentaschen. Drehte sich beiläufig um und lehnte sich gegen die mächtige Tür. Sie schwang auf, und er purzelte rücklings ins Kloster hinein.

Cornelius stand wieder auf, klopfte sich den Staub ab und schloß vorsichtig die Tür. Er befand sich in einem entsetzlich aussehenden Vestibül, das mit unregelmäßig gesetzten Säulen gesäumt war. Die Wände waren mit grüner Glanzlackfarbe angestrichen, die Decke war viel zu hoch, und die unebenen Fliesen lauerten einem geradezu auf.

Cornelius registrierte auf einem feuchten Wandabschnitt zur rechten Hand das nicht zu verkennende Gesicht Max Bygraves, das von einem langen weißen Riß geteilt wurde, der die Route der Buslinie 65 vom Broadway in Ealing nach Richmond nachzeichnete. Cornelius machte vorsichtig einen Schritt.

»Und was haben wir denn da?« fragte er sich.

Eine blaue Rauchwolke schwebte hinter einer unregelmäßig gesetzten Säule hervor. Ein ersticktes hustenähnliches Geräusch schloß sich an.

Cornelius unterdrückte ein Grinsen. Ein Mönch nach seinem Geschmack. Er rief mit scharfer Stimme: »Hallo da. Jemand zu Hause?«

Das Husten verstummte. Man hörte einen Fuß aufstampfen, und eine Hand wurde sichtbar. Sie fächelte die Luft.

»Wer ist da?« fragte eine gequälte Stimme.

»Päpstlicher Emissär«, antwortete Cornelius. »Ich muß mit dem Abt sprechen.«

»Päpstlicher was für'n Scheiß?« Ein Mönch kam hinter der Säule hervor. Er hatte sich die Kapuze tief über sein Gesicht gezogen, und seine Hände waren im jeweils gegenüberliegenden Ärmel vergraben. »Wer hat Euch reingelassen?« verlangte er zu erfahren.

»Niemand. Ich habe meinen Hauptschlüssel benutzt.«

Cornelius trat vor und reichte die Hand zum Gruße. »Murphy ist mein Name. Von der päpstlichen Nuntiatur. Abteilung für finanzielle Zuschüsse. Unterwegs in einer Sondermission. Und Ihr seid?«

»Ich bin ein Mönch«, sagte der Mönch, der Cornelius' ausgestreckte Hand ignorierte. »Bringen die Euch denn gar nichts bei?«

»Ich meinte Euren Namen. Ich darf doch annehmen, daß Ihr einen Namen habt?«

»Wir haben hier keine Namen. Solchen weltlichen Eitelkeiten haben wir abgeschworen. Hier gibt es nur Nummern.«

»Und Eure ist also welche?«

»Ich bin Nummer Sechs.« Nur unter allergrößten Schwierigkeiten hielt Cornelius die sich aufdrängende Pointe zurück. Es gelang ihm nichtsdestotrotz.

»Ich möchte den Abt sehen. Seid so freundlich und bringt mich zu ihm.

»Niemand darf den Abt *sehen*.«

Cornelius steckte die Hände in die Taschen und blies sich eine widerspenstige Haarsträhne aus dem Gesicht. »Der Abt erwartet mich. Ich hatte vorher angerufen.«

»Wir haben kein Telefon«, sagte Bruder Sechs.

Cornelius schlug mit der Kappe seines linken Schuhs ein Kreuz auf den Fußboden. »Dem Papst wird das gar nicht gefallen«, sagte er. »Kann gut sein, daß er mich das ganze Geld wieder mit zurücknehmen läßt.«

»Geld?« Der Mönch trat unwillkürlich einen kleinen Schritt vor. »Welches Geld?«

»Der Zuschuß. Für den Umbau des Klosters. Eine nicht unbeträchtliche Summe. Alles in bar. Offenbar ist der Heilige Vater so beeindruckt von der Armut seiner Kinder hier, daß er es für angemessen hält, sie mit einem Stipendium zu belohnen. Und ein neues System versuchsweise einzurichten. Nach allem, was ich gehört habe, hat der Papst echt bullenstarke Pläne gemacht.«

»Ja, und?« fragte Bruder Sechs. »Erzählt weiter.«

»Nun ja. Offenbar ist er der Ansicht, daß die Brüder hier die Freuden des Fleisches etwas besser kennenlernen sollten. Er meint, es wäre gut für sie, wenn sie eine umfassendere Kenntnis der Außenwelt erlangten. Deswegen sollt Ihr Satellitenfernsehen bekommen. Eine Bar mit einer *Holy Hour*. Einen französischen Koch. Ach ja, und er besteht darauf, daß Tabak und weiche Drogen frei verfügbar sind.«

»Hört auf«, sagte der Mönch. »Ihr wollt mich vergackeiern.«

»Nichts dergleichen will ich tun. Aber ...« Cornelius wandte sich ab. »Wenn der Abt nicht zu sprechen ist, dann eben nicht. Ich habe heute auch noch andere Klöster zu besuchen. Nicht weit von hier befindet sich, glaube ich, ein jesuitisches Sanktuarium. Ihr werdet vielleicht so freundlich sein, mir den Weg zu weisen.«

»Nicht so schnell.« Bruder Sechs zwang sich ein »mein Sohn« für das Ende des Satzes ab. »Ich habe nie behauptet, daß wir nicht interessiert seien.«

Cornelius drehte sich wieder um.

»Welche Art von weichen Drogen?« fragte Bruder Sechs.

Arthur Kobold stopfte sich ein großes Stück Kuchen in den Mund und kaute darauf herum. Das Telefon auf seinem Schreibtisch fing an zu klingeln.

Arthur wischte mit einem Ärmel über den Mund und nahm den Hörer ab.

»Kobold«, sagte er und sprühte Krümel über die bereits krümelverschmierte Sprechmuschel.

»Welche Fortschritte?« fragte die Stimme an seinem Ohr.

Arthur Kobold straffte sich und hörte aufmerksamer zu. »Die Sache ist in Arbeit.«

»Und was ist mit Murphy?«

»Ich habe ihn entlassen?«

»Sie haben *was* gemacht?« Die Stimme klang hoch und schrill.

»Ich habe ihn entlassen. Das schien mir unter diesen Umständen das beste.«

»Und wo ist Murphy jetzt?«

»Im Kloster, würde ich denken. Sich beweisen, daß er aus echtem Heldenstoff gemacht ist.« Arthurs Finger tasteten nach einem weiteren Kuchenstück. »Er wird die Papiere bekommen, keine Sorge.«

»Das will ich hoffen. Sie wissen, was sonst mit Ihnen passiert.«

Arthurs Finger zuckten zurück, ohne Kuchen. »Ich tue mein Bestes«, klagte er. »Diese Dinge brauchen ihre Zeit.«

»Zuviel Zeit. Zwei Tage noch, Kobold. Das ist die Zeit, die Sie haben. Wenn die Papiere bis dahin nicht abgeliefert sind, wird das Unternehmen abgeblasen, und Sie werden zurückgerufen. Und gezieltere Maßnahmen werden ergriffen.«

»Gezieltere? Wie gezielt würden die denn genau sein?«

»Sehr gezielt. Vollkommen und absolut, genau gesagt. Ich werde den *Zug des Trismegistus* in Bewegung setzen!«

»Sagten Sie *Zug des Trismegistus*?« japste Arthur Kobold.

»Genau. Den *Zug des Trismegistus*. Und Sie wissen, was das heißt.«

»Kein Kuchen mehr«, seufzte Arthur Kobold. »Kein einziges Stück.«

»Zwei Tage! Entweder oder.« Die Verbindung war unterbrochen, und Arthur Kobold legte den Hörer auf.

»Kein Kuchen mehr.« Arthurs Unterlippe begann zu zittern. »Kein einziges Stück.« Er zog die halb aufgegessene Schwarzwälder Kirschtorte zu sich heran und begrub sein Gesicht darin.

»Bhang«, sagte Cornelius, während Bruder Sechs ihn eine wahrhaft abscheuliche Galerie entlang führte. »Angel Dust, Acid, Amphetamine ...« Die wackeligen Wände waren mit vielen Bildern ›geschmückt‹ worden, die allesamt Szenen grausamen Martyriums darstellten. Cornelius hatte sich schon oft gefragt, wie es wohl kam, daß so viele Heilige bar jeglicher Kleidung in die Herrlichkeit eingingen. Und was für Prachtexemplare physischer Wohlgestalt sie doch alle waren. Jeder ein wahrer Adonis. Hier zum Beispiel der Heilige Sebastian, dessen muskelbepackter Rumpf von all diesen Pfeilen durchbohrt war.

Cornelius blieb stehen, um den Gesichtsausdruck des Heiligen genauer zu betrachten. Eigentlich sah er recht fröhlich aus. Fast, als ob er ...

Bruder Sechs drehte sich um, um Cornelius zur Eile anzuhalten. Er folgte dem Blick des großen Jungen.

»Das kann einem die Tränen in die Augen treiben, wie?«

»Pardon?«

»Schon gut. Ich würde gern mehr hören von dem, was Ihr eben gesagt habt.«

Cornelius fuhr mit seiner narkotischen Litanei fort. »Amylnitrat, Barbiturate, Belladonna, Benes, *Cannabis Sativa*, Cocaine ...« Er folgte dem Mönch mit den geflügelten Schritten. »Dagga, Ecstasy, Frisco Speedball, Ganja ...«

»Gut, vorerst nur mal bis ›G‹«, sagte Bruder Sechs. »Wir sind da.«

Sie waren an einem schmalen Eingang angelangt, der eine noch schmalere Tür einrahmte. Sie war hellgelb gestrichen.

»Ich geh' kurz rein und erzähle dem heiligen Vater, daß Ihr angekommen seid. Er wird Euch bestimmt nicht warten lassen wollen. Wie war noch mal Euer Name?«

»Murphy«, sagte Murphy. »Cornelius Murphy. Vielleicht wäre es besser, wenn ich ...« Aber weiter kam er nicht. Bruder Sechs hatte geklopft, die Tür geöffnet und war hineingegangen. Die Tür knallte hinter ihm zu.

» ...möglicherweise verschwinde.« Cornelius schickte sich an, auf Zehenspitzen davonzuschleichen. Und das hätte er auch getan, wenn nicht plötzlich die gelbe Tür wiederaufgegangen und Bruder Sechs durch den Eingang gerauscht gekommen wäre.

Er prallte mit beträchtlicher Wucht gegen den großen Jungen. Holte ihn von den Füßen und schleifte ihn über den Boden der Galerie, wo sie beide einigermaßen verblüfft zu liegen kamen.

Cornelius rappelte sich auf. Kampfbereit. Er hob die Fäuste. »Na, komm schon«, sagte er.

Der Mönch sah zu ihm auf. Verwirrung stand ihm ins Gesicht geschrieben, welches kaum älter als das des Murphy war. »Was soll ich?« fragte er.

»Ich will nicht mit Euch kämpfen.«

»Das sollt Ihr auch gar nicht.«

»Aber Ihr habt mich angegriffen.«

»Nein, nein.« Bruder Sechs erhob sich so würdevoll, wie es ihm möglich war. »Ich bin gestolpert, als ich aus der Tür kam. Der heilige Vater hat gesagt, ich solle mich beeilen. Tut mir leid. Ihr könnt gleich reingehen.«

»Wirklich? Was habt Ihr dem heiligen Vater denn von mir gesagt?«

»Nur Euren Namen. Das ist alles. Er sagte, er erwarte Euch.«

»Ja. Na ja, ich hab es Euch doch gesagt.«

»Stimmt. Also kommt mit.« Bruder Sechs drängte Cornelius zur kleinen gelben Tür. »Wir dürfen doch den heiligen Vater nicht warten lassen, nicht wahr?«

»Nein, das dürfen wir nicht.«

Bruder Sechs klopfte und verkündete: »Mr. Cornelius Murphy.« Dann öffnete er die Tür und schob Cornelius hinein. »Paßt auf die Stufe auf.«

Cornelius paßte nicht auf die Stufe auf. Wenn er etwas hätte sehen können, hätte er möglicherweise auch auf die Stufe aufgepaßt. Aber das eine konnte er nicht, also tat er das andere auch nicht. Er taumelte in absolut undurchdringliche Dunkelheit hinein. Die Tür hinter ihm knallte zu, und er knallte voll auf den unsichtbaren Fußboden.

Er blinzelte und tastete umher und fragte sich – mit gutem Recht übrigens – ob er da nicht gerade in eine sehr böse Falle getappt sei.

»Hallo«, rief er lahm. »Ist da jemand?«

»Willkommen, mein Sohn« ertönte ein heiseres Flüstern. »Ich hoffe, du hast dich nicht verletzt. Ich muß wirklich mal etwas wegen dieser Stufe unternehmen.«

Cornelius hatte den Eindruck, daß er, von seinem verletzten Stolz einmal abgesehen, keine schwerwiegenden Schäden erlitten hatte. »Ich kann anscheinend gar nichts sehen. Könnten wir das Licht einschalten?«

»Kein Licht«, flüsterte der Abt. »Ich habe ein Dunkelheitsgelübde abgelegt.«

»Aha.« Cornelius rappelte sich wieder einmal auf und klopfte sich ab. Er konnte absolut nichts sehen. Aber er konnte eine ganze Menge riechen.

Ein Dutzend Jahre vor diesem seltsamen Zusammentreffen hatte Cornelius mit Scharlach darniedergelegen. Der Arzt hatte keine rechte Erklärung dafür gehabt, denn Scharlach war als Krankheit schon längst aus der Mode gekommen.

Die damalige Kultkrankheit war Hyperaktivität, verursacht durch Nahrungsmittelzusätze oder Milchprodukte oder was auch immer. Scharlach war den Weg von Rachitis und Kopfgrind gegangen. Aber Cornelius war es trotzdem gelungen, daran zu erkranken, und die Folge davon war, daß der große Junge – damals eigentlich noch ein recht kleiner Junge, wenn auch ziemlich groß für sein Alter – sechs Wochen lang in ein dunkles Schlafzimmer verbannt wurde und sich von gedünstetem Weißfisch ernähren mußte.

Ob das die korrekte Behandlung war, konnte niemand so genau sagen. In jedem Fall war sie wohl wirksam, denn er wurde wieder völlig gesund. Aber die Sache hatte einen seltsamen Nebeneffekt. Während er Tag für Tag so in der Dunkelheit lag, bemerkte Cornelius, daß er seiner Sicht zwar beraubt war, die anderen Sinne diesen Verlust aber ausglichen. Es war ganz wunderbar. Zum einen bekam er ein äußerst feines Gehör. Es war aber vor allem der Geruchssinn, der sich zu etwas wirklich Besonderem entwickelte.

Nach einer Woche stellte Cornelius fest, daß er alle Besucher des Hauses voneinander unterscheiden konnte, noch bevor er ihre Schritte hörte oder sie das Krankenzimmer betreten hatten. Und bald war er imstande, den Inhalt ihrer Taschen herauszuriechen. Gefaltete Leinentaschentücher, Tüten mit Süßigkeiten, die Tinte in ihren Füllfederhaltern. Er lag dann in seinem Bett und stellte ein Geruchsprofil der

Besucher her. Das reichte von dem, was sie an ihren Schuhsohlen kleben hatten, bis zu dem von ihnen bevorzugten Shampoo.

Aus ihrem Atem roch er heraus, was sie zum Frühstück gegessen hatten, sowie auch gewisse, eher persönliche Dinge, für die ihm aber – altersbedingt – noch das rechte Verständnis fehlte.

Der Papa, der viele Stunden im Krankenzimmer verbrachte und den Sohn mit Räuberpistolen aus seiner Jugend unterhielt, förderte dieses neuentdeckte Talent und brachte Cornelius ganze Kästen mit zufällig zusammengewürfelten Gegenständen mit, an denen er sich erproben konnte. Tier-, Pflanzen- und Mineralreich. Was immer gerade zur Hand war. Und wenn er etwas einmal gerochen und identifiziert hatte, irrte Cornelius sich beim zweiten Mal selten.

Selbstverständlich hatte der Papa binnen kurzem den Sonnenstrahl finanzieller Möglichkeiten erspäht, der in das verdunkelte Krankenzimmer fiel. Und es kamen viele Besucher, die begierig waren, Cornelius zu fragen, was sie denn da hinter ihrem Rücken versteckt hielten oder tief in ihre Taschen gestopft hatten. Es vertrieb dem Jungen Zeit, und sobald Cornelius in der Lage war, den Geruch eines Ein-Pfund-Scheins von dem eines Fünfers zu unterscheiden – sogar durch die geschlossene Tür – teilte der Papa die Einnahmen fifty-fifty.

Das war ein sehr befriedigendes Arrangement für beide Seiten. Jedenfalls ließ es die sechs Wochen schnell verstreichen. Äußerst bedauerlich war allerdings die Scharlachepidemie, die sich bald darauf in der Nachbarschaft ausbreitete.

Sobald Cornelius aufstehen konnte, war der Papa mit der Familie in einen schönen langen Urlaub gefahren.

Und hier stand Cornelius also in einem anderen dunklen Raum, und die Erinnerung an jene Krankheit vor langer Zeit überfiel ihn mit aller Macht.

Er schnüffelte probehalber und versuchte, die Umgebung näher zu bestimmen. Es schien ihm, als sei er in einem

Raum von beträchtlicher Größe. Ein Raum, der viele alte Bücher enthielt. Der unverwechselbare, süßlich schwere Moschusgeruch ihrer Lederrücken erfüllte die Luft und bildete einen soliden Hintergrund für das, was sich sonst noch im Zimmer befand.

Es gab viel Holz in dem Raum. Cornelius erkannte den leichten Geruch von polierter Esche, den rosigen Duft von Mahagoni und das düstere Odeur von Eiche, das von dem Boden aufstieg, auf den er gerade gefallen war. Zu diesen gesellten sich weitere Essenzen: poliertes Messing, schwarze Tinte, altes Papier, Rotwein, Lavendel. Und etwas weniger Angenehmes.

Cornelius ließ seine Nüstern spielen und suchte nach der Stelle, an der der Abt sich befand. Aber seine Teenagernase hatte viel von ihrer kindlichen Brillanz verloren. Der wollene Stoff des Skapuliers des heiligen Vaters war deutlich zu erkennen. Tunika, Schärpe, Gürtel, Kapuze. Sogar die Sandalen.

Aber der Träger des Getragenen verströmte nichts, das Cornelius identifizieren konnte. Er konnte erkennen, wo er war, nämlich wenige Meter entfernt, hinter einem Nußbaumschreibtisch sitzend. Doch das war's dann auch schon.

Cornelius schnüffelte noch ein paarmal, aber vergeblich.

»Hast du einen Schnupfen, mein Sohn?« ließ der Abt wieder sein Flüstern vernehmen.

»Nein, mir geht's gut, danke.«

»Wenn du dich dann vorantastest, wirst du einen Stuhl finden, der genau vor dir steht.«

Das wußte Cornelius schon. Aber er stolperte trotzdem über das Möbelstück. »Ich komme schon zurecht.« Er stellte den Stuhl wieder auf und setzte sich hin.

»Gut. Dann würde ich jetzt gerne wissen, warum du nach Sankt Sacco Benedetto gekommen bist.«

»Nun ja, Sir.« Cornelius wand sich verlegen. Die Wahrheit schien ein ausreichend guter Grund. »Also, Sir, ich …«

»Laß doch bitte die Sirs beiseite, mein Sohn. Ich habe auch ein Demutsgelübde abgelegt. Also kein Hochwürden bitte.

Kein Abt oder – noch gestelzter – *Abbot of Saint Sacco Benedetto.* Sprich zu mir wie zu einem Freund. Du kannst mich mit meinem Vornamen anreden.«

»Und der lautet?«

»Bud«, flüsterte der *Abbot of Saint Sacco Benedetto.*

Wenn das Licht an gewesen wäre, so meinte Cornelius, dann hätte er das kommen sehen.

»Also, ...äh Bud. Ich möchte mit einem der Brüder sprechen.«

»Ich bedaure, aber das ist nicht gestattet.«

»Die Umstände sind ziemlich außergewöhnlich. Es handelt sich um eine äußerst wichtige Angelegenheit.«

»Angelegenheiten, die außerhalb der Klostermauern von großer Wichtigkeit scheinen, haben innerhalb derselben wenig Bedeutung. Es tut mir leid, daß ich dir nicht helfen kann.«

Cornelius hatte gehofft, daß sich seine Augen mittlerweile an die Dunkelheit gewöhnt haben würden. Hatten sie aber nicht. »Bud«, sagte er, »der Bruder, mit dem ich sprechen möchte, ist in beträchtlicher Gefahr.«

»Gefahr?« Das Flüstern war tonlos. »Und wie kommt das?«

»Ich glaube, daß er gewisse Papiere in seinem Besitz hat. Ich kenne ihre volle Bedeutung noch nicht. Aber es gibt Leute, die alles tun würden, um in ihren Besitz zu gelangen.«

»Papiere, die aus der Außenwelt stammen?«

»Ja.«

»Dann brauchst du dich um des Bruders Sicherheit nicht zu sorgen.«

»Warum nicht?«

»Weil alle Brüder ihrer weltlichen Güter entsagen, wenn sie ihre Gelübde ablegen und ins Kloster eintreten.«

»Entsagen? Ihr wollt sagen, daß sie sie zurücklassen.«

»Nein, ich will sagen, sie entsagen. Und geben sie mir.«

»Wenn die Papiere also hier im Kloster wären, dann hättet Ihr sie?«

»Nein.« Die Stimme war gleichbleibend sanft und beherrscht. »Sie wären alle zerstört worden.«

»Zerstört?« Cornelius verzog das Gesicht in der Dunkelheit.

»Im Feuer.« Das Flüstern des Abts hallte in der Leere wider. »Alles. Alles verbrannt.«

»Autodafé«, murmelte Cornelius.

»Nein. Die Autos lassen wir versteigern. Sag mir, mein Sohn: der Bruder, den du suchst; wie lautet sein Name?«

»Sein Name?« Cornelius machte eine Pause. Und dann sagte er forsch: »Das spielt jetzt keine Rolle mehr. Wenn die Papiere alle verbrannt sind.«

»Aber du sagtest, er sei in Gefahr. Es wäre besser, wenn du mir seinen Namen verrietest.«

»Nein, das glaube ich nicht. Wenn jemand kommt und fragt, dann könnt Ihr ihm einfach das gleiche sagen, was Ihr mir gerade erzählt habt. Es handelt sich nämlich um sehr böse Leute, und wenn Ihr den Namen des Bruders kennen würdet, wäre es nicht auszudenken, was sie tun würden, um ihn Euch zu entlocken.«

»Moment mal.« In dem Flüstern lag jetzt ein Anflug von Zittern. »Noch vor einer Minute wolltest du mir den Namen sagen. Du hättest mich also in Gefahr gebracht.«

»O nein. *Wenn* Ihr mir erlaubt hättet, mit dem Bruder zu sprechen, und *wenn* er die Papiere gehabt hätte, und er *hätte* sie mir gegeben, dann hättet Ihr das den bösen Leuten ruhig sagen können. Sie wären dann hinter mir hergewesen, und Euch und dem Kloster wäre kein Leid geschehen. Ich bezweifele, daß sie sich auch nur die Mühe gemacht hätten, es anzuzünden.«

»Anzuzünden?« Es lag jetzt eindeutig Besorgnis in dem Flüstern.

»Wie sie es mit der Stadt Sheila na gigh gemacht haben. Ihr habt vielleicht davon gehört.«

»Das Kloster niederbrennen?«

»Ganz so, wie Ihr die Papiere verbrannt habt. Vorausgesetzt natürlich, daß es überhaupt irgendwelche Papiere gegeben *hat*. Ihr hättet sie ganz bestimmt verbrannt, nehme ich an. Und sie nicht vielleicht irgendwo in einem Gewölbe aufbewahrt. Wenn zum Beispiel der betreffende Bruder Euch gesagt hätte, daß sie von beträchtlicher Bedeutung und ihm anvertraut seien. Ich spreche hier natürlich rein hypothetisch.«

»Natürlich.« Eine Weile blieb es still. Cornelius drehte Däumchen in der Dunkelheit.

»Ich glaube doch, daß ich mich an gewisse Papiere erinnere«, flüsterte der Abt. »Aber es ist schon so lange her. Könnte es sich um die Arbeiten eines Gelehrten handeln?«

»In der Tat.«

»Ich erinnere mich ganz dunkel an einen Namen. Den Namen des Gelehrten. Ruine war es wohl?«

»Rune«, sagte Cornelius. »Hugo Rune.«

»Hugo Rune. Ja, das war er. Lange her. Sehr lange her.«

Im Dunkeln setzte Cornelius Murphy zu einem sehr breiten Grinsen an. »Vielleicht könnte ich diese Papiere mal sehen«, schlug er vor.

»Das kommt nicht in Frage, fürchte ich.«

»Und was ist mit dem Kloster? Den Flammen? Dem Leben der Unschuldigen?«

»Ich könnte in deinem Namen mit dem Bruder sprechen. Wenn ich mich nur an seinen Namen erinnern würde. Das kann ich nämlich nicht.«

»Sagt mir eins, Bud«, fragte Cornelius, »ist es wahr, daß die geweihten Gebeine des Sankt Sacco Benedetto hier in diesem Kloster bestattet sind?«

»Was spielt das denn jetzt für eine Rolle?«

»Wären sie dann wohl in dem Gewölbe? Ich fürchte immer noch eine Brandschatzung des Klosters. Ein solches Sakrileg ist durchaus denkbar.«

»Zum Glück sind die heiligen Gebeine in Rom. Aber jetzt solltest du meiner Erinnerung bezüglich des Namens auf die Sprünge helfen. Ich werde mit dem Bruder sprechen. Und wenn er mit dir zu sprechen wünscht, dann werde ich die Erlaubnis erteilen. Wie kann man dich erreichen?«

»Ich könnte der Einfachheit halber einfach ein bißchen in der Galerie herumhängen.«

»Nein«, flüsterte der Abt. »Die Galerie ist ein sehr öder Ort. Du würdest sofort Langeweile bekommen.«

»Ich könnte ein kleines Nickerchen machen.«

»Tagsüber schlafen ist ungesund. Nachher fängst du an zu schlafwandeln. Vielleicht würdest du zum Gewölbe wandeln und auf den Stufen stolpern. Ich möchte nicht die Verantwortung tragen müssen für irgendwelche Verletzungen, die du dir zuziehen könntest.«

»Ganz recht.« Cornelius biß sich auf die Lippen. »Vielleicht sollte ich vor dem Kloster warten.«

»Ich denke, das wäre das beste. Also dann, um die Sache zu beschleunigen. Der Name des Bruders. Wie lautet er?«

»Ich glaube, ich sollte ihn Euch lieber zuflüstern«, erwiderte der Murphy. »Man weiß nie, wer vielleicht mithört.«

»Wach auf, Tuppe.« Cornelius schüttelte seinen Freund heftig.

»Ooh! Ah! Geh weg da! Hallo, Cornelius.«

»Schlecht geträumt?« fragte Cornelius. »Du wolltest dich gerade davonmachen.«

»Irgend etwas stimmt nicht mit mir.« Tuppe rieb sich die Augen und setzte sich aufrecht.

Cornelius fischte des Papas Buch vom Vordersitz. »Ich nehme an, du hast das hier zu Ende gelesen, bevor du eingeschlafen bist.«

»Klar. Und was für ein sagenhafter Stuß! Wie ist es im Kloster gelaufen? Gar nicht reingekommen, wie?« Tuppe setzte ein süffisantes Grinsen auf. Cornelius ignorierte es.

»Und ob ich reingekommen bin. Aber ich rieche großen Ärger.«

»Du meinst *größeren* Ärger. Was ist passiert?«

Cornelius schwang sich auf den Fahrersitz. »Ich habe mit ›dem Abt‹ gesprochen. Er bewohnt einen stockdunklen

Raum. Ich habe frischvergossenes Blut auf dem Boden gerochen.«

»Oje«, sagte Tuppe.

»Und dieser Abt glaubt, daß ein *Autodafé* ein brennendes Auto ist und daß Sankt Sacco Benedetto eine Person war.«

»Oje, oje.«

»Aber es ist noch nicht alles verloren. Der falsche Abt mag sein Autodafé nicht von seinem Hintern unterscheiden können, aber den Namen des Mönchs, der die Papiere hat, kennt er auch nicht.«

»Und du hast ihm den auch nicht verraten, möchte ich wetten.«

»Das hab' ich ganz bestimmt nicht. Obwohl er ihn wirklich gerne wissen wollte.«

»Was hast du ihm denn gesagt?«

»Ich habe ihm einen falschen Namen gesagt, mit dem er sich abstrampeln kann, während wir beraten, was wir jetzt tun.«

»Cornelius, du raffinierter Hund.«

»Ja, nicht wahr?« Cornelius plusterte sich albern auf. »Tuppe, du wirst dich schieflachen, wenn du den Namen hörst, den ich dem falschen Abt zugeflüstert habe.«

»Ach ja?«

»Im Ernst. Komm schon, rate mal.«

»Ich bin im Moment nicht unbedingt in Ratestimmung.«

»Oh, na gut, wie du willst. Ich hab' ihm erzählt, es sei ... jetzt kommt's ... taterata: Bruder Tuppe!«

»Bruder *was*?« Tuppe sank erschrocken zurück.

»Tuppe. Ein echter Brüller, was?« Cornelius wälzte sich vor Lachen.

»Das ist nicht komisch, Cornelius. Das ist alles andere als komisch.«

»Ach komm.« Cornelius stieß seinem kleinen Freund heiter in die Rippen. »Es ist ziemlich komisch.«

»Nein, ist es nicht.« Tuppe fuchtelte wild mit den Händen in der Luft. »Blut auf dem Fußboden, hast du gesagt. Falscher Abt, hast du gesagt. Was ist dann wohl mit dem richtigen passiert? He? He?« Tuppe fuhr in dramatischer Weise mit einem Finger über seine Kehle. »Und du erzählst diesem ... diesem ... wer auch immer er ist ... daß Bruder *Tuppe* die Papiere hat.«

»Um ihn auf eine falsche Fährte zu locken. Das schadet doch nichts.«

»Schadet nichts? Schadet nichts?« Cornelius hatte Tuppe noch nie so aufgeregt erlebt. »Ich hab' dir doch gesagt, daß ich uns ins Kloster bringen könnte. Ich hab' gesagt, laß es mich tun. Aber nein, du gehst rein. Cornelius, diesmal hast du wirklich Scheiße gebaut.«

»Warum?« Cornelius war inzwischen ziemlich verwirrt. »Warum denn?«

»Weil«, sagte Tuppe, »ich uns ins Kloster hätte bringen können. Weil mein Onkel in dem Kloster ist. Ich habe das geheimgehalten. Ich wollte dich beeindrucken. Damit du stolz auf mich bist.«

»Dein Onkel?«

»Mein Onkel. Bruder Tuppe.«

15.
KAPITEL

Von dem ganzen Geschrei wachte Felix Henderson McMurdo auf.

Er gähnte. Streckte sich. Fragte sich, wo er eigentlich war. Erinnerte sich dunkel. Und stolperte aus dem Bett, um aus dem Fenster zu spähen.

Auf dem Hof war ein ordentlicher Tumult im Gange. Mönche liefen mit geschürztem Habit durch die Gegend und sahen ganz verzweifelt aus. Plötzlich erblickte Felix einen Mann in Highlander-Kluft. Er fuchtelte wild mit seinem Zweihänder-Schwert. Außerdem brüllte er Sachen wie: »Wo ist er?« und »Gebt ihn heraus, sonst ...!«

Felix sank zu Boden. Den Mann hatte er schon mal gesehen. Wo war das gewesen? Auf dem Polizeirevier, ja genau. Das war einer der Wilden Krieger von West Lothian!

Felix kaute auf seinen Knöcheln. Was hatte das zu bedeuten? Es konnte nur eins bedeuten. Es gab keine andere logische Erklärung. Der Wilde Krieger suchte nach *ihm*. Die Bewohner von Sheila na gigh waren offenbar völlig verrückt geworden. Sie hatten einen Söldner geschickt, einen bezahlten Killer, der ihn erledigen sollte. Das war jetzt nicht mehr zum Lachen.

»Ich muß hier raus«, sagte Felix. »Aber wie?«

Und dann, wie es der Zufall so will, entdeckte er plötzlich nichts anderes als eine Mönchskutte (genau seine Größe), die an der Zellentür hing.

»Also«, sagte Felix Henderson McMurdo. »Das ist ja praktisch.«

»Woher hätte ich das denn wissen sollen?« Cornelius warf die Hände in die Luft. »Du hättest es mir sagen müssen.«

»Wir müssen jetzt sofort da runter.« Tuppe trommelte mit den Fäusten aufs Armaturenbrett. »Leg den Gang ein. Wir walzen das Tor nieder.«

»Das wäre etwas drastisch, glaubst du nicht?«

»Drastisch? Wer ist denn wohl da unten, was glaubst *du*? Na, Cornelius? Wer will meinen Onkel gerade fertigmachen? Na los, rate doch mal.«

»Der Campbell«, sagte Cornelius düster. »Obwohl er nur geflüstert hat, war seine Stimme nicht zu verkennen.«

»Wie kommt es, daß dieser Campbell dir immer einen Schritt voraus ist, Cornelius?«

Der große Junge zuckte die Achseln. »Ich weiß es echt nicht.«

»Legen Sie den Gang ein, Mr. Murphy.«

Mr. Murphy legte den Gang ein.

Felix Henderson McMurdo zog sich seine Kapuze tief ins Gesicht, steckte die Hände in die Ärmel und eilte einen Korridor hinunter, der gut einen Neuanstrich vertragen hätte. Oder auch einen Abbruch.

Er war erst ein paar Schritte weit gekommen, als das Geräusch von marschierenden Füßen an sein Ohr drang. Rechts von ihm war eine Tür, und links von ihm war eine. Felix entschied sich für die rechte, drückte die Klinke hinunter und schlüpfte leise hinein. Er drückte die Tür zu und preßte sein Ohr dagegen. Die Marschierenden marschierten heran, marschierten vorbei und marschierten ab.

»Puh«, sagte Felix Henderson McMurdo. »Das war knapp.«

»Was war knapp?« fragte eine Stimme.

Felix drehte sich entsetzt um, um den Sprecher in Augenschein zu nehmen. Es war ein sehr kleiner Sprecher. Ein Miniaturmönch. Felix erinnerte sich an den Bierkrug in Männchengestalt, den seine Mama einst auf dem Kaminsims stehen gehabt hatte. Außerdem erinnerte er sich daran, wie er ihn zerbrochen hatte.

Der Mönch stand auf einem hohen Hocker. Er hatte einen großen Schraubenzieher in der Hand, und vor ihm auf dem Arbeitstisch lag ein Haufen komplizierten Elektrozeugs. Unheimliche Mengen anderen Zeugs waren im Raum verteilt. In Regale gestopft, in Ecken gehäuft. Es handelte sich um ziemlich kaputt aussehendes Zeugs.

»Seid Ihr der Mechaniker von St. Greaves?« fragte der winzige Mönch.

»Äh ja, so ist es«, antwortete Felix. »Was muß denn repariert werden?«

Der Cadillac rollte den Hügel hinunter auf Sankt Sacco Benedetto zu.

»Schneller, schneller«, schrie Tuppe.

»Nein, nein, nein« erwiderte Murphy.

»Ja, ja, ja. Wir müssen da rein.«

»Das weiß ich. Deshalb habe ich ja auch die Tür nur angelehnt, als ich hinausgegangen bin.

»Das ist eine Karaoke-Maschine«, erläuterte der kleine Mönch.

»Das kann man wohl sagen.« Felix näherte sich dem Arbeitstisch, wobei er sich die Ärmel aufkrempelte.

»Ich bin so froh, daß Ihr da seid.« Der kleine Mönch machte ein ausgesprochen fröhliches Gesicht. »St. Greaves hatte ja versprochen, seinen besten Mann herüberzuschikken. Das seid also Ihr, ja?«

»Na ja, eigentlich nicht.« Felix wühlte auf dem Arbeitstisch herum.

Das ausgesprochen fröhliche Gesicht des Mönchs verflog. »Wer seid Ihr dann?«

»Ich bin ein Opfer der Umstände.«

»Aha.« Der kleine Mönch nickte nachdenklich. »So was bin ich auch.« Er reichte Felix seine Hand hinauf. »Trotzdem hallo«, seufzte er. »Ich bin Bruder Acht.«

»Hallöchen«, sagte Felix. »Ich bin Felix.«

»Und ich nehme an, Ihr habt keine Ahnung von Karaoke-Maschinen.«

»Im Gegenteil.« Felix wirbelte mit den Fingern durch das Durcheinander auf dem Tisch. »Ich weiß alles darüber, was es zu wissen gibt. Reicht mir mal Euren Schraubenzieher.«

Der Wagen war außer Sichtweite abgestellt, und das heroische Duo kam in Kommando-Manier durch das hohe Gras geschlichen.

»Ich brauch' eigentlich nicht zu kriechen.« Tuppe zog sich ein Gänseblümchen aus den Zähnen. »Ich könnte einfach laufen und wäre dann ungefähr auf gleicher Höhe.«

»Vielleicht haben sie Wachtposten.« Cornelius tauchte seine Hand in etwas Ekliges. »Wachtposten mit Gewehren.«

»Ich kann auch kriechen.« Tuppe kroch weiter. »Was riecht denn hier so komisch?« fragte er.

Das Arbeitszimmer des Abts lag nicht mehr im Dunkeln. Die schweren Vorhänge waren auf biblische Weise auseinandergerissen worden und offenbarten ein riesiges bemaltes Glasfenster von magenerschütternder Vulgarität.

Es stellte einen weiteren heiligen Muskelprotz dar. Dieser trug den standardmäßigen schwermütigen Gesichtsausdruck und den vorgeschriebenen hauchdünnen Lendenschurz. Er wurde zwischen zwei Hengsten zerrissen, die bis ins kleinste Detail anatomisch korrekt gezeichnet waren. Alle anwesenden Schaulustigen sahen mit angemessen glasigen Augen zu und hatten die Hände zusammengelegt, ob zum Gebet oder zur Beifallsbekundung, das war schwer zu sagen. Einer schien in einer Zeitung zu lesen. Ein anderer streichelte einen Pinguin, was möglicherweise mit irgendwelchen Freimaurer-Bräuchen zusammenhing.

Was sich an Licht durch diese Travestie hindurchkämpfte, fiel auf einen Raum von einzigartiger Scheußlichkeit. So einzigartig scheußlich war er, daß er hier keinerlei Erwähnung mehr für wert erachtet wird.

In seiner Mitte saß ein Mann von mittleren Jahren. Er war gefesselt und geknebelt. Sein Körper war sehr muskulös. Er trug nichts als einen hauchdünnen Lendenschurz.

Der Abt, denn er war es, starrte haßerfüllt auf den Kerl, der auf seinem Schreibtisch saß. Der Kerl, der des Abts eigene Amtskleider trug und sich in diesem Augenblick sogar eine seiner besten Nach-Fastenzeit-Zigarren anzündete.

Der Campbell, denn er war es, grinste teuflisch. Ein Sonnenstrahl, der durch den zuvor erwähnten aufgemalten Lendenschurz fiel, umrahmte seinen kahlen Kopf.

»Ich werde Euch nicht lange aufhalten«, sprach der Campbell. »Alles was ich will, sind die Papiere.«

»Mmmmmmph«, erwiderte der Abt, der sich heldenhaft aufbäumte und dabei diverse Muskelpartien dramatisch zur Geltung brachte.

»'tschuldigung, das hab' ich nicht ganz verstanden.« Der Campbell beugte sich vor und riß den Knebel aus dem Mund des Abts.

»Ich sagte, Ihr wärt ein fettärschiger, glatzköpfiger kleiner Misthaufen«, ließ sich der Abt vernehmen.

Mönche wurden im Hof zusammengetrieben. Es schien große Verwirrung zu herrschen, und Hamish war mittendrin. Er verlangte den Aufenthaltsort eines gewissen Bruder Tuppe zu erfahren.

Die Mönche versuchten ihrerseits, behilflich zu sein. Sie sagten Dinge, die größtenteils auf die Frage hinausliefen: »Bruder *wer*?«

»Ich habe so einen Vertrag«, erzählte Bruder Acht dem neugierigen Felix. »Verschafft dem Kloster ein paar Einnahmen. Ich war früher Elektroingeneur, wißt Ihr. Daher kann ich die Sachen reparieren. Na ja, einige Sachen. Kleine Sachen. Manchmal. Aber dies hier«, er zeigte auf die zerlegte Karaoke-Maschine, »macht mich völlig ratlos. Es wurde aus London heraufgeschickt. Im Begleitschreiben hieß es, da sei eine kleine Schraube locker.«

Felix schielte auf den Fußboden. »Ihr scheint inzwischen eine ganze Menge kleiner Schrauben hierzuhaben«, stellte er fest.

»Es kommen immer mehr heraus.« Bruder Acht drehte an einem Knopf. Eine kleine Schraube fiel heraus. »Da ist wieder eine«, seufzte er.

McMurdo wiegte bedächtig seinen Kopf. »Ihr müßt sie defenestrieren«, sagte er.

»Wie war das?«

»Sie alle aus dem Fenster schmeißen.«

»Was? Alle? Das kann doch nicht richtig sein.«

»Doch doch. Das ist schon richtig. Ich hab' mal so ein Buch gelesen. Laßt mich nur machen, ich werde diesen Bengel schon wieder zum Laufen bringen.«

»Na, na, na.« Der Campbell blies dem Abt Zigarrenrauch ins Gesicht. »Wir wollen doch nicht grob werden. Ich muß mit Bruder Tuppe sprechen – und zwar sofort.«

»Wie ist Euer Name?« erkundigte sich der Abt.

»Campbell«, sagte der Campbell.

»Ein Campbell.« Der Abt ließ seine Brustmuskeln spielen. »Ich hätte es wissen sollen. Schafficker und Brunnenvergifter einer wie der andere. Verflucht seien alle –«

Der Campbell stieß ihn mit dem Fuß vom Stuhl. Sprang vom Schreibtisch und stellte sich über ihn. Er zog eine Pistole und starrte zornig an ihrem langen Lauf hinab. »Ihr seid ungewöhnlich freimütig für einen gefesselten Mann in einem Spandex-Hosenlatz. Wie würde es Euch gefallen, wenn ich meine Pistole nähme und ...« Er beugte sich hinunter und flüsterte dem Abt nähere Einzelheiten ins Ohr.

»Also«, sagte der Abt schwermütig. »Ich wäre dabei.«

Cornelius drückte sich in der allgemein gutgeheißenen Weise platt gegen die Klostertür. »Du gibst mir Deckung«, sagte er zu Tuppe. »Ich gehe rein.«

»Deckung geben? Womit denn?«

»Ich glaube, diese Röhre gehört irgendwo hin.« Bruder Acht wirkte ganz verzweifelt. »Aber so eine Anlage habe ich noch nie gesehen. Ich frage mich langsam, ob dies nicht so eine Art Streich sein soll. Die Karaoke-Maschine scheint aus lauter Abfall zu bestehen. Alte Tennisbälle mit Nägeln drin, Strohhalme, und seht Euch das mal an.« Er zeigte auf eine aufziehbare Maus in einem winzigen Tretwerk. »Ich kann nicht erkennen, wie irgend etwas davon überhaupt funktionieren soll.«

»Ich schon«, lächelte Felix. Und er konnte es tatsächlich.

Hamish hatte seine Pistole gezogen und fuchtelte damit in der Luft herum, während er vor der Reihe der gefangenen Mönche im Hof auf und ab marschierte.

Die Mönche sahen ihm dabei zu. Unter dem Habit war jeder von ihnen ein potentieller *Chippendale*.

Hamish unterbrach seine Auf- und Abmarschiererei und wedelte seine Pistole dem nächststehenden Mönch entgegen. »Wieviele seid ihr normalerweise?« verlangte er zu wissen.

Bruder Fünf grinste den Bewaffneten an. »Dreiundzwanzig«, sagte er.

»Und wie viele sind jetzt hier?« Hamish hatte es nicht so sehr mit den Zahlen, sobald ihm die Finger ausgingen.

Bruder Fünf zählte durch. »Einundzwanzig«, verkündete er.

»Also«, Hamish vollführte die Subtraktion, »zwei abwesend.«

»Ich bin nicht abwesend.« Bruder Zwei hob einen Arm mit prächtigen Muskeln. »Ich bin hier.«

»Was?« Hamish hastete auf ihn zu. »Was hast du gesagt?«

»Ich bin Zwei«, sagte Zwei.

»Komm mir hier nicht komisch, mein Junge.« Hamish machte ein drohendes Gesicht.

»Nein, nein.« Bruder Fünf verteidigte Bruder Zwei. »Was habt Ihr denn an Zwei auszusetzen?«

»Nichts, wieso, zwei, sag ich doch.« Hamish funkelte wütend.

»Ja, Zwei. Wer nicht da ist, ist Sechs.«

»Sechs? Was soll das heißen? Du hast zwei gesagt.«

»Und Acht«, fügte ein muskulöser Mönch hinzu. »Acht ist auch nicht hier.«

»Wer hat das gesagt?« Hamish fuhr herum.

»Sieben.« Bruder Sieben hob die Hand.

»Sieben? Du hast gerade acht gesagt.«

»Sechs und Acht«, sagte Bruder Zwei und alle Mönche nickten zustimmend. Sechs und Acht, so war es.

»Sechs und acht. Das macht ... das macht ...« Hamish sah besorgt auf seine Finger. »Das macht fünfzehn.«

»Vierzehn«, korrigierte ihn Bruder Zwei. »*Vierzehn*!«
»Will jemand was von mir?« fragte Bruder Vierzehn. »Ihr müßt lauter sprechen. Ich bin ein bißchen taub.«

»Ich habe nicht den Eindruck«, der Campbell unterbrach gewisse unaussprechliche Handlungen, »daß ich mich Euch richtig verständlich mache.«
»O doch, das tut Ihr.«
»Ich will Bruder Tuppe.«
»Ich wüßte nicht, was er hätte, das ich nicht auch hätte.«
»Vielleicht eine Lebensspanne, die über die nächsten fünf Sekunden hinausreicht.« Der Campbell spannte den Hahn seiner Waffe und hielt die Mündung an die Stirn des Abts. »Hört zu«, fuhr er fort, »als Ihr in Eurem Schrank eingesperrt wart ...«
»Was ich gar nicht schlecht fand ...«
»Haltet den Mund! Als Ihr in Eurem Schrank eingesperrt wart, habt Ihr zweifellos hören können, was Mr. Murphy zu sagen hatte. Er hat die Wahrheit gesprochen, was das Thema der Pyrotechnik angeht. An Eurer Stelle würde ich jetzt nicht lange überlegen.«
Der Campbell schnippte mit den Fingern, worauf Feuer zwischen ihnen aufflammte.
»Wie habt Ihr das gemacht?« Der Abt staunte nicht schlecht.
»Das braucht Euch nicht zu kümmern. Liefert mir auf der Stelle Bruder Tuppe aus, sonst schieße ich Euch in den Kopf und brenne das Kloster nieder.«
»Ihr würdet es nicht vielleicht vorziehen, mich noch ein bißchen zu foltern?«
»Einen Scheiß würde ich.« Der Campbell schüttelte den kahlen Kopf. Seltsame Knoten und Beulen ragten jetzt aus ihm heraus, und sein Gesicht hatte sich merkwürdig in die Länge gezogen. »Entweder Bruder Tuppe oder ein schnelles Ende für Euch. Das ist es, was hier zu Debatte steht.«
Der Abt ließ es sich durch den Kopf gehen. »Ach, na gut«,

sagte er schmollend. »Bruder Tuppe ist wahrscheinlich in seiner Werkstatt. Im Hof die Treppe rauf und dann die erste Tür links. Aber paßt auf, wenn Ihr später wiederkommen wollt, dann könnten wir eine Flasche Beaujolais köpfen und ...«

Die Treppe vom Hof aus hoch und hinter der ersten Tür links sah Bruder Tuppe dem eifrigen Felix bei der Arbeit zu.

»Seid Ihr sicher, daß Ihr wißt, was Ihr da tut?« fragte er.

»Aber natürlich. Ich habe die Transponder und die Induktanzspulen neu ausgerichtet. Den Hauptzylinder und die Stromunterbrecher im vorderen Verteilerstück gereinigt. Der Teilchenbeschleuniger müßte noch mal für tausend Meilen gut sein, solange niemand versucht, das elektrostatische Potential über die fünfzehn-Millionen-Volt-Grenze hinaus zu drücken. Oh, und dann hab' ich das Uhrwerk in der Maus noch ein bißchen weiter aufgezogen. Alles, was wir jetzt noch brauchen, ist eine neue Sicherung im Stecker.«

»Meine Güte«, sagte Bruder Acht. »Ihr kennt Euch ja wirklich aus mit diesen Karaoke-Maschinen.«

»Diese hier kenne ich schon ganz gut«, sagte Felix. »Mein Papa hat sie gebaut.«

Cornelius kroch die schreckliche Galerie entlang auf das Arbeitszimmer des Abts zu. Tuppe kroch hinter Cornelius her.

»Dies ist eine ganz entsetzliche Galerie.« Tuppe schielte zu den Gemälden hoch. »Wie kommt es, daß so viele Märtyrer in ihrer Unterwäsche gemartert werden?« wunderte er sich.

»Ich wünschte, ich hätte einen kräftigen Stock zur Hand.« Cornelius kroch weiter.

»Pssst.«

»Wie meinst du, pssst?«

»Ich meine gar nichts«, erwiderte Tuppe. »Weil ich überhaupt nichts gesagt habe.«

Der Campbell bemühte sich, den eingehängten Teil des bemalten Fensterglases zu öffnen.

»Ihr müßt das untere Stück hin und her wackeln.« Der Abt wackelte mit seinem. »Das klemmt immer.«

Der Campbell trat vom Fenster zurück, hob seine Pistole und tat der Welt der Kirchenkunst einen sehr großen Gefallen.

Bemaltes Fensterglas regnete in den Hof hinab.

Ein erbitterter Streit über numerologische Fragen brach ab, und alle Augen wandten sich dem Zerbrecher der heiligen Fensterscheiben zu.

»Hamish!« schrie der Campbell. »Die Treppe hoch. Erste Tür links.«

»Wer?« fragte Hamish.

»Erste Tür links?« Bruder Zwei überlegte. »Ah«, meinte er. »Das müßte Acht sein.«

»Wenn sich da acht von denen verschanzt haben, dann will ich Verstärkung haben«, knurrte Hamish.

»Wie meint Ihr das, Euer Papa hat sie gebaut?« Bruder Acht sah zu, wie Felix die Frontplatte der Karaoke-Maschine geschickt wieder aufsetzte.

»Vor dreißig Jahren, fast auf den Tag genau.« Felix schnappte sich ein paar kleine Schrauben und befestigte die Frontplatte. Die, die übrig waren, warf er über seine linke Schulter. Das war leichter getan als gesagt. »Lange, bevor ich geboren wurde, natürlich. Aber ich habe immer noch alle seine Pläne. Hier, schaut Euch das an.« Er spuckte sich auf den Finger und bearbeitete damit eine schmutzige kleine Plakette am Boden der Karaoke-Maschine. Und brachte einen Namen zum Vorschein.

Bruder Acht kniff die Augen zusammen. »McMurdos-Mitsing-Maschine« las er. »Pat. Angemeldet. Wer war denn Pat Angemeldet? Der Partner von Euerm Papa?«

Felix fragte sich, ob das wohl lustig sein sollte. »Habt Ihr was getaugt als Elektroingenieur?« fragte er.

»Eigentlich nicht.« Bruder Acht ließ den winzigen Kopf hängen. »Ich bin farbenblind, müßt Ihr wissen. Mit den gestreiften Drähten kam ich ganz gut zurecht. Aber die anderen beiden, na ja …«

Felix zog eine Grimasse. »Ja, kann ich mir vorstellen. Jedenfalls hat mein Papa diese Maschine gebaut. Es war der Prototyp. Ich kann mir allerdings nicht vorstellen, wie sie hierher gekommen ist. Ich dachte immer, sie sei bei der Explosion zerstört worden.«

»Oh, bitte!« Bruder Acht hielt sich die Ohren zu. »Nicht *dieses* Wort.«

»Entschuldigung. Ihr habt wohl auch die eine oder andere miterlebt?«

»Eher noch mehr. Deshalb bin ich auch Mönch geworden. Aber ich würde lieber nicht darüber sprechen, wenn es Euch nichts ausmacht.«

Felix machte es nichts aus. »Es war sein Schuppen«, sagte er.

»Sein Schuppen?«

»Wo, Ihr wißt schon, das Wort, stattfand. Mama hat ihn den Schuppen so weit wie möglich vom Haus weg bauen lassen. Es kam schon mal vor, daß was mit seinen Erfindungen schiefging.«

»Wie schief?« Bruder Acht überlegte, ob er das wirklich wissen wollte.

»Die Journalisten haben die Sache aufgebauscht, daß es alle Maßstäbe gesprengt hat.«

»Die Journalisten haben seinen Schuppen gesprengt?«

»Nein. Das war der Reaktor in dem Raumschiff, der ihn in die Luft gesprengt hat.«

»Raumschiff? Was für ein Raumschiff?«

»Das hat er gebaut, damit Schottland als erstes Land einen Menschen zum Mond schicken könnte. Die Schotten erfinden immer alles als erste. Sind dafür in der ganzen Welt bekannt. Das ist Tradition oder ein altes Gesetz oder so was. Die Schotten haben das Fernsehen erfunden und das Hovercraft und die Dampfmaschine. Der erste Mann am Südpol war'n Schott'.«

»*Scott*», sagte Bruder Acht. »*Scott*.«

»Hab' ich doch gesagt.«

»Nein, Ihr habt ... ach, egal. Nur um das klarzustellen: Euer Papa hat in seinem Schuppen einen Atomreaktor gebaut, um damit ein Raumschiff anzutreiben–«

»Um einen Schotten zum Mond zu schicken, jawohl. Ihr erinnert Euch sicherlich an den ›Wettlauf im Weltraum‹?«

»Ja, aber der fand zwischen Rußland und Amerika statt.«

Felix schüttelte den Kopf. »Kein Stück. Er fand statt zwischen meinem Papa und Mr. Patel, der den Laden an der Ecke hat.«

»Mr. Patel? Der den Laden an der Ecke hat?«

»Ach, Ihr kennt ihn?«

»Nein.« Bruder Acht wurde zunehmend verwirrter. »Ich habe noch nie von ihm gehört.«

»Er würde Euch gefallen.« Felix staubte das Oberteil der Karaoke-Maschine mit seinem Ärmel ab. »Sehr netter Bursche.«

»Und er hat auch ein Raumschiff gebaut?«

»Ja, wie ich schon sagte. Und jetzt könnt Ihr auch verstehen, wieso mein Papa seins zuerst auf dem Mond haben wollte.«

»Also ich, äh, ja ...«

»Papa war zeit seines Lebens *Rangers*-Fan.«

»Eh?«

»*Rangers*. Ihr wißt schon. Mr. Patel ist *Celtic*-Fan.«

»*Ich* habe Pssst gesagt.«

»*Er* hat Pssst gesagt.« Tuppe klammerte sich am Knie des großen Jungen fest. »Pssst, das hat er gesagt.«

»Wer hat Pssst gesagt?«

»Hier drüben.« Zigarettenrauch schwebte hinter einer unregelmäßig gesetzten Säule hervor.

»Nummer Sechs, ach, Ihr seid es.«

»Nummer Sechs?« Tuppe sah zu Cornelius auf.

Cornelius sah zu Tuppe hinunter. »Sag's nicht«, sagte er.

»Hier drüben, päpstlicher Nuntius Murphy. Etwas Schreckliches ist im Gange.«

»Päpstlicher Nuntius?«

»Sei ruhig, Tuppe. Er ist einer von den Guten.«

»Tuppe?« Bruder Sechs linste um die Säule herum. »Ist das Bruder Tuppe?«

»Das ist sein Neffe.« Cornelius machte bekannt. »Bruder Sechs, ich möchte Euch *Kardinal* Tuppe vorstellen. Jünger des Heiligen Stuhls. Er ist hier, um alles zu beaufsichtigen.«

Bruder Sechs verbeugte sich. »Es ist mir eine Freude, Eure Eminenz.«

»Gott segne dich, mein Sohn.« Tuppe machte das Friedenszeichen. »Nun, was höre ich da über gewisse Schwierigkeiten?«

»Terroristen. Ich habe ihre Bilder in der Zeitung gesehen. Die Wilden Krieger von West Lothian.«

Cornelius und Tuppe teilten sich den ersten Preis im Wettbewerb um das düsterste Gesicht.

Bruder Sechs fuhr fort: »Einer hält den Abt gefangen. Ich habe hineingespäht. Sie sind hinter Eurem Onkel her, Eminenz. Ich hab' sie reden hören. Dann ist ein Schuß gefallen. Da bin ich in Deckung gegangen.«

»Sehr klug, mein Sohn.« Tuppe neigte den Kopf. »Wo bewahrt ihr eure kräftigen Stöcke auf?«

»Unten im Arsenal. Zusammen mit den richtigen Waffen.«

»Tut mir leid.« Bruder Acht kratzte seine Tonsur (es war eine nach dem Heiligen Michael: kurzgeschnittenes Haar mit ausrasiertem Winkel in der Form eines stilisierten Herrenslips). »Ich verstehe irgendwie kein Wort.«

»Laßt mich erklären.« Felix steckte eine neue Sicherung in den Stecker, schraubte die Abdeckung wieder drauf und drückte ihn in eine Wandsteckdose. »Mein Papa war Anhänger eines gewissen Hugo Rune. Wissenschaftliches Genie. War Rune. Hat die Okarina neu erfunden. Hat Bud Abbott gehaßt. Einstein hat alles, was er wußte, von ihm gelernt.«

»Einstein hat alles von Bud Abbott gelernt?«

»Von Rune! Einstein hat von Rune gelernt.«

»Oh!«

»Nur hat Einstein alles in den falschen Hals gekriegt. Er hat geglaubt, daß das Universum eine richtig komplizierte Angelegenheit sei.«

»Und das ist es gar nicht?«

»Nö.« Felix schüttelte den Kopf. »Nicht, wenn man sich an Rune hält. Rune sagte, daß die Leute nur so tun, als sei es kompliziert, um zu beweisen, wie schlau sie sind. Habt Ihr schon mal die Rückwand von einem Transistorradio abgenommen?«

»Natürlich. Ich war doch Elektroingenieur.«

»Aber versteht Ihr auch, wie es wirklich funktioniert?«

»Nicht so ganz.«

»Weil es nämlich gar nicht funktioniert. Jedenfalls nicht so, wie die Leute glauben.«

»Verstehe.« Bruder Acht bedauerte langsam, daß er sich kein Türschloß hatte anbringen lassen.

»Schon mal was vom Detektorempfänger gehört?« fuhr Felix fort.

»Dauert das alles noch lange? Ich habe Schritte im Flur gehört. Ich glaube, da ist jemand an der Tür.«

»Rune erfand den Detektorempfänger, um eine Wette mit Marconi zu gewinnen. Auch ein Schotte, natürlich.«

»Marconi? Der italienische Physiker? Ein Schotte?«

»McOni. So wird es in Wirklichkeit buchstabiert. McOni war von großen Röhren und Spulen und solchen Sachen besessen. Rune behauptete, das sei alles nur Schau. Er wettete mit McOni, daß *er* ein funktionierendes Radio zusammenbasteln könnte und dazu nichts anderes brauchen würde als den Inhalt des nächstbesten Papierkorbs.«

»Der zufällig das Schnurrhaar einer Katze enthielt, ein Stück Kristall und ...«

»Ach, Ihr kennt die Geschichte? Na, dann wißt Ihr ja, wie es ausging. Rune gewann, und dieser berühmte Schotte biß sich vor Wut in seinen alten grauen Bart.«

»Komisch, daß man heute kaum noch solche Detektorempfänger sieht.«

»Doch, man sieht sie. Nur heißen sie heute Transistorradio. Laßt es mich erklären.«

»Hört mal. Erklärt mir lieber das mit dem Atomreaktor. Der, der diese ... Ihr wißt schon.« Acht stellte pantomimisch eine Pilzwolke dar.«

»Darauf wollte ich gerade kommen. Kalte Fusion. Rune hat es hingekriegt. Damit kann man alles antreiben, Raumschiffe, was Ihr wollt. Alles was man dazu braucht, sind ein paar Tennisbälle, Nägel, Strohhalme, eine aufziehbare Maus und ein kleines Tretwerk. So, ich bin jetzt hiermit fertig. Dann wollen wir sie mal einschalten und sehen, was passiert.«

Felix griff zum Schalter.

Tuppe, Cornelius und Bruder Sechs standen vor einer großen glänzenden Stahltür. Bruder Sechs gab die Kombination auf einer von diesen tastenbrettartigen Vorrichtungen ein, die Tresorgewölbe und Stahlkammern anscheinend immer haben. Jede einzelne Zahl war mit einem bestimmten Ton verbunden. Die Sequenz, die Bruder Sechs eintippte, brachte die Melodie von ›Die Stunde ist gekommen‹ hervor.

Die Tür zischte zur Seite, und Bruder Sechs führte sie ins Innere.

Cornelius wäre vor Überraschung fast lang hingeschlagen. Tuppe wäre kürzer hingeschlagen.

»Gewehre!« stieß Cornelius hervor.

»Gewehre«, stimmte Bruder Sechs zu. »Durchweg vatikanische Standardausgabe. Alle Klöster sind ausgerüstet. Seit jeher. Wir haben hier nur leichte taktische Waffen. Die Jesuiten haben das nukleare Arsenal. Aber das wißt Ihr natürlich alles.«

»Natürlich.« Cornelius hielt seine Verblüffung im Zaum.

»Sie sind alle in einwandfreiem Zustand. Wir halten ›die Benennung der Teile‹ jeden Montag ab. Liebäugelt Ihr mit irgendwas Bestimmtem?«

Cornelius musterte das Lager. »Ozi 9mm. Fünfundvierziger Longslide mit Lasersucher. EX-34-Kettengewehr. Fünfsechsundfünfziger M249-Automatik. Winchester-Repetiergewehr.«

»Ihr kennt Euch ja echt gut aus, Kumpel. Welche wollt Ihr nehmen?«

»Alle«, sagte Cornelius Murphy.

»Gibt's auch Derringers?« fragte Tuppe.

Die Explosion riß die Tür *zur* Werkstatt aus den Angeln.

Ekelige Holzsplitter schossen *in die* Werkstatt hinein.

Felix und Bruder Acht starrten entgeistert und schreckensbleich auf Hamish und Sawney, die langsam hinter dem Granatenrauch sichtbar wurden.

Beide hatten Gewehre in der Hand.

Hamish fuchtelte mit seinem herum, während er näher trat. »Bruder Tuppe?« fragte er streng. »Wer von euch ist Bruder Tuppe?«

Hastig verbarg Felix sein Gesicht unter seiner Kapuze. »Das bin ich«, sagte er verschlagen. »Ich bin Bruder Tuppe.«

Cornelius schlang sich Patronengürtel über seine hohen Schultern und ließ ein Magazin in ein AK-47 schnappen.

Tuppe betrachtete die Vorstellung mit einiger Verwirrung. »Was glaubst du eigentlich, was du da tust?« erkundigte er sich.

»Die Situation retten, natürlich.«

»Cornelius, du kannst mit Waffen dieser Art nicht umgehen. Du kannst überhaupt nicht mit Waffen umgehen.«

»Irgendwann ist immer das erste Mal.« Cornelius lud Patronen in die 45er Longslide und stopfte diese in seinen Gürtel.

»Laß das doch Nummer Sechs hier machen. Falls er ausgebildet ist und alles.«

»Mein Job.«

»Mein Job? Das ist nicht mehr komisch.«

»Phasen-Plasma-Gewehr im vierzig-Watt-Bereich«, sagte Bruder Sechs. »Ganz neu reingekommen. Da bleibt kein Auge trocken.« Er stieß ein Geschoß von der Größe einer Dose Bohnen ins Gehäuse, knallte es zu und übergab Cornelius die befremdliche Semi-Kanone.

»Kommt doch endlich zu euch.« Tuppe fing an, auf und nieder zu hüpfen.

»Gehen wir.« Cornelius machte das Phasen-Plasma-Gewehr scharf.

»Wir werden alle sterben.«

Der große Junge wandte sich zu seinem kleineren Kumpel. »Paß auf«, sagte er. »Ich werde deinen Onkel retten, falls es noch nicht zu spät ist. Wenn du dich dem nicht gewachsen fühlst, habe ich dafür vollstes Verständnis. Du kannst hier unten warten, bis alles vorbei ist.«

»Was?« Tuppe schüttelte heftig den Kopf. »Und dir die Gelegenheit geben, zu sagen: ›Ich komme wieder‹? Auf keinen Fall. Wo sind die Derringers?«

Man hatte Felix aus dem Arbeitszimmer geführt. Mit Stiefeln die Treppe hinuntergestoßen. Über den Hof geschleift. Die Galerie entlanggezerrt. Und unsanft durch die enge Tür ins Arbeitszimmer des Abts befördert. Jetzt lag er zusammengekrümmt am Boden. Durchgeschüttelt und verwirrt.

Irgendein mysteriöser sechster Sinn sagte ihm, daß er sich möglicherweise den falschen Bruder als Tarnung ausgesucht hatte. Ich frage mich, wo das noch alles hinführt, fragte er sich.

Der Campbell riß Felix plötzlich hoch. Hob ihn hoch in die Luft und schleuderte ihn auf den unbesetzten Stuhl des Abts.

Felix hielt, so gut es ging, sein Gesicht bedeckt.

»Bruder Tuppe.« Der Campbell knuffte Felix mit seiner Pistole auf den Kopf. »Endlich lernen wir uns kennen.«

»Aua«, sagte Felix.

»Die Papiere. Ich will sie haben, und zwar sofort.«

Der mysteriöse sechste Sinn informierte Felix darüber, daß die Antwort: »Welche Papiere?« wahrscheinlich einen weiteren Knuff auf den Kopf nach sich ziehen würde.

»Ja«, sagte Felix. »Die Papiere. Ja, klar.«

»Ja, also?«

Ja, also und also was, dachte Felix. »Ihr könntet Euch nicht vielleicht etwas genauer ausdrücken? Ich habe so viele Papiere.« Er zuckte in böser Erwartung, aber seltsamerweise blieb der Schlag aus.

»Die Hugo-Rune-Papiere.« Die Stimme des Campbells ertönte dicht neben seinem Ohr.

»Ah«, sagte Felix heiter. »Da kann ich Euch helfen.«

»Ausgezeichnet. Ganz ausgezeichnet.« Der Campbell verpaßte dem Abt einen flüchtigen Fußtritt. »Habt Ihr's gehört?«

Felix blickte verstohlen auf den Abt herab. Und wer ist dieser Fessel-Fetischist mit dem hauchdünnen Lendenschurz? fragte er sich.

Der Abt starrte zu Felix hinauf. Und wer ist dieser Mönch auf meinem Stuhl? fragte er sich.

Bruder Sechs ging auf dem Weg von der Waffenkammer nach oben voran. Er trug jetzt einen Körperpanzer Marke ›Polizei von Los Angeles‹ und schritt, wie John Wesley Harding, ›mit einem Gewehr in jeder Hand‹ einher.

Hinter ihm her wankte Cornelius, der im Hardware-Bereich etwas überladen schien.

Zwei Schritte hinter Cornelius folgte Tuppe. Er verspürte eine gewisse Besorgnis hinsichtlich der Art, wie sein Freund von einer Seite zur anderen schwankte.

Und Tuppe auf dem Fuß folgte sein wundersamer Schatten. Er ging geräuschlos die Treppe hoch, aber er krümmte und wand sich auf eine Weise, die nicht schön anzuschauen war.

»Also«, sagte der Campbell, saugte an seiner Zigarre und blies den Rauch an eine Decke, die sich eher nach unten als nach oben wölbte. »Die Papiere.«

»Die Papiere«, sagte Felix. »Ja.«

»Wo sind sie?«

»Im Koffer«, sagte Felix hilfsbereit.

»Welcher wo ist?«

»Auf dem Kleiderschrank.«

»Und wo ist der Kleiderschrank?«

»Bei meiner Mama zu Hause.«

»*Und wo ist das Scheißzuhause von deiner Mama?*«

Der mysteriöse sechste Sinn machte Felix darauf aufmerksam, daß es ratsam sein könnte, diese Frage mit äußerster Genauigkeit zu beantworten.

»Ragnarökweg 23, Sheila na gigh«, platzte er heraus.

»*Sheila na gigh? Sheila na Scheißgigh?*«

Felix schirmte seinen Kopf ab, so gut es ging. »Es ist wahr. Die Pläne und das ganze Zeugs. Das Zeugs von meinem Papa. Schlagt mich bitte nicht noch mal.«

»*Sheila na Scheißgigh!*« Der Campbell wütete im Zimmer umher. Er trat gegen den Schreibtisch des Abts. Er trat gegen die Bücherborde des Abts. Er trat auch den Abt, der Vollständigkeit halber. Schließlich wandte er sich Felix zu. »Na gut, du.« Er riß den sich zusammenkauernden Felix vom Stuhl des Abts herunter. »Du kommst mit mir. Hamish!«

Hamish, der ruhig in der Ecke gesessen und in der Nase gebohrt hatte, stand stramm. »Ja, Sir?«

»Hamish, geh auf den Hof und sag Angus, daß er die Mönche nicht länger festhalten muß.«

»Ja, Sir.«

»Sag ihm, er soll sie statt dessen erschießen.«

»Moment mal«, sagte der Abt.

»Du hältst das Maul.« Der Campbell plazierte einen satten Tritt. »Und dann, Hamish, können du und Angus das Kloster niederbrennen, wenn ihr wollt.«

»O danke«, sagte Hamish. »Das wird ein Spaß.«

»Wo ist Sawney?«

»Ich bin hier.«

»Ach ja, tatsächlich. Sawney, du gehst vorne raus und verpaßt Cornelius Murphy ein paar Kugeln. Wir brauchen ihn nicht mehr.«

Hamish und Sawney kehrten dem Zimmer des Abts den Rücken und zwängten sich durch den engen gelben Eingang auf die Galerie hinaus. Dort erzeugten sie ein scharf umgrenztes und farbiges Bild im makroskopischen 40-Watt-High-Tech-Laser-Sucher von Murphys Phasen-Plasma-Gewehr.

»Würdet ihr bitte die Hände hochnehmen?« sprach Cornelius aus dem Schatten einer unregelmäßig gesetzten Säule heraus.

»Wer hat das gesagt?« Hamish spannte den Hahn seiner Pistole.

»*Laßt die Waffen fallen. Ihr seid umzingelt.*« Auch ohne die Hilfe einer Thermoskanne war Tuppes Polizeichef-durch-Megaphon-Stimme ziemlich überzeugend.

»Wer hat *das* gesagt?« Sawney zog seine Pistole und spannte gleichermaßen den Hahn.

»Sag es ihnen noch mal«, flüsterte Cornelius.

»*Kommt mit erhobenen Händen raus*«, ließ Tuppe sich vernehmen.

»Von wegen.« Hamish feuerte auf den versteckten Polizisten. Der Kleine drückte sich noch enger an den Boden, als die Kugel an ihm vorbeipfiff, von der Säule abprallte und eins der großen Gemälde traf. St. Sebastian nahm es wie ein Mann.

Hamish sah zum durchlöcherten Lendenschurz hoch. »Volltreffer«, kicherte er.

»C-C-Cornelius. Der Wahnsinnige hat auf mich geschossen.«

»Das reicht.« Cornelius streifte die Kappe vom Auslöserknopf. »Bleib hinter der Säule und überlaß mir das.«

»Dein Job. Genau.«

»Laßt die Waffen fallen«, rief Cornelius. »Dies ist die letzte Warnung.«

Die beiden Wilden Krieger prusteten verächtlich und wakkelten mit ihren Hintern.

»Also gut, ihr habt es nicht anders gewollt.« Cornelius trat mutig aus dem Schatten heraus. Ein einzelner Sonnenstrahl brachte ihn zu heroischer Geltung, als er das mächtige Gewehr ausrichtete und abdrückte.

Blaue Flammen schossen aus dem Lauf. Der Rückstoß der Semi-Kanone riß Cornelius von den Füßen. Das Geschoß zerstäubte ein rundes Wandstück von einem Meter Durchmesser über dem kleinen gelben Eingang zum Zimmer des Abts.

Im Innern des Arbeitszimmers explodierte ein Bücherregal und ließ glühende Wälzer der Sorte Antiquariatsbestseller auf Felix, den Abt und den Campbell herabwirbeln.

»Was zum ...? Oh, verdammt!« Der Campbell hopste inmitten von Staub und Chaos umher. Schräge gutturale Laute entrangen sich seiner Kehle, und sein bereits verformter Kopf begann zu pulsieren und anzuschwellen. Seltsame Ranken sprossen aus seinen Augenbrauen und schlugen heftig um sich.

Brennende Bücher flogen in die Vorhänge und setzten sie in Flammen.

Der Abt rollte sich herum und versuchte, freizukommen. Felix nahm die Fötalhaltung ein.

»Verflucht.« Die beiden Wilden Krieger auf der Galerie glotzten das rauchende Loch an. »Was ist das denn für'n Gewehr?«

»Steh auf! Steh auf!« Tuppe zerrte an Cornelius. »Du hast sie einwandfrei beunruhigt.«

»Ich glaube, meine Schulter ist gebrochen.«

Bruder Sechs, der sich bisher relativ zurückgehalten hatte, trat seine Zigarette aus. »Soll ich mal draufhalten?« fragte er, während er nach der Semi-Kanone griff.

»Es geht schon, danke.« Cornelius rappelte sich auf. »Nehmt die Hände hoch!« rief er. »Wo sind sie hin?« fragte er.

Tuppe kniff die Augen zusammen. Die Galerie füllte sich rasch mit Rauch. »Ich glaube, sie haben sich versteckt. Diese feigen Pfannkuchen.«

»Kommt jetzt raus oder ich ...« Cornelius tat, als ob er das Gewehr ansetzen und abdrücken würde. Der Abzug war ein Stecher und hochempfindlich. Als die blauen Flammen wieder hervorschossen, fiel Cornelius rückwärts und riß Bruder Sechs mit.

Es gab eine weitere Explosion. Noch mehr Mauerwerk wurde auf seine subatomaren Bestandteile reduziert.

»Wir werden alle sterben.« Tuppe bekreuzigte sich.

»Kein Stück. Wir sind waffentechnisch überlegen. Hilf mir bitte hoch.«

Tuppe half ihm hoch.

»Ich krieg' kaum noch Luft«, beschwerte sich Bruder Sechs.

Ein merkwürdig geisterhafter Campbell riß die brennenden Vorhänge herunter und trat die Flammen aus.

»Was geht hier vor?« schrie er wütend. »Wer war das?«

Von Kind auf hatte Felix gelernt, daß es immer klug ist, letztere Frage mit »Ich nicht« zu beantworten.

»Ich nicht«, greinte er.

»Ich weiß, daß *du* es nicht warst.« Der Campbell packte den zusammengekauerten Felix am Kragen seines Habits und zerrte ihn hoch. Die Kapuze fiel zurück, und die beiden standen sich Auge in Auge gegenüber.

»Du!« Der Campbell fuhr verblüfft zurück. *»Du, dich* kenne ich!«

»Uääähhh!« machte Felix und erschrak nicht schlecht. »Euch wachsen Fühler aus dem Schädel.«

Draußen im Hof ließen die Mönche ihre versteckten Talente spielen und flüsterten miteinander. Was waren das für Knaller? wollten sie wissen. Und woher kam der ganze Rauch?

Angus seinerseits verpflichtete sie zu Passivität und distanzierter Zurückhaltung. Er hob die Unratsamkeit einer aktiven Beteiligung ihrerseits hervor sowie die damit möglicherweise verbundenen gesundheitsschädlichen Konsequenzen.

»Haltet euch da raus, oder ich knall' euch ab«, so beliebte er sich auszudrücken.

Cornelius marschierte voran, das große Gewehr im Anschlag. Bruder Sechs hielt sich dicht hinter Cornelius, und Tuppe hielt sich dicht hinter Bruder Sechs. Und er hatte seinen Derringer gezogen. Was nicht heißen soll, daß er die Absicht gehabt hätte, ihn auch zu benutzen.

Hamish besaß immer noch ein wenig Kampfgeist. Erneut feuerte er seine Waffe ab.

Also feuerte Cornelius auch.

Zwei der unregelmäßig gesetzten Säulen, die das darüberliegende Stockwerk trugen, brachen zusammen. Und dann kam jede Menge schlecht verputzter Decke herunter.

Oben in seiner Werkstatt sagte Bruder Acht: »Ach du meine Güte«, als der Fußboden unter ihm nachgab. Mit einer Hand klammerte er sich an seinen Hocker, während er mit der anderen nach seinem Arbeitstisch griff. Und seine ausgreifenden Finger drückten ganz zufällig den Einschalthebel der McMurdo-Mitsing-Maschine herunter.

»Mmm mmm mmm mmm«, machte die Karaoke-Maschine im Aufwärmen.

»Oneiiiiiiiiiiiiiiiiiiiiin«, machte Bruder Acht im Fallen.

Der Campbell richtete sich über dem verängstigten Felix hoch auf. Jegliche Menschenähnlichkeit des einstmaligen Wilden Kriegers hatte sich verflüchtigt.

Außerordentliche Metamorphosen waren im Gange.

Die Augen des Campbell dehnten sich aus. Wurden kugelförmig. Wurden zu zwei Erdkugeln, die anfingen, sich in verschiedene Richtungen zu drehen.

Die Nasenlöcher des Campbell verbreiterten sich. Wurden zu zwei nebeneinanderliegenden Tunneln. Eine winzige blaue Eisenbahn fuhr aus dem linken heraus, machte: ›*tut, tut*‹ und verschwand wieder im rechten.

Der Mund des Campbell weitete sich enorm. Eine Zunge, dünn wie Papier, rollte heraus. An ihrem Ende steckte eine

Feder. Die Feder kitzelte McMurdo an der Nase. Eine verborgene Hupe machte: ›*Tröööt*‹.

Aus Schrecken wurde Entzücken. Felix starrte staunend.

Die Fühler, die von der Augenbrauengegend des was immer es war ausschlugen, wickelten sich zu einem festen Kegel zusammen. Verwandelten sich in einen kleinen Silberhut. Ein rosa Bommel erschien obenauf.

Der Campbell hielt etwas hoch, was man für seine rechte Hand hätte halten können. Im Moment sah es eher wie ein Büschel Bananen aus. Er hielt es Felix entgegen. In der Handfläche preßte die Haut einen ektoplasmatischen Schaum heraus. Dieser erstarrte zu einer dünnen Scheibe. Aus der Scheibe wurde ein Papierteller.

Der Teller schwankte. Ein Kuchenboden materialisierte sich auf ihm. In diesem Boden brodelten und schäumten verschiedene Substanzen. Wurden zu einer Mischung aus Eiern, Milch, Zucker, Stärkemehl, Salz, natürlichen Geschmacksstoffen, Stabilisatoren (E415) und Treibmittel (E341).

Daraus wurde eine Sahnetorte.

Der Campbell hielt die Torte am ausgestreckten Arm. Holte aus – und knallte sie Felix genau ins Gesicht.

»Oneiiiiiiiiiiiiiiiiiiiiiiin!« fuhr Bruder Acht fort.

»Aaaaaaaaaaaaaaaaahhhhhh!« machten Hamish und Sawney, als eine reichliche Menge von Lattenwerk und Putz, von wurmstichigen Fußbodenteilen, Ziegelstaub und Geröll auf sie niederkam. Dazu gab es einen Extra-Bonus an kaputten Transistorradios, automatischen Toastern, Küchenmixern, Nachttisch-Teekochern (was ist eigentlich aus denen geworden, hm?), einer halben Million kleiner Schrauben und einem kleinen Mönch.

»Volltreffer!« schrie der im Staub unsichtbare Cornelius.

»Mmm mmm mmm mmm«, machte die Karaoke-Maschine im ersten Stock und lief sich ordentlich warm.

Es war alles ein bißchen viel für Angus. Er war ein Mann, der die Action liebte. Daß er hier im Hof stehen und seine Kanone einem Haufen langweiliger Mönche unter die Nase halten mußte, das ging ihm total gegen den Strich. Er schwang seine Pistole in die Richtung des jüngsten Tohuwabohus.

Drei muskulöse Mönche ergriffen die Gelegenheit, ergriffen dann ihn, holten ihn von den Füßen und setzten sich auf ihn drauf.

Cornelius hustete und würgte. Er schüttelte Staub aus seinem Haar. Streifte Lattenwerk von seinen Schultern. Warf die Semi-Kanone beiseite. Zog die fünfundvierziger Longslide aus dem Gürtel. Spannte dramatisch den Hahn und stieß herabgefallenen Schutt mit den Füßen zur Seite.

»Grabt sie aus und verhaftet sie« sagte er zu Bruder Sechs. »Tuppe, wo bist du? Alles in Ordnung?«

»Ich glaube schon«, antworteten zwei identische Stimmen.

»Clever.« Cornelius nickte anerkennend. »Noch besser sogar als die Polizeichef-durch-Megaphon-Nummer. Alles klar, gehen wir.«

Cornelius zielte mit dem Fuß auf die schmale gelbe Zimmertür des Abts. Trat sie auf, sprang – die Pistole mit beiden Händen haltend – ins Zimmer und rief: »Keiner rührt sich!«

»Gute Güte«, fuhr er fort und blieb stehen.

Obwohl immer noch Rauch durch das verwüstete Arbeitszimmer zog, erhellte das Sonnenlicht, das durch die Überreste des bemalten Glasfensters strömte, eine Szene, die durchaus nicht ohne Reiz war.

Zumal für den strebsamen Studenten der schönen Künste, insofern die Szene nämlich drei Lehrbuchbeispiele verschiedener, zueinander ausgesprochen im Widerspruch stehender Schulen darbot, die auf eine Weise gegeneinandergesetzt waren, die zu einer vergleichenden Erörterung geradezu aufforderte.

Cornelius betrachtete den Abt mit gänzlich unvoreingenommenem Blick. Er bewunderte das weiche Helldunkel, welches das gesprenkelte Sonnenlicht über den ebenmäßigen muskulösen Rumpf des liegenden Abts streute. Man fühlte sich an die sensibelsten und reifsten Werke des legendären Michelangelo da Caravaggio erinnert.

Einen starken Kontrast dazu bildete Felix Henderson McMurdo.

Er stand völlig bewegungslos da in seiner Mönchskleidung. Die Sahnetorte immer noch quer über das dümmlich grinsende Gesicht geklebt.

Ohne Zweifel etwas für alle Liebhaber des Surrealismus.

Cornelius glaubte Einflüsse von Max Ernst und Salvador Dali ausmachen zu können, in Verbindung mit dem ausgelassenen ketzerischen Humor eines Clovis Trouille.

Die dritte Arbeit war dagegen ganz und gar nicht nach dem Geschmack des Murphy.

Es war eine von diesen prätentiösen Gebrauchs- und Wegwerfgeschichten, offenbar aus Lebensmitteln gearbeitet, die ihr Verfallsdatum längst überschritten hatten. Diese waren zu einer geschmacklosen Parodie der menschlichen Gestalt geformt. Eine verschimmelte Melone diente als Kopf, und die Überbleibsel der Obststände an der Portobello Road übernahmen den Rest.

Ein leichter Windzug ließ die Dünste des Verdorbenen in die Nase des Cornelius Murphy kriechen. Was ihn veranlaßte, sich dieselbe zuzuhalten und bedauernd zu dem Schluß zu gelangen, daß der Schöpfer dieses Dinges offensichtlich allzu viele Trips geschmissen hatte, damals in den Sechzigern.

»Uääähhh!« machte Cornelius.

»Steht nicht einfach rum und macht Uääähhh, junger Mann«, sagte der Caravaggio, der plötzlich in seine Richtung rollte. »Erschießt es!«

»Waaaaaaaaaaaaaaah!« machte die prätentiöse Wegwerfgeschichte, nachdem sie in beunruhigender Weise zum Leben erweckt war. Sie teilte sich in ihre Bestandteile, und diese flogen auf Cornelius zu. Ein Schwall von matschigem Obst, abgestandenen Kuchen und Pasteten, moderndem

Käse, von Maden befallenem Gemüse und allgemeiner Ekligkeit ergoß sich durch das Arbeitszimmer.

Cornelius tauchte ab, zu sehr überrascht, um seine Waffe einzusetzen. Die vergammelten Lebensmittel flogen über seinen Kopf hinweg und wirbelten durch die schmale Tür.

»Laßt es nicht entkommen«, schrie der sich windende Abt. »Hinterher! Erschießt es! Knallt es ab!«

Cornelius sprang auf. Warf sich durch die Tür. Stolperte über Tuppe und fiel voll auf die Schnauze.

Als er einige Zeit später das Bewußtsein wiedererlangt hatte, erinnerte er sich, daß das letzte, was er gesehen hatte, ein Strom von suppigen Ungenießbarkeiten war, der die Galerie hinunterfloß, um durch die offene Klostertür zu verschwinden. Und das letzte, was er gehört hatte, war das unverkennbare Drei-Akkorde-Geschrammel von Status Quo, das durch das Loch in der Galeriedecke dröhnte, und irgendein Gesang über fünfunddreißig glückliche Jahre des Zusammenseins.

16. KAPITEL

Die Parzen, jene Mächte des Schicksals, die bestimmen, was geschehen soll und mit wem, hatten sich offenbar mit solchem Nachdruck dem Cornelius Murphy verschrieben, daß sie dessen Vater völlig aus den Augen verloren hatten.

Murphy senior hatte den größten Teil dieses speziellen Tages vor seiner Gartenlaube sitzend verbracht, und nichts Außergewöhnliches war ihm begegnet.

»Ich versteh' das nicht«, sagte der Papa. »Ich war ziemlich sicher, daß die Parzen heute etwas für mich in petto haben würden. Aber wie es scheint, habe ich mich geirrt.«

»Sieht ganz so aus«, meinte Charlie, der beste Freund des Papas. »Obwohl ich eigentlich auch so ein Gefühl hatte.«

»Man kann seinen Ahnungen nicht immer trauen, das laß dir gesagt sein.« Der Papa gab einen von Herzen kommenden Seufzer von sich und kratzte mit seinem Setzholz im Staub herum.

»Es gibt Tage, die sind einfach langweilig.« Die Stimme gehörte einer alten Gießkanne, die auf den Namen Boris hörte.

Der Papa gähnte und kratzte seine Tweedhosenbeine. »Trotzdem schöner Tag.«

Die Gießkanne behielt ihre Meinung für sich. Charlie der Spaten sagte: »Vielleicht passiert ja noch was.«

Aber es passierte nichts.

Da es mittlerweile auf 19 Uhr zuging und es langsam kalt wurde, sammelte der Papa seine Kumpel zusammen und legte sie auf ihre Regalplätze in der Laube zurück. »Wir sehen uns morgen, Jungs«, sagte er.

In der folgenden Nacht stemmten gewisse Personen klammheimlich das Vorhängeschloß an der Laubentür des Papas auf, verschafften sich unrechtmäßigen Zutritt und pfuschten in seinen Sachen herum. Die Modellstadt fiel dem Vandalismus zum Opfer.

Die Gießkanne, auf die er so stolz war, empfing Eindellungen zweiten Grades, und mehrere seiner besten Spaten ließ man verschwinden. Inklusive Charlie.

Mit dem Nahen einer sorgenreichen Morgendämmerung enthüllte sich der ganze Schrecken der nächtlichen Geschehnisse.

Der Papa war sehr deprimiert angesichts der verbogenen Hacke und der verschleppten Gartenscheren. Tatsächlich war er sogar so angeschlagen, daß sich seine Frau nicht geringe Sorgen machte um seine sonst so robuste Verfassung. Sie mußte ins Haus eilen und ihm einen Stuhl bringen.

»Möchtest du eine Tasse Tee?« fragte sie. »Ich glaube, da ist noch was von gestern abend in der Kanne.«

»Meine Spaten«, stöhnte der Papa. »Meine *Rygo-and-Westerley*-Spaten mit den Messingspitzen und den Zedernholzgriffen. Sind weg, und dabei hatten wir doch noch soviel vor.«

»Das ist ganz typisch für diese Spaten.« Mrs. Murphy verschränkte die Arme unter ihren Brustprothesen. »Verschwinden ohne ein Wort des Abschieds. Nicht, daß sie jemals allzuviel zu sagen gehabt hätten. Sehr unkommunikativ.

Der Papa warf der Mama einen eisigen Blick zu.

Die Mama ließ ihn fallen. »Igitt, so was fasse ich nicht an.«

»Hä?« sagte der Papa.

»Gerätschaften«, fuhr seine Frau fort. »Die wenigsten von ihnen reagieren, wenn man sie mit ihrem Namen anspricht. Und noch seltener erlebst du, daß sie auch nur die simpelsten algebraischen Aufgaben lösen können. Das einfache Setzholz zum Beispiel kommt kaum jemals über die einfachste Form der Kommunikation hinaus. Nämlich die Pantomime.«

»Hä?« sagte der Papa erneut.

»Allerdings«, fuhr seine Frau erneut fort, »habe ich einmal erlebt, wie eine Baumschere den Schlußakt der *HMS Pinafore* von Gilbert & Sullivan ohne Musik und Gesangsdarbietung aufgeführt hat, zum Vergnügen einer ganzen Laube voller Gartengeräte.«

»Hast du wieder Klebstoff geschnüffelt, Frau?«

»Natürlich nicht. Ich versuche nur, dich aufzuheitern.«

»Erspar dir die Mühe. Diesem Sturm werde ich alleine trotzen.«

»Du kannst mich mal.« Seine Frau ging weg und nahm den Küchenstuhl mit.

Der Papa betrachtete seine zerzauste Laube. »Was für eine Schweinerei«, murmelte er. »Wer in aller Welt tut so etwas?«

»Das war dieser Harry Thompson vom Städtischen Planungsausschuß«, sagte eine Fünf-Pfund-Tüte Düngemittel.

»Stadtrat Winthrop war auch dabei«, fügte ein fünfzig-Zentimeter-Gartensieb hilfsbereit hinzu.

Im Haus schenkte sich derweil Mrs. Murphy eine Tasse kalten Tee ein. »Ich werde meinen Mann in die Anstalt schaffen müssen«, sagte sie. »Ein Mann, der seine Gartengeräte anredet, ist auf jeden Fall verrückt. Aber ein Mann, der sie anredet und eine Antwort bekommt, könnte sogar gefährlich sein.«

»Dazu brauchst du ein ärztliches Gutachten«, sagte die Teekanne.

»Dr. Jameson von der Klinik ist immer für eins gut«, fügte der Kohleneimer hinzu.

Cornelius Murphy erwachte mit leichten Kopfschmerzen. Er lag zugedeckt im Bett des Abts, was er allerdings nicht wissen konnte, da er die Augen noch nicht geöffnet hatte.

»Fühlst du dich jetzt besser?«

Cornelius zwinkerte, stellte seine Sehschärfe ein und schloß die Augen sofort wieder. »Nicht übermäßig. Ich sehe anscheinend ...«, er warf einen kurzen Blick auf die beiden Tuppes, » ... alles doppelt.«

»Der wird wieder kerngesund«, sagte Bruder Der Onkel Acht.

»Aus echtem Heldenstoff gemacht.« Sein Neffe grinste. »Bald geht's ihm wieder gut.«

»Und hören tu ich auch doppelt.« Cornelius stöhnte.

Der Abt, dessen Würde wiederhergestellt war, tupfte des Murphys Stirn mit einem kalten Waschlappen. »Ihr seid der Held der Stunde«, sagte er zu Cornelius. »Ihr habt Euer Leben riskiert, um das Kloster zu retten.«

Der große Junge lächelte zum Abt hinauf. »Hoffentlich habe ich keine allzu großen Schäden verursacht.«

»Macht Euch darüber keine Sorgen.«

»Na gut«, sagte Cornelius. »Dann nicht.«

»Nein, natürlich nicht. Bruder Sechs hat mir alles von Eurer Mission erzählt und von dem Bargeld, das Ihr mitgebracht habt. Der Schaden kann aus diesen Mitteln bezahlt werden. Es kostet wahrscheinlich nicht mehr als zwanzigtausend Pfund oder so.«

Cornelius stöhnte noch einmal.

»Aber sagt mir doch«, fuhr der Abt fort, »wie ist es mit den weichen Drogen und dem Satellitenfernsehen? Wann können wir damit loslegen? Und wie ist der Papst eigentlich so in Echt? Ist es wahr, daß er seine eigene Turnhalle hat? Habt Ihr ihn schon mal trainieren sehen?«

Cornelius stöhnte noch einmal und noch einmal.

Der Abt bog sich ganz pietätlos vor Lachen.

»Hä?« machte Cornelius.

»Entschuldigung.« Der Abt rieb sich die Augen. »Ihr hättet Euer Gesicht sehen sollen. Ein Bild für die Götter!«

»Hä?«

»Keine Sorge. Der junge Tuppe hier hat mir alles erzählt. Warum Ihr hier seid. Mit wem Ihr sprechen möchtet. Sobald Ihr Euch dazu in der Lage fühlt, werde ich Euch mit Bruder Rizla bekannt machen.«

Cornelius Murphy grinste von einem Ohr zum anderen. »Also, das wär' genau das richtige.« Er unterbrach sich und schnupperte.

Der Abt sah, daß sich der Gesichtsausdruck des großen Jungen veränderte. »Was ist?« fragte er. »Was riecht Ihr?«

»Schinkenspeck«, sagte Cornelius Murphy.

Der Abt und das Tuppe-Duo ließen den großen Jungen allein, damit er sich waschen und anziehen konnte. Cornelius war hocherfreut zu sehen, daß seine Kleider gereinigt und seine Schuhe geputzt waren.

Sein Frühstück nahm er mit dem Abt zusammen in einem schlecht beleuchteten Refektorium ein.

Die winzigen Fenster saßen so weit oben in den gewölbten Wänden, daß so gut wie kein Licht nach unten drang. Daher standen große Zinn-Kandelaber auf allen Tischen und weinten Wachs ins Essen.

Während der Murphy sich den Magen füllte, wurden seine Ohren angefüllt mit den Spekulationen des Abts bezüglich des wundersamen Mr. Campbell.

»Eine dämonische Kraft«, versicherte der Abt. »Hat mich

gefangengenommen. In den Schrank gesperrt. Meine Kleider gestohlen. Und zuletzt hat sie sich vor meinen Augen verwandelt. Danach, huii, weg durch die Tür. Ihr habt es selbst gesehen.«

»Allerdings«, Cornelius schob einen gebratenen Pilz an den Tellerrand. Das Bild des matschigen Obsts und Gemüses, wie es durch die Tür des Abts abmarschierte, würde ihn noch eine ganze Weile verfolgen.

»Das kann nur ein Werk des Satans sein.« Der Abt nahm einen kräftigen Schluck Kräutertee.

»Satan?«

»Der Ritter mit dem Pferdefuß und niemand sonst. Eine Art Berufsrisiko in unserer Branche. Ich werde Sühne leisten müssen. Ich werde mich von einem der Brüder ordentlich züchtigen lassen. Wenn ich's mir genau überlege, werde ich mich lieber von allen Brüdern ordentlich züchtigen lassen. Vorsicht ist besser als Nachsicht, findet Ihr nicht?«

»Viel besser.« Cornelius schob die hautlose Wurst an den Tellerrand. Der Campbell war sicherlich nicht von menschlicher Natur. Aber eine Satanische Kraft? Es fiel schwer, sich damit abzufinden. Sicher, da war die Sache mit dem Spielzeug-Cadillac. Irgendeine Art Voodoo war da auf jeden Fall im Spiel. Aber richtige Dämonen? Ein Mann, der sich in eine Kiste vergammeltes Obst verwandeln konnte? Bedenkliche Geschichte. Was auch immer in Runes Papieren enthalten war, es mußte verdammt wichtig sein, wenn Satan selbst hinter ihnen her war. *Satan selbst*?

Cornelius spielte nervös mit seinen Backpflaumen. Sie waren in Schinkenspeckscheiben gewickelt und auf einzelnen Toaststücken serviert. Und sie sahen auch sehr lecker aus. Aber Cornelius hatte keinen Hunger mehr. Er schob den Teller beiseite.

Der Abt ergriff ihn und schaufelte den Inhalt auf seinen eigenen Teller. »Teufel zu Pferde«, sagte er. »Mein Lieblingsgericht.«

Während der Abt mächtig zulangte, nippte Cornelius an seinem Kräutertee und beruhigte sich soweit, daß er zuhören konnte, wie der Abt – zwischen einzelnen Happen – von den Ereignissen berichtete, die Cornelius verpaßt hatte.

Angus, Hamish und Sawney waren festgenommen worden und saßen nun hinter Schloß und Riegel im Klosterverlies. Der Abt hatte entschieden, daß es ihren Seelen guttäte, wenn sie ein wenig gemeinnützige Arbeit leisten würden. Er hatte vor, sie den ganzen Schaden reparieren zu lassen. Unter schwerbewaffneter Aufsicht natürlich.

Dann war da noch das Problem des verschwundenen Anhalters. Er war ursprünglich in verwirrtem Zustand von den Brüdern Zehn und Zwölf aufgelesen worden, die mit dem Klostertransporter auf der Rückfahrt von einem Status-Quo-Jubiläums-Gig gewesen waren. Dieser merkwürdige Bursche hatte sich offensichtlich aus seinem Delirium erhoben, sich in ein Habit gekleidet und dann auf wunderbare Weise die Karaoke-Maschine repariert, mit der sich Bruder Acht seit Wochen vergeblich abgemüht hatte. Danach hatte er sich edelmütig als Bruder Acht ausgegeben, um diesen vor den Wilden Kriegern zu schützen. Er hatte Peinigungen aus der Hand des Satanischen Campbell erleiden müssen und die metaphysische Sahnetorte ins Gesicht bekommen. Schließlich hatte er sich in der darauffolgenden Verwirrung heimlich davongemacht und ward nicht mehr gesehen.

Im ganzen Kloster herrschte ein Rätselraten unter den Mönchen über die wahre Identität des Anhalters. Bibelverse vom ›Ich war ein Fremder, und ihr habt mich eingelassen‹-Kaliber wurden zitiert. Man munkelte, daß Sankt Sacco eine ›Visitation‹ erhalten habe. Daß der geheimnisvolle Fremde niemand anderes gewesen sei als der Herrgott selbst.

Und wenn man das Wunder Der Wiederhergestellten Maschine bedachte, so schien einiges für diese Theorie zu sprechen. Als zudem die Brüder Zehn und Zwölf die Decke des Krankenbetts zurückschlugen – für den unwahrscheinlichen Fall, daß irgendeine Wäschebefleckung im Stile des Turiner Totengewands passiert wäre – stießen sie auf nicht mehr und nicht weniger als …

Zwei Freikarten für das Status-Quo-Jubiläums-Konzert in Tierra del Fuego. Und wenn *das* kein Geschenk des Herrn war … also.

Der Abt wog das Für und Wider all dessen ab, bevor er sich zu dem großen Schritt entschloß, nach Rom zu schreiben und um eine Aufstockung der Bezüge zu ersuchen.

»Aber jetzt«, sagte der Abt, »seid Ihr sicherlich begierig darauf, Bruder Rizla kennenzulernen. Erlaubt, daß ich vorangehe.«

Tuppe und sein Onkel saßen auf dem Fußboden vor dem Refektorium und erörterten den traurigen Verfall der Beliebtheit von Schweinezirkussen und wieso eigentlich die jungen Frauen heutzutage alle so groß seien.

Beide erhoben sich, als der Abt mit Cornelius erschien. Nicht, daß es höhenmäßig einen großen Unterschied gemacht hätte. Aber es war höflich.

»Bruder Acht«, lächelte der Abt auf denselben herab, »ich habe Mr. Murphy hier von der Karaoke-Maschine erzählt. Er würde sehr gern mit dir darüber sprechen. Aber jetzt führe ich ihn erst einmal nach unten, damit er den Geheimen Bruder kennenlernen kann. Also solltest du jetzt vielleicht dein Schwätzchen beenden und dich wieder in deine Werkstatt verziehen. Mal 'n bißchen was arbeiten, wie?«

»Jawohl, Heiliger Vater. Selbstverständlich.« Bruder Acht verbeugte sich. Nicht, daß es höhenmäßig einen großen Unterschied gemacht hätte. Aber der Höflichkeit halber.

»Dann also hier entlang«, sagte der Abt.

Der Abt führte Cornelius und Tuppe durch ein Labyrinth von Fluren und viele Treppen hinab. Tuppe nahm die Stufen äußerst vorsichtig.

Cornelius fragte den Abt: »Warum wird Rizla der Geheime Bruder genannt?«

»Bruder Rizla leidet unter einem schrecklichen Gebrechen, das es ihm unmöglich macht, am normalen Klosterleben teilzunehmen.«

Tuppe machte ein besorgtes Gesicht. »Schreckliches Gebrechen? Heißt das soviel wie fürchterlich entstellt oder hochansteckend?«

»Nein.« Der Abt lächelte matt. »Nichts dergleichen. Ihr werdet es verstehen, sobald Ihr ihn seht. Seine Zelle ist gleich hier. Folgt mir.«

Sie bogen in einen weiteren Flur. Cornelius betrachtete ihn mit Verblüffung. Er schien keine Perspektive zu haben.

»Verwirrend, nicht wahr? Das hintere Ende des Flurs ist sechsmal so hoch wie dieses. Türen und alles. Paßt auf.«

Er schritt vorwärts. Der Effekt war eindrucksvoll. Der Abt schien zu schrumpfen.

»Da gehe ich nicht lang.« Tuppe schüttelte heftig den Kopf. »Ich würde bestimmt ganz verschwinden.«

»Komm schon, Tuppe.« Cornelius folgte dem Abt. Tuppe folgte Cornelius.

Der Abt hielt vor einer etwa zehn Meter hohen Tür. In diese war eine Zweimeter-Tür hineingepaßt worden. Und in diese ein kleines Guckloch. Der Abt legte den Finger auf die Lippen und bedeutete Cornelius, einen Blick hindurchzuwerfen.

Cornelius tat dies, worauf sich ein Ausruf des Schreckens von seinen Lippen löste.

Jenseits des Gucklochs lag ein großer, hell erleuchteter Raum. Er war karg möbliert. Es gab eine Menge Bücher. In der Mitte des Raumes stand ein Schreibtisch. An ihm saß ein Mönch.

Es war nichts besonders Erwähnenswertes an ihm. Er war groß, hager, hatte einen weißen Bart und stand in hohem Alter. Es war das Ding, das über seinem Kopf schwebte, das Cornelius Anlaß zur Unruhe gegeben hatte.

Es hatte einen Durchmesser von etwa dreißig Zentimetern. Es strahlte hell. Es war ein Heiligenschein!

Als er Murphys Schrei hörte, sah der alte Mönch auf. Der Heiligenschein verschwand, um einem großen, freischwebenden, roten Fragezeichen Platz zu machen.

Cornelius zog sich vom Guckloch zurück und starrte den Abt fragend an.

»Bruder Rizla«, erklärte der Abt, »hat ein ungewöhnliches Leiden. Wir kennen die korrekte Bezeichnung dafür nicht, deshalb haben wir uns vorläufig selbst eine ausgedacht. Wir nennen es das Der-Typ-der-alle-diese-Wörter-und-so-Sachen-über-seiner-Birne-schweben-hat-wie-in-den-Cartoons=Syndrom.«

»*Das* muß ich sehen«, sagte Tuppe.

Der Abt klopfte.

»Herein«, rief Bruder Rizla.

Der Abt stieß die Tür in der Tür auf und betrat den großen Raum. Tuppe und Cornelius folgten.

Und Tuppe sah das große rote Fragezeichen.

»Mein Gott!«

Bruder Rizlas Gesicht bewölkte sich, und winzige Dolche schossen aus seinen Augen auf den kleinen Gotteslästerer zu.

»O nein!« Tuppe suchte Schutz hinter Cornelius.

»Bruder Rizla!« Der Abt nickte dem großgewachsenen alten Mönch zu. »Es tut mir leid, Euch in Eurer Andacht stören zu müssen, aber es handelt sich um eine dringliche Angelegenheit.«

Die Dolche waren verschwunden. Das Fragezeichen schwamm wieder über dem Kopf des Bruders. »Was kann ich für Euch tun?«

»Dies sind Mr. Cornelius Murphy und sein Gefährte Tuppe.«

Tuppe linste tapfer hinter Cornelius hervor. »Entschuldigung«, sagte er.

»Nein, ich muß mich entschuldigen.« Der alte Mönch lächelte gelassen. Der Heiligenschein war wieder da.

»Bruder Rizla, Mr. Murphy hat das Kloster vor Zerstörung bewahrt. Eine Satanische Kraft hatte sich bei uns Zutritt verschafft. Sie suchte etwas. Etwas, das Ihr in Eurem Besitz haben könntet.«

»Ah.« Bruder Rizla ließ seinen Rosenkranz durch die langen schmalen Finger gleiten. »Also ist es passiert. Ich wußte, daß es eines Tages soweit kommen würde.«

»Ihr habt bestimmte Papiere, Sir. Papiere, die einst Hugo Rune gehörten.«

»*Rune!*« Als Cornelius den Namen aussprach, formte sich eine kleine dunkle Gewitterwolke über Bruder Rizlas Kopf.

Cornelius zeigte darauf. »Ist das sein Werk?«

»Nicht direkt. Aber er war letzten Endes dafür verantwortlich. Wenn ich nicht mit ihm gegangen wäre. *Dort* hineingeblickt hätte ...« Rote Buchstaben schrieben das Wort DÜSTERKEIT über die Gewitterwolke.

»Würde es Euch sehr viel ausmachen, darüber zu sprechen?« fragte Cornelius.

»Nein. Jetzt nicht mehr. Aber erst müßt Ihr mir sagen, warum Ihr Runes Papiere zu sehen wünscht.«

»Damit sie veröffentlicht werden können.«

»*Veröffentlicht!*« Mehrere Ausrufezeichen erschienen. Der Mönch schüttelte den Kopf. »Sie werden nie veröffentlicht werden.«

»Ich habe die Absicht, dafür zu sorgen.«

»Und wer wäret Ihr wohl, so etwas zu tun?«

»Er ist Cornelius Murphy, und er ist aus echtem Heldenstoff gemacht«, sagte Tuppe. »Wenn es jemand schaffen kann, dann er.«

Bruder Rizla starrte in die Luft über des Murphys Kopf.

Cornelius lenkte seinen Blick nach oben. Er sah nur Haare. »Wonach sucht Ihr?«

Der alte Mönch strich über seinen Bart. »Interessant. Äußerst interessant. Euer kleiner Freund scheint die Wahrheit gesagt zu haben.«

»Was tut Ihr da? Ihr tut doch irgend etwas.« Cornelius spürte plötzlich ein starkes Unbehagen.

»Er liest Eure Gedankenblase«, erklärte der Abt. »Wir alle haben welche, und zwar die ganze Zeit. Außer wenn wir schlafen, dann haben wir nur kleine Reihen von Zetts. Natürlich sind sie normalerweise mit bloßem Auge nicht zu erkennen. Bruder Rizla ist wahrscheinlich der einzige Mensch auf der Welt, der sie sehen kann.«

»Was für eine Gabe!«

»Keine Gabe, Mr. Murphy. Ein Fluch.« Der Mönch sah aufmerksam zu Tuppe hinunter, der plötzlich die Luft über seinem Kopf zu spüren begann. »Alles zu seiner Zeit«, sagte er.

»Ich habe doch gar nichts gesagt.«

»Nein, aber gedacht. ›*Schnapp dir die Papiere, Cornelius, und laß uns aus dieser Klappsmühle verschwinden.*‹ Das stand in Eurer kleinen Blase geschrieben. Klapsmühle wird übrigens nur mit einem ›p‹ geschrieben.«

Cornelius ergriff das Wort. »Wenn unsere Gedanken offen vor Euch liegen, dann wißt Ihr auch, daß wir die Wahrheit sagen. Darf ich die Papiere sehen?«

»Wie ich Euerm Freund schon sagte: alles zu seiner Zeit. Ich werde Euch die Papiere geben. Es gibt aber einiges, das wir vorher noch besprechen müssen.«

»Dann werde ich mich jetzt empfehlen«, sprach der Abt. »Ich habe eine dringliche Angelegenheit zu besorgen.«

»Das sehe ich.« Bruder Rizla zeigte ein breites Lächeln. »Was für eine schwere Buße. Ihr werdet Euer Fahrrad eine Woche lang nicht benutzen können.«

»Ganz recht.« Der Abt errötete. »Dann lebt wohl, Bruder Rizla. Und wir sehen uns später, meine Herren.«

»Lebt wohl, Heiliger Vater. Und vergeßt nicht, die andere Backe hinzuhalten.«

»Wiedersehen und vielen Dank«, sagte Cornelius.

»Viel Glück«, sagte Tuppe.

Der Abt ging hastig ab und machte die Tür hinter sich zu.

Tuppe sah Cornelius an.

Cornelius sah Tuppe an.

Und beide starrten auf die Luft über ihren jeweiligen Köpfen.

Bruder Rizla lachte. »Ihr wißt nicht, was Ihr denken sollt. Wenn es Euch lieber ist, werde ich mich in die Kaminecke stellen und den Kopf in den Schornstein stecken.«

»Ich bitte Euch. Wir haben nichts zu verbergen.«

»Ganz wie Ihr wollt.« Bruder Rizla breitete seine Finger

fächerförmig auf dem Schreibtisch aus. »Ich habe Runes Papiere. Einige davon, aber nicht alle. Und die Okarina habe ich nicht.«

»Die Okarina?« fragte Cornelius.

»Die neuerfundene Okarina. Wenn Ihr die Papiere gelesen habt, werdet Ihr verstehen, warum sie niemals veröffentlicht werden können. Und warum Ihr die Okarina brauchen werdet.«

»Erzählt mir von Hugo Rune. Ihr habt ihn über viele Jahre gekannt, nicht wahr?«

»Viele Jahre. Ich war sein Gefolgsmann. Sein Boswell. Sein Amanuensis. Ich bin mit ihm durch die Welt gereist. Nie hat es einen wie ihn gegeben. Welch ein Denker! Welch ein Genie! Welch ein Bud-Abbott-Verächter!«

»Aber er hatte doch einen an der Waffel, oder?« warf Tuppe ein. »Ich habe sein Buch durchgeblättert. Igel, die vom Himmel fallen. Kulis, die einen eigenen Willen haben. Kleine Schrauben, die in automatischen Toastern gedeihen.«

Bruder Rizla lächelte wieder. »Ihr glaubt kein Wort davon.«

Tuppe schüttelte den Kopf.

»Und doch glaubt Ihr an andere Dinge. Ihr glaubt zum Beispiel, daß sich die Erde um die Sonne dreht.«

»Ja, weil es stimmt«, protestierte Tuppe.

»Aber wer hätte Euch geglaubt, wenn Ihr das vor fünfhundert Jahren behauptet hättet? Kopernikus ist von der Inquisition ziemlich hart rangenommen worden. Wärt Ihr damals bereit gewesen, ihn zu unterstützen?«

»Na ja ...«, meinte Tuppe.

»Wahrscheinlich *nicht*, schätze ich mal. Heute nehmen wir das kopernikanische System als wissenschaftliche Tatsache hin. Es gibt aber keine endgültigen, letzten Tatsachen. Was für eine Tatsache gehalten wird, ist nur solange Tatsache, bis eine andere Tatsache an ihre Stelle tritt. Wissenschaft ist nichts anderes als eine Abfolge von Modeerscheinungen.«

»Aber ein paar von Runes Tatsachen sind ziemlich weit hergeholt«, sagte Cornelius.

»Ihr habt sie gelesen. Könntet Ihr ernsthaft beweisen, daß sie unzutreffend sind?«

Cornelius kratzte sich am Kinn. »An sich nicht.«

»Wie viele Grundfarben gibt es?« fragte der alte Mönch.

Cornelius dachte nach. »Ich entsinne mich, daß es sechs *psychologische Grundfarben* gibt. Rot, gelb, blau, grün, schwarz und weiß. Jede andere Farbe kann als Mischung von zweien oder mehreren dieser Farben betrachtet werden.«

»Er weiß lauter solche Sachen«, sagte Tuppe. »Ihr solltet ihn mal über Tonsuren befragen.«

»Ich bin sicher, Euer Freund ist eine wahre Quelle esoterischen Wissens. Was die Grundfarben betrifft, hat er allerdings unrecht. Es gibt in Wirklichkeit neun davon. Rune hat die anderen drei entdeckt.«

»Also, das ist aber Unsinn«, sagte Cornelius.

»Meint Ihr?« Rizla wühlte in der Schoßtasche seines Habits und zog ein zerknittertes Stück Papier heraus. Er zeigte es Cornelius.

Der große Junge starrte es an. Das Papier war gefärbt. Es war eine Art rötlich-gelblich-bläulich-grünlich-schwärzliches Weiß. Beziehungsweise auch wieder nicht. Es war eine völlig neue Farbe.

Cornelius kniff die Augen zusammen, als er merkte, daß sie zu tränen begannen.

»Man kann sie nicht länger als einen Moment ansehen.« Rizla riß dem Murphy das Papier aus den Fingern. »Die andern beiden sind noch viel schlimmer. Die eine verursacht Nesselausschlag. Die andere läßt einen ins Koma fallen. Wollt Ihr mal sehen?« Rizla hielt dem zweifelnden Tuppe den Zettel hin.

Der kleine Bursche drehte sein Gesicht weg. »Nein danke.«

»Wußtet Ihr, daß Schweine den Wind sehen können?«

»Ja, das wußte ich tatsächlich.«

»Und daß zu Weihnachten alle Schafe sich dreimal nach Osten verneigen, aus Ehrfurcht vor ihren Vorfahren, die der Geburt Christi beiwohnten?«

»Über Schweine weiß ich alles. Über Schafe nicht.«

Cornelius bekam langsam den Eindruck, daß hier möglicherweise eine Menge kostbarer Zeit vertan wurde. »Warum können Runes Papiere nicht veröffentlicht werden?« fragte er.

»Weil *sie* es nie erlauben würden.«

»*Sie?*« Tuppe schaute herablassend drein. »Damit sind zweifellos die *sies* gemeint, die Runes Arbeiten sein ganzes Leben lang unterdrückt haben. Die elenden Graubärte von der wissenschaftlichen Zunft.«

»Nein, die sind ein ganz anderes *sie*. Und Ihr seht sehr albern aus mit dem Wort BLASIERT über der Stirn.«

»Wer sind sie?« wollte Cornelius wissen. »Ihr wißt es. Sagt es uns.«

Der alte Mönch seufzte. »Na schön. Es sind Wesen, die ungefähr in der Mitte zwischen Menschen und Engeln stehen. Eine andere Art. Sie sind von jeher auf der Welt. Hugo Rune hat sie entdeckt. Dafür haben sie ihn ruiniert.«

»Ist Hugo Rune wirklich tot?« Cornelius Murphys Blick konzentrierte sich auf den Punkt über dem Kopf des alten Mönches. »Nein, nicht wahr?«

Bruder Rizla sank in seinen Stuhl zurück. Außergewöhnliche kleine Lichter sprudelten und platzten um ihn herum. »Rune starb in Hastings. In einer billigen Absteige. Ich besitze seinen Totenschein.«

»Er ist gar nicht gestorben. Ich habe mit ihm gesprochen. Wo ist er?«

»Nein. Dieses Gespräch ist hiermit beendet. Ich habe Euch genug erzählt. Ihr könnt die Papiere mitnehmen. Lest sie, und Ihr werdet verstehen. Findet den Rest selbst heraus. Findet die Okarina.«

Cornelius sah zu, wie die pyrotechnische Vorführung abebbte. Der greise Ex-Gefolgsmann langte in seine Schreibtischschublade und holte einen grünen Lederband heraus. »Dies sind seine Papiere. Ich habe sie chronologisch geordnet und binden lassen. Nehmt sie und geht.«

Cornelius nahm den Band entgegen und drückte ihn an seine Brust.

»Wenn ich dies alles enträtseln kann, vielleicht könntet Ihr dann von Eurem Leiden geheilt werden.«

»Es kann nicht enträtselt werden. Es ist alles verloren für mich. Ich bin verflucht für meine Torheit. Ich bin hineingegangen. Ich habe sie gesehen. Rune ist nie wiedergekehrt. Ich bin alleine zurückgekommen, und dies ist aus mir geworden.«

»Ich werde es enträtseln«, sagte Cornelius.

»Ja, das wird er«, stimmte Tuppe zu. »Vertraut ihm. Er wird es aufklären. Was immer es ist. Was ist es eigentlich, Cornelius?«

Der große Junge brachte ein Zwinkern und ein einigermaßen breites Grinsen zustande. »Ich glaube, ich weiß es. Ich glaube, ich habe es schon immer gewußt. Ihr werdet geheilt werden, Bruder Rizla. Beobachtet nur immer schön den Himmel.«

Der alte Mönch starrte ihn an. »Ihr habt eine riesige leuchtende Glühbirne über Eurem Kopf«, bemerkte er.

17. KAPITEL

Vor vielen Jahren veranstaltete ich ein interessantes wissenschaftliches Experiment in Beisein meines lieben Freundes, Mr. H. G. Wells. Der Zweck dessen war, ein für allemal die wahre Gestalt und Größe des Planeten Erde nachzuweisen.

Hätte ich damals gewußt, daß mein Experiment die Kunst des zwanzigsten Jahrhunderts von Grund auf ändern würde, ich hätte es sicherlich nie in Angriff genommen.

Wells, das werden die meisten wissen, war ein Mann von umfassender Bildung und weitreichenden wissenschaftlichen Kenntnissen. Außerdem war er, und das dürfte weniger bekannt sein, ein Meister der Verkleidung, der ein kompliziertes Doppelleben führte. Denn er schrieb nicht nur unter seinem eigenen Namen, sondern ebenfalls unter dem eines gewissen Sir Arthur Conan Doyle. Eine fiktive Persönlichkeit, die Wells während seiner frühen Studententage als reinen Ulk erfunden hatte.

Wells wurde in Oxford im Fach Englische Literatur promoviert. Seine Dissertation hieß *Leben und Werk des Sir Arthur Conan Doyle*. Ha, ha!

Ich lernte Herbert Wells oder Herbie, wie er lieber genannt werden wollte, bei einem Freimaureressen kennen, das mir zu Ehren im Savoy veranstaltet wurde, aus Anlaß meiner ersten schwimmenden Dreifachdurchquerung des Kanals im Jahre 1929. Mit mir am Ehrentisch saßen sowohl er als auch ›Sir Arthur‹, und wie gut erinnere ich mich an all das Kommen und Gehen zur Herrentoilette. Und daß sie in Wirklichkeit nie zusammen gesehen wurden.

Mein Verdacht wurde bei Backpflaumen mit Kuchen erregt, als Herbie von der Toilette zurückkam (wohin ›Sir Arthur‹ auf der Suche nach ihm gegangen war) und des letzteren inzwischen legendären Strohhut trug.

Ich befragte ihn später in der Zurückgezogenheit meiner Privatsuite zu dieser Angelegenheit, woraufhin er sich geschlagen gab und mir alles gestand.

Was als ausgelassener Jux begonnen hatte, so erklärte er, war längst zur Hölle auf Erden geworden. Seine beiden Ehefrauen schöpften allmählich Verdacht, und die Arbeitslast war schier nicht zu bewältigen.

Ich gelobte, sein Geheimnis zu bewahren, stellte aber eine Bedingung.

Ein Jahr später stürzte Sir Arthur Conan Doyle in den Reichenbach-Fällen zu Tode.

Sein Nachruf in der *Times* war von H.G. Wells verfaßt.

Wenn man sich ihre Fotos heute anschaut und die offensichtlich falschen Brillen und Schnurrbärte bemerkt, dann kann man sich schwer vorstellen, wie Wells seinen Betrug so lange aufrechterhalten konnte. Aber das waren eben die Zeiten, als es noch kein Fernsehen gab, und nur wenige Menschen begegneten den Autoren damals in Fleisch und Blut.

Einmal fragte ich Herbie, warum er das furchtbare Risiko der Entdeckung eingegangen sei, als er meine Ehrenfete in beiden Identitäten besuchte. Er erklärte, daß seine beiden Ehefrauen ihn dazu gedrängt hätten. Beide Damen waren verständlicherweise begierig, die Bekanntschaft des gefeierten Dreifach-Kanalschwimmers zu machen, der zu jener Zeit in ganz Europa bejubelt wurde.

Das wissenschaftliche Experiment begann an einem Abend des Jahres 1931. Herbie hatte mich gezwungen, das beträchtliche Gewicht meiner Prominenz zugunsten eines Wohltätigkeits-Darts-Wettbewerbs in die Waagschale zu werfen, den er mit ein paar Kumpeln veranstaltete, um Geld für irgendeinen guten Zweck zu sammeln. Später entdeckte ich, daß es um die Errichtung einer Statue von Sir Arthur Conan Doyle auf dem freien Sockel am Trafalgar Square ging. Demselben Sockel, den der verstorbene König für mich reserviert hatte!

Der Wettbewerb selbst war eine eher informelle Angelegenheit. Teilnehmer waren eine Gruppe von hoffnungsvollen jungen Schriftstellern sowie ein paar Kunsttypen vom hiesigen Polytechnikum. Natürlich teilten wir die Mannschaften so auf, daß Schriftsteller gegen Künstler antraten.

Unser Team bestand, soweit ich mich erinnere, aus Wells, meiner Wenigkeit, Ernie Hemingway, George Orwell und dem ewig jungen ›Boy‹ Betjeman. Unsere werten Widersacher waren Max Ernst, Salvador Dali, Man Ray, René Magritte und ihr Gaststar, das größte künstlerische Genie seiner Zeit, Hieronymus Tucker, der in jenen Tagen gerade seine erste Londoner Ausstellung vorbereitete.

Die Schriftsteller gewannen den Wettkampf ohne größere Mühe. Zumal das gegnerische Team sich entweder darauf versteifte, mit Fischen statt mit Pfeilen zu werfen, oder einfach mit Papiertüten auf den Köpfen als Kunstobjekt in der Gegend herumstand.

Das waren noch Zeiten, meine Freunde!

Es war während der anschließenden Festlichkeiten, daß Herbie zufällig die Bemerkung machte, daß das Ale aus einfachen Gläsern immer besser schmecke als aus Bierkrügen. Boy ergänzte, daß dies auch für Tee gelte. Der schmecke unendlich viel feiner, wenn man ihn aus einer Sèvreser Knochen-Porzellantasse statt aus dem angestoßenen Emaillebecher eines Arbeiters trinke. Und da wir alle schon ein paar Gläser intus hatten, wendete sich das Gespräch im Nu der Kosmologie und der Metaphysik der Form zu.

Herbie war schnell dabei, seine Theorien über das Universum im allgemeinen und die Form des Planeten im besonderen zum besten zu geben.

»Und was für eine Form soll das deiner Ansicht nach sein?« fragte ich ihn.

»Na, kugelförmig natürlich«, lachte er, wobei er mich mit halb-gekauten Kartoffelchips besprühte.

»Und welche Größe ungefähr?«

Er nannte eine Zahl. Ich habe vergessen, welche. Es war aber die, die auch heute noch in Gebrauch ist.

»Eine zweifellos modische Ansicht«, sagte ich zu ihm, »die aber völlig falsch ist.«

»Du hast also eine andere Theorie?« Er lachte erneut, aber diesmal hatte ich in weiser Voraussicht meinen Drink abgedeckt. »Du willst uns vielleicht sogar erzählen, daß die Erde platt ist.«

Dali, der in der Nähe herumhing (ich habe nie herausgefunden, wie er das eigentlich machte), brachte vor, daß die Erde die Form einer Giraffe habe.

»Trink zwischendurch mal ein bißchen Wasser, Dali«, sagte Wells.

»Die Erde ist nicht flach«, sagte ich. »Wäre es so, dann gäbe es keinen Horizont. Sie ist in der Tat kugelförmig. Aber sie ist ein wenig größer, als ihr oder eure graubärtigen Freunde es euch so vorstellt.«

»Ach ja? Ach ja?« Wells fegte sein leeres Glas vom Tisch.

»Hast du eine Weltkarte dabei?« fragte ich.

»Natürlich.« Wells holte seinen *Collins-Sportler-Taschen-*

kalender hervor und schwenkte ihn über dem Tisch. In jenen Tagen galt der *Sportler-Taschenkalender* als unerläßlich. Dieser Vorläufer des Filofax enthielt nicht nur Bilder von Stanley Matthews und Bobby Charlton, die Sonnenauf- und Untergangszeiten, den Gezeitenkalender für die Tower Bridge, die Thronfolge der britischen Monarchie, gesetzliche Feiertage im ganzen Empire, die genaue Anzahl von Scheffeln in einem Peck und die Angabe, wann man das Beschneidungsfest des Paulus feiert, sondern auch eine traditionsgemäß nicht im Register enthaltene, zweiseitige Weltkarte.

Ich untersuchte die Karte. »Und ist dies die Welt, wie ihr sie kennt?«

»Das weißt du doch selbst.«

»Und dies auch?« Ich zog einen kleinen Globus aus Zinnblech hervor, der in meine Tasche gefallen war, als ich an eben jenem Morgen bei Woolworth umherschlenderte.

»Es ist deine *Runde*, glaube ich«, prustete Wells albern kichernd los.

Ich ignorierte seinen kläglichen Witz. »Würdest du sagen, daß die Karte in deinem Kalender ungefähr den gleichen Maßstab hat wie dieser Spielzeug-Globus?«

»So gut wie«, sagte Wells weinerlich.

»Dann versuch doch, während ich neue Drinks besorge, deine Karte um meinen Globus zu wickeln. Ich wette mit dir um eine Guinee, daß du es nicht überzeugend hinkriegst.«

»Elementar, mein lieber Rune«, sagte der Schöpfer des Sherlock Holmes und überließ sich erneut seinen betrunkenen Lachanfällen.

Ich ließ mir Zeit an der Bar und beobachtete Wells mit großem Vergnügen. Er und Dali hatten die Karte aus dem Kalender herausgetrennt und mühten sich nun vergeblich, sie um den Globus zu falten. Das Papier wurde ausgiebig zerknittert, und es herrschte kein Mangel an guten Ratschlägen. Im Nu hatten sich die meisten Teilnehmer unserer Gesellschaft mit lautstarken Argumenten in das Projekt eingeschaltet.

Hemingway schlug vor, den Erfolg dadurch sicherzustellen, daß man einfach den Nord- und den Südpol abschneide, wo das meiste überflüssige Papier zu sein schien, nach dem Motto: »Kein Mensch würde sie vermissen.« Dali war inzwischen davon überzeugt, daß die Erde die Form eines Doughnuts habe.

Ich ließ sie sich eine Weile austoben. Aber als die Stimmen sich allzusehr erhoben und Hemingway George Orwell einen Kopfstoß verpaßte und ihn einen »ahnungslosen Flegel« nannte, da hatte ich das Gefühl, eingreifen zu müssen.

»Wie geht's denn voran?« fragte ich und kehrte mit einem Tablett voller Drinks an den Tisch zurück. »Wer hat eigentlich das Päckchen Vogelfutter bestellt?«

»Ich«, sagte Max Ernst.

»Du wirst dich mit Schweineschwarten begnügen müssen, fürchte ich. Also, was macht das Kartenwickeln?«

»Wells hat es vermasselt«, schien die allgemeine Meinung zu sein.

»Und wer ist für diese ganzen Schnipsel im Aschenbecher verantwortlich?« René Magritte steckte sein Schweizer Armeemesser weg.

»Möchtet ihr, daß ich Euch die Sache erkläre?«

Köpfe wurden düster genickt. Herbie sagte: »Also mach schon.«

»Es ist eine böse Geschichte«, sagte ich mit dunkler, bleierner Stimme. »Und eine Verschwörung von epischen Ausmaßen. Weder der Globus noch die Karte geben die Geographie der Welt oder ihre wahre Größe korrekt wieder. Die flache Karte paßt nicht zum Globus, weil es schlicht und einfach zuviel Karte gibt. Damit die Karte paßt, müßte man den Globus wiederum um mindestens ein Drittel vergrößern. Ich behaupte, daß die Welt ein gutes Stück größer ist, als uns gesagt wird. Und daß es Teile gibt, die nicht auf der Karte verzeichnet sind. Teile, die man vor uns versteckt hält.«

»Ach, hör auf«, seufzte Wells. »Die Welt ist kartographisch vollständig erfaßt. Es gibt keine weißen Flecken mehr.«

»Erfaßt ja. Aber die Karten lügen. Haben wir irgendwelche Weltreisenden unter uns heute abend?«

Hemingway hob die Hand. »Ich hab' schon so einige Gegenden gesehen«, prahlte er. »Wenn nicht noch mehr.«

»Und hattest du auf deinen Reisen den Eindruck, daß man sich auf die Karten verlassen konnte, was die Entfernungen angeht?«

Hemingway schüttelte den Kopf. »Alles andere als das.«

»Und wie ist es in unserem eigenen schönen Land? Boy Betjeman, du machst gerne Radtouren über Land. Sprich zu uns über den englischen Wegweiser.«

»Der Wegweiser neigt zur Bescheidenheit, wenn es um das Thema Meilen geht«, sagte Boy. »Obwohl dies, wie ich höre, Tradition ist, oder ein altes Gesetz oder so was.«

»Oder so was. Und was sagt ihr hierzu?« Ich zog einen Londoner Straßenführer A-Z aus meiner Tasche und legte ihn auf den Tisch.

»Äh … ähem … hm«, machte die versammelte Gesellschaft.

»Ich bin sicher, daß jeder von euch schon einmal versucht hat, mit Hilfe dieses Buches hier seinen Weg durch die Stadt zu finden.«

Köpfe machten nick, nick, nick.

»Mit Erfolg?«

»Nicht sehr«, gestand Wells. »Ich habe meinen Straßenführer eigentlich schon vor langer Zeit weggeschmissen und bewege mich immer mit –«

»Dem Taxi?«

»In der Tat.«

»In der Tat. Ich wette sogar, daß wir alle heute mit dem Taxi hierhergekommen sind.«

Alle Köpfe nickten – außer Dalis. Er hatte schon wieder das Wort ›Giraffe‹ auf den Lippen.

»Dann bedenkt noch folgendes: Ihr nehmt euch von zu Hause ein Taxi. Das Taxi fährt eine bestimmte Route. Legt eine bestimmte Entfernung in einer bestimmten Zeit zurück, und ihr müßt einen bestimmten Fahrpreis zahlen. Später am selben Abend ruft ihr euch wieder ein Taxi, um nach Hause zu fahren. Ihr merkt, daß ihr diesmal einer Route folgt, die euch völlig fremd ist. Die Fahrt dauert halb so lange, aber der Fahrpreis ist fast doppelt so hoch.«

»Ja, gut, aber –«, meinte Wells.

»Keine Ja-gut-abers, bitte, und halte freundlicherweise die Klappe, bis ich ausgeredet habe.«

Wells ließ den Kopf hängen.

»Was ihr hier habt, das ist eine Verschwörung. Es gibt sie in jeder großen Stadt. Es ist eine Verschwörung der Taxifahrer, ihre Fahrgäste immer im unklaren darüber zu halten, wo sie gerade sind. So daß sie sich nie zurechtfinden können. Sie tun dies, um die großen Flächen nicht verzeichneten Stadtgebiets vor der Öffentlichkeit zu verbergen. Diese Flächen sind getarnt durch ein ausgefuchstes System von Einbahnstraßen, Fußgängerpassagen, Sackgassen und Umleitungen. Es sind dies die Flächen, die nie auf irgendeiner Karte auftauchen.

Ich will euch ein streng gehütetes Geheimnis verraten. Bevor ein Londoner Taxifahrer seine heilige blaue Mütze aufsetzen und seine mystische Nummer empfangen darf, muß er erst etwas erlangen, das DAS WISSEN genannt wird.

Dies ist eine rigorose Prüfung seines Muts, seines Durchhaltevermögens, seiner Hingabebereitschaft. Er muß sich soweit erniedrigen, monatelang ununterbrochen durch London zu fahren, auf einem Moped und mit einem Holzbrett vor den Augen, und alle Londoner Straßen auswendig zu lernen. Nur wenige überleben das. Diese aber sitzen dann einem Geheimen Ältestenrat gegenüber. Wenn sie für würdig befunden werden, empfangen sie DAS WISSEN und werden feierlich in den Taxen-Ritter-Orden, Londoner Legion, kurz: TROLL, aufgenommen. DAS WISSEN ist ein so furchtbares Geheimnis, daß sie schwören müssen – bei Strafe eines schrecklichen Todes – es niemals zu verraten. Sie erfahren, was innerhalb der verborgenen Flächen lauert und warum kein Mensch sie jemals betreten darf. Und sie erfahren die wahre Bedeutung des A-Z.

A-Z, meine Herren, bedeutet *Allocated Zones*, die *Zonen* also, die den Sterblichen zum Bewohnen *zugeteilt* werden.«

Ich blickte von einem schockierten Gesicht zum nächsten. Prüfte die Wirkung meiner Worte. So war es schon immer bei mir: Wenn ich spreche, hängt alles gebannt an meinen Lippen.

Plötzlich brach George Orwell in Gelächter aus.

Er konnte nie lange ernst bleiben und suchte immer gleich den komischen Aspekt einer jeden Situation.

»Hugo«, brüllte er, »du bist doch ein schamloser Schwindler. Diesmal hast du uns wirklich eingewickelt.«

Das Genie Tucker warf Orwell einen herablassenden Blick zu, bevor er sich an mich wandte. »Mr. Rune«, sagte er, denn wir waren einander noch nicht formell bekannt gemacht worden, »diese versteckten Flächen …«

»Die Verbotenen Zonen.«

»Diese Verbotenen Zonen, ja. Was befindet sich darin?«

»Dunkle und brütende Kräfte«, teilte ich ihm mit. »Vielleicht eine uralte Form von Intelligenz, die nicht menschlich ist. Die alten Karten beschrifteten solche Flächen mit den Worten ›und hier mögen Drachen hausen‹. Ich glaube, daß die Verbotenen Zonen seltsame Tiergeschöpfe und noch seltsamere ›Leute‹ beherbergen, die manchmal über die Grenzen strömen und unsere Welt betreten. Wer hätte nicht schon einmal Berichte gehört über fliegende Geräte, unbekannte Tiere, Schneemenschen, Geister, Feen und Butzemänner? Und was ist mit all den Menschen jedes Jahr, die spurlos verschwinden? Sind sie vielleicht unabsichtlich in die Verbotenen Zonen geraten?«

Tuckers Mund stand offen. George sah mich sehr ernst an. Und in diesem Augenblick erinnerte ich mich daran, daß er sich einst seinen Lebensunterhalt als Taxifahrer in London verdient hatte.

»Genug«, sagte ich. »Nur ein Scherz, nichts weiter. Wie ich höre, nimmt der Barkeeper letzte Bestellungen entgegen, und ich glaube, es ist Georges Runde.«

George sorgte für Getränke, und wir waren lustig und vergnügt. Aber mit Tucker stimmte etwas nicht. Ich hatte eine schreckliche Neugier in dem Genie erweckt. Und ich wünschte um alles in der Welt, daß ich es nicht getan hätte.

Ich tat mein bestes, um ihn aufzuheitern, und schließlich kam er auch und schloß sich unseren Gesängen an.

Wir verließen die Bar an diesem Abend ziemlich sternhagelvoll und machten uns auf unsere jeweiligen Rückwege, mit dem Versprechen, uns in der Woche darauf in einem Café zu treffen, in dem George arbeitete.

Aber das Mahl, das wir dort einnahmen, erwies sich als freudlose Angelegenheit. Meine ärgsten Befürchtungen waren begründet gewesen: Tucker war vom Angesicht der Erde verschwunden.

Max erzählte uns, das Genie habe sich in der Nacht des Dart-Wettkampfs geweigert, sich eine Taxe für den Nachhauseweg mit ihm zu teilen, wild entschlossen, London zu Fuß zu durchqueren – und zwar in gerader Linie.

Ein Augenzeuge berichtete später in einer Zeitung, er habe gesehen, wie ein junger Mann, auf den Tuckers Beschreibung paßte, sich mit dem Fahrer eines schwarzen Taxis stritt. Allerdings meldete sich dieser Augenzeuge nicht bei der Polizei.

Was nun wirklich aus dem Genie geworden ist, werden wir vielleicht nie erfahren. Sicher ist, daß er dieser Welt für immer verlorenging. Ich ging am Tage nach unserem traurigen Essen auf eine Polarexpedition und kehrte erst nach über einem Jahr nach London zurück.

Bei meiner Ankunft erfuhr ich von einer weiteren Tragödie.

Offenbar war ein mysteriöses Feuer in Tuckers Studio ausgebrochen und hatte alle Werke zerstört, die für seine erste große Ausstellung vorgesehen waren. Die Polizei, die mehrere leere Flaschen spanischen Weinbrand inmitten des Schutts fand, argwöhnte Brandstiftung. Aber es konnte nichts nachgewiesen werden.

Die Ausstellung war dennoch eröffnet worden. Allerdings hatte sie Werke vorgestellt, die Tuckers Assistenten zugeschrieben wurden, einem zwielichtigen und untalentierten Individuum ausländischer Herkunft, das Tucker in seiner Herzensgüte bei sich aufgenommen hatte.

Die Ausstellung war der Renner des Jahres gewesen. Und als ich in den Katalog hineinschaute, wurde mir auch klar, warum.

Sämtliche Bilder kamen aus Tuckers Studio. Es handelte

sich um das Werk, das er als seine ›Blaue Periode‹ bezeichnete.

Es ist nicht an mir, den Namen des Schurken zu nennen, der Tuckers Signatur von den Bildern entfernte, um seine eigene an dieselbe Stelle zu setzen. Dies mögen die Graubärte des künstlerischen Establishments tun. Wenn man sich den offensichtlichen Mangel an Qualität in den späteren Bemühungen des Schurken anschaut, dann fragt man sich allerdings, warum sie es nicht schon längst getan haben. Kann es sein, daß ich hier einer kleinen Verschwörung auf der Spur bin?

Bis zum heutigen Tage verfolgen mich zwei Dinge: Erstens, daß ich verantwortlich war für das Verschwinden und den wahrscheinlichen Tod des größten Künstlers unseres Jahrhunderts. Ein Verschwinden, das es einem Scharlatan gestattete, die Welt an der Nase herumzuführen.

Und zweitens, daß ich vergaß, die Guinee, die Wells mir schuldete, einzufordern.

Tuppe hatte Cornelius den Abschnitt laut vorgelesen. Aber nun ließ er sich plötzlich auf den Rücksitz des Cadillacs zurückfallen und rief mit kläglicher Stimme: »O mein Gott! Sie haben Tucker erwischt!«

Cornelius schenkte dem kleinen Mann einen ernsten Blick im Rückspiegel. »Halt die Klappe«, sagte er.

»Also *wirklich*.« Tuppe gab den Blick zurück. »Starker Tobak, aber gar nicht mal so schlecht.«

»Haben wir Victor Zenobias Papiere noch?«

»Sie liegen im Rucksack. Hier auf dem Boden.«

»Nun, dann stöber mal ein bißchen darin herum. Ich meine, mich an einige Briefe zu erinnern, in denen von der Absicht geredet wird, eine Londoner Taxe, Stadtpläne und Schießpulver zu kaufen. Sieh zu, daß du sie findest.«

Tuppe zuckte die Achseln. Langte hinunter, um sich den Rucksack zu schnappen, und fiel hinein.

Der Cadillac brauste gen Süden.

Cornelius und Tuppe hatten sich eine Stunde vorher von den Mönchen von Sankt Sacco Benedetto verabschiedet und befanden sich nun auf einem Weg, der gut und gern die letzte Etappe ihrer wenn nicht ganz und gar, so doch einigermaßen heroischen Reise darstellen mochte. Genauer gesagt, sie waren unterwegs zum Domizil eines gewissen Mr. ›Jack London‹.

Denn natürlich lag auf dem Rücksitz neben Tuppe eine große Verpackungskiste. Und darin befand sich eine auf wundersame Weise reparierte Karaoke-Maschine. Und an der Verpackungskiste baumelte ein Etikett, auf dem in großen schwarzen Buchstaben Mr. Londons Name und Adresse stand.

Bruder Acht hatte sich vor Dankbarkeit überschlagen, als Cornelius angeboten hatte, die Maschine abzuliefern.

Cornelius hatte dem kleinen Mönch gesagt, das sei eine Kleinigkeit, denn er führe eh in diese Richtung. Und das würde er auch tatsächlich getan haben, wenn er sich die Mühe gemacht hätte, den Lieferschein für den Cadillac Eldorado zu studieren, den Tuppe von Mike dem Mechaniker bekommen und ins Handschuhfach gestopft hatte, ohne ihn sich näher anzuschauen.

Denn auf diesem standen genau derselbe Name und genau dieselbe Adresse!

Der Zufall ist ein komischer Geselle. Aber andererseits, was wäre ein abenteuerliches Garn wie dieses hier – oder auch jedes andere – ohne ihn?

Wirklich ein komischer Geselle, dieser Zufall.

»Ich frage mich, was meine Leute zu Hause wohl machen«, fragte sich Cornelius.

Und genau zum gleichen Zeitpunkt dieses Sich-fragens …

Die Klingel an der Vordertür im Moby-Dick-Weg Nummer 23 machte *Ding Dong*, worauf sich die Mutter vom Sofa erhob, um, mit der Teetasse in der Hand, zu öffnen.

An der Tür stand ein junger Mann von angenehmem Äußeren. Er trug einen taubengrauen zweireihigen Anzug.

Weißes Hemd, schwarze Krawatte. Seine Schuhe waren blank poliert. Ebenso sein Kopf. Seiner Brille fehlte ein Glas.

»Guten Morgen«, lächelte der Campbell und wedelte mit dem braunen Umschlag, den Cornelius an die Kanzel des Auktionsraums in Sheila na gigh geheftet hatte. »Die schöne junge Dame, die anzusprechen ich das Vergnügen habe, muß wohl die Schwester von Cornelius Murphy sein. Dies ist doch die richtige Adresse, nicht wahr? Ich habe hier etwas Geld für Ihren Bruder. Ist er schon nach Hause gekommen? Wäre es wohl möglich, daß ich kurz einträte und auf ihn warte? Was für ein bezaubernder Morgenmantel. Haben Sie ihn selbst gestrickt? Hier entlang, ja? Danke sehr.«

18. KAPITEL

Es ist ein ordentliches Stück Weg von einem Ort, der anscheinend irgendwo in Nord-Wales gelegen ist, bis ganz runter irgendwo in die Londoner Gegend. Und auch ein teures, wenn man zufällig mit einem 1958er Cadillac Eldorado fährt, der ungefähr zwanzig Liter auf hundert Kilometer verbraucht.

Es gibt zahlreiche Routen zur Auswahl. Auf jeder von ihnen kann ein Abenteuer lauern. Auf einer heroischen Reise – und bei *der* Entfernung – gibt es eigentlich unendlich viele Möglichkeiten.

Tuppe konsultierte die Karte. »Autobahnen auf ganzer Strecke«, versicherte er heiter. »M54, M40, London.«

»Gut«, grinste Cornelius. »Weitere Komplikationen können wir auch nicht gebrauchen.«

»Genau. Ich habe die Briefe aus dem Rucksack geholt. Soll ich sie dir vorlesen?«

»Ja bitte. Je mehr wir über das Ganze wissen, bevor wir Mr. London gegenübertreten, desto besser.«

»Sitzt du bequem?«
»Jawohl.«
»Dann fange ich an.«
Der Cadillac brauste die Mittelspur der M54 entlang.
Von hinten näherte sich, das Leben auf der Überholspur augenscheinlich genießend, ein uralter schwarzer Volkswagen. Er war vollständig mit Dornen bedeckt.

»*Mrs.* Murphy?« Der Campbell lächelte gewinnend. Er saß inzwischen auf dem Wohnzimmersofa und nippte an seinem Tee. Der war kalt, aber der Campbell schien es nicht zu bemerken. »Sie haben ein ganz reizendes Heim hier, Mrs. Murphy. Aber wie ich sehe, gibt es eine Menge Sanierungsmaßnahmen in dieser Gegend.«

»Gab es. Das ist jetzt alles eingestellt.« Die Mutter rückte eine wandernde Brust zurecht.

»Das muß ein ständiger Anlaß zur Sorge für Sie sein. Sich in einer so isolierten und, wenn ich das sagen darf, ungeschützten Lage zu befinden.«

»Wir kommen zurecht. Darf ich Ihnen nachschenken, Mr. ...?«

»Kobold«, erwiderte der Campbell. »Arthur Kobold.«

»Er lügt« murmelte die Teekanne. »Du darfst ihm nicht trauen, Bridie.«

Mein lieber Victor – (las Tuppe)
In bezug auf unser jüngstes fernmündliches Gespräch.
Ich benötige die folgenden Artikel.
Eine schwarze Londoner Taxe (neu und in einwandfreiem Zustand).
Eine Taxifahrer-Uniform (du kennst meine Größe).
Einen Grubenhelm (ebenfalls in meiner Größe, voll funktionsfähig).
Zweihundert Meter Kletterseil.
Zweihundert Meter Zündschnur.
Zehn Kisten Schießpulver.

Eine Streichholzschachtel.
Scheue keine Kosten und kauf nur das Beste.
Ich erwarte Lieferung morgen früh.
Es hängt alles davon ab.
Mit omnipotenten Grüßen,
H. Rune (vollkommener Meister).

»War's das?« fragte Cornelius.

Tuppe drehte den Brief um. »Da ist etwas auf die Rückseite gekritzelt. Ich glaube, das ist Victor Zenobias Handschrift.«

»Ja, und?«

»Da steht: ›*Leck mich, alter Fettsack*‹.«

»Eine Ansicht, die du zweifellos teilst.«

»Na ja ...« Tuppe zuckte die Achseln. »Verflucht!« fuhr er fort. »Paß auf, Cornelius!«

Der dornige Volkswagen röhrte blitzartig heran, wurde plötzlich langsamer und schwenkte vor dem Cadillac ein. Cornelius riß das Steuer nach links und trat auf die Bremse. Dornen ratschten an den Chrom-Stoßstangen entlang, Funken stoben. Der Cadillac kam quietschend auf der linken Spur zum Stehen. Der Volkswagen brauste davon.

»Du kannst hier nicht anhalten. Das ist eine Autobahn. Drück aufs Gas. Fahr weiter.«

»Dieses Auto hat versucht, uns von der Straße zu drängen.«

Tuppes Kopf erschien über dem Vordersitz. Er blickte über die Schulter zurück. »Setz dich in Bewegung. Da kommen Lastwagen auf allen drei Spuren auf uns zu.«

Cornelius versuchte, den Wagen wieder zu starten, nachdem dieser unpraktischerweise abgewürgt worden war. »Mist«, sagte er.

Die nahenden Lastwagen veranstalteten ein dramatisches Gehupe wie ein unter Volldampf stehender Vergnügungsdampfer.

»Weg hier! Schieb ihn auf den Seitenstreifen. Beeil dich!«

»Das schaff' ich nicht. Er ist zu schwer. Ich versuch' noch mal, ihn zu starten.«

»Nein, Cornelius! Raus hier! Spring!«

Lastwagen donnerten drei Spuren breit unter mächtigem Gehupe heran und verrieten nicht die geringste Absicht, von der Bremse Gebrauch zu machen.

Tuppe kletterte dem großen Jungen auf den Kopf und riß an seinem Haar.

»Spring, Cornelius!«

Cornelius drehte den Kopf herum, an dem sich Tuppe festhielt. Die Lastwagenfront raste auf ihn zu. Er konnte die Gesichter der Fahrer und ihre wedelnden Hände erkennen. »Bring dich in Sicherheit, Tuppe.« Cornelius pflückte den klitzekleinen Mann aus seinem Haar und schleuderte ihn auf eine Graskuppe jenseits des Seitenstreifens. »Spring an, du Wichser!« sagte er zu dem Auto.

Es wollte nicht.

»Dann leck mich doch.« Cornelius setzte zum rettenden Sprung in letzter Sekunde an. Sein linker Hosenaufschlag verfing sich am Bremspedal und hielt ihn zurück.

Die Lastwagen hatten ihn fast erreicht. Cornelius versuchte verzweifelt, sich zu befreien.

»Hilfe!« schrie Cornelius Murphy. »Zu Hilfe!«

»Tuuuuuuuuuuuuuuuuuuuuuuuuut!« machten die Lastwagen. Und wurden kein Stück langsamer.

Tuppe rappelte sich auf der Graskuppe auf. »Cornelius!« schrie er, und die Lastwagen nahmen sein ganzes Blickfeld ein.

»Tuuuuuuuuuuuuuuuuuuuuuuuuut!« machten die Lastwagen.

Im Wohnzimmer des Hauses im Moby-Dick-Weg 23 griff sich Mrs. Murphy plötzlich an ihr Herz und sank in einen Lehnstuhl.

»Oje«, meinte sie. »Entschuldigen Sie bitte, Mr. Kobold. Ich hatte gerade so ein leichtes Stechen.«

»Kann ich Ihnen helfen, meine Liebe?« Der Campbell stellte seine Teetasse ab.

»Mir wird's gleich wieder besser gehen. Könnten Sie wohl meinen Mann rufen?«

»Ihren Mann? Wo ist er denn?« Der Campbell erhob sich.

»Hinten im Hof. Uuh, ist das ein komisches Gefühl.«

»Vertrauen Sie mir. Ich werde mich um alles kümmern.« Der Campbell tätschelte Mr.s Murphy den Arm und verließ das Wohnzimmer. Er machte die Tür sanft hinter sich zu und schlüpfte den kurzen Flur entlang zur Küche.

Gewisse Haushaltsgegenstände beobachteten ihn voller Argwohn, sagten aber nichts.

»Tuuuuuuuuuuuuuuuuuuuuuuuuuuuuuut!« Drei Spuren breit setzten die Lastwagen ihren Weg fort, als sei das Zu-Brei-Zerstampfen eines wunderschön restaurierten, stahlblauen 1958er Cadillac Eldorado absolut nicht der Rede wert.

Tuppe sah den Lastwagen hinterher, die schon in der Ferne kleiner wurden und immer noch ihre Hupen bearbeiteten. Er rutschte von der Graskuppe hinunter und stolperte auf die jetzt leere Fahrbahn zu.

Die Lastwagen waren verschwunden. Ebenso der Cadillac. Keine Spur hatte er hinterlassen. Kein zermanschtes Metall, keine aufgeschlitzten Sitze, kein zerknautschtes Chrom. Es gab nicht den leisesten Hinweis auf Personen- oder Sachschaden.

Da war nichts.

Na ja, nicht überhaupt nichts.

Es *war* etwas da. Aber es war eine kuriose Sorte Etwas. Nicht gerade die Sorte, die man jeden Tag sieht. Bremsspuren führten zu diesem Etwas hin. Nun, diese sieht man natürlich jeden Tag. Wenn auch selten so klar und scharf konturiert und in einem so exakten rechten Winkel zur Fahrtrichtung. Es war aber das Etwas, zu dem diese Bremsspuren hinführten, das näherer Betrachtung vornehmlich wert war.

Dieses Etwas war groß und schwarz, und seine Form ähnelte vage einem Sarg. Es stand auf dem Seitenstreifen und wirkte wie ein großer dreidimensionaler Schatten.

Tuppe näherte sich ihm beklommen. Er schlurfte rund um das Etwas herum. Er schnüffelte daran. Er riskierte es, seinen Finger prüfend daranzuhalten. Er zuckte zurück und war völlig verwirrt. Schließlich setzte er sich auf seinen Hintern und starrte das Ding an. Es war groß und schwarz, seine Form ähnelte vage einem Sarg, und es stand auf dem Seitenstreifen wie ein großer dreidimensionaler Schatten. Und das war wirklich alles, was man darüber sagen konnte.

Das Männchen-klein legte seine Ellbogen auf die Knie und stützte das Kinn auf seine Hände. Seine Unterlippe begann zu zittern, und eine große Träne stieg ihm in sein kleines rechtes Auge.

»Cornelius«, fing Tuppe an zu flennen. »Cornelius, wo bist du?«

»Mr. Murphy? Wo sind Sie?« Der Campbell stieß die Hintertür auf und überblickte den Garten. Vögelchen zwitscherten auf der Wäscheleine. Ein pensionierter Kater entspannte sich auf dem Kohlenkasten und träumte von Gloria Swanson. Stangenbohnen krochen unmerklich am Spalier empor. Und in einem umgedrehten Blumentopf, der auf der Spitze einer Bambusstange steckte, saß ein Ohrwurm und grübelte über den Sinn des Lebens nach.

»Mr. Murphy«, rief der Campbell.

Geräusche drangen aus des Papas Laube. Gesang. Der Campbell spitzte die Ohren. Das war doch der Schlußakt aus der *HMS Pinafore* von Gilbert & Sullivan?

»Mr. Murphy«, rief der Campbell. »Hallo.«

Der Gesang brach ab, und Murphy der Ältere steckte den Kopf aus dem Laubenfenster. »Wer ist da?« begehrte er zu wissen.

»Mr. Murphy.« Der Campbell trat in den Garten hinaus und schloß die Hintertür. »Ich habe Geld hier für Ihren Sohn.«

»Geld?« Der Kopf des Papas verschwand vom Fenster, um sodann in Begleitung seines Körpers an der Tür wiederaufzutauchen. »Cornelius hat mir erzählt, daß Sie vielleicht vorbeikommen würden. Er sagte, daß ich das Geld für ihn in Empfang nehmen solle.«

»Tatsächlich?« Der Campbell schob sich langsam den Gartenweg entlang. Das Mosaikpflaster unter seinen Füßen wand sich unbehaglich. Und über seinem Kopf hörten die Vögelchen auf zu zwitschern. Der Papa verspürte eine plötzliche Eiseskälte in der Luft.

Der Campbell schlich am Kohlenkasten vorbei. In seinem Katzentraum fuhr der pensionierte Kater entsetzt zurück, als Gloria Swanson ein Kastriermesser aus ihrem Badeanzug zog und sich damit auf ihn stürzte.

»Wann genau erwarten Sie Ihren Sohn denn zurück, Mr. Murphy?«

Der pensionierte Kater erwachte kreischend. Der Campbell wandte sich nach ihm um. »Niedliche kleine Pussy«, sagte er und streckte seine Hand aus. Die Katze bog den Rücken und fauchte ihn an.

»Da ist ein Bösewicht angekommen, das ist mal klar«, flüsterte die Schubkarre.

Der Campbell zuckte leichthin die Achseln, als der Kater vor ihm zurückwich.

»Also, Mr. Murphy. Mr. Murphy? Wo sind Sie geblieben?« Der Campbell blickte angestrengt im Garten umher. Der Papa war nirgends zu sehen. Die Laubentür war fest geschlossen.

»Mr. Murphy, wo sind Sie?«

»Cornelius, wo bist du?« Tuppe greinte am Straßenrand.

»Ich bin hier drin«, rief der Papa durch das Schlüsselloch. »Ich bin im Moment sehr beschäftigt. Seien Sie so freundlich und legen Sie das Geld auf den Kohlenkasten. Ich werde es an meinen Sohn weiterreichen.«

»Das halte ich nicht für gut.« Der Campbell ging auf die

Laube zu. Die Vögelchen flogen auf, um sich anderswo niederzulassen. Die Stangenbohnen wanden sich unbehaglich. »Mr. Murphy, kommen Sie bitte raus.«

»Tut mir leid. Zu beschäftigt. Meine Laube ist in Unordnung. Es ist so viel aufzuräumen.«

»Jetzt!« Der Campbell stampfte mit dem Fuß auf. Der Ohrwurm im Blumentopf bekam einen Herzanfall. »Sofort!«

»Tut mir leid. Wiedersehen.«

»Mr. Murphy, ich muß wirklich darauf bestehen.«

»Ach, na gut, wenn Sie wirklich darauf bestehen müssen, dann bleibt mir wohl keine andere Wahl.«

Die Laubentür wurde aufgestoßen, und der Papa kam heraus, groß, mit rotem Gesicht und Tweedanzug. Er trug jetzt einen Luftschutz-Helm auf seinem haarlosen Kopf und hielt einen Stock von der kräftigen Sorte in der Hand. »Verschwinden Sie von meinem Grundstück«, sagte er.

Der Campbell besah sich sowohl den Stock als auch den Helm. Seine Schweinsäuglein verengten sich. Sonnenlicht spiegelte sich in seinem einzigen Brillenglas. Er hob die linke Hand. »So und also«, sagte der Campbell.

Haut stülpte sich um. Der Papierteller wuchs heran. Die metaphysische Torte nahm Gestalt an.

Und der Papa sah dabei zu.

»Nun?« fragte der Campbell.

»Nun was?« Der Papa betrachtete das Schlagende seines kräftigen Stocks.

»Nun, *dies* hier natürlich.« Der Campbell drohte mit der Torte.

»Och, das.« Der Papa zuckte die Achseln.

»Was soll das heißen, *och, das*? Ich habe gerade diese Torte anherbeschworen, und alles, was Sie dazu zu sagen haben, ist: *och das*?«

»Na ja, sie ist nicht besonders groß, oder?«

»*Nicht besonders groß*?« Der Campbell war entsetzt. »Aber ich habe sie anher –«

»Anherbeschworen. Ja, das hab' ich verstanden. Eine recht altertümliche und wenig präzise Ausdrucksweise.

Hören Sie, wenn das Anherbeschwören Ihr *Métier* ist, dann sollten sie sich einen Zauberstab besorgen. Oder einen Stock. Nehmen Sie einen kräftigen. So wie meinen.«

Der Campbell knurrte furchtbar böse. Holte aus und schleuderte seine Sahnetorte auf den Papa.

Murphy der Ältere nahm seinen Stock in beide Hände und schwang ihn wie einen Kricket-Schläger. Er traf die heransausende Torte mit voller Wucht, so daß sie in hohem Bogen über das Dach des Hauses hinwegsegelte. Der Campbell drehte sich um und schaute ihr hinterher. Ihm stand der Mund offen.

»Sechser!« rief der Papa. »Welch ein wunderbarer Schlag vom Kapitän der englischen Mannschaft. Bis über das Klubhausdach.«

»Sehr gut, dieser Mann«, meinte die Schubkarre.

Der Campbell wandte sich dem Papa zu. Keine Spur eines Lächelns. »Das hätten Sie wirklich nicht tun sollen«, knurrte er.

»Ich fürchte, ich muß Sie wirklich bitten, endlich zu gehen«, sagte der Papa. »Sonst sehe ich mich gezwungen, Ihnen meinen Stock auf den Kopf zu schlagen. Auch mehrmals, falls nötig.« Er erhob den angesprochenen Stock, damit der Campbell dessen Durchschlagskraft abschätzen möge.

Aber so eindrucksvoll diese auch war, der Campbell wich nicht von der Stelle. Er ballte die Fäuste, und seine Knöchel wurden totenbleich. Adern schwollen an und pulsierten auf seiner Stirn. Und wenn Cornelius dagewesen wäre, so hätte er zweifellos registriert, daß sie den maßstabsgerechten Plan des Mortlake-Abwassersystems mit einer Präzision nachbildeten, die nur noch als beängstigend zu bezeichnen war. »Ich werde … ich werde …« Der kahle Kopf des Campbell begann, auf und ab zu hüpfen. Der stämmige Rumpf zuckte heftig.

Der Papa packte seinen kräftigen Stock noch fester. Eine Eingebung, die sich zufällig gerade in der Gegend aufhielt, verriet ihm, daß gleich etwas sehr Unangenehmes passieren würde.

»Nein!« rief der Campbell mit so lauter Stimme, daß die Schornsteinköpfe zu wackeln begannen und die Gottesfurcht sich in die von Haus aus atheistische Gießkanne senkte. »Nein. Nein. Nein.« Der Campbell riß sich zusammen und fand seine Selbstbeherrschung wieder, eine nach Lage der Dinge bewundernswerte Leistung. Er rückte seine Brille und die Manschetten seines taubengrauen Jacketts zurecht. »Nicht jetzt«, flüsterte er. »Nicht jetzt. Das wäre Zeitverschwendung. Vielleicht später, wenn ich alles habe, was ich brauche.«

»Verzeihung?« meinte der Papa.

»Sie können mich mal«, sagte der Campbell. Er hob die Hände und schleuderte sie auseinander. »*Shazam!*«

»Wie meinen?«

»Bis dann.« Der Campbell wandte sich ab. »Sie bleiben schön hier.«

»Hierbleiben? Also, hören Sie mal ...« Der Papa machte einen Schritt nach vorn und stieß sich den Kopf an einer unsichtbaren Barriere. »Aua!« fuhr er fort.

Der Campbell war auf dem Weg zurück zum Haus.

»Moment mal! Warten Sie!« Der Papa tastete mit den Händen nach der unsichtbaren Barrikade. Er drückte gegen etwas Kaltes und Glasartiges. Etwas, das nicht nachgab.

»Halt! Lassen Sie mich hier durch.« Aber der Campbell hörte nicht auf ihn. Der Campbell betrat die Nummer 23 im Moby-Dick-Weg. Der Campbell verschloß die Hintertür, und der Paps blieb ganz allein zurück.

»Da hat er dich ja wie einen Bückling eingemacht«, sagte die Hacke. »Das hättest du wirklich kommen sehen müssen.«

Der Papa schlug mit seinem kräftigen Stock gegen die unsichtbare Wand. Es klang wie eine riesige Kirchenglocke.

»Mist«, sagte der Papa. »Cornelius, wo bist du?«

»Ich bin hier«, rief die Stimme des Cornelius Murphy.

»Cornelius? Was? Wo?« Tuppe sprang auf. Und während

er das tat, bemerkte er etwas ziemlich Beunruhigendes. Hier stand er, und es war ein sonniger Augusttag. Aber ...

»Ich habe keinen Schatten.« Tuppe drehte sich im Kreis wie ein Hund, der seinem eigenen Schwanz nachjagt. »Mein Schatten ist weg. Wo ist er geblieben?« Er zappelte ganz närrisch auf dem Seitenstreifen herum. Allein, sein Schatten zappelte nicht mit.

»Tuppe, hilf mir. Ich sitze hier völlig im Dunkeln.«

»Cornelius, wo bist du?« Tuppe beendete seine Derwisch-Nummer. »Du klingst so weit weg.«

»Hier drin.«

»Wo drin?« Das war eigentlich eine ziemlich alberne Frage. Denn es war ganz offensichtlich, wo Cornelius war.

»Da bist du drin.« Tuppe starrte mit offenem Mund auf den großen schwarzen sargförmigen Fleck in der Landschaft. »Komm heraus.«

Die Worte waren kaum gesprochen, als die Tat auch schon vollbracht war. Das große dunkle sargartige Ding fing an, sich aufzulösen. Ausläufer krochen aus ihm heraus wie eine schwarze, ölige Flüssigkeit. Wurden zu verdrehten Strahlen beweglicher Dunkelheit, die sich wie Quecksilber wälzten. Schossen dann mit einem plötzlichen, lemmingartigen Satz auf Tuppe zu.

»Uh, Hilfe, nein ...« Der kleine Bursche hüpfte umher, als die Dunkelheit ihn umschloß, dann wie Seide von seinen Schultern glitt, zu Boden fiel und gerann – wieder zu seinem eigenen kleinen Schatten wurde. Tuppe starrte auf ihn hinunter. »Meine Güte«, sagte er.

Cornelius blinzelte ihm vom Fahrersitz des Cadillac Eldorado aus entgegen, der aus dem großen schwarzen Was-immer-es-war aufgetaucht war.

Der Wagen war unversehrt. Die Bremsspuren führten genau bis zu seinen Reifen. Eine gewaltige Kraft hatte den Cadillac aus der Spur der anstürmenden Lastwagen gehoben. Hatte die Haut des Cornelius Murphy gerettet.

»Tuppe«, Cornelius rieb sich die Augen. »Ich weiß nicht, wie du das gemacht hast. Aber ich weiß, daß du es warst. Hab recht herzlichen Dank.«

Tuppe lächelte. »Schön, dich wiederzusehen«, erwiderte er. »Wo bleibt eigentlich dein Grinsen ...?«

Das Telefon klingelte, und Arthur Kobold nahm den Hörer ab.

»Legen Sie den Kuchen weg, Kobold«, sagte die Stimme am anderen Ende.

Arthur Kobold legte den Kuchen weg.

»Was haben Sie zu berichten?«

»Cornelius Murphy ist zum Kloster gefahren, wie ich es vorhergesagt hatte. Mir liegen verläßliche Informationen vor, nach denen er sich jetzt im Besitz gewisser Papiere befindet.«

»Und glauben Sie, daß er Ihnen diese Papiere bringen wird?«

»Nein. Er wird sicherlich zuerst den letzten Mann auf meiner Liste aufsuchen. Wenn er alle Papiere hat, dann wird er zu mir kommen.«

»Was macht Sie da so sicher?«

»Wenn er die Wahrheit kennt, wird er hierherkommen, zu der einzigen Person, der er vertrauen kann.«

»Alles gut und schön – zumindest in der Theorie. Aber erste Priorität hat für uns die Wiederergreifung des Abweichlers. Er muß sich für seine Verbrechen vor Gericht verantworten. Wenn er weiterhin in der Außenwelt frei herumläuft und die Okarina entdeckt, sind wir alle verloren.«

»Cornelius wird ihn hierherführen. Wir werden ihn ergreifen. Keine Angst.«

»Das ist gut zu wissen«, sagte die Stimme am anderen Ende der Leitung. »Denn ich habe Sie davon zu unterrichten, daß Sie nur noch bis acht Uhr heute abend Zeit haben, dies zu bewerkstelligen.«

»Acht Uhr? Aber Sie sagten ...«

»Heute abend um acht. Der Zug des Trismegistus steht fahrbereit. Der Kessel ist geheizt. Der Abweichler muß heute ergriffen werden.«

»Ja, aber ...«

Das Telefon am anderen Ende der Leitung wurde auf die Gabel geknallt.

»Scheiße«, sagte Arthur Kobold. »Scheißzeit, Scheißzug und Scheißabweichler.«

Der Abweichler wusch sich gerade die Hände in der Murphyschen Küchenspüle.

Er trocknete sie mit einem Patchwork-Geschirrtuch. Ließ Wasser in ein Glas laufen und kehrte mit diesem ins Wohnzimmer zurück.

»Wie fühlen Sie sich jetzt?« fragte er die Mutter.

»Schon viel besser, danke. Es scheint alles wieder im Lot zu sein.« Sie nahm das Wasserglas entgegen.

»Freut mich, daß es Ihnen besser geht.« Der Campbell setzte sich aufs große Sofa. »Es schmerzt mich sehr, eine schöne Frau leiden zu sehen.«

»Schmeichler.« Die Mutter nippte am Wasser. Es schmeckte fürchterlich. Sie stellte das Glas beiseite. »Wo ist mein Mann?«

»Draußen in seiner Laube. Er meinte, er hätte zuviel zu tun, um sich um Sie zu kümmern.«

»Typisch.« Die Mutter lächelte dem Campbell kokett zu. »Er hat sein Frischhaltedatum schon etwas überschritten, dieser Mann. Aber sprechen wir doch von Ihnen, Mr. Kobold. Das Verlagsgeschäft muß ja sehr interessant sein. Haben Sie jemals Jeffrey Archer kennengelernt?«

Der Campbell schüttelte den Kopf. »Nur seine Frau Doris. Ich bin mal auf einem Jungbauern-Fest über sie gestolpert. Faszinierende Frau. Sie brachte immer diese Nummer, wo sie auf dem Kopf stand und sich eine Flasche Pfefferminzlikör ...« Der Campbell beugte sich vor und flüsterte der Mutter ungeheuerliche Details ins Ohr.

»Ja, und weiter?« nickte die Mutter. »Eine Flasche Pfefferminzlikör? Also, ich kenne das natürlich eher mit einem gehäuteten Kaninchen oder einem Kolostomie-Beutel.«

»Hä?« meinte der Campbell.

»Und einmal, als ich in Tunesien war, da bin ich in diese Bar gegangen, wo die Kastraten immer auftraten, und da gab es so einen Typen, der …«

»Cornelius, du fährst ziemlich schnell.« Tuppe klammerte sich an seinem Sitz fest.

»Wir müssen schnell nach London. Wenn dieser Campbell, was immer er sein mag, uns stets einen Schritt voraus ist, dann könnte er schon längst bei Jack sein.«

»Nee.« Tuppe schüttelte den Kopf. »Ich habe darüber nachgedacht. Er kann gar nicht wissen, wo wir als nächstes hingehen.«

»Er hat es bisher auch gewußt.«

»Weil wir es ihn haben wissen lassen. Hör zu. Es muß der Campbell gewesen sein, der das Voodoo-Modell unter deinen Sitz gelegt hat, oder?«

»Ich kann mir nicht vorstellen, wer es sonst gewesen sein soll.«

»Und woher wußte er, daß wir im Holiday-Inn übernachten würden?«

Cornelius zuckte mit den Schultern.

»Weil du Mike dem Mechaniker verraten hast, daß wir dahin unterwegs wären. Genau wie du ihm auch erzählt hast, daß wir zum Kloster wollten.«

»Hab ich nicht.«

»Hast du wohl. Mike hat dir die Karte verkauft. Du hast ihn nach dem Weg gefragt.«

»Und du meinst, der Campbell ist uns bis zu Mike gefolgt?«

»Und hat ihn wahrscheinlich fertiggemacht. Mike spuckt alles aus, der Campbell verhext das Auto und ist zuerst beim Kloster.«

»Diese fiese Sau.«

»Einverstanden. Aber wir haben ihm im Kloster einen Strich durch die Rechnung gemacht. Er kennt die Adresse von Jack nicht. Wir würden sie auch nicht kennen, wenn nicht mein Onkel zufällig gerade an Jacks Karaoke-Maschine gearbeitet hätte.«

»Du hast recht.« Cornelius hüpfte in seinem Sitz auf und ab. »Der Campbell kann sie nicht kennen.«

»Also mach mal ein bißchen langsamer, ja?«

»Klar.« Cornelius machte mal ein bißchen langsamer.

»Danke.« Tuppe lehnte sich zurück und betrachtete den vorüberziehenden Himmel. Er war sich einigermaßen sicher, daß der Campbell Jacks Adresse nicht kannte. Aber er war sich genauso sicher, daß dieser, ob mit sauberen Mitteln oder nicht, wahrscheinlich die Adresse von Cornelius beim Auktionator in Sheila na gigh ausfindig gemacht hatte.

Und so reisten sie also nach Süden. Sie kamen durch Birmingham, eine Stadt, die nach Tuppes Ansicht allenfalls wegen ihrer exzellenten Science-fiction-Buchhandlung Erwähnung verdiente, stießen auf die M40 und fuhren darauf in Richtung London.

Die Reise verlief ohne weitere Zwischenfälle, was möglicherweise auf einen glücklichen Zufall zurückzuführen war, wahrscheinlicher aber noch mit der Notwendigkeit zu tun hatte, die Geschichte jetzt energisch voranzutreiben.

Und kurz nach halb fünf Uhr des sonnigen Nachmittags befanden sie sich bereits in den Ausläufern von Penge. Welches, wie die Eingeweihten wissen, ein hübsches Örtchen ist, das Tuppe und Cornelius freilich noch nie betreten hatten.

Die Sunnyside Road machte ihrem Namen alle Ehre. Eine Reihe von angenehm ausgestatteten Villen aus den 30er Jahren stand hier, durch wohlgepflegte Hecken voneinander abgeschieden und von rötlichen Ziegeldächern bedeckt. Rasensprenger sprengten, Tauben gurrten. Ein kleines Mädchen sprang Seil. Alles atmete Normalität und Vernunft.

Am Ende der Straße stach der Cadillac Eldorado wie ein

großer, wunder, stahlblauer Daumen aus dem idyllischen Bild.

»So habe ich mir das nicht vorgestellt«, sagte Cornelius Murphy. »Es ist alles so ...«

»Ich glaube, *behütet* ist das Wort, nach dem du suchst.«

»Was meinst du, welches Haus gehört Jack?«

Tuppe drehte das Etikett an der Karaoke-Kiste um. »Nummer elf. Die Lorbeeren. Fahr noch ein Stück weiter.«

Cornelius fuhr noch ein Stück weiter und hielt vor Haus Nummer elf.

Es war genau wie alle anderen. Rasen, Blumen, ein oder zwei steinerne Gartenzwerge. Friedlich, normal, *behütet*.

»Fühlst du dich auch so unbehaglich?« fragte Tuppe.

Cornelius nickte. »Es ist, als würden wir widerrechtlich eindringen. Wir passen nicht an so einen Ort.«

»Geh hin und klopf an die Tür. Damit wir die Sache hinter uns bringen.«

Cornelius drückte sich das Haar an den Kopf. Netzvorhänge schwankten hin und her. Das kleine Mädchen war mit seinem Springseil hineingegangen.

»Also gut. Packen wir's.« Cornelius stieg aus dem Auto. Er schloß leise die Tür und hob die Kiste vom Rücksitz. Er sog die Luft ein. Sie roch gesund. Sie roch *behütet*.

Cornelius Murphy trat auf ›Die Lorbeeren‹ zu.

Er öffnete die Pforte im Sonnenstrahldesign. Ging den kurzen Kiesweg hoch und stand vor der Eingangstür. Deren oberer Teil bestand aus einem mit einem Lorbeerbaum bemalten Fensterglas. Cornelius drückte auf die Klingel. ›Ding-Dong‹, machte sie.

Cornelius wartete. Aber es kam niemand. Also wartete er noch einmal. Ein Marienkäfer schwankte um den Rand einer geputzten Milchflasche, die vor der Tür stand. Cornelius registrierte fünf Punkte auf seinem Rücken, die das Sternbild der Cassiopeia nachbildeten.

Cornelius drückte erneut auf die Klingel. Wieder machte sie ›Ding-Dong‹. Aber es kam immer noch niemand. Er schaute zu Tuppe zurück, der ein aufmunterndes Gesicht machte.

Der Finger des Murphy reckte sich gerade zum dritten Mal dem Klingelknopf entgegen, als sich die Tür um einen Spalt öffnete. »Heute nicht, dankeschön«, sagte eine Stimme von drinnen.

»Ich habe eine Lieferung«, erwiderte Cornelius und zeigte auf die Kiste.

»Nicht für uns. Sie haben sich in der Tür geirrt.«

»Nein, ich wollte hierher.« Cornelius spähte hinein. Das verkniffene Gesicht einer ängstlich wirkenden Frau spähte hinaus.

Cornelius erhaschte den Duft von Sandelholz-Körperpuder und einen Blick auf ein Leopardenfell-Trikot.

Er stellte seinen Fuß entschlossen in die Tür. »Nochmals guten Morgen«, sagte er tapfer lächelnd. »Die schöne junge Dame, die anzusprechen ich das Vergnügen habe, muß wohl die Tochter von Herrn Jack London sein. Dies ist doch die richtige Adresse, nicht wahr? Ich habe hier eine Kiste für Ihren Vater. Erwarten Sie ihn bald zurück? Wäre es wohl möglich, daß ich kurz einträte und auf ihn warte? Was für ein bezauberndes Trikot, das Sie da beinahe tragen, haben Sie es selbst erlegt?«

»Nehmen Sie den Fuß aus meiner Tür, sonst laß ich den Hund auf Sie los.«

Cornelius drehte sich um, um Tuppe ein weiteres Achselzucken zu schenken, und bemerkte zu seinem Erstaunen, daß sich, wie durch Zauberei, eine Menschenmenge um den Cadillac versammelt hatte. »Aua!« schrie er, als ihm die Eingangstür mit Gewalt gegen den Fuß geschlagen wurde.

»Nein, lassen Sie mich doch bitte erklären. Ich muß mit Jack London sprechen.«

»Ich will keine Erklärungen. Er ist weggezogen. Gehen Sie.«

»Ach, kommen Sie.« Cornelius ließ die Klingel ding-dongen. Er drückte sich jetzt mit der Schulter an die Tür.

»Princey« rief eine Stimme von drinnen. »Böser Mann an der Tür, Princey. Beiß seinen Fuß ab, ja, guter Junge.«

Cornelius zog hastig seinen Fuß weg, und die Tür schlug zu.

Der große Junge stellte die Karaoke-Kiste ab. Hielt einen Moment inne, um seine Gedanken zu ordnen. Kniete sich dann nieder und stieß den Briefschlitz auf. »Würden Sie mir bitte Jack Londons neue Adresse geben?«

»Nein.«

»Es handelt sich wirklich um eine dringliche Angelegenheit. Ich bedaure es sehr, aber wenn Sie mir die Adresse nicht geben, dann sehe ich mich gezwungen, heulend und schluchzend vor Ihrem Haus auf und ab zu laufen und so laut wie ich kann zu verkünden, daß ich Ihr verstoßener Lustknabe bin. Kein sehr origineller Trick, das will ich Ihnen gerne zugestehen, aber er würde ein ordentliches Aufsehen in einer Gegend wie dieser hier erregen, glauben Sie nicht?«

Es blieb für eine Weile still. Dann rasselte die Sicherheitskette. Dann wurde die Eingangstür aufgerissen.

Das Sonnenlicht tat der Frau im Leopardenfell-Trikot keinen Gefallen. Cornelius stellte fest, daß sie eine unheimliche Ähnlichkeit mit der abgezehrten Frau hatte, die den Kiosk im Edinburgher Bahnhof führte. Er fragte sich, ob sie wohl miteinander verwandt seien.

»Jetzt hören Sie mir mal zu.« Die Leoparden-Lady aus den ›Lorbeeren‹ funkelte ihren Quälgeist an. Sie drückte ihre knochigen Schultern zurück, wodurch ein Paar triefnaß aussehende Brüste unverdient exponiert wurden. »Ich werde dies nur einmal sagen.«

Cornelius registrierte, daß der sichtbare Teil ihres Ausschnitts große Ähnlichkeit hatte mit der Schwemmebene des Indus-Tals während einer strengen Dürreperiode, aufgenommen von einem im Weltraum kreisenden Wettersatelliten.

»Ich hab's all diesen Verrückten erzählt«, meinte die Frau. »Ich hab's dem bärtigen Guru im rosa Rolls Royce erzählt. Ich hab's den Groupies und den Strichjungen erzählt. Ich hab's den Bongotrommlern und Waschbrettkratzern erzählt. Ich hab's den Stelzenläufern, den grünen Jungs und den Boogie-Woogie-Mädchen erzählt. Ich hab's sogar Zippy dem verdammten Strohkopf erzählt. Und jetzt erzähl' ich's

Ihnen. Jack London wohnt hier nicht mehr. Er ist verzogen. Weggegangen. Kapiert?«

»Verstehe.« Cornelius nickte nachdenklich. Sein Haar störte sich nicht daran. »Es fragen wohl viele Leute bei Ihnen nach?«

»Nein!« sagte die Frau.

»Aber sie haben doch gerade gesagt ...«

»Das ist Jahre her.« Die Leoparden-Lady zählte es an ihren sommersprossigen Fingern ab. »Dreißig Jahre, genauer gesagt. Ich habe ein gutes Gedächtnis.«

»Dreißig Jahre? Jack London ist vor dreißig Jahren von hier weggezogen?«

»Das habe ich doch gerade gesagt. Ich habe ein praktisch fotografisches Gedächtnis. Und ich vergesse nie ein Gesicht.« Sie starrte in das von Cornelius. »Vor allem dann nicht, wenn ich es der Polizei beschreibe.«

»Dann bin ich sicher, daß Sie auch Mr. Londons neue Adresse frisch im Gedächtnis haben. Je schneller ich sie bekommen kann, desto schneller könnte ich mich wieder auf den Weg machen. Ich bin furchtbar in Eile. Sie wissen, wie es ist.«

Die Frau seufzte und ließ ihren Busen heruntersacken. Aus dem Indus-Tal wurde die Salzebene von Utah. »Wenn ich Ihnen die Adresse gebe, versprechen Sie dann, daß Sie weggehen und nie wiederkommen?«

»Ich schwöre es bei allen Göttern des Lichts und der Dunkelheit.« Cornelius machte eine passende feierliche Geste.

Die Frau musterte ihn von oben bis unten. »Noch so'n Verrückter«, lautete ihr Urteil. »Warten Sie hier. Aber leise. Ich schreib' es Ihnen auf.« Die Tür krachte zu.

Cornelius schaute sich inzwischen die Menge noch einmal näher an. Sie bestand aus blühenden jungen Menschen. Die Jungen trugen alle angeklatschte Haartollen, Blue jeans und Campusjacken. Die Mädchen Pferdeschwänze, enge Pullover, ausgestellte Röcke und Söckchen. Und allesamt waren sie »sweet little sixteen«.

Die Eingangstür der ›Lorbeeren‹ öffnete sich ein letztes

Mal, und es wurde ein Stück Papier in des Murphys Hand gepreßt. »Und kommen Sie ja nicht wieder.«

»Danke sehr.«

Cornelius betrachtete den Zettel. Er betrachtete seine Schuhe. Die verschlossene Tür. Den Himmel. Und dann bückte er sich. Hievte die Karaoke-Kiste hoch. Stapfte den Gartenweg hinab. Durch die Sonnenstrahl-Pforte. Über den Bürgersteig. Und auf die Straße. Das Radio im Cadillac spielte Chuck Berry, und Cornelius mußte sich durch die hottende Menschenmenge zwängen.

Er warf die Kiste auf den Rücksitz. Riß die Fahrertür auf. Stieg ein und schaltete das Radio aus.

»Oöh«, machte die Menge. »Spießer« und »uncool«.

Tuppe, der fröhlich mit den Fingern mitgetrommelt und mit den Mädels gegroovt hatte, erblickte des Murphys Antlitz. Es war alles andere als heiter.

»Cornelius?« Der klitzekleine Mann zupfte seinem Freund am Ärmel. »Irgendwas macht dir zu schaffen. Was mag das sein?«

»Jack London ist umgezogen. Und zwar vor dreißig Jahren.«

»Vor dreißig Jahren? Dann finden wir ihn nicht mehr.«

»Doch, wir finden ihn. Ich hab' seine neue Adresse.«

»Das ist gut.«

»Nicht unbedingt.« Cornelius fischte den Zettel aus seiner Tasche und gab ihn Tuppe.

Tuppe las ihn. »Ogottogott«, sagte er. »Das ist ja ...«

»Meine Adresse.« Cornelius sprach mit düsterer Stimme. »Mein eigenes Zuhause.«

Er stieß den Schlüssel ins Zündschloß, ließ den Motor aufheulen und schickte sich an, rückwärts durch die Menge zu setzen.

Aber die Menge war verschwunden. Und von zwei heroischen Reisenden und einem stahlblauen Schandfleck abgesehen, lag die Sunnyside Road vollkommen verlassen da.

19.

KAPITEL

BEDIENUNGSANLEITUNG FÜR DEN ZUG DES TRISMEGISTUS, MODELL 4

Sie Glückspilz!
Sie sind nunmehr stolzer Besitzer eines **Trismegistus-Zuges, Modell 4**. Das Allerneueste in Sachen **Abweichler-Vernichtungs-Systemen**. Jetzt mit:

1. Innenzone/Außenwelt-Einstellungen.
2. Vollgepanzerten, selbstlenkenden Angriffs- und Zerstörungsvorrichtungen.
3. Eingebautem Tennisball-mit-Nägeln-gestütztem Speicher.
4. Holographischen Leucht-Abziehbildern.
5. Gratis: Bahnhofsvorstehermützer.
6. Und Fahne.

Die Trismegistus-Zug-Gesellschaft wünscht Ihnen viele glückliche Stunden mit Ihrem Modell 4. Unser Verkäufer (Wally) hat Sie zweifellos darüber informiert, daß dieses Modell auf **Letzter-Ausweg**-Einsätze ausgerichtet ist; aus diesem Grund übernimmt die Gesellschaft keine Verantwortung für ungehörige Ausdrücke, unvorhersehbares Verhalten oder überzogene Handlungsweisen.

Das *Modell 4* ersetzt das *Modell 3* (mit der Spritzblume und dem Smiley-Gesicht auf der Vorderseite), übernimmt aber dessen allseits beliebte explodierende Handtasche, das Rabatzkissen und die böser-Junge-Princey-Hunde-Aa-Imitat-Accessoires.

Hinzugefügt wurde die **Völlige-Zerstörung-von-allem-was-im-Weg-steht**-Einrichtung sowie die **Politik-der-verbrannten-Erde**-Politik. Bitte beachten: *Dies gehört zur Standardausstattung und kann nicht auf Wunsch weggelassen werden.*

DER ZUG DES TRISMEGISTUS WIRD SIE NICHT ENTTÄUSCHEN!

BETRIEB

Um Ihr *Modell 4* optimal nutzen zu können, leisten Sie bitte folgenden Anweisungen *genauestens* Folge:
Zu beachten: Das *Modell 4* wird voll funktionsfähig geliefert; unqualifiziertes Herumbasteln kann seinen Nutzen nur verringern.
Verwickeln Sie es nicht in Unterhaltungen.
Versuchen Sie nicht, die kleine Schachtel an der Seite zu öffnen, auf der in großen roten Buchstaben steht: HÖCHSTE GEFAHR: VERSCHWENDEN SIE KEINEN EINZIGEN GEDANKEN ANS ÖFFNEN.

1. Heizen Sie den Kessel mit Hilfe des mitgelieferten Kohlestücks und des Streichholzes.
2. Plazieren Sie ein Foto des Abweichlers in Schlitz ›A‹.
3. Sollten Sie kein Foto zur Verfügung haben, notieren Sie statt dessen ein paar Einzelheiten auf einer Postkarte. Ungefähre Größe, Augen-, Haut- und Haarfarbe. Alter, Geschlecht, modische Vorlieben. Dinge dieser Art. Alles, was Ihrer Ansicht nach geeignet sein könnte, dem *Modell 4* einen Anhaltspunkt dafür zu liefern, wen es eigentlich ausradieren soll. Es wird dann systematisch jeden auslöschen, der dem gesuchten Subjekt auch nur entfernt ähnelt.
4. Öffnen Sie die Tür zur Außenwelt.
5. Setzen Sie die Bahnhofsvorstehermütze auf.
6. Drücken Sie den Startknopf und ziehen Sie sich in sichere Entfernung zurück, wo Sie mit der Fahne winken.
7. Schließen Sie nach Abfahrt des Zuges die Tür zur Außenwelt und halten Sie sie fest geschlossen, wenn Ihnen Ihre Gesundheit lieb ist.
   Bitte beachten: Falls das Ausmaß des anschließenden Blutbads die vertretbare Norm übersteigt (i.e.: völlige Aus-

löschung dominanter Erdspezies), nehmen Sie sofort Kontakt mit DER-TRISMEGISTUS-ZUG-GESELLSCHAFT auf! Wir werden nicht zögern, unser tiefes Mitgefühl auszudrücken und unmißverständlich klarzustellen, daß KEINERLEI VERANTWORTUNG UNSERERSEITS vorliegt!

Arthur Kobold schüttelte sich. Er schlug die Bedienungsanleitung zu, wischte die Sahne von der Außenseite und verfügte das Ganze in den Papierkorb.

Auch er war in keiner Weise verantwortlich, überlegte er. Alles, was er gebraucht hätte, wäre etwas mehr Zeit gewesen, und die ganze Operation wäre auf zivilisierte Art abgeschlossen worden. Er hielt nichts von der völligen Auslöschung einer dominanten Erdspezies. Schon gar nicht, wenn diese Spezies die seine war.

Reuevoll an seinem sahnebeschmierten Daumen saugend, begann Arthur Kobold, in seinem Büro auf und ab zu laufen.

Im Wohnzimmer der Hausnummer 23 im Moby-Dick-Weg war auch der Campbell mit dem Auf-und-ab-Laufen beschäftigt. Er hatte über einen Zeitraum hinweg, der ihm wie eine Ewigkeit erschienen war, der Mutter zugehört, wie sie Geschichten erzählte, vor denen sogar Havelock Ellis, Krafft-Ebing und selbst der legendäre Magnus Hirschfeld kapituliert hätten.

Sofern es irgendwo auf diesem Planeten irgendeine denkbare sexuelle Abweichung, krasse Verworfenheit oder sonderbare Perversion gegeben hatte, so hatte diese Frau dabei zugesehen – blutleckend, die vollen nackten Tatsachen genießend – und immer, während sie nur mal auf einen kleinen, süßen Sherry eingekehrt war, im Rahmen eines Busausflugs, einer Pauschalreise oder eines kleinen Trips um die Bucht.

Und sofern das Ganze irgendwann mal ein Ende haben sollte, so war es jedenfalls noch nicht in Sicht.

»Und dann fragte uns der Häuptling, ob wir schon mal gesehen hätten, wie ein Elefant beschnitten wird«, fuhr die Mutter fort. »Haben *Sie* es übrigens schon mal gesehen?«

»Nein«, sagte der Campbell und lief weiterhin auf und ab. »Nein, nein, nein.«

Hinten im Garten lief auch der Papa, in die kreisförmigen Begrenzungen der magischen Wand gebannt, hin und her. Den Luftschutzhelm hatte er abgenommen. Die Hemdsärmel befanden sich in der ›Aufgerollt‹-Stellung. Das Hinundherlaufen, auf das sich der Papa verlegt hatte, war etwas problematisch geworden aufgrund der vielen stumpfen und ausrangierten Gartengeräte, die um ihn her verstreut lagen. Zahlreiche Kumpel hatten dran glauben müssen an diesem Nachmittag voller ergebnisloser Attacken gegen die magische Wand. Und zahlreich waren auch die lästerlichen Worte, die der gar nicht mehr fröhliche Bursche dargebracht hatte. Der Papa kochte, während er lief. Und lief, während er fluchte. Aber er schien im Moment nicht recht weiterzukommen.

Cornelius Murphy schien auch nicht recht weiterzukommen.

Der Cadillac Eldorado steckte mitten im Chaos des Stoßverkehrs.

Früher hatte London zwei Stoßzeiten pro Tag. Eine am Morgen und eine am Abend. Dann hatte ein sehr weiser Mann, an dessen Namen sich niemand erinnern kann, eine sehr weise Idee. Er erfand die flexible Arbeitszeit, und das bedeutete, daß die Arbeitnehmer ihre Arbeitsstunden staffeln konnten, um so den Stoßverkehr zu vermeiden, falls sie es wünschten. Also taten sie es alle, und heute hat London nur noch eine Stoßzeit, die den ganzen Tag dauert.

»Aus dem Weg!« Cornelius drückte auf die Hupe, erhob sich von seinem Sitz und drohte dem Wagen vor ihm mit der Faust. Es war eine schwarze Taxe. Der Fahrer ignorierte ihn.

»Hab Geduld«, riet Tuppe.

»*Geduld?*« Cornelius funkelte seinen kleinen Gefährten an. »Hast du ›Geduld‹ gesagt?«

»Cornelius, setz dich hin. Du sorgst sonst noch ... für Menschenansammlungen.«

Cornelius setzte sich hin. »Schlimm ist das hier, Tuppe. Richtig schlimm.«

»Ach, ich hab' schon Schlimmeres erlebt. Du solltest mal versuchen, durch Stockholm zu steuern mit einem schlingernden Charterbus voller schreiender Spitzenartisten-Schweine. Oder es auch nur auszusprechen.«

»Ich rede nicht vom Verkehr, wie du wohl weißt.«

Tuppe schenkte ihm einen aufmunternden Blick.

»Jack London! Kein anderer als der Papa! Es war so offensichtlich. Ich hätte es eher merken müssen.«

»Ach, komm.« Tuppe legte den aufmunternden Blick ab. Er blieb lieber beim besorgten. »Es hätte jeder sein können. London ist groß.«

»Aber die Welt, in der wir leben, ist es nicht. Alles, was bisher passiert ist, geht auf irgendeinen Zufall zurück. Wir sind vom Zufall gelenkt worden. Zufall und Planung. Gib mir die Karte. Ich will dir was zeigen.«

Tuppe wühlte im Handschuhfach. »Hier ist sie.«

Cornelius nahm die Karte. »Jetzt gib mir einen Kuli.«

Tuppe wühlte in seinen Taschen. »Ich weiß, daß ich einen habe. Ich hab' ihn aus dem Auktionssaal mitgenommen. Nein, den hab' ich verloren. Aber ich hab' einen anderen im Holiday Inn gefunden. Wo hab' ich denn den gelassen? Nein, ich finde im Moment keinen. Wo bleiben die bloß immer?«

Cornelius hob eine Augenbraue und langte in seine eigene Jackentasche. Dort fand er seinen Bleistift. Er leckte an der Spitze. »Jetzt schau dir das an.« Er breitete die Karte über dem geräumigen Armaturenbrett aus. »Unsere heroische Reise führt uns von meinem Haus nach King's Cross, dann hier lang nach Edinburgh. Rüber nach Sheila na gigh. Dann wieder nach Edinburgh, auf einen Besuch der Polizeiwache. Zurück nach Sheila na gigh. Runter nach Milcom Moloch, das aus irgendeinem Grunde anscheinend gar nicht auf dieser Karte verzeichnet ist, es muß aber hier sein.« Cornelius zeichnete die Route mit dem Bleistift nach. »Von da aus kommen wir nach Cromcruach, wo wir das Auto entgegennehmen. Dann zum Holiday Inn in North Ameshet. Hast du alles mitgekriegt?«

Tuppe nickte. »Ja.«

»Gut.« Cornelius zeichnete weiter. »Dann erreichen wir auf seltsamen Wegen das Kloster. Danach fahren wir hier den ganzen Weg runter nach Penge. Und zur Zeit bewegen wir uns – ich verwende dieses Wort im weitesten Sinne – genau hier entlang und zurück nach Hause.« Er schob Tuppe die Karte vor Augen. »Na, wonach sieht das wohl aus?«

Tuppe betrachtete das zeichnerische Werk. »Es sieht ein bißchen wie eine deformierte Rakete aus. Oder vielleicht eine Zigarre mit einem Buckel.«

»Nicht ganz.« Cornelius schnappte sich die Karte. »Wir haben auf unserem Weg auch noch an anderen Orten angehalten. Um zu essen, zu tanken, aufs Klo zu gehen.«

»Ich habe ja nur so eine winzige Blase. Ich kann nichts dafür.«

»Kein Problem. Hier haben wir angehalten, hier und hier.« Cornelius malte Kreise. »Hier, glaube ich. Hier, weiß ich genau.«

»Und da.« Tuppe zeigte hin. »Da mußtest du raus, weiß ich noch.«

»Okay. Da auch.« Cornelius kreiste die Stelle ein. »Und was siehst du jetzt?«

Tuppe widmete sich erneut der Karte. »Es ist ein äh … Dings. Eins von diesen Dingern, wo man reinbläst. Wenn es nur nicht so viele Löcher hätte.«

»Es ist eine neuerfundene Okarina«, sagte Cornelius Murphy. »Das ist es. Und ihr spitzes Ende ragt genau in mein Haus hinein.«

»V weist auf die Stelle, wie man so sagt?«

»Genau. Und deshalb hätte ich es auch eher erkennen müssen. Es ist schließlich das, was ich immer *tue*, Tuppe. Verstehst du, *registrieren*. Ähnlichkeiten, Muster, Übereinstimmungen. Die Dinge, die man in anderen Dingen erkennen kann. Das bin *ich*, Tuppe.«

»Hat dir schon mal jemand gesagt, daß du ein verrückter Typ bist?« fragte Tuppe.

»Du würdest dich wundern ...«, grinste Cornelius.

»Wir können weiterfahren«, sagte Tuppe.

Es war kurz nach sieben an diesem netten sommerlichen und nichtsahnenden Abend, als der Cadillac Eldorado schließlich vor der traurigen Ödnis, die einstmals Moby-Dick-Weg Nummer 1 gewesen war, stotternd zum Stehen kam.

Cornelius schüttelte seine Jackentaschen. »Benzin alle. Geld alle. Ich hab' keinen Pfennig mehr.«

»Es scheint also, als sei damit der Reiseteil unseres heroischen Unternehmens abgeschlossen.«

Cornelius gab zu, daß dem vermutlich so sei.

»Was auch bedeutet, daß der echt aufregende Höhepunkt nicht mehr weit sein kann.«

Cornelius stimmte auch dem zu.

»Was zur Folge hat, daß ich dringend mal muß.«

Cornelius hielt das für äußerst naheliegend.

»Dir ist doch klar, daß *er* wahrscheinlich schon da ist, oder?«

»Der Campbell?« Cornelius sog die Luft ein. Gewisse unaufdringliche Gerüche wehten ihm entgegen. Andere weigerten sich standhaft, ein Gleiches zu tun. »Er ist da drin.«

»Dann muß ich mal eben einen Busch finden, hinter den ich gehen kann, bevor wir irgendwas anderes machen. Wenn ich nur an diesen Campbell denke, kriege ich schon die Sch –«

»Er ist auch nicht gerade mein Augenstern.« Cornelius

fragte sich, wo wohl der nächste und kräftigste Stock liegen mochte. Er machte sich große Sorgen um das Wohlergehen seiner Eltern – der Murphys, der Londons oder als wer sie sich auch immer erweisen sollten.

»Cornelius, was ist er eigentlich, dieser Campbell?«

»Ein Möchtegern-Schüler auf der neuerfundenen Okarina, würde ich tippen.«

»Hast du eigentlich irgendeinen Plan?«

»Habe ich einen Plan?« Cornelius brachte ein Nicken und ein Zwinkern zustande. »Mann, habe *ich* einen Plan.«

»Na ja, hast du einen?«

»Nun ja ...«

Der Papa hatte das Hinundherlaufen aufgegeben. Jetzt saß er auf der Schwelle seiner Laube, zog an seiner Pfeife und erörterte mit seinen Kumpeln den traurigen Niedergang der populären Musik. Wie man es halt so macht.

»Ich fühle mich immer noch dafür verantwortlich«, sagte der Alte zu seinen Werkzeugen. »Wenn ich nicht an dieser Karaoke-Maschine herumgepfuscht hätte, dann hätten sich die Beatles nicht trennen müssen. Ich habe nur die Vorderabdeckung abgenommen, um sie zu reinigen, und da ist diese kleine Schraube herausgefallen ...«

»So heiß fand ich die Beatles eigentlich gar nicht«, meinte das Außenthermometer. »Höhö, so heiß, kapierst du?«

Der Papa mußte passen.

»Was ist eigentlich aus Reg Presley* geworden?« fragten ein paar beschäftigungslose Tröge.

Der Papa zuckte mit den Achseln.

»Ich bin ja eher ein Philip-Glass-Fan«, verkündete das Laubenfenster.

»Rap!« meinte der Hammer.

»Soul«, sangen drei schwarze Spaten.**

* Sänger der *Troggs*. (Anmerkung des Übersetzers)

** Spaten = Spade = Slang für: Schwarzer (Anmerkung des Übersetzers)

»Hört mal, ich weiß eure Geste wohl zu schätzen, Leute«, sagte der Papa, »aber ich fürchte, wir kommen damit nicht weiter.«

»Dann kann ich meine Verehrung für Dean Martin wohl in den Wind schrauben, äh schreiben?« kicherte der Schraubenzieher.

»Wartet mal«, rief der Gartenschlauch, ein Tom-Jones-Fan. »Die Rettung naht. *Here comes the son.*«

»Du-dn-du-du«, machte ein vorbeifliegender Käfer. »Wo bleibt eigentlich die Anspielung auf Pink Floyd?«

Ohne eine Ahnung davon, was ihn erwarten würde, kletterte Cornelius Murphy über ... *Die Mauer.*

»Ah«, sagte er und betrachtete interessiert das Schauspiel um seinen Vater, der in einer Art Rauchglasdom am Ende des Gartens saß. »Papa?«

»Cornelius, mein lieber Junge.« Murphy senior erhob sich und schlug gegen die magische Wand. Abermals ertönte der dumpfe Glockenton.

»Mike Oldfield«, sagte das Setzholz.

»Man sollte immer aufhören, wenn's am schönsten ist«, sagte der Papa. »Cornelius, Frucht meiner Leidenschaft für deine liebe Mutter. Cornelius, wenn du auch nur ein Fitzelchen Anstand in deinem prächtigen jungen Körper hast, dann befreie mich aus dieser teuflischen Falle.«

Cornelius näherte sich dem Mann in dem magischen Gefängnis. »Ich hab' da draußen eine Lieferung für Sie, Mr. London«, sagte er.

»O weh! O Jammer!« Arthur Kobold ließ es gut sein mit dem Hinundherlaufen.

Er konsultierte seine Taschenuhr und bedachte das Telefon mit einem durchdringenden Blick. Wenn erst der Zug in Bewegung gesetzt war, dann ließ sich nicht mehr vorhersagen, was passieren würde. Nur, daß es etwas Schreckliches sein würde. Wenn er, Arthur Kobold, irgend etwas tun konnte, dann war jetzt die Zeit, es verdammt noch mal zu tun. Arthur biß sich auf die Knöchel. Kuchen hätte er entschieden vorgezogen.

»O weh! O Jammer!« Die Mutter unterbrach ihren faszinierenden Monolog. »Glaubt man denn, wie spät es schon ist? Sie müssen ja ganz ausgehungert sein, Mr. Kobold. Ich lauf schnell in die Küche und schaue, was ich Ihnen zum Abendessen machen kann. Vielleicht noch eine Tasse Tee. Ich hab' noch einen Beutel auf der Fensterbank trocknen. Da müßte noch etwas rauszuholen sein, könnte ich wetten.«

Der Campbell stellte das Hinundherlaufen ein. »Schnell in die Küche laufen? Nein, ich glaube, das ist keine so gute Idee. Erzählen Sie mir lieber, wie Sie die Schrumpfkopfanfertigung von diesen Eingeborenen in Papua gelernt haben.«

»Ja, also, zuerst schlitzen sie den Hinterkopf auf, sehen Sie, vom Genick bis zum Scheitel, und dann brechen Sie den Schädel auf. Es ist ein Trick dabei, aber ich habe es schnell hinbekommen. Sagen Sie mal, Sie sehen etwas verfärbt aus, Mr. Kobold. Und dann noch all die Beulen, die aus Ihrem Kopf hervorschießen und so. Wollen Sie es sich nicht doch noch mal mit dem Tee überlegen?«

»O weh! O Jammer! Cornelius, befreie deinen Papa, und sichere dir sein ewiges Wohlwollen.«

Cornelius näherte sich dem in der Falle Sitzenden und fuhr mit den Fingern leicht über die unsichtbare Barriere. »Woher kommt das?« fragte er.

»Die Mächte der Dunkelheit, mein Junge.«

»Ah, unsere guten alten Dämonen, wie? Tja, sieht ganz so aus, als seist du erledigt.« Cornelius wandte sich zum Gehen.

»Nein. Warte. Wo willst du hin?«

»Die Mutter retten, natürlich.«

»Dann hilf mir raus. Ich geh' dir zur Hand.«

Cornelius grinste seinen Vater an. »Es gibt etwas, das du tun könntest.«

»Alles, was du willst, wenn du mir nur hier heraushilfst.«

»Sag mir, wo du die Okarina versteckt hast.«

»O nein. Nicht das.« Der Papa schlug die Hände vors Gesicht.

»Genau das. Ich will sie haben – und zwar sofort.«

»Cornelius, nein. Du hast noch nicht alle Papiere.«

»Ich vermute, daß die, die mir noch fehlen, mit der Okarina zusammen versteckt sind. Wo war das noch gleich, sagtest du?«

»Ich kann es dir nicht sagen.«

»Dann muß ich Sie jetzt einfach hier zurücklassen. Tut mir leid, *Mr. London*.«

»Nein, warte. Cornelius, ich kann dir alles erklären. Das mit der Okarina und mit ›Jack London‹. Alles. Aber streng dich an, und hol mich hier raus.«

»Versprochen?«

»Ja. Ja! Ich lege meine Hand aufs wehe Herz.« Genau das tat der Papa.

»Trau dem alten Scheißer bloß nicht«, murmelte die Schubkarre.

»Du hältst dein blödes Maul!« Der Papa schlug mit seiner Herzhand nach dem zweigriffigen Verräter.

»Wer soll sein Maul halten?«

»Du doch nicht, mein Junge. Gott behüte! Nun komm schon, mach Gebrauch von deiner Findigkeit.«

Cornelius schüttelte den Kopf. »Lieber nicht.«

»Was? Aber die Okarina ...«

»Du bleibst besser hier. Wenn selbst deine eigene Schubkarre dir nicht über den Weg traut, sehe ich nicht ein, warum ich es tun sollte.«

»Warte, Cornelius.« Der Papa bumste gegen die unsichtbare Wand.

»Dong, dong, dong«, machte diese.

Und Ding-dong machte die Klingel an der Vordertür im Moby-Dick-Weg 23.

»Besuch«, sagte die Mutter. »Ich frage mich, wer das sein könnte. Für die Müllmänner ist es eigentlich noch ein bißchen früh im Jahr.«

»Gestatten Sie, daß ich nachsehe, werte Dame. Vielleicht ist es Cornelius. Ich möchte ihn überraschen.«

»Cornelius hat seinen eigenen Schlüssel. Setzen Sie sich doch. Ich geh' schon.«

»Dann komme ich mit Ihnen.« Der Campbell lächelte liebenswürdig.

»Nein, das ist doch nicht nötig.« Die Mutter lächelte ebenfalls.

»Ich muß unbedingt darauf bestehen.« Der Campbell hörte auf zu lächeln.

Die Mutter nicht. Sie sagte: »Ich vermute, es ist der kleine Tuppe, der gerne unsere Toilette benutzen möchte. Cornelius ist wahrscheinlich hintenrum gegangen. Er wird nicht sehr erbaut sein, wenn er sieht, was Sie mit meinem Mann gemacht haben.«

»Was denn?« Der Campbell versteifte sich. »Was meinen Sie?«

»Sie wissen genau, was ich meine, Mr. Abweichler-Beulenkopf.«

»Oh, ho!« Der Beulenköpfige nahm seine Brille ab und steckte sie in die elegante Brusttasche seines eleganten grauen Anzugs. »Dacht' ich mir doch, daß ich die richtige Adresse in mehr als einem Sinne erwischt habe. Das bedeutet gar nichts Gutes für Sie, fürchte ich.« Er schnippste mit den Fingern, und wieder züngelte Feuer zwischen ihnen empor.

Die Mutter wirkte außerordentlich unbeeindruckt. »Das ist doch gar nichts«, sagte sie. »Ich habe mal beim Tee mit einem ugandischen Obi-Zauberer namens Katafeltro zusammengesessen, der das mit seinem Pimmel konnte. Und eines Abends begleitete er mich auf eine Fete in der Britischen Botschaft in Kampala. Lady Windermere war auch anwesend, und Sie würden nie erraten, was passierte. Sie fragte Katafeltro, ob er mal Feuer für sie hätte, und er ...«

»Halt den Mund, Frau!« Der Campbell wurde immer beuliger. »Ich mach' dich fertig.« Er spreizte seine Finger, und die Flammen schossen empor wie ein olympisches Feuer.

»Vorsicht. Sie sengen noch meine Sofaschoner an.« Die Mutter machte eine ziemlich interessante, irgendwie mystische Geste mit ihrer rechten Hand. Und stieß mehrere magische Silben hervor.

Eine ansehnliche Eimerladung alter Fischabfälle nahm Gestalt an. Kam mit Schwung vorwärts. Flog durchs Zimmer. Und erwischte den Campbell voll in der Schnauze. Die Flammen erloschen.

»Was? Wie? Uääähhh!« machte der Campbell und zappelte in dem übelriechenden Durcheinander.

»Anherbeschworen, natürlich.« Die Mutter pustete sich auf die theurgischen Fingerspitzen. »Mr. Katafeltro hat es mir beigebracht. Es ist eigentlich ein bißchen wie beim Fahrradfahren. Wenn man es erst mal ohne Sattel probiert hat, vergißt man nie mehr, wie die Klingel funktioniert.«

Der Campbell kam schwankend auf die Füße. Er sah nicht unbedingt appetitlich aus. Eine schöne Bescherung. Der unansehnliche Beulenkopf begann anzuschwellen. Und anzuschwellen.

»Sie machen sich noch unglücklich«, bemerkte die Mutter.

»Grrrrrrrrrrrrr!« und »boiiiiiiiiing!« Die Transformation war kurz, und sie war dramatisch. Und effektiv. Und ausgesprochen eigenartig. Der Campbell verwandelte sich in einen großen, vielfarbigen, sich drehenden Ball. Dieser schwebte für einen kurzen Moment bewegungslos in der Luft. Um dann im Zimmer umherzuspringen. Mit großer Geschwindigkeit. Und voller Wucht.

Die Mutter duckte sich flink, als der nunmehr kugelrunde Abweichler über ihren Kopf hinwegsegelte und in die Kaminwand krachte. Und dabei die Uhr auf dem Kaminsims zu Klump fegte, spanische Tänzerpuppen in ihre Bestandteile spaltete und das gerahmte Foto der Königinmutter (Gott hab sie selig) ganz fies kaputt machte.

Und dann ging es auf und nieder und hin und her und rundherum. Wieder und wieder und wieder und wieder. Bohlen gaben nach, Deckenputz regnete hernieder, Möbel wurden pulverisiert. Krach, Bumms und Rumms.

»Mensch!« Tuppe spähte durch die Briefklappe.

»Mensch, in der Tat.« Cornelius, der sich – mit einem hinlänglich kräftigen Stock in der Hand – von der Küche her angeschlichen hatte, sprang in Deckung, als die Wohnzimmertür aus ihren Angeln krachte und in den Flur splitterte.

»O weh! O Jammer!« meinte die Mutter. »O ...«

Und dann wurde es plötzlich still.

Cornelius stand im Flur. Den kräftigen Stock in der nicht so kräftigen Hand. Den Atem angehalten. Tuppe erkletterte die Eingangstür und verschaffte sich Einlaß mit dem Schlüssel des großen Jungen. Cornelius legte seinen Finger an den Mund. Und riskierte einen schnellen Blick ins Wohnzimmer. Da war nichts, das er wiedererkannt hätte. Obwohl eine Unmenge Staub in der Luft hing, war das Ausmaß der Verwüstung deutlich genug. Das Zimmer war völlig zerstört. Der Putz war von den Wänden und der Decke verschwunden. Ein großes Loch gähnte in der Trennwand zum Hinterzimmer. Nur Fetzen und Splitter erinnerten noch an das Mobiliar.

Allein die Vorderfenster waren noch intakt geblieben. Unberührt. Ihre Tüll- und die schmucken Übergardinen vollkommen unversehrt.

Raffiniert, dachte Cornelius. »Hallo? Mama?« Er trat durch die Tür und in den Schutt hinein. Bohlen ächzten unheilverkündend.

»Das würde ich lassen, wenn ich du wäre«, flüsterten sie.

Cornelius wich zurück. »Ist da jemand?«

»Ich bin hier.« Die Stimme war sanft.

Cornelius fuhr herum, schwang seinen Stock.

»Laß ihn fallen.« Der Campbell erschien aus dem hinteren Zimmer. Er hatte wieder sein altes, charmantes Wesen angenommen. Er zerrte eine staubverschmierte Frau hinter sich her, der er seine Pistole an den Kopf hielt, wie es die richtig bösen Bösewichter tun. »Laß ihn fallen, sonst erschieß' ich diese redselige Vettel. Und das sag' ich nicht im Spaß.«

»Hallo, mein Schatz.« Die Mutter winkte Cornelius mit den Fingern zu.

Cornelius ließ den Stock fallen. »Laß sie los, Campbell. Ich habe das, was du willst.«

»Hast du nicht. Aber ich schätze, dein Vater hat's. Wollen wir ihn nicht hereinrufen und fragen? Was meinst du? He *du!*«

»Ich?« fragte Tuppe.

»Du, du kleiner Scheißer. Wo willst du denn wohl hinschleichen?«

»Nirgends.« Tuppe lächelte schief. »Nirgendwohin.«

Kurz nach halb acht an diesem frühen Es-wird-etwas-Schlimmes-passieren-Abend saß die Familie Murphy – Jack, Bridie und ihr Sohn Cornelius – an ihrem Küchentisch. Bei ihnen saß (auf einem Kissen) der beste Freund des jungen Murphy, Tuppe. Und bewachen tat sie, mit der Pistole in der Hand und gemeinem Lächeln im Gesicht, der böse Campbell-Jim.

»Ich glaube«, sagte eben diese Person, »dies ist jetzt wohl das, was sie den Showdown nennen.«

Sie schon wieder, dachte Tuppe. Sagte aber nichts.

Der Campbell richtete einen bösen Blick auf den Papa. »Die Okarina. Geben Sie sie mir. Sofort.«

»Was ist denn so wichtig an dieser verdammten Okarina?« flüsterte Tuppe Cornelius zu.

»Erzählen Sie es dem kleinen Scheißer.« Der Campbell winkte dem Papa mit seiner Pistole.

Der Papa machte mürrische Grummelgeräusche. »Ich weiß nicht, wovon Sie sprechen.«

Der Campbell spannte den Hahn. »Erzählen Sie's ihm.«

»Mach schon, Jack«, sagte die Mutter. »Erzähl's ihm.«

»Ja, *Jack*«, sagte Cornelius. »Erzähl's doch uns beiden.«

»Ach, na gut.« Der Papa seufzte trübselig. »Die Okarina ist der Schlüssel. Sie schließt die Tore zu den Verbotenen Zonen auf.«

»Dann existieren diese Zonen also wirklich?«

»Natürlich, mein Sohn. Was glaubst du, woher diese potthäßliche Ausgeburt der Hölle entsprungen ist?«

»Halten Sie sich zurück, ja?« Der Campbell zog ein Gesicht von alles übertreffender Potthäßlichkeit.

Der Papa fuhr fort: »Der Meister hatte immer den Verdacht gehegt, daß der Fortschritt der Menschheit mutwillig blockiert würde. Daß lebenswichtige Informationen zurückgehalten wurden. Daß die Wahrheit verheimlicht wird. Daß es, mit einem Wort, eine große Verschwörung gibt. Als er die Existenz der Verbotenen Zonen entdeckte, paßte plötzlich alles zusammen. Die Mächte, die das spontane Entstehen von Menschenmengen dirigieren, das Phänomen der kleinen Schrauben, die verschwindenden Kulis. Diese Mächte lauern in den Verbotenen Zonen. Typen von *seiner* Art«, der Papa zeigte auf den Campbell, »haben die Menschheit seit Jahrhunderten vermurkst.«

»Wenn nicht länger«, grinste der Campbell süffisant.

»Aber warum?« fragte Cornelius. »Wozu die Menschheit vermurksen?«

»Weil es sie gibt! Darum.«

Cornelius kratzte sich am Kinn. Waren das Bartstoppeln, was er da spürte? Wahrscheinlich nicht.

»Nun mal schnell«, forderte der Campbell. »Beenden Sie Ihre kleine Ansprache, und rücken Sie das Instrument raus.«

»Rune unternahm Experimente«, fuhr der Papa fort, »um herauszufinden, was uns vorenthalten wurde. Er entdeckte, daß es noch weitere Farben gibt.«

»Wir haben Rizla kennengelernt«, sagte Cornelius. »Er hat uns eine davon gezeigt.«

»Bruder Rizla. Hat er immer noch den ...?« Der Papa wirbelte seine großen Finger über seinem großen Kopf herum. Cornelius nickte.

»Das waren die da.« Der Papa schenkte dem Campbell einen zornigen Blick.

Der Campbell gab ihn ohne Dank zurück. »Machen Sie schon weiter«, sagte er.

Der Papa machte. »Rune experimentierte auch mit Tönen. Er rechnete damit, daß das Tonika-Do-System nur einen Teil der Wahrheit enthalte. Daß es andere Noten gebe. Noten zwischen den Noten. Noten, die kein Mensch jemals gehört hat. Noten, die kein Mensch hören sollte.«

»Daher die legendäre neuerfundene Okarina.«

»Genau, mein Sohn. Der Meister fügte ihr neue Noten hinzu.«

»Und öder Geschichte kurzer Sinn«, unterbrach der Campbell, »Rune entdeckte auch, warum gerade diese Noten der Menschheit vorenthalten wurden. Wegen ihrer Schwingungen. Wenn die Noten gespielt werden, öffnen ihre Schwingungen die Tore, die von dieser Welt in jene führen, die innerhalb der Verbotenen Zonen liegt. Jetzt wißt ihr's also. Geben Sie mir die Okarina, Mr. Murphy.«

»Moment«, sagte Cornelius. »Nicht so schnell. Eins verstehe ich nicht. Wenn du aus einer dieser Verbotenen Zonen kommst, wozu brauchst *du* dann die Okarina?«

»Weil er ohne sie nicht wieder zurück kann«, erklärte der Papa. »Er ist ein entlaufener Krimineller. Von drinnen geflüchtet. Ein gefährlicher Abweichler.«

»Das bin ich«, sagte der Campbell.

Cornelius war immer noch ratlos. »Aber wenn du aus der Gefangenschaft drinnen geflohen bist, warum willst du dann wieder hinein. Willst du dich stellen?«

»Mich stellen?« Der Campbell schüttelte sich vor Lachen. »Scheiße, nee! Ich will diese Wichser ausrauben. Da drinnen liegt ein Vermögen. Der Topf am Ende des Regenbogens. Eine Million verlegte Diamanten. Uralte Schätze. Mehr Kulis, Regenschirme und Schraubenzieher mit gelbem Griff, als du in hundert Leben aufbrauchen kannst. Da liegt das Gold nur so rum, in diesen Zonen.«

»Wer also die Okarina besitzt, hält den Schlüssel zu unermeßlichem Reichtum in Händen?«

»Genau. Man braucht nur zu pfeifen.«

»Aber die Eingänge sind doch bestimmt bewacht.«

»Wogegen? Rune war der einzige Mensch, der an die Existenz der Zonen glaubte. Der einzige Mensch, der den Schlüssel hatte. Und er ist jetzt ...«

»Tot?« fragte Cornelius. »Oder vielleicht sitzt er drinnen fest.«

»Keine Ahnung. Interessiert mich auch gar nicht. Aber genug geschwatzt jetzt. Her mit der Okarina, Mr. Murphy, oder ich erschieße Ihre reizende Frau und Ihren prächtigen großen Jungen.«

»Sie bluffen.« Der Papa verschränkte die Arme und schob die Unterlippe vor. »Das wagen Sie nicht.«

Rund um den Tisch klappten Kinnladen herunter.

Der Campbell richtete seine Pistole auf Tuppe. »Na gut. Ich erschieße zuerst das Männchen-klein. Dann können Sie schon mal erleben, was für einen Lärm die Pistole macht. Und was für eine Schweinerei natürlich auch.«

»Moment mal«, rief Tuppe. »Das find' ich nicht gut, find' ich nicht.«

»Nur'n Scherz«, sagte der Papa. »Ich hole die Okarina.«

»Ich glaube auch, das wäre das beste.«

Felix Henderson McMurdo, von dem man lange nichts mehr gehört hatte, war glücklich. Er hatte Hunger, und er mußte mal. Aber trotzdem war er glücklich. Er hatte den aufregendsten Tag seines Lebens hinter sich. Eine eindeutige Verbesserung im Vergleich zu dem davor, als er von Wilden Kriegern zusammengeschlagen und von einem Monster gesichtstortet worden war. Der heutige Tag aber war eine Klasse für sich.

So richtig begonnen hatte alles für ihn, nachdem er vom Kloster weggelaufen war. Er war nicht weit gekommen, weil seine Knie so erbärmlich zitterten. Als er daher auf das alte, im Graben liegende Auto stieß, erschien es ihm als der ideale Ort, um sich zu verstecken, während sich seine Gedanken ordneten und seine Knie wieder beruhigten.

Schließlich und endlich: Da stand es. Türen nicht abgeschlossen, keine Steuer-Plakette, eindeutig aufgegeben. Jeder hätte diesen Fehler begehen können. Jeder hätte sagen können, hier ist ein klappriger alter schwarzer VW, der vollständig mit Dornen bedeckt ist und den keiner mehr haben will. Felix tat es. Und in Null Komma nix war er auf dem Rücksitz eingeschlafen.

Mit welch einem Schreck aber war er am nächsten Morgen aufgewacht!

Denn um sechs Uhr dieses Tages war der VW plötzlich losgefahren. Felix fuhr auf dem Rücksitz hoch, um sich beim Fahrer zu entschuldigen.

Entdeckte aber – zu seiner Verblüffung – daß da gar keiner war.

Das Auto fuhr sich selbst!

Zuerst guckte Felix nur blöde zu, wie es den Gang einlegte, auf die Straße zurückholperte und Richtung Autobahn wegfuhr. Dann geriet er in Panik. Und er war schon drauf und dran, die Tür zu öffnen und sich aus dem immer schneller werdenden Auto fallen zu lassen, als ihn ein wunderbarer Gedanke streifte.

Er erinnerte sich an einen alten Walt-Disney-Film, in dem genau das gleiche passierte. Und das Auto in diesem Film war doch auch ein VW gewesen, oder? Jawohl! Felix zählte eins und eins zusammen. Dies mußte dasselbe Auto sein. Es gab gar keine andere Erklärung. Ganz klar. Er, Felix Henderson McMurdo, wurde sage und schreibe von dem weltberühmten VW mit den eigenen Gefühlen umherkutschiert. Wie war doch gleich der Name?

Er zermarterte sich schier das Gehirn. Der Name lag ihm auf der Zunge.

Herpes. Das war's!

»Großartig«, sagte Felix. »Das ist einfach großartig.«

Und so begann er, draufloszuschwatzen. Um freundlich zu sein, ein Vertrauensverhältnis aufzubauen und so weiter, erzählte er Herpes alles von sich, wobei er die eher düsteren Teile allerdings wegließ, und dann fragte er das Auto, was es denn so getrieben habe seit seinem Abschied von Walt Disney.

Aber Herpes gab keine Antwort. Auch so war freilich offenkundig, daß er schwere Zeiten durchmachte. Typisch Hollywood, dachte Felix. Heute wirst du gefeiert, morgen sitzt du schon im Rinnstein. Tröstend tätschelte er den leeren Fahrersitz. Er hatte Verständnis.

Und Herpes raste weiter. Er war offensichtlich in einer wichtigen Mission unterwegs. Vielleicht mußte er irgendwo vorsprechen oder so was. Was immer es auch war, er hatte nicht die Absicht, zwischendurch anzuhalten. Auf keinen Fall.

Felix schnitt das Thema Frühstück an und ließ durchblikken, daß er mal zur Toilette müßte. Aber Herpes raste einfach weiter.

Der erste echte Schock des Tages war fällig, als der VW plötzlich hinter einem stahlblauen Cadillac (der Felix sehr bekannt vorkam) herfegte und versuchte, ihn von der Fahrbahn zu drängen.

Der zweite folgte kurz danach. Felix hatte seit einer Stunde seine Beine wieder und wieder übereinandergeschlagen und merkte nun, daß er nicht länger mehr anhalten konnte. Also öffnete er eines der hinteren Fenster, zog seinen Reißverschluß runter und zielte sorgfältig durch die kleine Öffnung.

Wäre es weniger dringlich gewesen, hätte er sicherlich zuerst in den Rückspiegel gesehen. Aber da dies nicht der Fall war, ließ er es bleiben. Der Polizist auf dem Motorrad, der sich von hinten näherte, bekam Felixens Ladung voll ins Gesicht.

Und er war darob nicht erfreut. Er schaltete seine Sirene ein und ließ keinen Zweifel daran, daß das Heranfahren an die Seite der nächste Punkt der Tagesordnung sei.

Aber Herpes raste einfach weiter. Kollegen des feuchten Polizisten schlossen sich bald der Verfolgung an. Herpes aber ließ sie alle hinter sich.

Die erste Straßensperre war irgendwo in der Nähe von Banbury.

Herpes rauschte hindurch, als ob es gar nichts wäre.

Felix war schwer beeindruckt. Er hatte nur ein Minimum an Gehirnstamm-Durchschüttlung davongetragen.

Irgendwo nördlich von Long Crendon, auf der B4011, war die Polizei von Buckinghamshire so phantasievoll, die Straße unter Hinzuziehung zweier Bulldozer zu sperren.

Felix erinnerte sich an einen anderen Film, den er mal gesehen hatte. Der hieß *Fluchtpunkt San Francisco*. Und er schloß seine Augen so fest, wie er konnte.

Aber der große Knall blieb aus. Herpes hüpfte einfach über die Bulldozer hinweg. Und raste weiter.

Felix klatschte in die Hände. Und dann rieb er sich den Kopf. Nur eine geringfügige Gehirnerschütterung. Das Doppeltsehen würde nicht ewig dauern. Aber dies hier war doch wirklich aufregend. Wie im Kino.

London erwies sich ebenfalls als aufregend. Felix war noch nie dagewesen und sah jetzt eine Menge der Sehenswürdigkeiten. Er hatte auch eine besonders gute Aussicht, wo Herpes doch über die Dächer all dieser Autos hinüberfuhr, die im Stoßverkehr feststeckten.

Der Polizeihubschrauber hatte das mitbekommen. Felix sah ihn herabstoßen und über sich kreisen. Er war immer noch am Gucken, als Herpes plötzlich mit quietschenden Reifen zum Stehen kam.

»*Kommen Sie mit erhobenen Händen heraus.*« Die Polizeichef-durch-Megaphon-Stimme hallte in der Küche im Moby-Dick-Weg 23 wider.

»Nicht schlecht gemacht.« Der Campbell heftete einen bitteren Blick auf Tuppe.

»Aber ich habe gar nicht … ehrlich.«

»Soll ich dir ein Taxi rufen?« fragte Cornelius den Campbell.

»Wenn du glaubst, daß du damit noch einen Lacher kriegst. Es ist aber ein uralter Gag.«

»Das meinte ich nicht.«

»Ich weiß schon, was du gemeint hast.« Der Campbell sah auf seine Gefechtsuhr.

»Ich bin mit Selbst-Antrieb hierhergekommen.« Er machte eine obszöne Gleitbewegung mit der Pistolenhand. »Sehr schnell. Aber ermüdend. Ich habe ein Transportmittel für meine Abfahrt herbestellt. Es dürfte inzwischen hier sein, ich sag' dann mal tschüs.« Er tätschelte eine ausgebeulte Tasche, die die neuerfundene Okarina enthielt. »Ich bezweifle, daß wir je wieder zusammenkommen. Aber hören werdet ihr von mir. Natürlich werdet ihr mich wahrscheinlich nicht erkennen. Aber achtet doch mal auf den unglaublich reichen unabhängigen Kandidaten, der seine Partei bei den nächsten Wahlen erdrutschartig zur Macht führen wird ... Ihr kennt das Muster. Heute Westminster. Morgen die Welt.«

»Teuflischer Schuft«, sagte der Papa.

»Ganz recht. Lebt wohl.« Der Campbell ging rückwärts aus der Küche. »Vergeßt übrigens nicht, eure Stimme abzugeben.«

Und dann war er verschwunden.

»Also«, sagte Mrs. Murphy. »Welch eine überaus unangenehme Kreatur.«

»Der Papa sprang auf. »Hinter ihm her, Cornelius«, schrie er. »Zieh deine Nummer ab.«

»Meine Nummer.« Cornelius sah erstaunt zu dem großen, schweren Burschen auf. »Und was für eine Nummer genau sollte das wohl sein?«

Der Campbell rannte aus der Vordertür und über die Straße auf den dornigen VW zu. Und fand sich plötzlich vom Scheinwerfer eines kreisenden Hubschraubers erfaßt. Was irgendwie ein bißchen überflüssig erschien, wenn man bedachte, daß es sich nach wie vor um einen hellen Sommerabend handelte.

Das Sirenengeheul drang an des Campbells Ohren. Polizeiautos schlingerten aus allen Richtungen über das Ödland.

»Scheiße!« sagte der Campbell. »Aber macht nichts.« Er tätschelte seine sich beulende Tasche. »Verstecke gibt's genug.«

»Deine Nummer«, meinte der Papa wieder. »Deine Heldennummer.«

»Ach, *die* Nummer.« Cornelius schaute den Flur hinunter und durch die offene Vordertür. Er sah den schwarzen VW und das davonhastende Hinterteil des Campbell. Den Rest hörte er.

»Es scheint ein beträchtliches Polizeiaufgebot da zu sein. Hubschrauber und alles, den Geräuschen nach zu urteilen. Überlassen wir den Campbell lieber den Jungs in Blau, würde ich sagen.«

»Nein, nein.« Der Papa wedelte mit den großen roten Händen. »Die können ihn nicht aufhalten. Er wird entkommen. Komm schon, Cornelius, komm.«

Cornelius schüttelte den Kopf, und seine Haare schüttelten mit. »Ich denke nicht, daß ich das tun werde. Ich bin diesem Ding nicht gewachsen. Was es auch sein mag.«

»Doch, bist du. Du müßtest es sein.«

»Warum?«

»Weil ...« Der Papa biß sich auf die Lippen. »Weil ...«

»Erzähl's ihm lieber, Schatz«, sagte die Mutter. »Die Sache gerät außer Kontrolle. Er muß es jetzt wissen.«

»Ich muß was wissen?« Cornelius blickte von einem zum anderen. Sie sahen beide wirklich ziemlich verlegen aus.

Der Papa blies die Backen auf. »Ich wollte es dir an deinem nächsten Geburtstag erzählen. Wenn du halt volljährig würdest.«

»Mir was erzählen?«

»Wir sind nicht deine richtigen Eltern«, stieß der Papa hervor. »Wir haben dich adoptiert.«

»*Was?*« Jedes einzelne Haar auf des großen Jungen Kopf stand zu Berge. »*Was?*«

Der große, schwere Bursche rieb sich eine Träne aus dem

großen linken Auge. »Es tut mir leid, Cornelius. Ich bin nicht dein richtiger Papa.«

»Was? Was?« Cornelius schüttelte den Kopf und füllte die Küche mit Haaren aus. »Was sagst du da? Nicht mein richtiger Papa? Wenn nicht du, wer ist es dann, um Himmels willen?«

»Hugo Rune«, sagte Jack Murphy. »Allerdings, ob er nun auf Erden weilt oder nicht ...«

Jim Campbell der Böse ignorierte den Suchscheinwerfer und den Rat, er solle das Spiel aufgeben. Er riß die Tür des VWs auf und sprang in den Fahrersitz. »Wir sollten uns davonmachen«, sagte er zu dem Auto.

»Brrrrrrrrm brrrrrrrrm«, machte der VW eifrig.

»Dann also los.« Der Campbell legte den Rückwärtsgang ein und korrigierte den Rückspiegel. Darin sah er das Gesicht des Felix Henderson McMurdo.

»Du!« schrie der Campbell.

»Ihr!« brüllte Felix. »O nein!«

Es gibt ein hartnäckiges Gerücht – hartnäckig am Leben erhalten von den Rattenfängern der Londoner Untergrundbahn –, wonach tief unter den Straßen der großen Metropole in einem abgesperrten Tunnel ein alter viktorianischer Zug steht. Voll mit Skeletten, die noch die Trachten jener stattlichen Ära tragen.

Was das Unglück betrifft, das ihn befallen habe, da gehen die Meinungen auseinander. Die einen sprechen von einem Einsturz. Andere meinen, daß Jack the Ripper in dem Zug Amok gelaufen sei. Und daß die Behörden den Tunnel hätten sprengen lassen, um den Massenmörder zusammen mit seinen Opfern für immer einzuschließen.

Wieder andere – und dies sind zumeist unsere Freunde mit dem feurig flackernden Blick – erscheinen kurz vor der Polizeistunde in den Pubs und flüstern warnende Worte in die Ohren der Stammkunden. Worte, die diese lieber gar nicht hören wollen und denen zufolge die Linie, die der Zug befahren hatte, durch eine gewisse Gegend geführt habe, in der zwei Welten aufeinandergetroffen seien. Und daß der Zug buchstäblich verschluckt worden sei.

Aber welcher Mensch, der seine sieben Sinne beisammen hat, würde wohl so etwas glauben?

Obwohl.

Möglich ist alles.

Dort unten.

Denn in der Dunkelheit, tief unter den Straßen Londons, rührte sich gerade jetzt etwas. In der höllischen Schwärze tauchte ein Lichtkreis auf. Ein Licht, das aus einer alten Blendlaterne schien.

Es strich an einer zertrümmerten Plattform entlang. Und tanzte für einen Moment im Glasauge einer viktorianischen Puppe.

Und dann stieg der Lichtkreis empor. Erfaßte ein farbiges Namensschild. Ein gespenstisches farbiges Namensschild.

Darauf waren die Worte eingraviert: ZUG DES TRISMEGISTUS, MODELL 4.

Der Lichtkreis hüpfte ein bißchen hin und her und beleuchtete sodann ein Foto, das von einer unsichtbaren Hand gehalten wurde. Es war ein Foto von Jim Campbell, dem Irren, Abweichler und prospektiven Premierminister.

Wieder hüpfte das Licht, und ein kleiner, mit ›A‹ bezeichneter Schlitz wurde sichtbar. Darin verschwand das Foto.

Und dann gab es ein schreckliches Geräusch. Das schauerlich an dem geisterhaft dunklen Ort widerhallte. Wie von einem uralten Getriebe, das knirschend in Gang kommt. Von Zahnrädern, die ineinandergreifen. Und dem Rumoren einer mächtigen Kraft, die ans Freie drängt.

»Mein Vater?« Cornelius zitterte am ganzen Körper. Außerdem fuchtelte er mit den Fäusten und trat gegen den Küchentisch.

»Halt dich zurück.« Tuppe hielt das linke Bein des großen Jungen zurück.

»Ja, ja, ich halte mich zurück.« Cornelius kämpfte mit seinen Haaren. »Ich habe immer gewußt, daß da irgendwas war. Daß ich irgendwie anders bin.«

»Das bist du«, sagte der Adoptivpapa. »Du bist aus echtem Heldenstoff gemacht. Genau wie dein Vater. Du mußt sein Werk fortsetzen. Du solltest es eigentlich noch nicht wissen. Aber wegen dem Abweichler und so weiter ... Du mußt ihn aufhalten, Cornelius. Nur du allein kannst es.«

»Nur ich?«

»Nur Sie«, sprach Arthur Kobold von der Küchentür her. »Jagen Sie den Abweichler, Cornelius. Zerstören Sie ihn.«

»Das kann ich nicht.«

»Natürlich können Sie's.«

»O nein, kann ich nicht.«

»Aber ja doch«, meinten sie alle.

»Es geht nicht. Der Cadillac hat kein Benzin mehr.«

»Cadillac?« fragte der Papa.

»Neunzehnachtundfünfziger«, sagte Tuppe. »Stahlblaue Lackierung, stahlblaue Polster ...«

»Radio, das immerzu Max Bygraves spielt?«

»Haargenau. Woher wissen Sie?«

»Weil es mein Auto ist. Ich habe es für Cornelius gekauft. Zu seinem Geburtstag. Mein Kumpel Mike hat es für mich überholt. Na ja, jedenfalls wollte er versuchen, das Radio zu reparieren.«

»Soviel zu deiner Geburtstagsüberraschung«, sagte Tuppe.

Cornelius fand keine Worte.

»Bist du sicher, daß kein Benzin mehr drin ist?« fragte der Papa. »Du hast doch versucht, auf Reserve umzuschalten, oder?«

Der Campbell ließ den Motor seines ganz speziellen Automobils aufheulen. »Ich verschwinde von hier«, sagte er zu Felix. »Und du steckst übrigens voll in der Scheiße.«

Felix bedeckte sein Gesicht mit den Händen. »Nicht wieder die Torte«, bettelte er. »Alles, nur nicht die Torte.«

Der Campbell warf einen abschätzenden Blick auf den ganzen Polizeiapparat. Die Wagen waren inzwischen ordentlich in Reih und Glied auf beiden Seiten des perspektivisch verkürzten Moby-Dick-Wegs abgestellt. Männer in Kampfanzügen kamen aus Transportern gesprungen. Sie trugen Gewehre.

»Scheiß drauf«, sagte der Campbell.

Im Innern von Haus Nummer 23 herrschte fast genausoviel Auftrieb wie draußen. Der Papa wühlte sich durch diverse Küchenschubladen, auf der Suche nach etwas sehr Wichtigem. Die Mutter strich die Haare ihres großen Jungen zurecht, damit er bei seinem großen Showdown auch ja einen anständigen Eindruck machte. Tuppe wußte nicht so recht, wie er sich nützlich machen konnte, und so stand er halt allen ein bißchen im Weg herum.

»Dies hier werden Sie brauchen.« Arthur Kobold drückte dem Heldenjungen eine Samttasche in die Hand.

»Was ist das?« fragte Cornelius.

»Ein ganz besonderer Revolver. Der wird ihn erledigen.«

Cornelius machte ein äußerst zweifelndes Gesicht. »Ich bin kein Mörder, wissen Sie.«

»Ich kann Ihnen einen Riesen-Bonus in Aussicht stellen.«

»Und auch kein Kopfgeldjäger.«

»Aber Sie sind ein Mensch. Der Campbell nicht. Nehmen Sie den Revolver.«

Cornelius steckte sich die Tasche in die Tasche.

»Na endlich«, rief Mr. Murphy und beförderte ein abgegriffenes altes Buch ans Tageslicht. »Kommt jetzt.«

Es folgte ein mannigfaches Eilen und In-der-Küchentür-Eingeklemmtwerden und Fluchen und Schubsen und generell schlechtes Betragen.

»Schnell, schnell«, meinte Arthur Kobold. »Er entkommt.«

Genau das tat der Campbell. Herpes ließ seine Hupe ertönen. Die Reifen drehten auf dem Asphalt durch, und ab ging's. Felix zog einmal mehr den Kopf ein, als der VW auf die nächste Polizeibarrikade zuschoß, einen mächtigen Satz tat und mit Karacho auf der anderen Seite landete.

Polizisten zogen ihre Köpfe ein und schüttelten die Fäuste. Ein paar von den Männern im Kampfanzug feuerten ihre Gewehre ab. Und dann folgte ein mannigfaches Eilen und In-Wagentüren-Eingeklemmtwerden und Fluchen und Schubsen und generell schlechtes Betragen.

Polizeiautos schleuderten, bretterten ineinander, drehten sich und machten sich auf die heiße Verfolgung des Campbell.

Jack Murphy schaute bewundernd auf den Cadillac. »Die vordere Stoßstange hat einen Kratzer«, registrierte er.

»Gruß vom Abweichler«, sagte Tuppe. »Sie sollten sich mal ansehen, was er aus Ihrem Wohnzimmer gemacht hat.«

»Dieser Scheißkerl.«

»Ganz meine Meinung.«

Cornelius stieg in den Eldorado. »Wo ist der Schalter für den Reservetank?«

Jack beugte sich hinein und legte den Schalter um. »Hier. Wir schieben euch an. Du wirst das hier brauchen.« Er reichte Cornelius das abgegriffene alte Buch.

»Was ist das?«

»Der Stadtplan A-Z deines richtigen Papas. Die Lage aller Verbotenen Zonen von London ist darauf verzeichnet. Der Abweichler wird bestimmt zur nächstgelegenen fahren. Erst wird er natürlich die Polizei abschütteln müssen. Vielleicht wäre es ganz nett, wenn du schon auf ihn warten würdest, wenn er an seinem Ziel ankommt.«

Cornelius grinste. »Keine schlechte Idee. Danke ... Paps.«

Arthur Kobold hob Tuppe ins Auto. Cornelius gab den A-Z-Plan an den Kleinen weiter. »Du bist wieder der Beifahrer und Lotse. Wo müssen wir lang?«

Tuppe durchblätterte das abgegriffene alte Buch. »Meine Güte«, sagte er. »Es gibt jede Menge Eingänge, wohin man auch blickt. Allerdings nicht allzu viele in dieser Ecke, wie es scheint.«

Jack Murphy, seine Frau und Mr. Arthur Kobold lehnten sich mit vereinten Kräften gegen den Cadillac und schoben.

»Aha!« meinte Tuppe, als der Motor ansprang. »Nur einen einzigen. Im ganzen Umkreis. Genau auf dem Gipfel des Sternenhügels.«

20. KAPITEL

Mr. Jarrow schenkte dem Krawall keinerlei Beachtung. Er verschloß seine Ohren, ignorierte die quietschenden Reifen, die heulenden Sirenen und die ächzenden Getriebe, als die Jagd an seiner Vordertür vorbeitobte.

Der Jugend-Stellenberater saß in der Badewanne. Und er war in freudiger Stimmung. Er sang aus vollem Halse, während er seine Ohren mit dem spitzen Ende seines Luffaschwammes vom Schmalz befreite.

Die dissonanten Klänge, die aus seinem Munde drangen, waren nicht leicht zu identifizieren. Gewisse Status-Quo-Anteile waren vorhanden. Freilich mit erheblichen Andeutungen von Max Bygraves vermischt. Was es auch war, es hallte jedenfalls kräftig in dem schäbigen Badezimmer wider, bevor es in den kuriosen weißen Seidengewändern versank, die, verpackt in der Tasche von der Trockenreinigung, vom Türhaken hingen.

Als er mit den Ohren fertig war, legte Mr. Jarrow das nunmehr Zerumen-verkrustete faserige Innere der Wischtuchkürbisfrucht beiseite, um sodann seine gelblichen Fingerspitzen mit Bimsstein zu bearbeiten. Der leichte, poröse, saure und vulkanische Stein, mit seiner Beimischung von

Rhyolith beseitigte rasch die Rückstände des im Tabak enthaltenen Hauptalkaloids ($C_{10}H_{14}N_2$), und bald konnte Mr. Jarrow auch ihn beiseite legen.

Er war blitzsauber. Aber hallo! Er tauchte ins parfümierte Seifenwasser und unterzog die sichtbaren Teile seines Körpers einer genauen Begutachtung. Allesamt fleckenlos und nett anzuschauen. Ihre Betrachtung veranlaßte Mr. Jarrow zu einem nicht unerheblichen Seufzer.

Er war nie ein besonders wohlriechender Bursche gewesen. Kein Geck oder Schniekschnösel. Eigentlich mehr ein weiße-Unterhosen-Vertreter.

Damit hatte es jetzt ein Ende.

Diese bösen Zeiten waren vorbei und vergessen. Er war jetzt ein ganz anderer Mensch. Und warum? Weil Mr. Jarrow verliebt war. Darum.

Und warum denn auch nicht? Er war schließlich ein Mann. Und sie war eine Frau. Und was für eine.

Ach, Roellen.

Delila der Doppeleier mit Fritten und Erbsen.

Unsere Liebe Frau der langen Beine.

Roellen Ridout, Café-Betreiberin.

»Runter mit dir, Junge«, wies Mr. Jarrow seinen gründlich gereinigten Johannes an, als dieser seinen Kopf erhob. »Jetzt noch nicht.«

Mr. Jarrow ließ sich tiefer sinken und schwelgte ein wenig in Gedanken. Heute abend würde er sie sehen. Und heute abend würde er sich ihr erklären. Heute abend.

Während der Zeremonie.

Wenn er und all die anderen lokalen Wickaner sich vor ihr versammelt hatten.

Vor ihr, ihrer aller Hohepriesterin.

Heute abend, beim Beschwören des Mondes und dem Abwerfen der Wäsche. Beim Tanz mit bloßen Teilen.

Auf dem Gipfel des Sternenhügels.

Auf dem Gipfel des Sternenhügels. Oben auf der Kupferkarte, oben auf dem Betonsockel, oben über den sterblichen Überresten des Pfarrers Matthew Kemp, saß Tuppe.

Der Cadillac Eldorado war gut sechzig Meter weiter unten geparkt, sorgfältig am Rand des Golfplatzes versteckt. Sein Fahrer beobachtete gerade die nicht allzu weit entfernte Verfolgungsjagd und trug eine besorgte Miene zur Schau.

»Genau das richtige Wetter dafür«, sagte Tuppe. »Blendende Sicht obendrein. Wir werden den Spinner umgelegt haben, bevor er überhaupt weiß, was los ist.«

»Aber was ist, wenn er gar nicht hierherkommt?«

»Der kommt.« Der kleine Mann blätterte in Runes A-Z-Plan, ohne seine Augen allzuweit von dem Spektakel abirren zu lassen. »Ich hab's dir doch gesagt. Dies ist der einzige Eingang weit und breit. Sobald der Campbell die Polizei äh ... losgeworden ist, kommt er hierher. Muß er. Glaube ich.«

Cornelius hegte weiter seine Zweifel. »Ich möchte mal wissen, wie es überhaupt kam, daß die Polizei so genau im rechten Moment aufgetaucht ist. Ich dachte echt, das wärst wieder du mit deiner Stimme gewesen.«

»Ich auch.«

»Hä?«

»Na ja, nach dieser Geschichte mit meinem Schatten, der dich aus der Bahn von diesen Lastwagen gezogen hat, fange ich an, mich zu fragen, wozu ich wohl noch in der Lage bin.«

Cornelius zuckte die Achseln. »Guck dir mal diese Kanone an, die mir Arthur Kobold gegeben hat. Also, wirklich!.«

Tuppe untersuchte die Waffe. Es war ein Preßblech-Teil à la Dan Dare im Stil der fünfziger Jahre. Die Worte CAPTAIN TRISMEGISTUS ABWEICHLER-ZERSTÖRER waren auf der Seite eingraviert.

»Scheint sich nicht ganz mit der Feuerkraft von Sankt Sacco Benedetto messen zu können, wie?« Tuppe gab sie zurück.

»Glaubst du, daß ich sie mal ausprobieren sollte? Gegen einen Baum schießen oder so?«

»Lieber nicht. Falls dann eine kleine Fahne mit der Aufschrift PENG aus dem Lauf kommt, bist du nur entmutigt. Ah, guck mal da unten. Der Campbell ist in die Hauptstraße eingebogen. Bin gespannt, ob er sich mit dem neuen Einbahnstraßen-System auskennt.«

Tat er nicht. Aber selbst wenn er es getan hätte, wäre es ihm egal gewesen. Er kräuselte seine Lippen, Herpes hupte, und Felix griff sich an die Weichteile. Ein Polizeiauto setzte sich neben sie.

»Fahren Sie an die Seite«, rief der Fahrer.

»Verzieh dich.« Der Campbell zog am Lenkrad. Herpes rammte das Polizeiauto von der Seite. Das Polizeiauto geriet ins Schleudern. Fuhr auf den Bürgersteig. Und rauschte voll durch das ungeputzte Ladenfenster von ›Harrys Haustiere‹.

Käfige purzelten, brachen auseinander. Verstreuten alle möglichen gottlosen Geschöpfe. Seltsame Biester erhoben sich in einem Gestöber aus Flügelschlagen, Kehllappenflattern und Membranenzucken. Fliegende Hummer bellten und fauchten. Schuppige Schafe ließen ihre Schnäbel klappern. Und irgendwelche Dinge, die in die Nacht hinausrumsten, machten irgendwie ... rums.

Harry Polgar kam ohne einen einzigen Kratzer davon. Weil er nämlich gar nicht in seinem Laden war, als das Polizeiauto ihn heimsuchte. Er vergnügte sich ein paar Straßen weiter in einem Pub namens *›Der Fliegende Schwan‹* bei einem Drink und einem Schwätzchen. Und er sah mit freudiger Erwartung der bevorstehenden, von falschen Hemmungen freien Nacht des Mondbeschwörens und des Wäscheabwerfens entgegen.

»Es ist eine richtige Religion, weißt du«, sagte er zu Jim Pooley, der an der Bar lehnte. »Die Tatsache, daß wir in unseren bloßen Teilen herumtanzen, führt bei manchen Leuten zu Mißverständnissen.«

Jim glaubte, daß es das keineswegs tat. Er betrachtete den leeren Grund seines Glases. »Hört sich nach einem klaren Fall von religiöser Diskriminierung an«, sagte er.

»Wie spät ist es?« fragte Tuppe.

Cornelius schaute auf die Uhr. »Gleich acht. Ist das wichtig?«

»Glaub' kaum. Ich bin nur hungrig, du nicht?«

Das Telefon auf Arthur Kobolds Schreibtisch klingelte. ›Klingeling‹ machte es. Aber es war niemand da, den Hörer abzunehmen.

Dafür jede Menge Kuchen.

Der Campbell drängte ein weiteres Polizeiauto von der Straße. Die Reihen der Verfolger hatten sich deutlich gelichtet. Aber da war immer noch die Sache mit dem Hubschrauber.

Dieser Hubschrauber drehte plötzlich ab und kehrte zur Basis zurück. Er hatte kaum noch Treibstoff. Das war natürlich ziemlich langweilig, wenn man bedenkt, was für spektakuläre Sachen er ohne weiteres hätte veranstalten können. Zum Beispiel in Hochspannungsleitungen krachen oder seitlich gegen ein Gebäude. Oder in einen Hügel. Oder irgendwas.

Aber andererseits kosten Hubschrauber wirklich einen Haufen Geld. Und die Männer, die sie fliegen, neigen eher zur Vorsicht. Und wir sind hier auch nicht in Amerika. Wenn also irgend etwas in der Art passiert wäre, dann wäre es ein bißchen arg weit hergeholt. Oder nicht?

Der Campbell donnerte noch ein Polizeiauto von der Straße. Dieses schlingerte über den Vorhof einer Tankstelle und riß eine der Zapfsäulen mit. Die Polizisten hatten gerade noch Zeit, aus ihrem Auto zu springen und in Dekkung zu gehen, bevor die ganze Tankstelle in Flammen aufging. Da hätten wir also eine echt spektakuläre Explosion.

Die Jungen auf dem Hügel sahen zu, wie der Feuerball sich zum Himmel blähte.

»Ich werde keine Gewissensbisse bekommen, wenn ich den Campbell erschieße«, sagte Cornelius.

»Gut für dich«, sagte Tuppe.

Zehn Meilen östlich vom Sternenhügel (oder zehneinhalb von ›Harrys Haustieren‹, von wo die vierbeinige Krähe aufgestiegen war) befindet sich ein Pub. Und dieser Pub hat sich kein Stück verändert, seit Hugo Rune dort im Jahre 1931 Darts spielte und eine Portion Schweineschwarten für Max Ernst kaufte, weil es kein Vogelfutter gab.

Sicher, der Pub war 1941 in Grund und Boden gebombt worden. Aber 1951 wurde er neuerbaut. Sicher, er war 1961 renoviert und 1971 vollständig modernisiert worden. Aber 1981 wurde das Etablissement vom Enkel des '31er Betreibers gekauft und gewissenhaft im alten Glanze neuerrichtet, bis in kleinste, geringste und winzigste Detail.

Das hieß, daß Max und Hugo, falls sie gerade an diesem Abend in diesen Pub spaziert wären, dem Anschein nach nicht die geringste Veränderung vorgefunden hätten.

Immer noch gäbe es kein Vogelfutter zu kaufen. Und Max müßte sich immer noch mit Schweinseschwarten begnügen.

Nun, gleich um die Ecke von diesem alterslosen Etablissement steht eine Reihe von Bretterzäunen. An diesen Bretterzäunen hängen riesige, mit großem Aufwand produzierte Plakate. Und diese Plakate zeigen echt originelle und schwer zu verstehende Motive. So originell und schwer zu verstehen sind diese Motive nämlich, daß nur die eingebildeten Trottel, die sie sich ausgedacht haben, halbwegs ahnen, was das Ganze eigentlich soll.

Unterhalb dieser Motive freilich schreien äußerst gräßliche Warnungen auf die vorbeispazierende Bevölkerung ein. Sie kommen direkt zur Sache. Sie geben wieder, was die EG-GESUNDHEITSMINISTER sagen: RAUCHEN GEFÄHRDET IHRE GESUNDHEIT.

Tja, genau hinter diesen Plakatwänden liegt eine Verbotene Zone.

Es ist keine besonders große. Ungefähr eine halbe Quadratmeile. Sie ist aber gut getarnt und aus der Luft nicht zu sehen. Ihren mysteriösen Bewohnern ist sie ein ganz normaler Stadtteil. Der einzig offensichtliche Unterschied ist dabei offenbar: Es gibt hier einen alten abgesperrten Tunneleingang, von dem ein pflanzenüberwuchertes Gleis wegführt. Ein pensionierter Kater schläft auf diesem Gleis. Er träumt von Virginia Rappe.

Und als sich der alte abgesperrte Tunneleingang plötzlich krachend öffnet, bekommt der pensionierte Kater einen tierischen Schreck.

Blitze steigen in den Himmel auf. Farbige Blitze. Unheimliche farbige Blitze. Und etwas ganz Entsetzliches platzt ins Blickfeld. Es ist schwer zu beschreiben, weil es sich so schnell bewegt. Aber es sieht aus wie so eine Art Zug. Und es steht definitiv unter Dampf, und jede Menge Funken stieben von seinen Rädern. Es fetzt voll durch die Plakatwände auf die Straße hinaus. Es sieht nach Unheil aus.

Und es bringt Unheil.

Es ist der Zug des Trismegistus.

»Yabba dabba du!« macht er.

»Hast du das gesehen?« Tuppe zeigte auf den östlichen Horizont. »Blitze. Vielleicht zieht ein Unwetter auf.«

»Oh, das hoffe ich doch sehr«, meinte Cornelius sarkastisch.

»Hast du dich schon entschieden, was du dir kaufen wirst?«

»Kaufen? Wovon?«

»Von der ganzen blitzenden Beute aus den Verbotenen Zonen, die du dir unter den Nagel reißen wirst, sobald du den Campbell beseitigt und die Okarina deines alten Herrn wiedererlangt hast.«

»Ich dachte, ich fang' mit der Old Kent Road an. Dann

Whitechapel Road, King's Cross Station und The Angel Islington.«*

»Willst dich langsam um das Brett herum vorarbeiten, wie?«

»Genau. Und auf dem Weg werde ich allen Obdachlosen Unterkunft verschaffen, alle Hungrigen speisen und dafür sorgen, daß alle hoffnungsvollen Schriftsteller tausend Kulis pro Woche bekommen, ihr ganzes Leben lang. Wie hört sich das an?«

»Sehr großzügig. Was für ein netter Bursche du doch bist.«

»Vielen Dank.«

»Nicht der Rede wert.«

»Wie steht's mit dir?«

»Wie steht was mit mir?«

»Was willst du mit deinem Anteil machen? Die Hälfte der Beute gehört selbstverständlich dir.«

»Ich schätze, ich werde in Saus und Braus leben und einfach alles verjubeln.«

»Irgendwie hab' ich mir das schon gedacht. Wenn der Campbell sich natürlich gar nicht sehen läßt und ich ihn daher nicht beseitigen und die Okarina meines Papas wiedererlangen kann ...«

»Der kommt schon. Glaub mir, Cornelius, er muß kommen. Er muß sich hier zum abschließenden großen, gefährlichen, aufregenden, heroischen Showdown einfinden. Wie spät ist es übrigens?«

»Kurz nach elf.«

»Er kommt nicht. Laß uns nach Hause gehen.«

»Zeit zu gehen, Gentlemen.« Neville der Teilzeit-Barkeeper klopfte mit seinem Knaufknüppel auf den Tresen des *›Fliegenden Schwan‹*. »Her mit euren Gläsern.«

* Aus dem englischen ›Monopoly‹, die billigen Straßen. (Anmerkung des Übersetzers.)

»Ich brauche meine Brillengläser«, sagte Harry Polgar. »Kauf dir selber welche.«

»Ich trage keine Brille mehr«, sagte Mr. Jarrow, der nur eben auf ein Schlückchen ›Wickaner-Warmmacher‹ vorbeigeschaut hatte. »Ich habe jetzt Kontaktlinsen.«

»Kenn' ich Sie nicht?« Jim Pooley wedelte mit seinem Glas in Mr. Jarrows Richtung. »Sie waren doch mein Jugend-Stellenberater. Sie wollten mich als Parapsychologen unterbringen.«

»Ach, dich auch?«, fragte Harry Polgar.

»*Raus jetzt!*» sagte der Campbell zu Felix Henderson McMurdo.

Der VW parkte dort, wo die Busse wendeten, am Fuße des Sternenhügels. Die Polizeiautos waren schließlich alle abgeschüttelt worden. Und ihre Wracks abgeschleppt. Die Feuerwehrwagen waren mit der Tankstelle fertiggeworden und ihre Besatzungen abgezogen. Die meisten von ihnen waren jetzt zu Hause und bereiteten sich auf die Nacht vor, auf die Beschwörung des Mondes und das Abwerfen der Wäsche.

Felix stieg aus. »Ist es okay, wenn ich einfach irgendwie in der Nacht verschwinde und nie wieder gesehen werde?« fragte er hoffnungsvoll.

»Nein, ist es nicht. Was riecht da eigentlich so komisch?«

Felix betastete seine feuchten Hosen. »Das war ich nicht.«

Der Campbell hob die Kofferraumhaube des VW. »*Rein mit dir!*« sagte er.

Auf dem Gipfel des Sternenhügels. Mittlerweile im Wipfel eines hohen Baumes versteckt. Saßen Cornelius Murphy und sein bester Freund Tuppe nicht sehr bequem.

»Es wird jetzt richtig dunkel, was?« Tuppe klammerte sich unglücklich an einen hohen Ast. »Ich finde, wir sollten es jetzt gut sein lassen.«

»Heute ist ein toller Vollmond. Wir warten noch ein bißchen.«

»Aber es gab schon ewig keine Explosionen mehr. Und immer noch keine Spur vom Campbell.«

»Der kommt. Hast du selbst gesagt.«

»Was weiß ich schon. Gehen wir nach Hause.«

»Nein, warte. Ich höre etwas.«

Und in der Tat. Es war ein entferntes Etwas. Aber es kam näher. Es klang ein bißchen nach Stimmen. Es klang reichlich nach singenden Stimmen. Es waren singende Stimmen.

Tuppe spitzte sein kleines Ohr. »O nein«, sagte er.

»Was ist?«

»Gesang.«

»Sehr amüsant.«

»Wickaner«, sagte Tuppe.

»Hier oben? Heute nacht? Verdammter Mist.«

Tuppes Kopf hüpfte zwischen den Blättern hin und her. »Sie tanzen in ihren bloßen Teilen herum, weißt du. Ich bin gespannt, wer diese Woche Hohepriesterin ist.«

»Tuppe, die können wir hier nicht gebrauchen. Kletter runter und schick sie weg. Sag ihnen, der Hügel sei wegen Reparatur geschlossen oder so was.«

»Ich nicht.« Tuppe schüttelte heftig den Kopf. »Weißt du eigentlich, wie viele Wickaner es in dieser Gegend gibt?«

»Ein paar Dutzend?«

»Ein paar hundert, wolltest du wohl sagen.«

»*Was?*« Cornelius fing an, seine Fingernägel zu kauen.

»Na ja, es ist eine richtige Religion, weißt du. Die Tatsache, daß wir in unseren bloßen Teilen herumtanzen, führt bei manchen Leuten zu Mißverständnissen.«

»Wir?« Cornelius spuckte eine Ladung Fingernägel aus. »*Wir?*«

Hugo Rune verfaßte eine lange und gelehrte Abhandlung zum Thema *Gestaltwandel*. Und einige Hinweise seiner diversen Biographen scheinen nahezulegen, daß der große Denker und Mystiker Experimenten in dieser Richtung hin und wieder selbst nicht abgeneigt war.

Eine oft erzählte Geschichte handelt davon, wie er sich einmal im Rahmen einer Wette mit Herbie Wells über Nacht Koteletten wachsen ließ. Und es gibt zahlreiche Berichte, nach denen er wahrhaftig auf die Hälfte seines stattlichen Normalumfangs schrumpfen konnte, sobald ein Ober mit der Rechnung nahte.

Rune war davon überzeugt, daß es auf dieser Welt sehr viel mehr Gestaltwandlungen gebe, als die Leute zugeben wollten. Und er behauptete, die Existenz einer Geheimgesellschaft der Menschlichen Selbstentzünder aufgedeckt zu haben, die verantwortlich sei für das Große Feuer von London, die Zerstörung des Kristallpalasts und der R 101, den Blitzkrieg und das Abbrennen seiner Gartenlaube.

Eines Tages kommt die Wahrheit ans Licht, schrieb er. Und noch war es möglich, daß der fragliche Tag in Kürze dämmern würde.

Unten beim VW löste sich die menschliche Hülle des Campbell auf und wurde zu einer klebrigen, wässrigen, schleimigen, übelriechenden Form von Gemüsesuppe, die sich anschickte, den Sternenhügel hinaufzufließen.

Felix beobachtete das Geschehen durch einen Riß in der Kofferraumhaube und benahm sich erneut daneben.

»O nein!«, flüsterte Cornelius. »Guck dir doch bloß mal diesen Haufen an.«

Und da gab es einen ganzen Haufen solcher Haufen. Der Gesang wurde lauter, als die Gestalten ins Blickfeld kamen. Sie bewegten sich auf den Wegen empor, zwischen den Bäumen hindurch. Alle waren in Gewänder aus weißer Seide gehüllt. Alle trugen eine brennende Fackel in der Hand.

Cornelius spürte, wie ihm die Nackenhaare zu Berge standen. Der Gesang und die Umhänge und Fackeln verschworen sich, um einen unheimlichen und bezaubernden Effekt zu produzieren. Hier, auf dem Gipfel dieses alten Hügels. Die Lichter der Stadt tief unten und der Vollmond hoch oben am sternenbesprenkelten Himmel.

Und immer noch kamen sie heran, die Gestalten in Weiß; wie Gespenster trieben sie der Bergkuppe entgegen. Und dort bildeten sie einen großen Kreis um den Betonsockel. Und ein mächtiger Schrei erhob sich unter ihnen.

Der Kreis öffnete sich, worauf eine große imposante Gestalt erschien. Die Gewänder des Mannes waren golden, sein Haar und sein Bart glänzend weiß. Er trug einen großen schwarzen Stab, an dessen Ende ein fünfzackiger Stern saß. Die Weißgewandeten verbeugten sich tief, als er an ihnen vorüberschritt.

»Wer ist denn das?« fragte Cornelius.

»Ach, das ist Merlin«, antwortete Tuppe.

»*Wer?*«

»Nicht so laut. Das ist Merlin. Wenn du dir die Mühe gemacht hättest, zu den Vorstellungsgesprächen zu gehen, die Mr. Jarrow für dich arrangiert hat, dann würdest du ihn erkennen.«

»Mr. Jarrow hat mich nie losgeschickt, um eine Lehrstelle bei Merlin dem Magier anzutreten. Den Job hätte ich angenommen.«

»Es handelt sich nicht um Merlin den Magier. Das da ist Fred Merlin, der Möbeltischler.«

»Oh.«

Merlin mit den goldenen Gewändern stand vor dem Betonsockel.

»Hilf mir mal einer hoch, ihr Penner«, sprach er.

Mehrere Gestalten sprangen vor, um ihre Hilfe anzubieten.

»Und verpißt euch nicht gleich wieder. Wenn ich hier auf'n Arsch falle, dann will ich, daß ihr Scheißer mich auffangt.«

»Er ist wahrhaftig vom Geist der Sache erfüllt, dieser Fred«, murmelte Cornelius.

»Psst«, flüsterte Tuppe.

»Alles klar«, sagte Fred. »Kommen wir zur Sache. Bevor es mit den bloßen Teilen abgeht, noch ein paar Mitteilungen.«

»Grummel grummel«, meinte die Menge.

»Ruhe«, meinte Fred. »Erstens hab' ich immer noch ein paar Karten für den alljährlichen Busausflug nach Stonehenge. Wir haben diesmal eine Genehmigung, also braucht ihr eure kräftigen Stöcke nicht mitzunehmen. Kleine Erfrischungen stehen zur Verfügung, und Mr. O'Hagen von der Spirituosenhandlung spendiert sechs Kästen Brown Ale.«

»Hurra!« meinte die Menge.

»Und dann hab' ich wieder einmal von den ›Parks und öffentliche Einrichtungen‹-Leuten im Stadtrat eine Beschwerde wegen unserer kleinen Zusammenkünfte hier bekommen.«

»Buh, Buh«, meinte die Menge.

»Ganz recht.« Fred hob seinen Stab in die Höhe. »Offenbar haben sich ein paar Anwohner über den Lärm beklagt. Und nicht ohne Grund. Einige von euch – und die Betreffenden werden wissen, daß sie gemeint sind – haben mit ihren Autotüren geknallt und Leute aufgeweckt. Haltet euch also zurück, wenn ihr wegfahrt. Ach ja, und wo wir schon mal beim Thema sind, da unten ist ein Austin Allegro, dessen Licht noch an ist.«

»Grummel grummel«, meinte die Menge und scharrte mit den Füßen.

»Typisch«, flüsterte Tuppe.

»Was denn?«

»Niemand will zugeben, daß er einen Austin Allegro fährt.«

»Na, wie ihr wollt, es ist eure Batterie. Also, ist sonst noch was, bevor wir loslegen? Nein? Gut ...«

»Äh, Entschuldigung.« Eine Dame trat vor. Sie war weiß gewandet. Außerdem trug sie einen Strohhut. »Wegen der Karten für die Bustour.«

»Ja, Madam?«

»Ich habe letztes Jahr ein Ticket gekauft, konnte dann aber nicht mitfahren. Kann ich dafür dieses Jahr umsonst mitkommen?«

»Nein, tut mir leid, die Preise sind leider gestiegen.«

»Na ja, und wenn ich die Differenz bezahle?«

»Das wäre in Ordnung, vorausgesetzt, Sie haben das Ticket vom letzten Jahr noch.«

»Ja, das habe ich hier in meiner Handtasche.«

»Ausgezeichnet, dann können die Festlichkeiten ja beginn–.«

»Äh, noch was.« Die Dame im Strohhut hob die Hand.

»Ja, was denn, Madam?«

»Ich wollte nur mal fragen. Wenn ich dieses Jahr wieder nicht mitkommen könnte, könnte ich dann mein Geld erstattet bekommen?«

»Ja, das läßt sich sicherlich regeln. Also, wenn Sie nichts dagegen haben –«

»Würde ich den vollen Preis erstattet bekommen?«

»Ja doch.«

»Nun, gilt das für dieses Jahr *und* für letztes Jahr?«

»Letztes Jahr sind Sie doch nicht mitgefahren.«

»Na, das war ja nicht meine Schuld. Der Bus ist einfach ohne mich abgefahren.«

»Haben wir diese Frau nicht schon mal irgendwo gesehen?« wandte Tuppe sich an Cornelius.

»Hören Sie, Madam.« Mr. Merlin fuchtelte mit seinem Stab, gehässiges Gemurmel erhob sich in der Menge. »Wenn Sie das Ticket vom letzten Jahr noch haben und bereit sind, die Differenz zu zahlen, dann bekommen Sie ein Ticket für dieses Jahr. Wenn Sie dieses Jahr nicht mitkommen können, dann erstatte ich Ihnen Ihr Geld zurück, für *dieses* Jahr, ist das jetzt klar?«

»Was ist mit meinem Mann?«

»Ja, was *ist* mit Ihrem Mann?«

»Na, er hat letztes Jahr ein Ticket gekauft und konnte auch nicht mitkommen. Aber er will dieses Jahr nicht mitkommen.«

Murren und Grummen verbreiteten sich im Kreis der Fackelträger. Füße wurden aufgestampft, und es gab Rufe wie: »Verbrennt die Hexe« oder: »Holt den Mann mit der Peitsche«.

Die Dame im Strohhut verpaßte dem nächststehenden Nörgler eins mit ihrer Handtasche. Jemand warf einen Klumpen Erde.

Er traf Fred Merlin.

Fred bewahrte mit Mühe sein Gleichgewicht. »Welcher Arsch hat den geschmissen?«

»Er war's«, schrie jemand.

»Gar nicht wahr«, schrie jemand anderes. »Dir zeig ich's.«

»Es ist eine richtige Religion, weißt du«, flüsterte Cornelius, während unter seinem Baum Schläge ausgeteilt wurden und eine ordentliche Keilerei in Gang kam.

Und dann passierte etwas ganz Außergewöhnliches. Eine Art Welle schob sich durch die randalierende Versammlung, als ob die Luft elektrisch aufgeladen würde. Das Schlagen und Schubsen und generell schlechte Betragen hörte auf. Eine verlegene Beklemmung trat an deren Stelle. Füße wurden gescharrt.

Cornelius spürte, daß gleich etwas Wichtiges geschehen würde und verrenkte sich den Hals, um besser sehen zu können. Sein Haar verfing sich gründlich in den überhängenden Zweigen.

»Was ist da los?« fragte er Tuppe.

»Sie kommt«, antwortete der kleine Bursche. »Kannst du sie nicht spüren? Sie kommt.«

Und sie kam. Wieder öffnete sich der Kreis. Mr. Merlin stand stramm und klopfte mit seinem Stab auf die Kupferkarte. »Kniet nieder«, brüllte er. »Kniet vor der Priesterin!«

Und sie knieten.

Sie schritt in den Kreis hinein. Eine große und schöne Frau. Hochaufgerichtet und stolz. Eine Woge von goldenem Haar, ein Rauschen von silbernen Gewändern.

Cornelius versuchte, seine verhedderten Locken freizubekommen. Er traute seinen Augen nicht. »Das ist ja *Die Gattin!*« stieß er hervor.

»Ob sie wohl nachher noch einen Imbiß serviert?«

Mr. Merlin knuffte den erstbesten Knienden mit seinem Stab. »Hilf mir runter, du Blödmann.«

Die Hohepriesterin schritt auf den Betonsockel zu. An hilfreichen Händen, die *sie* hinaufheben wollten, mangelte es nicht.

Und sah sie nicht toll aus im Mondenschein? Das goldene Haar. Die blitzenden grünen Augen. Die vollen roten Lippen. Die großzügig hervortretenden Brustwarzen und die endlos langen Beine. Bezaubernd.

Sie breitete schwungvoll die Arme auseinander. »Lob und Preis«, rief sie.

»Lob und Preis«, stimmte der Kreis ein.

»Liebe ist das Gesetz.«

»Liebe unter dem Willen.«

Die Hohepriesterin verschränkte die Hände über der Brust. »Ich bin die Verkörperung der Nuit. Die Stetige des Himmels. Ich bin die blaulidrige Tochter des Sonnenuntergangs. Der nackte Glanz des üppigen Nachthimmels. Ich bin die Königin des Raums.«

»O ja«, stimmte Cornelius zu. »Das bist du.«

»Psst«, flüsterte Tuppe.

»Zu mir! Zu mir! Ich rufe die Flamme der Herzen in meinem Liebesgesang herbei. Singt eure verzückten Liebeslieder für mich! Laßt Weihrauch für mich brennen! Tragt Juwelen für mich! Trinkt für mich, denn ich liebe euch. Ich liebe euch.«

Und mit diesen Worten warf sie ihr Gewand ab. Unnötig zu sagen, daß sie nicht den kleinsten Fetzen darunter trug.

Cornelius Murphy fiel um ein Haar aus seinem Baum.

»Liebe ist das Gesetz«, rief die nackte Frau.

»Liebe unter dem Willen«, schrie der Kreis zurück.

Und dann hieß es weg mit den Fackeln, runter mit den Gewändern und zum Teufel mit der Wäsche.

»Jetzt schlägt die Stunde der bloßen Teile«, sagte Tuppe.

Und sie schlug gewaltig.

Jubelschreie erfüllten die Nacht, während welke Bäuche und trübseliges Gehänge schamlos freigelegt wurden. Dann begann der Tanz. Die Feiernden fanden sich zu konzentrischen Kreisen zusammen und ließen die Beine in einem schlüpferlosen Sternenhügelschwof schwingen.

Versteht sich von selbst, daß die meisten ihre Wellington-Boots anbehielten. Na ja, es laufen ziemlich viele Hunde dort oben herum und ...

Auf musikalische Begleitung mußte durchaus nicht verzichtet werden. So manches seltsame und wunderbare Instrument wurde gezupft, geschrammelt, geschlagen oder geblasen. Die Ortsgruppe der Gesellschaft für Alte Englische Folklore war in voller Besetzung angetreten. Und mit Feuereifer bei der Sache. Diese spezielle Gruppe bestand (wie wohl die meisten anderen auch) aus ernsthaften Bartträgern, die alle eins gemeinsam hatten: die Liebe zu einem alten Instrument, Gesundheitsschuhen, einem Cagoule, einem echten Ale und ihrer Freundin namens Ros. So war Ros immer ziemlich beschäftigt, wenn sie nicht gerade ihre Selbsterfahrungsgruppe leitete.

Tuppe wand sich ob der hingebungsvollen Disharmonien. »Nicht gerade Status Quo, was?«

Cornelius schüttelte seinen verhedderten Kopf. »Guck dir den großen, bärtigen Trampel an, der an der Hoboe zupft.«

»Welcher? Wo?«

Cornelius zeigte mit dem Finger. »Neben dem etwas kleineren Trampel, der auf der Gitarrenlaute schrammelt.«

»Das ist doch keine Gitarrenlaute, das ist eine Baßlaute.«

»Nein, ich meine nicht den Trampel, der an der Baßlaute klimpert, ich meine den Trampel, der an der Gitarrenlaute schrammelt. Der Trampel, der an der Hoboe zupft, steht neben ihm.«

»Der bärtige Trampel?«

»Genau der.«

»Hab' ihn. Das ist aber nie im Leben eine Hoboe.«

»Klar doch.«

»Nein, nein. Das ist ein Heptachord. Der Typ da drüben zupft eine Hoboe.«

»Der Typ mit dem Bart?«

»Nein, der daneben.«

»Ach ja, stimmt. Was spielt denn der Glatzkopf mit der Brille da?«

»Das ist eine Okarina. Ach du Scheiße!«

Der Campbell, denn er war es tatsächlich, spielte nicht wirklich auf der Okarina. Noch nicht. Er tat nur so als ob. Nichtsdestotrotz amüsierte er sich prächtig. Er drückte sich gegen alles nackte Fleisch, das zufällig in seine Richtung kam, und tanzte fröhlich durch die Gegend.

Tuppe stieß den großen Jungen an. »Knall den Halunken ab, Cornelius.«

»Ich hab' einen ungünstigen Schußwinkel von hier. Ich könnte leicht jemand anderen treffen.«

»Dann müssen wir nach unten. Schnell, zieh dich aus.«

»Auf keinen Fall.«

»Cornelius, du kannst dich nicht einfach in voller Montur durch diesen Haufen schieben. Wenn die Wickaner dich nicht verprügeln – und das werden sie! –, dann entdeckt dich der Campbell, und wer weiß, was der dann macht.«

»O Gott.« Cornelius hielt sein Haar fest und sprang vom Baum herunter. »Spring, Tuppe. Ich fang' dich auf.«

Tuppe sprang. Cornelius fing ihn auf.

»Dann also bloße Teile.« Tuppe machte seine Latzhosen los und fing an, sein Hemd aufzuknöpfen. »Beeil dich, sonst finden wir ihn vielleicht nicht wieder.«

»Oje, oje.« Cornelius zog seine Jacke aus, faltete sie sorgfältig zusammen und legte sie auf einen Busch.

Die Hoboen, Baßlauten und Gitarrenlauten, ganz zu schweigen von den Zimbeln, Handtrommeln, Seraphinen, Flageoletten und Flöten, legten sich alle schwer ins Zeug. Die Baßtuben, Baßviolen, Schalmeien und Tamburine ließen voll die Sau raus. Und die Dame im Strohhut bediente das Waschbrett. Freddie ›Die Finger‹ Merlin begleitete sie auf dem Teekistenbaß. *»The Rock Island Line is a mighty fine line«, sang er.*

Tuppe schlüpfte aus seinen abgeschnittenen Boxershorts. Und enthüllte einen Schwengel von heroischen Ausmaßen.

»Es stimmt also, was man über kleine Männer sagt«, sagte Cornelius.

Tuppe blickte grinsend auf. »Aber nicht das, was man über Dünne sagt, wie es scheint.«

Cornelius nahm Arthur Kobolds Pistole in die Hand. »Wollen wir tanzen?«

Cornelius probierte einen Soft-Shoe-Shuffle, Tuppe den Michael-Jackson-Moonwalk, und so mischten sich die beiden unter die Tänzer.

Cornelius bahnte sich seinen Weg durch das Bacchanal. Er hoppte und boppte, steppte und peppte. Und tat sein bestes, um nicht den kahlen Kopf des Campbell aus dem Blick zu verlieren.

Cornelius hielt die Preßblechpistole dicht am Körper. Sein Plan war denkbar einfach. Sich in den Rücken des Campbell schleichen, ihm die Pistole ins Kreuz drücken, ihn tanzend zu einem hübschen ruhigen Plätzchen manövrieren und dort hinrichten.

Das war ein entsetzlicher Plan. Wie Cornelius sehr wohl wußte.

Ihn tanzend zu einem hübschen ruhigen Plätzchen manövrieren und dort *hinrichten*? Was um Himmels willen phantasierte er da? Er konnte einem nackten Mann doch nicht die Pistole an den Kopf halten und einfach abdrücken. Völlig undenkbar! Es mußte einen anderen Weg geben. Und zwar einen, auf dem er keinen kaltblütigen Mord begehen mußte.

Andererseits, war es denn wirklich Mord? Schließlich war der Campbell doch gar kein Mensch. Obwohl er im Moment einen nur allzu menschlichen Eindruck machte. Aber er war keiner, das wußte Cornelius genau. Der Campbell war ein gefährlicher Abweichler. Er war kein *er*. Er war ein *es*.

Aber das machte es nicht besser für Cornelius. Denn wenn man es sich einmal genau überlegte, wofür wurde der Campbell eigentlich hingerichtet? Was hatte er getan, um die Todesstrafe zu verdienen?

Er hatte ein bißchen gekidnappt. Na gut, er hatte *ganz*

schön viel gekidnappt. Und es hatte jede Menge Gewalt und schwere Körperverletzungen gegeben. Der Campbell war ein richtiger Berserker. Aber war er auch ein Mörder? Dafür hatte Cornelius keine Beweise. Keine stichhaltigen Beweise. Aber selbst wenn er sie gehabt hätte, würde das die Sache leichter gemacht haben?

»Nein«, sagte sich Cornelius, »würde es nicht. Ich bin diese ganze Geschichte hindurch manipuliert worden, und ich werde mich nicht länger manipulieren lassen. Ich werde auf meine eigene Art mit dem Campbell fertigwerden. Denn ich bin schließlich, verdammt noch mal, aus echtem Heldenstoff gemacht.«

Tuppe hatte es bereits geschafft, zwischen den Tanzenden verlorenzugehen. Er hatte den Hintern eines großen Mädchens ausgiebig bewundert, und bis dieses daran Anstoß genommen und ihm eins hinter die Ohren gegeben hatte, war Cornelius schon verschwunden. Und so wurstelte sich Tuppe nunmehr durch tanzbeschwingte Beine hindurch, immer schön den Wellingtons aus dem Wege gehend, und suchte besorgt nach seinem Freund.

Und die Tanzerei war noch längst nicht auf ihrem Höhepunkt. Das hier war keine gewöhnliche Wickanerfete. Genauer gesagt, war dies eigentlich überhaupt keine Wickanerfete. Was Tuppe, der mehrere Versammlungen besucht hatte, sehr wohl bekannt gewesen wäre, wenn er mal einer der Predigten gelauscht hätte, statt immer nur auf irgendwelche Hintern zu starren. Denn dies hier waren gar keine echten Wickaner.

Die echten Wickaner bilden keine nackttanzenden Legionen von zweihundert Leuten auf mondbeschienenen Berggipfeln. So gern sie es auch täten. Die echten Wickaner bilden winzige, intime nackttanzende Legiönchen. In der Regel auf dem Axminster-Plüschteppich im Wohnzimmer irgendeines Bungalows in Ruislip. Und üblicherweise sind sie nicht mehr als sechs.

Traditionsgemäß ist ein dickes Mädchen dabei, das in einer Bank arbeitet und Tarot-Karten legt. Ein Computerprogrammierer, der auf Black Sabbath steht. Ein pensionierter Fußpfleger, der behauptet, irgendwann einmal Gerald Gardner kennengelernt zu haben. Ein bärtiger Hoboenspieler und seine Freundin Ros. Und dann noch einer, der diesmal nicht kommen kann, weil er erkältet ist.

Nein, dies hier waren keine echten Wickaner. Sie waren etwas völlig anderes. Diese Typen tanzten nach dem vertrackten Rhythmus eines ganz besonderen Drummers. Sie waren Mitglieder einer exklusiven Sekte.

Der Geheimen Kirche der Runeologen.

Diese Typen waren *Die Runies*!

Und sie waren alle aus einem bestimmten Grund heute abend hier herausgekommen. Um den hundertsten Geburtstag ihres Gurus zu feiern. Ihres heiligen Gurus, des Gurus der Gurus. Der das größte unbesungene Genie des zwanzigsten Jahrhunderts war. Der Prophet. Der Meister. Der Mann, der Mythos, die unbezahlte Essensrechnung. Der Neuerfinder der Okarina.

Mr. Hugo Rune.

Und sie waren alle zu einem einzigen Zweck gekommen. Den Geist des Meisters anherzubeschwören und jedes seiner Worte gierig einzusaugen.

Ganz so, wie es *ihm* gefallen hätte.

Cornelius steppte und peppte, hoppte und boppte. Der Kopf des Campbell tauchte mal auf und mal unter in dem Gewirr der winkenden Hände und springenden Körper.

Aber Cornelius schien nicht recht voranzukommen. Es waren einfach zu viele Leute da. Das war ziemlich frustrierend. Der Murphy reckte sein Kinn entschlossen nach vorn und drängelte weiter.

Die Musik, die Instrumentation, die Lieder, die Rufe und Schreie schienen erst jetzt ihre eigentliche Form anzunehmen. Ein stetiger Rhythmus wurde erkennbar. Zuerst noch vereinzelt, dann aber zunehmend von allen Seiten aufgenommen. Das Händeklatschen und Füßeaufstampfen bekam einen richtigen Beat. Eins und zwei und eins und zwei.

Cornelius merkte, wie er selbst mit einfiel. Dem hüpfenden Kopf des Campbell folgte er jetzt genau im Takt.

Das machte es etwas leichter. Aber nicht viel. Und dann gar nicht mehr. Cornelius verlor den Campbell aus dem Blick.

Eins und Klatsch und
Eins und Klatsch und
Sing und Klatsch und
Sing und Klatsch und
»Hu« und Klatsch und
»Hu« und Klatsch und
»Go« und Klatsch und
»Go« und Klatsch und

Tuppe hüpfte umher. Erst auf einem Bein, dann auf dem anderen. Wo war Cornelius? Der kleine Bursche machte sich jetzt wirklich Sorgen. Er wußte, er würde es sich nie verzeihen, wenn seinem allerbesten Freund etwas Schreckliches passieren sollte. Niemals hätte er sich so unverantwortlich verhalten dürfen. Auf den Hintern eines großen Mädchens zu starren, wenn Cornelius ihn doch brauchte! Er sollte sich was schämen. Er schämte sich was. »Ich werde mich für immer von den Hintern großer Mädchen verabschieden«, gelobte Tuppe.

»Klatsch« machte die Hand eines großen Mädchens auf seiner Wange. »Hör auf, auf meinen Hintern zu starren«, sagte es.

Die Tänzer gingen jetzt zum Pogo über und hüpften wie die Besessenen. Und ihr Sprechchor schallte über den ganzen mondbeschienenen Hügel.

»Hu-go«, tönte es. »Hu-go. Hu-go. Hu-go.«

»Hugo?« meinte Cornelius.

»Hugo?« meinte Tuppe.

»Hugo!« schrie die Hohepriesterin auf dem Betonsockel. Die Lady mit den langen Beinen. »Hugo!« Immer wieder klatschte sie in die Hände. »Hugo!«

Und wieder lag diese Spannung in der Luft. Gleich würde etwas geschehen.

Ein ganz verzweifelter kleiner Tuppe spähte in alle Richtungen. Er sah nichts als hüpfende Beine.

»Cornelius, wo bist du?«

»Ich bin hier.« Eine Hand tauchte nach unten und schnappte sich den Tuppe.

»Gott sei Dank«, seufzte der Kleine. »Ich dachte schon, du wärst weg.«

»O nein.« Der Campbell rüttelte Tuppe heftig an der Kehle. »Aber ich dachte wirklich, *du* wärst weg. Du kleiner Scheißer.«

»Hu-go«, tönte die Menge. »Hu-go, Hu-go.«

»Hugo Hugo?« sagte Cornelius lautlos. »Was geht hier vor?«

»Meine Kinder«, rief die Hohepriesterin. »Meine Kinder. Hört meine Worte.«

Die Musik und die Sprechchöre und das Hüpfen hörten auf. Die Feiernden keuchten und husteten und schnauften. Die meisten von ihnen waren derartigen Späßen sowieso nicht ganz gewachsen.

»Laß mich ... mmmmmph.« Des Campbells Hand krallte sich um Tuppes Mund. »Schnauze«, flüsterte der böse Jim. »Sonst reiß ich dir den Kopf ab.

»Meine Kinder. Heute ist es soweit. Dies ist unsere Nacht. *Seine* Nacht.«

»*Seine* Nacht«, intonierten die Feiernden.

»Obwohl er von uns gegangen ist, wird er wiederkehren. Seine Weisheit wird uns allen den Weg freimachen. Wie Schuppen wird es uns von den Augen fallen. Die verborgenen Wahrheiten werden offenbart werden. Die Allerletzten Wahrheiten.«

Die Allerletzten Wahrheiten? Der große Junge spähte über die Köpfe der nicht so Großen. Die Hohepriesterin fuhr fort. Sie trug weiterhin keinen Fetzen mehr am Leibe.

»Der Meister muß uns wiedergegeben werden. Uns, seinen Anhängern. Heute nacht wird er von jenseits zu uns sprechen, und wir werden seine Weisheit in alle Welt hinaustragen. Wir werden die Stimme Runes sein. Wir werden sein Wort weitertragen. Wir werden alles offenbaren.«

»O ja«, sagte Cornelius. »Ja, ja, ja.«

»O nein«, knurrte der Campbell. »Verdammt noch mal, nein.«

»O grmmmmph«, machte Tuppe, was soviel heißen sollte wie: »Hilfe!«

»O ja.« Die nackte Dame auf dem Betonsockel hob erneut die Hände in den Nachthimmel. »Durch die Macht unseres vereinten Willens werden wir seinen Geist anherbeschwören. Wir müssen unsere Energien konzentrieren. Unsere Gedanken ordnen. Sie zu positiven Kräften kristallisieren lassen. Sie lenken und ihm zuwerfen. Werft diese aufgeladenen Gedanken dem Meister zu. Werft sie! Durch die Nase. Wie Schnodder!«

»O nein, das werdet ihr verdammt noch mal nicht tun.« Ein kahlköpfiger, bebrillter, gedrungener und fleischiger Körper drängelte sich durch die Menge und starrte wütend auf die Hohepriesterin. Er trug eine Okarina, die an einem Band um seinen Hals hing. Und er hielt einen großen Revolver in der einen Hand sowie einen kleinen Zwerg in der anderen. »Ihr werdet gar nichts tun. Runter da.«

»Blasphemie!« schrie die Menge. »Schlagt den Lästerer mit einem großen kräftigen Stock.«

Der Campbell drehte sich zu ihnen um. »Sittenpolizei. Sie sind alle verhaftet.«

Nun, diese Nachricht erwischte die Menge nun wirklich mit den sprichwörtlich herabgelassenen Hosen. Die Feiernden traten einen Schritt zurück. Zögerten dann. Traten dann einen drohenden Schritt vorwärts. Dann wieder zurück. Sie waren sich einfach nicht sicher. Sittenpolizei oder Gotteslästerer? Schwer zu entscheiden. Einige Friedensrichter und ein paar echte Angehörige der Sittenpolizei stahlen sich aus der Menge und verdrückten sich leise zu ihren Austin Allegros.

Die Menge trat zwei Schritte vor. Dann einen zurück.

»Hört auf mit diesem Getanze«, befahl der Campbell. »Stillgestanden und Hände hoch!«

»Äh, Entschuldigung.« Eine Dame, die nichts weiter als einen Strohhut trug, hob die Hand und trat vor.

»So ist es richtig.« Der Campbell deutete mit seinem Revolver. »Und jetzt beide Hände.«

»Ich habe meine Hände nicht hochgehalten. Na gut, eine Hand habe ich hochgehalten. Ich hatte nur mal eine Frage.«

»Eine Frage? Was für eine Frage?«

»Sind Sie wirklich Polizist?«

»In Zivil.« Der Campbell kicherte. Sonst niemand.

»Ah, sehr gut. Wenn das so ist, dann möchte ich eine Beschwerde vorbringen. Ich hatte ein Ticket für die Busreise im letzten Jahr gekauft, konnte dann aber nicht mitfahren. Deshalb habe ich den Veranstalter gefragt, ob ich dieses Jahr umsonst mitkommen könnte. Aber er meinte, ich müßte die Differenz bezahlen, weil die Preise dieses Jahr höher wären. Das ist ja auch in Ordnung. Was ich aber wissen möchte, ist folgendes ...«

»Was?«

»Na ja, wenn Sie Polizist sind, warum fangen Sie dann nicht die richtigen Kriminellen, statt anständige Leute zu schikanieren, die lediglich ihren Gottesdienst in der Kirche ihrer Wahl abhalten. Dies ist eine richtige Religion, wissen Sie. Nur weil wir in unseren bloßen Teilen herumtanzen, glauben manche Leute ...«

»*Halten Sie den Mund!*« Der Campbell schoß in die Luft. »Das war alles sowieso nicht komisch. Das ist das Problem mit euch: Ihr wißt nicht, was komisch ist. Aber *wir*. Ich und meinesgleichen. Wir wissen einen guten Witz zu schätzen. Und ihr seid einer.«

»Wie können Sie es wagen?« Die Dame mit dem Strohhut machte ein grimmiges Gesicht.

Der Campbell machte ein noch viel grimmigeres. »Ihr!« schrie er. »Ihr alle. Diese eure Welt. Eure sogenannte Gesellschaft. Eure sogenannte Geschichte. Eure Künste und Wissenschaften. Alles ein einziger Witz. Ein großes Theater. Ein großer Lacher. Und zwar auf eure Kosten.«

»Warten Sie mal«, rief die furchtlose Strohhutträgerin. »Sie sind nicht von der Sittenpolizei. Ich weiß, was Sie sind.«

»O nein, das wissen Sie nicht.«

»O doch, das weiß ich.«

»O nein, das tun Sie nicht.«

»O doch, das tut sie«, rief die Menge, froh, zwischendurch auch mal zu Wort zu kommen.

»Wer ist er denn eigentlich?« fragte Mr. Jarrow.

»Er ist dieser Typ, ihr wißt schon. Großbritanniens Witzbold Nummer eins. Der fröhliche Schelm höchstpersönlich. Es ist Jeremy B –«

»O nein, das bin ich verdammt noch mal nicht.«

»O ja, das sind Sie verdammt noch mal doch.«

»Er ist es. Tatsächlich.« Die Dame zeigte auf den Campbell. »Er hat sich den Bart abrasiert. Deshalb habe ich ihn nicht gleich erkannt. Nun geben Sie's schon zu. Wo sind die versteckten Fernsehkameras?«

Versteckte Fernsehkameras? Das brachte die Menge nun wirklich zum Brodeln. Sie erlitt eine kollektive Krise von der Art, wie sie Adam kennengelernt hatte, als er die Frucht vom Baum der Erkenntnis kostete.

Es kam jetzt doch zu einem recht einhelligen Zurückweichen. Gesichter und Schamteile wurden bedeckt.

»Bleibt, wo ihr seid«, befahl der Campbell.

»Könnte ich meinen Teekistenbaß in Ihrer Show spielen?« fragte Fred Merlin.

»Sei nicht blöd, Fred.« Die Dame schüttelte ihren Hut. »Neue Musikgruppen gibt's bei Esther. Bei Jeremy gibt es Home-Videos von Leuten, die auf die Nase fallen, und all so lustige Tricks.«

»Tricks also, ja?« brüllte der Campbell. »Ich zeig' euch ein paar Tricks. Hier ist einer. Schaut mal, was ich in den Händen halte. In dieser Hand habe ich einen großen Revolver. Und in dieser ein kleines zappelndes Arschloch. Ich halte den Lauf der großen Pistole an das kleine Arschloch, so, und dann –«

»Nein, das tust du nicht.« Cornelius Murphy trat aus der Menge hervor. »Auf keinen Fall tust du das. Du tust vielmehr folgendes: Du läßt meinen Freund los. Du gibst mir die Okarina, und dann gehst du deiner Wege. Wohin du gehst, ist mir egal, das ist nicht meine Sache. Aber das ist es, was du tun wirst. Und zwar sofort.«

»Du ... du ...« Der Campbell begann, sich in alle Richtungen zu winden. Seltsame Erscheinungen waren an seiner Person zu beobachten.

Die Menge scharrte mit den Füßen, trat vor, trat zurück, trat zur Seite. Es war eine verwirrte Menge. Sie wußte einfach nicht, was sie tun sollte.

»Seht euch das an.« Die Dame mit dem Strohhut hielt wieder den Finger ausgestreckt. »Er hat eine Zucchini statt eines Pimmels. Ein echter Witzbold, dieser Jeremy.«

»Sofort«, sagte Cornelius und hob seine Pistole.

Der Campbell schüttelte den Kopf. Dieser wurde immer knubbeliger. Ein richtiger Gemüsegarten sproß aus ihm hervor.

»Uääähhh!« meinte die Menge. Ein Schritt zurück schien gerechtfertigt. Aber nur einer.

»Ich erschieße das kleine Arschloch.«

»Dann erschieße *ich dich*. Ich möchte es wirklich nicht. Aber wenn du meinem Freund was antust, habe ich keine andere Wahl.«

»Pistolen können mich nicht töten«, brüstete sich Jim.

»Diese kann es.«

»Kann sie nicht.«

»Kann sie doch«, meinte die Menge.

»*Schnauze!*«

»Es ist eine ganz spezielle Pistole«, erklärte Cornelius. »Ein Abweichler-Zerstörer von Captain Trismegistus. Ich glaube nicht, daß Airfix so was baut.«

»*Trismegistus?*« Der blühende Kopf des Campbells löste

sich von seiner Schulter und drehte sich ein paarmal in der Luft.

»Laß meinen Freund los und gib mir die Okarina.«

Der Campbell-Kopf kam wieder auf dem Hals zu sitzen. Verkehrt herum.

»Uäääähhh!« meinte die Menge wieder. »Und igitt!«

Der Campbell richtete seinen Revolver auf Cornelius. Er ließ Tuppe zu Boden purzeln und hielt die Okarina mit der freien Hand fest. »Du weißt, daß ich mich nicht von ihr trennen kann«, sagte der Mund auf der Stirn.

»Und du weißt, daß ich sie haben *muß*.«

Die Menge schaute von einem zum anderen. Das war ja eine herrlich verfahrene Situation!

Die Mitglieder der Gesellschaft für Alte Englische Folklore suchten in ihrem Repertoire nach einer passenden Hintergrundmusik für ein Revolverduell.

»Wie wär's mit *›All around my hat‹*?« schlug ein Bärtiger vor.

»Gib mir die Okarina, sonst ...« Cornelius hielt seine Pistole mit ruhiger Hand.

»Sonst was?« Der Campbell hielt seinen Revolver in gleicher Manier. »Wenn du auf diese Entfernung schießt, dann zerstörst du die Okarina.«

»Aber du bist dann natürlich tot.«

Der Campbell dachte über diese bedauerliche Möglichkeit nach. Sein Kopf drehte sich langsam in die richtige Position zurück. »Das ist wohl wahr«, sagte er langsam. »Aber andererseits ist es ohne die Okarina meines Vaters sowieso nur eine Frage der Zeit, bis sie mich erwischen.«

»Was hast du gesagt?«

»Ich sagte, daß *sie* mich erwischen werden.«

»Nein, davor. Du hast von der Okarina *deines Vaters* gesprochen. Was soll das heißen?«

»Hugo Rune war mein Vater«, verkündete der Campbell.

»Booooooooooooah!« meinte die Menge. »Was?«

»*Dein* Vater?« Cornelius war entsetzt. »Aber Hugo Rune war doch *mein* Vater.«

»Boooooooooooooah und zweimal *Was?*« meinte die wie vor den Kopf geschlagene Menge.

»Ich glaube nicht, daß sie Zwillinge sind«, sagte die Dame mit dem Strohhut.

»Du lügst.« Des Murphys Pistolenhand begann zu zittern. »Du bist nicht mein Bruder.«

»Halbbruder.« Des Campbells Hand blieb vorbildlich ruhig. »Von verschiedenen Müttern. Deine hier draußen, in dieser Welt. Meine drinnen. In den Zonen. Das ist der Grund, warum ich so bin, wie ich bin. Ein Abweichler, ein Ausgestoßener. Weder das eine noch das andere. Oder auch beides. Und ich hasse alles. Ich nehme mir alles. Das ist mein Geburtsrecht. Mein Erbe. Und ich habe übrigens keine Lust zu teilen. So heißt es also Abschiednehmen, *Bruderherz*.«

Der Campbell spannte den Hahn.

Cornelius zauderte. Die Dinge hatten sich schon wieder verschoben. Er wußte nicht, was er machen sollte.

Der Campbell wußte es. Er drückte den Abzug.

Und Tuppe wußte es auch. Er tat einen mächtigen Satz, schlug den Revolver des Campbell zur Seite, riß ihm die Okarina vom Hals und tauchte ab.

»Erschieß ihn, Cornelius«, rief er.

»Du kleiner Scheißer, du.« Der Campbell wirbelte herum und schoß auf den fliehenden Tuppe.

Und Cornelius schoß auf den Campbell.

Etwas sprang aus dem Lauf der Blechpistole. Es war ein zickzackförmiger Blitz von gespenstischer Farbe, der wie eine Peitsche durch die Luft knallte. Freilich verfehlte er den Campbell. Statt dessen traf er den Betonsockel des Pfarrers Kemp. Und spaltete ihn in seine Bestandteile.

Die Hohepriesterin, die schon seit Ewigkeiten keinen Text mehr gehabt hatte, bekam nun wenigstens etwas zu tun. Sie fiel herunter.

Aber es war niemand da, der sie auffangen konnte. Die Runies waren auf der Flucht. Genug war schließlich genug.

Gekommen waren sie zum Tanzen in bloßen Teilen und für ein bißchen Geisterbeschwörung zur Hundertjahrfeier. Und nicht, um ins Kreuzfeuer einer Familienfehde zu geraten.

Tuppe stürmte zwischen diesem und jenem und dem nächsten Bein hindurch. Er war nie der Schnellste gewesen – bis jetzt jedenfalls.

»Komm zurück.« Der Campbell bahnte sich seinen Weg hinter Tuppe her.

»Halt an oder ich schieße.« Cornelius bahnte sich seinen Weg hinter dem Campbell her.

Tuppe rannte. Er wußte nicht, wohin er rannte. Er wußte nur, vor wem er davonrannte. Und also rannte er einfach weiter.

Als die Beine weniger zahlreich wurden, wandte er sich den Bäumen zu. Erreichte sie und lief weiter. Das Gras war hoch, und er stolperte schwer atmend hindurch. Hielt aber die Okarina fest an seine Brust gepreßt.

Und er war nicht allein. Überall waren noch Leute, die ihre Kleider zusammensammelten. Sich darum stritten, wem was gehörte. Dante wäre voll in seinem Element gewesen.

Der Campbell war vermutlich in seinem. Er marschierte voran, stieß die Leute links und rechts zur Seite.

Die Hohepriesterin lag benommen auf der Erde. Mr. Jarrow war nicht nahe genug gewesen, um sie aufzufangen, und er machte sich schwere Vorwürfe deswegen. Aber er würde durch Mund-zu-Mund-Beatmung alles wieder gutmachen.

»Spitz die Lippen, mein Schatz«, sagte der Jugend-Stellenberater.

Tuppe kämpfte sich voran. Vor ihm war ein Zaun. Dessen Querbalken würden einer größeren Person den Weg versperrt haben. Aber nicht dem Tuppe.

Wenn es ihm eingefallen wäre, hochzublicken, dann hätte er das große breite Schild bemerkt, das oben angenagelt war. Dieses sprach in großen roten Buchstaben eine Warnung aus, nämlich:

LEBENSGEFAHR
ABGRUND
60 METER TIEFE

Aber er blickte nicht hoch. Und also verpaßte er das Schild.

Und dann verdeckte eine große schwarze Wolke den Mond, und es wurde zappenduster auf dem Sternenhügel.

»Mist«, meinte Tuppe und tastete sich voran.

»Verdammt«, meinte Cornelius und strampelte blind durch die Gegend.

»Ausgezeichnet«, meinte der Campbell, steckte einen Finger in sein linkes Ohr und drehte ihn herum. Zahnräder surrten, seine Augen drehten sich wie die Rollen eines Spielautomaten. Eine Reihe von unterschiedlichen Augäpfeln lief durch, bis das Ganze bei einem tückischen, katzenaugenartigen Paar mit vertikalen Pupillen zum Stillstand kam.

»Das ist schon besser. Aber wir wollen sichergehen.« Er fummelte an seiner Brille herum und stellte sie auf *Nachtsicht* ein. »Perfekt.«

Ein schneller Infrarot-Schwenk über die Umgebung.

Im Süden die flackernden Regenbogengestalten der abmarschierenden Feiergesellschaft. Im Westen, neben den schwelenden Überresten des Betonsockels, ein Liebespaar in erotischer Umschlingung. Im Norden, keine zwanzig Meter entfernt, eine einzelne Gestalt, groß und eckig. Der Murphy.

Der Böse Jim legte auf den großen Jungen an. Ein leichter Schuß, der Murphy würde niemals erfahren, was ihn getroffen hatte.

Die einzelne Gestalt drehte sich plötzlich weg, stolperte, fiel und verschwand aus dem Blickfeld.

»Dann eben später.« Der Campbell ließ den Revolver sinken und wandte sich nach Osten.

»Das war knapp.« Der Kopf des Cornelius Murphy kam in der Dunkelheit zum Vorschein. Obwohl er den Campbell nicht hatte sehen können, hatte er ihn gerochen, ihn und seinen Revolver. Der jodartige Geruch von Cordit, als der Revolver auf ihn gerichtet worden war. Cornelius nahm noch eine Nasevoll, kam aus seiner Deckung hervor und sprang hinter dem Campbell her. Er kannte Tuppes Geruch nur zu gut und wußte, daß der Campbell ihm äußerst dicht auf den Fersen war.

Der Campbell war dem kleinen Mann äußerst dicht auf den Fersen. Er hatte nicht die geringsten Schwierigkeiten, ihm zu folgen. Die Rückstände der Hitzespuren, die Tuppes nackte Füße auf dem Boden hinterließen, funkelten wie Rubine.

Tuppe wich weiter in Richtung Klippe zurück. Der Campbell dicht hinterdrein. Er stieß einen Ast zur Seite und stellte seine Sicht neu ein.

Da war die kleine vielfarbige Gestalt. Die scharfumrissene Silhouette der Okarina bedeckte den größten Teil ihrer oberen Hälfte.

Und da war noch etwas. Der Campbell blinzelte. Ein weiterer Hitzeumriß, lang und niedrig, der auf seine Beute zukroch. Seine Konturen waren nicht klar zu erkennen. Das Ding schien sich auf zwei Vorderfüßen voranzuziehen, hatte aber insgesamt eher die Gestalt eines großen Fisches. Ein Hai? Jim kratzte seinen kahlen Kopf. Was immer es war, es näherte sich Tuppe mit großer Geschwindigkeit. Und plötzlich gab es ein Schnappschnappschnappen.

Und mit gleicher Plötzlichkeit erschien der Mond wieder in vollem Glanz.

Cornelius erblickte die gedrungene Rückseite des Campbells. Der Campbell beobachtete den Tuppe, der Zentimeter vom Abgrund entfernt stand.

Und Tuppe, der sich nach dem Schappgeräusch umdrehte, sah sich den mahlenden Kiefern eines großen und pelzigen Fisches gegenüber.

»Hände hoch!« schrie Cornelius.

»Keine Bewegung!« schrie der Campbell.

»Aaaaaagh!« schrie Tuppe.

Und ›Schnappschnappschnapp‹ machte der Pelzfisch.

Und dann verschwand der Mond wieder, und das Chaos trat seine absolute Herrschaft an.

Tuppe tat einen Sprung ins Dunkel, als der Pelzfisch auf ihn losging.

Der Campbell warf seinen Revolver beiseite und sich selbst auf den Pelzfisch.

Und Cornelius Murphy fällte den Campbell mit einem Rugby-Tackling. All dies wurde begleitet von jeder Menge Geschrei und Geschnappe.

Und alsbald kehrte das Mondlicht wieder. Diesmal, um ein eingefrorenes Tableau zu illuminieren, welches den einen oder anderen interessierten Blick durchaus verdient hatte.

Tuppe hing bewegungslos in der Luft, schätzungsweise sechzig Meter über dem achtzehnten Grün des in der Tiefe gelegenen Golfplatzes. Er klammerte sich an die Okarina, die augenblicklich fest im Maul des Pelzfisches steckte. Der Campbell hing über der Klippe und hatte den Schwanz des Fisches gepackt. Und Cornelius Murphy hielt die Knie des Campbell fest im Griff.

»Tuppe, bist du da?« Cornelius mußte sich mühen, das vereinigte Gewicht zu halten.

»Cornelius, hilf mir.«

»Kannst du hochklettern?«

»Nein. Kannst du mich hochziehen?«

Cornelius versuchte es. »Nein«, keuchte er. »Ich glaube nicht.«

»Das ist schade.«

»Ich schätze, wir müssen das kleine Arschloch fallenlassen.« Die Stimme kam aus der linken Hinterbacke des Campbell, die nunmehr dessen Gesichtszüge trug. Mit Brille und allem.

Cornelius fuhr entsetzt zurück. Aber er ließ nicht los.

»Wenn du ihn losläßt, laß ich dich los«, sagte er zu dem grinsenden Gesicht.

»Ich habe immer noch die Okarina«, rief Tuppe. »Na ja, eigentlich teile ich sie mir mit dem Fisch.«

»Dann halt lieber gut fest, *Bruder*«, sagte das gemeine Gesicht.

Cornelius rutschte näher an die Kante heran. Er grub seine Zehen in den Boden und zog mit aller Kraft.

»Hilf mir, Cornelius.«

»Ich versuch's.«

»Ich kann mich nicht mehr lange festhalten. Der Fisch sabbert auf mich runter.«

»Der ist am Arsch, Bruderherz, wir sollten lieber versuchen, den Fisch zu retten.« Das schreckliche Gesicht grinste böse.

»Wo ist mein Vater?« Cornelius fühlte, wie seine Zehennägel einrissen.

»Unser Vater, meinst du wohl?«

»Wo ist er?«

»Zieh mich hoch, dann sag' ich's dir.«

»Tuppe«, rief Cornelius. »Mach dich bereit zu springen.«

»*Was?*«

»So ist's recht«, flüsterte das Gesicht. »Die Last erleichtern.«

»Ist mein Vater noch am Leben? Schnell.«

Das Gesicht begann zu lachen.

»Spring, Tuppe. Vertrau mir und spring einfach.« Und mit diesen Worten ließ Cornelius die Beine des Campbell los. Das Gesicht nahm einen reichlich perplexen Ausdruck an, als die Beine plötzlich steil in die Luft ragten und der Campbell über die Klippe purzelte.

Cornelius kroch auf allen vieren zur Kante. »Tuppe, komm zurück. Jetzt!«

Tuppe fiel in einem Gewimmel von Armen und Beinen. Der große Pelzfisch kam hinter ihm her, und dem wiederum folgte etwas furchtbar Aufgeblähtes.

»Hiiiilfe!«

»Bring ihn her zu mir, *jetzt*!« rief Cornelius und streckte seine Hände aus.

Und etwas kam heraufgerauscht, während alles andere herabrauschte.

Etwas Schwarzes und Kaltes wickelte sich um des Murphys Handgelenke.

Er packte es und zog mit aller Macht.

Und Tuppe hörte auf zu fallen. Der Fisch und die Okarina und das anschwellende Etwas flogen an ihm vorbei nach unten, immer tiefer, immer tiefer.

Aber Tuppe stieg wieder auf. An der Klippenwand hoch.

Es dauert nicht lange, wenn man sechzig Meter tief fällt. Nicht mehr als ein paar ganz kurze Sekunden. Immerhin bleibt Zeit genug für jeweils eines der beiden folgenden Dinge: den Namen des Murphy zu verfluchen, beziehungsweise die Okarina zu verschlucken.

Dann heißt es nur noch PLATSCH!

Der Campbell und der Pelzfisch landeten auf dem achtzehnten Grün des städtischen Golfplatzes. Mit einem Schlag eingelocht. Es war ein verheerendes PLATSCH!

Cornelius zog Tuppe über den Klippenrand zurück. Der kleine Bursche sah ihn fassungslos an.

»Wie?« fragte Tuppe.

Cornelius hob ihn hoch und setzte ihn auf sicherem Boden ab. »Das war knapp«, sagte er.

Der majestätische Vollmond schien über dem Sternenhügel.

Cornelius saß mit nacktem Hintern in den Brennesseln, schniefend und schnaufend. »Ich glaube, den Campbell sind wir endlich los«, keuchte er.

Tuppe sah zornig zu seinem Freund hoch. »Ich hätte dabei draufgehen können. Du hast mich fallenlassen.«

»Das war kalkuliertes Risiko.«

»Kalkuliertes was? Du Schei –«

»Tuppe, es gab keinen anderen Ausweg. Ich hätte euch nicht mehr lange halten können.« Cornelius zupfte sich eine Brennessel aus dem Hintern. »Ich mußte auf deinen magischen Schatten vertrauen. Er hat mich gerettet. Da schien es vernünftig, davon auszugehen, daß er für dich das gleiche tun würde.«

»Und wenn er es nicht getan hätte?«

»Dann hätte ich mich hinterhergeworfen und es Gott überlassen, die Sache zu regeln.«

»Hättest du?« Tuppe sah seinem Freund ins Gesicht.

Tränen standen in den Augen des großen Jungen. Sie sagten Tuppe alles, was er wissen mußte.

Sie fanden ihre Kleider und zogen sich an.

»Tut mir leid wegen der Okarina«, sagte Tuppe. »Ich habe mein Bestes getan.«

»Das weiß ich. Ich bin nur froh, daß du gerettet bist.«

Sie spazierten zum Auto hinunter. Cornelius stopfte Arthur Kobolds Pistole in seine Jackentasche. »Ich werde dem Herrn Kobold einiges zu erzählen haben. Und auch dem Papa, wenn wir nach Hause kommen.«

»Das glaube ich ohne weiteres.«

»Wir könnten aber immer noch einen hübschen Gewinn einstreichen. Die Sache ist noch längst nicht verloren.«

»Freut mich außerordentlich, das zu hören.«

Der Cadillac stand da, wo sie ihn zurückgelassen hatten, am Rande des Golfplatzes, wunderbar glänzend im Mondlicht.

»Hübsches Auto«, sagte Tuppe. »War's nicht deins?«

»Geburtstagsgeschenk. Ich hatte mir eigentlich einen Allegro gewünscht.«

»Du kannst ihn immer noch umtauschen.«

Cornelius grinste. »Wollen wir nach Hause fahren?«

»Ach ja. Mir reicht's für heute.«

Ein leichter Wind wehte über den Gipfel des Sternenhügels. Er kräuselte das Gras. Er hob kurz den Saum von ein oder zwei ausrangierten Gewändern an und strich sanft über die Saiten einer Hoboe. Es könnte aber auch eine Lautengitarre gewesen sein. Er ließ ein bißchen Staub über den Rand eines kleinen Kraters rieseln, wo vor kurzem noch ein Betonsockel gestanden hatte. Und der Staub fiel auf die Sohlen eines Paares uralter geistlicher Stiefel.

»Hallo«, rief eine dumpfe Stimme. »Ist der Tag des jüngsten Gerichts schon da? Hallo? Hallo?«

21. KAPITEL

»Auf geht's.« Cornelius drehte den Zündschlüssel herum.

Pft ftt ftt ftt ... ftt ... machte der Cadillac Eldorado.

»Na klasse.«

»Kein Benzin mehr?« fragte Tuppe.

»Kann nicht sein. Es sei denn, der Tank ist angezapft worden.« Cornelius wand sich aus dem Fahrersitz und schlenderte zum Heck.

»Aha!« Er bückte sich und pflückte etwas auf.

»Was ist das?«

»Ein Stück Rosenkohl. Irgendein Witzbold hat das in den Auspuff gesteckt.« Cornelius warf Tuppe das Gemüse zu, der es auffing.

»Ich hasse Rosenkohl.« Tuppe schnüffelte an dem Ding. »Und dieser hier ist am Vergammeln.« Er warf ihn in Cornelius' Richtung, das Gemüse prallte jedoch ab und landete auf dem Rücksitz.

»Jetzt aber nach Hause.« Cornelius kletterte wieder auf seinen Sitz und bediente den Zündschlüssel. Der Motor sprang an, und der Cadillac rollte vom Golfplatz hinunter, auf die Straße zu.

»Ich trauere dieser Okarina nach«, seufzte Tuppe, während sie dahinrollten. »Die ganze Kohle, zum Greifen nahe.«

»Wir kommen immer noch auf unsere Kosten, hab' ich dir doch gesagt. Wir haben Rizlas Papiere, und der Adoptivpapa wird die restlichen abtreten. Mr. Kobold wird ein hübsches Sümmchen dafür bezahlen. Außerdem werde ich durchaus das Kopfgeld beanspruchen, das er für den Campbell ausgesetzt hat.«

»Und völlig zu Recht. Aber was ist mit deinem richtigen Papa? Ist er noch am Leben, was glaubst du?«

»O ja, er lebt. Der Campbell wußte es. Ich werde Hugo Rune irgendwie finden.«

»Das wirst du nicht!«

»Aber ja doch.« Cornelius wandte sich Tuppe zu. »Wie hast du denn *diese* Stimme hingekriegt?«

Tuppe schrumpfte in seinem Sitz zusammen. »Hab' ich gar nicht. Ach, Cornelius ...«

Der Murphy sah es im Rückspiegel. Ein schimmernder grüner Schrecken erhob sich auf dem Rücksitz. Schwoll aus dem weggeworfenen Rosenkohl heraus. Nahm einmal mehr die Form des Campbell an.

»O nein!« Cornelius knallte seinen Fuß aufs Gaspedal.

»Ha, ha, ha, ha, ha«, meinte der gutgelaunte grüne Jim. »Ihr seid übrigens tot.«

»Noch nicht.« Cornelius preßte den Fuß nach unten, und der Cadillac gewann an Geschwindigkeit. Er rauschte der Stelle entgegen, wo die Busse wenden. Und dort stand, ganz für sich geparkt, ein dornenübersäter schwarzer VW. Und durch den Spalt in der Kofferraumhaube beobachtete ein Paar ängstlicher Augen den sich nahenden Wagen.

»O nein«, heulte Felix Henderson McMurdo.

Der Campbell sprang nach vorn und packte Cornelius an den Haaren.

Cornelius klammerte sich am Steuerrad fest. »Hol die Pistole raus, Tuppe. Erschieß ihn.«

Tuppe geriet richtig in Panik. »Wo ist sie?«

»In meiner Tasche. Oh, aua.« Der Campbell riß den Kopf des großen Jungen zurück. »Beeil dich, Tuppe, ich kann nichts sehen.«

»Paß auf. Wir bauen einen Unfall.« Tuppe griff ins Steuer und zerrte es nach rechts. Der Cadillac schleuderte und schrammte in die Seite des VWs, den er unter mächtigem Funkengestöber umkippte.

»Scheiße, mein Auto«, brüllte der Campbell. »Du Vandale!«

»Laß mich los.« Cornelius versuchte, sich zu befreien. »Hör auf damit.«

»Auf keinen Fall.« Kalt gähnte es aus dem offenen Maul des Campbell. Tückisch scharfe Fischzähne schnappten wild. Schnapp, schnapp, schnapp machten sie.

»Nimm doch die Pistole, Tuppe.«

»Und gleichzeitig den Wagen lenken?«

»Laß dir was einfallen. Aaaagh!«

Der Campbell riß ein großes Stück der Murphy-Mähne heraus. »Haarschnitt gefällig, der Herr?« kicherte er. »Oben ein bißchen wegnehmen?«

»Tuppe, Hilfe!«

Der Kleine kletterte auf den Schoß seines Freundes. Er konnte nicht steuern *und* gleichzeitig nach der Pistole suchen. Und daher tat er etwas sehr Mutiges. Er hangelte sich auf die Schulter des großen Jungen und stach dem Campbell einen Finger ins Auge. »Da hast du's«, sagte er.

»Autsch!« Der Campbell fiel nach hinten. Büschelweise dichtes Haar in jeder Hand.

»Autsch!« Cornelius fiel nach vorn, wobei er Tuppe zu Boden warf. Er riß das Steuerrad in diese und jene Richtung. Der Cadillac schleuderte die Promenade entlang und verfehlte die parkenden Autos nur knapp. Er sauste am Café ›*Die Beine der Gattin*‹ vorbei. Und weiter.

Der Campbell war inzwischen wieder hochgekommen. Er hob eine klauenartige Hand, die in mancherlei Hinsicht an Pelzfische erinnerte, und stürzte sich erneut auf den Fahrer.

»Du mußte die Pistole finden, Tuppe. Schnell.«

»Ich versuch's ja.« Tuppe durchwühlte eine Tasche nach der anderen. Es war nicht gerade eine leichte Aufgabe. »Ah, ich hab' sie.«

»Dann benutze sie. Ooooh ...« Des Campbells Krallen gruben sich erneut in des Murphys Haare und zerrten ihn aus dem Sitz hoch. Seine Hände ließen das Steuerrad los, und der Wagen schoß von einer Straßenseite zur anderen.

»Erschieß ihn, Tuppe.« Cornelius wand und mühte sich. Er schlug aus und strampelte. »Erschieß ihn, Tuppe! Tuppe?«

Aber Tuppe antwortete nicht.

Denn Cornelius hatte ihn mit seinem Fuß voll am Kinn erwischt, und nun war Tuppe bewußtlos. Er lag zusammengekrümmt am Boden.

Beziehungsweise auf dem Gaspedal.

Der Cadillac schoß über rote Ampeln und gelangte zur Hauptstraße. Er schrammte an einer Reihe von parkenden Autos entlang, wobei er eine Menge wertvoller Teile und glänzenden Lacks einbüßte. Aber er machte unverdrossen weiter.

Des Campbells Klauen schlossen sich um die Kehle von Cornelius Murphy. »Lebwohl, Bruderherz«, krähte der böse Jim.

»Hrrchch«, machte Cornelius und schnappte nach Luft.

Der Klauengriff wurde fester. Cornelius spürte, wie seine Ohren knackten. Seine Augen traten hervor, und Dunkelheit wollte ihn umschließen. Das war wohl das Ende. Diese Kreatur, die sich als sein Halbbruder bezeichnete, war tatsächlich dabei, ihn umzubringen. *Ihn* umzubringen. Der er aus echtem Heldenstoff gemacht war! Das konnte doch wohl nicht angehen. Oder doch? Er hatte seine Heldenlaufbahn doch gerade erst angetreten.

Die Klauen drückten seine Luftröhre ab. Und plötzlich sah Cornelius Murphy das Licht.

Und der Campbell sah es auch.

Ein echt unwahrscheinliches Licht. Es schoß auf sie zu. Es erleuchtete die Straße und den Himmel und die Ladenfenster, wobei es ein nie gesehenes Farbenspektrum aufflakkern ließ.

Der Campbell starrte es entsetzt an. »Trismegistus!«

Jabba dabba duuu ...

Der Zug raste vorwärts. Seine Apparaturen knackten und klapperten. Volldampf voraus. Elektrisches Funkengestöber regnete aus dem Schornstein. Unterhalb der sanft geschwungenen Außenhülle steckten Tennisbälle, die mit Nägeln gespickt waren und den Fluß der Beta-Teilchen aus dem positronischen Generator modulierten. Transponder zischten durch das Antimaterie-Laufwerk, und die kleine aufziehbare Maus in ihrem Rad lief und lief und lief.

Identifikations-Schaltkreise griffen ineinander. Glichen das Gesicht auf dem Rücksitz des entgegenkommenden Autos mit dem auf dem Foto in dem mit ›A‹ markierten Schlitz ab.

Und erkannten vollständige Übereinstimmung.

Der Würgegriff des Campbell lockerte sich für einen Moment. Cornelius riß sich los. Er sammelte den Tuppe auf und stieg mit beiden Füßen auf die Bremse. Der Cadillac drehte sich um seine Achse, die Reifen blockierten, der Gummi rauchte. Cornelius warf einen Arm vors Gesicht. Der Campbell flog nach vorn. Über den sich duckenden Murphy hinweg und weiter. Genau in die Spur des Trismegistus-Zuges.

JABBA DABBA DUUUU

22.
KAPITEL

»Und dann die eine Nacht in Bangkok«, fuhr die Mutter fort. »Wir sollten eigentlich dieses Schachturnier besuchen. Aber der Busfahrer hat sich total verfahren, und wir landeten schließlich in so einem kleinen Nachtklub am Nordufer des Chao Phraya. Die Hauptattraktion dort war ein Schlangenmensch. Seine Interpretation des Wurms Ouroboros war echt zum Schreien. Noch Tee, Mr. Kobold?«

»Haben Sie einen neuen aufgesetzt?«

»Nein, es ist noch reichlich vom alten da.«

»Dann erst mal nicht mehr, danke. Sagten Sie, Sie hätten auch Kuchen?«

»Nein, Sie?«

Arthur Kobold kam nicht mehr dazu, darauf eine Antwort zu geben. Denn plötzlich öffnete sich krachend die Küchentür, und zwei unheimliche Gestalten standen wie gerahmt im Eingang.

Einer war groß, der andere war klein. Beide machten einen irgendwie verrußten Eindruck. Dem Großen fehlte anscheinend ein Großteil seines Haars. Der Kleine wirkte ziemlich benommen.

»Cornelius.« Die Mutter blinzelte. »Was hast du mit deiner Mähne angestellt? Und du, Tuppe, setz dich hin, du siehst entschieden schlecht aus.«

»Cornelius.« Der Papa erhob sich von seinem Stuhl. »Alles in Ordnung mit euch beiden?«

»Wir leben noch. Einigermaßen.«

»Laßt euch behilflich sein.« Arthur Kobold stand auf, um behilflich zu sein.

»Kommen Sie uns nicht zu nahe.« Cornelius half seinem Freund auf einen Stuhl. Die Mutter holte noch zwei Teetassen aus dem Bord.

»Der Campbell ...?« fragte Arthur Kobold. »Ist er ...?«

»Er ist tot.« Cornelius ließ sich auf den Stuhl fallen, den der Papa ihm hinhielt. »Mausetot, weiß Gott.«

»Gut gemacht.«

»Bedanken Sie sich nicht bei mir. Der Campbell wurde von einem Zug erfaßt. In der Hauptstraße.«

»Der Junge phantasiert.« Die Mutter stellte die kalte Teekanne beiseite. »Ich rufe am besten Doktor Jameson an.«

»Sag ihm, er soll jede Menge Verbandszeug mitbringen. Mr. Kobold wird es brauchen.«

»Aber nicht doch, bitte.« Arthur wollte einen Schritt zurückmachen. Aber das ging einfach nicht in der Küche der

Murphys. Und so rang er nur kläglich die Hände. »Bitte, ich kann alles erklären.«

»Das will ich hoffen.«

»Ich habe Sie nicht angelogen, Cornelius. Ich habe Ihnen nur nicht die ganze Wahrheit gesagt. Aber das war zu Ihrem eigenen Besten. Ich wollte nicht, daß Ihnen etwas zustößt. Ich habe Sie aufgefordert, die Sache aufzugeben, nicht wahr? Als es gefährlich wurde.«

»Das stimmt allerdings.«

»Sehen Sie, *sie* wollten den Campbell zurückhaben. Und *sie* wollten auch die Papiere. *Ich* wollte, daß sie den Campbell zurückbekommen. Aber ich hatte nicht die Absicht, ihnen die Papiere zu überlassen. Ich habe ihnen zu keiner Zeit getraut. Und als sie den Zug des Trismegistus losließen, ohne Rücksicht darauf, wen er vielleicht töten würde, da wußte ich, daß ich sie würde bloßstellen müssen. Daß die ganze Welt die Wahrheit erfahren mußte.«

»Die Allerletzte Wahrheit?«

»Genau die. Hier, sehen Sie, das ist für Sie.« Arthur Kobold entnahm seiner Brieftasche ein Stück Papier und reichte es Cornelius.

Cornelius betrachtete es mißtrauisch. »Was ist das?«

»Es ist ein Scheck. Lesen Sie.«

Cornelius las. Dann reichte er ihn an Tuppe weiter.

Tuppe las, und dann pfiff er. »Einhunderttausend Pfund. Als Barscheck.«

»Das ist ein Vorschuß. Auf die Tantiemen.«

»Tantiemen?«

»Das Werk Ihres Vaters. Ich will es herausbringen. In seiner vollständigen Fassung. Sie haben sie doch noch? Die Papiere, die Ihnen Bruder Rizla gegeben hat?«

»Ich frage mich, wie Sie davon gehört haben können.«

»Ich habe mit dem Abt telephoniert. Er hat es mir erzählt.«

»Oh.«

»*Haben* Sie die Papiere denn noch?«

»Ich habe sie. Und der ›Papa‹ hier hat den Rest.«

Der Papa lächelte. Ebenso Arthur Kobold. »Ich habe ihm

seine gerade abgekauft«, sagte er. »Ein knallharter Geschäftsmann, der Herr Murphy.«

Wieder lächelte der Papa. Cornelius schüttelte den Kopf.

»Und die Okarina?« fragte Arthur Kobold. »Was ist damit?«

»Die ist in tausend Stücke gehauen.«

»Das ist bedauerlich. Macht aber nichts. Wir können auch ohne sie arbeiten.«

»Wir?« fragte Cornelius.

»Wir, mein Junge. Ich möchte sie dabeihaben. Ich werde das Werk Ihres Vaters auf eigene Kosten veröffentlichen. Aber das wird nicht leicht sein. *Sie* werden alles tun, was in ihrer Macht steht, um uns aufzuhalten. Und Macht ist etwas, von dem sie reichlich haben. Was sagen Sie dazu?«

»Ich weiß nicht.« Cornelius rieb sein Kinn. Da waren eindeutige Hinweise auf Bartwuchs.

»Sie würden die gesamte Operation überwachen. Das Werk Ihres Vaters redaktionell betreuen. Seine Veröffentlichung beaufsichtigen. Alles. Es liegt in der Natur der Sache, daß es das meistverkaufte Buch der Welt sein wird. Deshalb hoffe ich, daß Sie den Vorschuß nicht zu mickrig finden. Meine Mittel sind nicht unbegrenzt. Ohne Ihre Hilfe schaffe ich es nicht.«

Cornelius sah Tuppe an.

Und Tuppe sah Cornelius an.

»Ich muß alles wissen, was Sie über *sie* wissen«, sagte Cornelius zu Arthur Kobold.

»Das müssen Sie ganz bestimmt, wenn wir Erfolg haben wollen. Geben Sie mir jetzt die Papiere mit. Lösen Sie gleich morgen früh den Scheck ein, und seien Sie spätestens um zehn in meinem Büro. Dann werden Sie und ich die Welt auf ewig verändern. Was meinen Sie?« Arthur Kobold streckte seine schüttelbereite Hand aus.

Cornelius stand auf und ergriff sie. »Ich würde sagen: Abgemacht!« sagte er und grinste so breit es ihm möglich war.

23. KAPITEL

Cornelius und Tuppe aßen ihr Frühstück im Café *›Die Beine der Gattin‹*.

Die Gattin war anscheinend nicht übermäßig gut auf Cornelius zu sprechen. Sie servierte ihm kalten Tee und ein halbrohes Ei, das im Fett schwamm.

»Mach dir nichts draus.« Tuppe kippte das Ei auf seinen Teller und tunkte eine Scheibe Toast in das Fett. »Löse den Scheck ein und kauf den Laden. Das wird ihr zu denken geben.«

»Der Papa hat allerdings vorgeschlagen, daß ich in eine Versicherung für den Cadillac investiere.«

»Na gut, danach dann eben.« Tuppe wischte sich den Mund ab.

»Danach gehen wir zu Arthur Kobold. Diese Sache ist noch längst nicht gegessen.«

*A*lister *S*tafford-*S*ponge, *A*ngestellter der *St*ädtischen *Sp*arkasse (Mr. Jarrow war besonders glücklich darüber, ihn untergebracht zu haben) schaute auf und blickte durch das Panzerglas seines Kassenfensters, als Cornelius darauf zustolzierte. Er war in derselben Klasse wie der große Junge gewesen, aber sie hatten sich nie besonders gut leiden können. Alister hielt Cornelius für eine Niete. Cornelius schätzte Alister als ziemlich trübe Tasse ein.

»Ich möchte den hier einlösen.« Cornelius schob Mr. Kobolds Scheck unter dem Panzerglas durch.

Alister blickte auf den Scheck hinunter und dann zu dem großen Jungen auf.

»Ach ja?«

»Ja, tatsächlich.« Cornelius lächelte freundlich.

»Bar ausbezahlen, oder was?« Alister gab das Lächeln nicht zurück.

»Wenn du so freundlich sein würdest. Hier ist mein Bibliotheksausweis, falls du einen Identitätsnachweis brauchst.«

»Brauch ich nicht. In was genau möchtest du das hier ausbezahlt haben?«

»In Fünfzig-Pfund-Scheinen, bitte.«

»Fünfzig-Pfund-Scheine.« Die trübe Tasse lehnte sich in ihrem Stuhl zurück. »Nicht vielleicht eher in Gekicher? Oder Glucksern? Oder sogar schallendem Gelächter?«

»Wie meinen?«

»Verpiß dich.« Alister schob den Scheck zurück. »Du Niete.«

»Äh, was?« Cornelius nahm den Scheck in die Hand. Er sah etwas anders aus als noch vor wenigen Augenblicken. Eigentlich sah er sogar erheblich anders aus. Denn wo eben noch gestanden hatte: ›ZAHLEN SIE £ 100.000 AUS‹, da hieß es nun: ›BANK VON SPASSLAND. Ich verpflichte mich, dem Überbringer 100 Lacher zu zahlen‹.«

»Ich fang dann mal mit dem Kichern an, ja?« sagte Alister Stafford-Sponge. »Hi, hi, hi, hi, hi.«

Cornelius rannte zurück zum Cadillac. Mrs. Potter die Politesse war eben dabei, einen Strafzettel unter den Scheibenwischer zu klemmen.

»Rutsch rüber, Tuppe.«

»Ich bin drüben. Was ist los? Wo ist das Geld?«

Cornelius sprang in den Wagen. »Es gibt kein Geld. Arthur Kobold hat uns reingelegt.«

»Verräterisches Miststück.«

»Aber mindestens. Wir sind darauf reingefallen. Er hat nie die Absicht gehabt, die Papiere zu veröffentlichen. Er hat die ganze Zeit für die Butzemänner in den Verbotenen Zonen gearbeitet.« Cornelius wrrrmmte den Motor und fuhr los, ohne in den Seitenspiegel zu gucken. Autos kamen quietschend zum Stehen. Austin Allegros bretterten ineinander. Cornelius drückte voll auf die Tube.

Tuppe klammerte sich an seinen Sitz. »Was machen wir jetzt? Wir haben alles verloren. Die Okarina, die Papiere, das Geld, den Großteil deiner Haare.«

»Wir fahren zu Kobold. Wir sind noch nicht am Ende.«

Sie hätten wirklich nichts anderes erwarten dürfen. Aber da sie verzweifelt waren, taten sie es doch. Und so erlebten sie eine große Enttäuschung.

Die Büros des Arthur-Kobold-Verlags existierten nicht mehr. Und dem Aussehen des Gerüsts und der abgeblätterten Fassade nach zu urteilen, existierten sie schon seit ewigen Zeiten nicht mehr.

»Bist du sicher, daß wir hier richtig sind, Cornelius?«

»Verdammter Mist!« Cornelius bearbeitete das Steuerrad mit seinen Fäusten. »Verdammt verdammt verdammt.«

Tuppe kämpfte sich aus dem Wagen und besah sich das Verhängnis.

»Und da war er also drin?«

Cornelius seufzte und gesellte sich zu seinem Gefährten. »Genau da.«

»Sieht so aus, als hätten wir ihn um ungefähr ein Jahrhundert verpaßt. Wie machen die das?«

Cornelius zuckte die Achseln. »Keine Ahnung. Aber ich habe die Absicht, es herauszufinden.« Er trat ein paar Schritte auf das baufällige Gebäude zu. Ziegelstaub rieselte zwischen den Gerüstbrettern herunter. Die Warnung war unmißverständlich.

»Verdammt«, wiederholte Cornelius.

»Vielleicht sind wir einfach nicht dafür bestimmt, reich und berühmt zu sein.«

Cornelius hob einen halben Ziegelstein auf und wog ihn in der Hand.

»Ich werde zurückschlagen. Wie auch immer. Ich werde es Kobold und diesen Dingern in den Zonen noch zeigen. Ich werde meinen richtigen Papa finden, und ich werde am

Ende triumphieren. Irgendwie werde ich es schaffen. Irgendwie.«

»Ganz bestimmt wirst du das, Cornelius. Ich glaube an dich.«

»Danke, Tuppe.« Cornelius klopfte seinem Kumpel auf die Schulter.

»Aber was machen wir jetzt? Ich habe meinen letzten Penny fürs Frühstück ausgegeben. Wir sind pleite.«

»Dies stellt zugegebenermaßen ein gewisses Problem dar.«

»Wir könnten Straßenmusik machen«, schlug Tuppe vor.

»Straßenmusik?«

»Sicher, warum nicht? Uns unser Mittagessen zusammensingen.«

»Fürs Mittagessen singen? Tuppe, du bist ein Genie.« Cornelius Murphy fing an zu lachen. »Genau. Das ist es!«

»Ach ja? Was denn?«

»Das. Das da.« Cornelius zeigte mit dem Finger.

»Ich kann nichts sehen.«

Cornelius hob Tuppe hoch. »Das«, sagte er.

Tuppe schaute. Da lag, eingeklemmt hinter dem Beifahrersitz und ganz vergessen in all der Aufregung, die schön stabile Kiste, in die die magische Karaoke-Maschine verpackt war. Eine vollständig wiederhergestellte Karaoke-Maschine, die nur darauf wartete, die Hits der Zukunft hervorzuschmettern.

»Wir sind gemachte Leute.« Tuppe kletterte auf den Rücksitz und hüpfte darauf herum. »Du bist ein gemachter Leut, wollte ich sagen.«

»Nein, *wir*. Wir haben hier ein Partnerunternehmen. Murphy & Tuppe, die Songschreiber der Stars. Ich werde mein Haar professionell pflegen lassen.«

»Und ich werd' mir ein Paar Schuhe mit Plateau-Sohlen kaufen.«

Cornelius Murphy sprang zurück ins Auto. »Und Arthur Kobold wird das bekommen, was ihm gebührt.«

Der große Junge nahm den halben Ziegelstein und schleuderte ihn gegen das Gerüst.

»Auf geht's.«

Pft ftt ftt ftt ftt machte der Cadillac Eldorado.

»Nicht schon wieder ein Rosenkohl«, sagte Tuppe ängstlich.

»Nein.« Cornelius trommelte aufs Steuer. »Diesmal hat er wirklich kein Benzin mehr.«

»Was ist das für'n Lärm?« Tuppe drehte sich in die Richtung, aus der das Geräusch kam. Es war ein tiefes Rumpeln. »Das gefällt mir gar nicht.«

»Ach du Scheiße!« Cornelius erhob sich in seinem Sitz. »Die Vorderfront kracht ein. Das muß von dem Ziegelstein kommen, den ich geworfen hab'.«

Und so war es in der Tat. Das Gerüst ächzte und schwankte. Balken brachen ein. Die ersten Steine fielen herunter. Einer traf die Motorhaube des Cadillac.

»Schnapp dir die Karaoke-Maschine«, schrie Tuppe.

Cornelius beugte sich über den Beifahrersitz und versuchte angestrengt, die Kiste freizubekommen. Sie war wahrhaft solide festgeklemmt. »Hilf mir mal, Tuppe.«

Tuppe hastete herbei. Eine Gerüststange donnerte in den Sitz neben ihm.

»Schnell weg, Tuppe. Lauf.«

»Wir haben sie gleich. Ich hab' gespürt, wie sie nachgegeben hat.«

»Lauf weg.« Cornelius packte Tuppe am Arm und zerrte ihn vom Wagen weg. Und keinen Augenblick zu früh. Während sie noch auf die andere Straßenseite flüchteten, kam der ganze Plüsch und Plunder – und zweifellos auch das Plastikgeschirr – des Arthur-Kobold-Verlags auf den Cadillac Eldorado nieder, eine riesige gottverdammte, herzzerreißende, karaokevernichtende Ladung. Krach-Bumm-Rumms machte es.

Mindestens.

Es war schon fast zwei Uhr unter der Nachmittagssonne, als die Männer von der Stadt damit fertig waren, die Trümmer zu beseitigen.

Tuppe und Cornelius saßen am Straßenrand und beobachteten trübsinnig, wie Mark der Mechaniker (nicht verwandt mit Mike) die traurigen Überreste des einst so stolzen Eldorados auf seinen Lastwagen hievte.

»Tut mir leid, Jungs«, sagte er und wischte sich die Finger mit dem traditionellen Öllappen ab. »Totalschaden, den könnt ihr abschreiben. Ein schneller Fuffi ist für euch das höchste der Gefühle.«

»Was?«

»Fünfzig Pfund. Schrottwert.«

Cornelius stöhnte.

»Nehmen wir«, sagte Tuppe.

»Nein, nein, nehmen könnt ihr sie nicht«, lachte Mark. »Die Gebühr für die Bergung von Fahrzeugen beträgt fünfzig Mäuse. Damit, schätze ich, sind wir quitt.«

Cornelius stöhnte gleich noch einmal.

»Aber macht euch nichts draus«, fuhr Mark fort. »Eure Versicherung wird bei so was anstandslos zahlen.«

»Du erlaubst, Cornelius.« Tuppe stöhnte für den großen Jungen.

»Aha«, sagte Mark. »So steht es also, wie? Tja, das Leben ist echt hart. Also, hier hab' ich jedenfalls eure persönliche Habe. Nicht allzuviel, fürchte ich. Ein Straßenatlas und ein Stadtplan A-Z aus dem Handschuhfach. Und ungefähr dreißig Kulis, die steckten alle an der Seite unter dem Fahrersitz. Komisch, daß man sie immer an solchen Stellen findet, aber wenn man dann mal einen braucht, dann ist natürlich keiner da. Woher kommt das wohl, hm?«

»Frag mich nicht«, sagte Cornelius, der das Gesicht in den Händen vergraben hatte.

»Na ja, das wär's dann. Bis die Tage, Jungs.«

»Bis die Tage«, sagte Tuppe. »Alles Gute.«

»Euch auch.« Mark ging zu seinem Lastwagen zurück,

und die einstmaligen Abenteuerhelden sahen zu, wie das Wrack des Cadillacs abgeschleppt wurde.

»Verdammt«, sagte Cornelius. »Verdammt, verdammt, verdammt.«

»Tja, das ist es dann wohl wirklich.« Tuppe schmiß die ganze persönliche Habe auf die Straße. »Wir haben alles verloren. Die Okarina, die Papiere, den Scheck, die Karaoke-Maschine und den Cadillac.«

»Und den Großteil meiner Haare.« Cornelius fuhr mit den Fingern über seine zahlreichen kahlen Stellen. »Vergiß meine Haare bitte nicht.«

»Ich habe sie nicht vergessen. Ich wollte sie nur nicht erwähnen.«

»Vielleicht steckt eine Moral in der Geschichte oder so was.« Cornelius stand auf und streckte sich.

»Vielleicht.« Tuppe stopfte sich eine Handvoll Kulis in die Tasche. »Spare in der Zeit, so hast du in der Not?« schlug er mit kläglicher Stimme vor.

Cornelius Murphy fing an zu lachen.

Tuppe verdrehte die Augen. »Wie schön, daß du dir deinen Humor bewahrt hast.«

»Oh, das hab' ich, aber echt.« Cornelius bückte sich und hob den Straßenatlas sowie den eselsohrigen Stadtplan auf. Runes Londoner Straßenverzeichnis A-Z, in welchem der bedeutende Mann die genaue Position eines jeden geheimen Eingangs in die Verbotenen Zonen markiert hatte. Alle waren sie zuverlässig festgehalten und warteten nur noch auf geeignetes Heldenpersonal, das mit einer neuerfundenen Okarina aufkreuzen, die magischen Noten spielen, jeden einzelnen von ihnen der Reihe nach öffnen und die dahinter verborgenen Reichtümer bergen würde.

Und der Atlas natürlich. Die Landkarte der Britischen Inseln. Auf welcher Cornelius die Route und die Haltepunkte seiner und Tuppes Heldenfahrt eingezeichnet hatte. Eine ›Von Punkt zu Punkt‹-Bleistiftzeichnung, die den perfekten Bauplan für eine neu zu erfindende Okarina bildete.

Cornelius sah Tuppe an.
Und Tuppe sah Cornelius an.
Und dann fingen beide an zu lachen.

ENDE

Band 24 198

Anne McCaffrey

Helva
Das Raumschiff, das sang

Deutsche Erstveröffentlichung

Das Mädchen Helva ist als Mißgeburt zur Welt gekommen. Ihr droht der Tod, doch die Regierung der Zentralwelten nimmt sich ihrer an und bildet sie zu einem faszinierenden Wesen aus: Helva wird zum Gehirn-Schiff, zu der einzigartigen Steuereinheit eines Raumgleiters. Und dann zieht sie zu ihren ersten Einsätzen aus – und begeistert mit ihrer wunderschönen Stimme die Menschen im Universum.

Der Roman *Helva* gilt als ANNE McCAFFREYS bedeutendster Beitrag zur Science Fiction. Poetisch und einfühlsam schildert die Autorin das Leben eines weiblichen Cyborgs. HELVA ist der Vorläufer der ›Raumschiff-Serie‹ von ANNE McCAFFREY bei Bastei-Lübbe.

BASTEI LÜBBE

Sie erhalten diesen Band im Buchhandel, bei Ihrem Zeitschriftenhändler sowie im Bahnhofsbuchhandel.

Band 24 197

Kathleen M. O'Neal

Das Licht von Kayan

Deutsche Erstveröffentlichung

Erbarmungslos werden die besiedelten Welten der Menschen in den Galaktischen Magistrat einverleibt, einen nur scheinbar friedfertigen Sternenbund unter der Herrschaft einer skrupellosen Rasse, die jede Individualität der Völker unterdrückt. Nur die Gamanten leisten den Tyrannen Widerstand. Denn sie sind die ›Erwählten‹. Auf Kayan hüten sie das *Mea Shearim* – ein Dimensionstor, über das sie mit Gott und seinen Gesandten in Verbindung stehen.
Doch sind diese Wesen aus Licht tatsächlich Engel? Oder sind es die letzten Überlebenden einer uralten Rasse, die einst die Galaxie bevölkerten und für die die Gamanten nicht mehr als Schachfiguren in einem kosmischen Krieg sind, der vor langer Zeit begonnen hat und sich jetzt seiner letzten Entscheidung nähert . . .

KATHLEEN M. O'NEAL ist mit ihrem ersten Science-Fiction-Epos ein großer Wurf gelungen, eine actionreiche Space-Opera mit einem faszinierenden mythologischen Hintergrund, die jetzt schon mit Frank Herberts *Wüstenplanet* verglichen wird.

BASTEI LÜBBE

Sie erhalten diesen Band im Buchhandel, bei Ihrem Zeitschriftenhändler sowie im Bahnhofsbuchhandel.

HOHLBEIN
GEISTERSTUNDE

HOHLBEIN
DIE TOCHTER DES DRACHEN

HOHLBEIN
DER THRON DER LIBELLE

HOHLBEIN
DER HEXER VON SALEM

HOHLBEIN

HOHLBEIN
NEUES VOM HEXER VON SALEM

HOHLBEIN
DAS JAHR DES GREIFEN

HOHLBEIN
DER HEXER VON SALEM

HOHLBEIN
DAS GROSSE WOLFGANG-HOHLBEIN-BUCH

HOHLBEIN
DIE MOORHEXE

HOHLBEIN
DIE HELDENMUTTER

HOHLBEIN
DER SOHN DES HEXERS